L'ENFER ATOMIQUE

THOMAS SCORTIA · FRANK ROBINSON

L'ENFER ATOMIQUE

Demain l'Apocalypse

PRESSES DE LA CITÉ
PARIS

Le titre original de cet ouvrage est :

THE PROMETHEUS CRISIS

traduit de l'américain par Jacques MARTINACHE

© 1975 by Thomas Scortia and Frank Robinson
© Les Presses de la Cité, 1977, pour la traduction française

ISBN : 2-258-00248-6

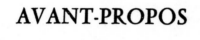

AVANT-PROPOS

L'idée générale de l'Enfer atomique nous vint en juin 1973, alors que nous travaillions encore sur la Tour infernale[1]. *Nous avons alors interrompu le travail en cours pour rédiger un projet dont une grande firme cinématographique acheta immédiatement les droits. Au début de 1974, lorsque nous avons commencé à élaborer notre scénario, nous avons découvert à quel point la politique nationale en matière d'énergie nucléaire avait de quoi faire dresser les cheveux sur la tête. Même en supposant que la catastrophe décrite dans notre roman ne se produira jamais, qu'une centrale aussi gigantesque que celle de Prométhée ne verra jamais le jour, nous sommes d'ores et déjà confrontés à deux graves dangers : dans l'immédiat, le vol de matières fissiles dans les centrales nucléaires ; à long terme, l'accumulation des déchets radio-actifs. Puisqu'il faut attendre des centaines de milliers d'années avant que ces déchets ne deviennent sans danger et qu'on puisse les rejeter, leur stockage pose des problèmes auxquels on ne peut apporter de solution absolument sûre : sur une période de temps aussi longue, la probabilité d'un accident, d'une « fuite », est extrêmement élevée. Ce qui nous conduit à qualifier notre politique nucléaire actuelle de « suicide collectif » en puissance.*

Pour un profane, l' « accident », s'agissant d'une centrale nucléaire, c'est l'explosion atomique. Effectivement, les réacteurs surrégénérateurs actuellement en construction présenteront des risques d'explosion, du fait de la grande quantité de plutonium hautement actif qu'elles utiliseront. Toutefois, ce n'est pas le cas pour les réacteurs à eau bouillante construits ces vingt dernières années aux Etats-Unis. Ils ne peuvent pas exploser puisque les matières fissiles y sont trop diluées pour atteindre la masse critique nécessaire à une

---

1. Chez le même éditeur.

réaction en chaîne « libre », c'est-à-dire non contrôlée. En outre, la réaction en chaîne de l'uranium 235 ou du plutonium, que ces réacteurs utilisent, nécessite des neutrons « ralentis », obtenus par le choc des neutrons « rapides » (produits par la réaction primaire même) avec l'eau contenue dans le caisson du réacteur. Cette eau joue à la fois le rôle de réfrigérant et de modérateur. S'il y a fuite, perte d'eau, la réaction primaire de fission s'arrête automatiquement.

En fait, le danger principal des réacteurs classiques à eau bouillante réside dans l'accumulation des déchets radio-actifs. Plus de réacteur fonctionne, plus il produit de « cendres », mélange de matières diverses (y compris du plutonium) dont la décroissance radio-active dure plus ou moins longtemps. Cette décroissance s'effectue par fission et/ou par émission d'un neutron ou d'une autre particule atomique. Cette réaction s'accompagne toujours d'un dégagement de chaleur. En conséquence, les déchets accumulés par un réacteur qui fonctionne depuis un certain temps produisent d'importantes quantités de chaleur. Normalement, l'eau contenue dans le réacteur opère le refroidissement nécessaire.

On a calculé qu'une perte accidentèle de fluide de refroidissement (PAFR) entraînerait une élévation rapide de la température du réacteur. Les déchets engendrant trop de chaleur, les barres de combustible du cœur du réacteur puis le caisson lui-même fondraient rapidement. Dans le pire des cas, ce processus se poursuivrait jusqu'à ce que le réacteur et tout ce qui l'entoure deviennent une masse en fusion qui s'enfoncerait dans la terre.

Dixy Lee Ray, ancien directeur de l'Atomic Energy Commission (AEC), estime que le risque d'une PAFR est de l'ordre de 1 pour 300 millions, tandis que le rapport Rasmussen, publié récemment, évalue à un accident en dix millions d'années les risques encourus. Les calculs statistiques sur lesquels se fondent ces estimations supposent, bien entendu, que le personnel de la centrale ne commette aucune erreur et que toutes les défectuosités possibles aient été envisagées. C'est pourquoi nombre de statisticiens en contestent la valeur.

Depuis que nous avons commencé à écrire cet ouvrage, la possibilité d'un vol, par des terroristes, de matières radio-actives, l'éventualité d'une perte accidentelle du fluide de refroidissement dans un réacteur classique sont devenus des faits d'actualité. Récemment, l'AEC a dû ordonner l'arrêt de la plupart des réacteurs du pays suite à des défectuosités constatées dans la tuyauterie de refroidissement, défectuosités qui auraient pu entraîner une PAFR.

De même, lors d'une récente émission de télévision sur les problèmes de surveillance des stocks de plutonium de la nation, les réalisateurs ont demandé à un jeune étudiant de concevoir la fabrication d'une bombe atomique en utilisant uniquement la littérature disponible pour tout un chacun. Les experts appelés à juger du résultat ont déclaré les plans du jeune homme tout à fait réalisables. A quand la bombe atomique de fabrication artisanale ?

Ajoutons que nous n'éprouvons aucun plaisir à voir la réalité rattraper si vite la fiction.

Nous tenons à souligner que nous n'avons eu accès à aucun document confidentiel. Certaines des techniques que nous décrivons dans le livre appartiennent au domaine de la fiction mais elles nous ont semblé parfaitement envisageables dans un proche avenir. Nous avons, par exemple, imaginé d'utiliser des résines échangeuses d'ions pour extraire les matériaux fissiles des barres de combustible usées, technique qui nous a paru logique, même si, à notre connaissance, elle n'est pas encore utilisée. De même, nous ne pensons pas qu'il existe actuellement de satellite d'observation aussi perfectionné que le SOMO du livre.

Par ailleurs, nous avons pris avec la réalité quelques libertés que notre roman rendait nécessaires. Nous n'ignorons pas, par exemple, qu'il est extrêmement rare que le vent souffle de la côte californienne vers la mer pendant une tempête. De même, nous avons volontairement minimisé les effets des radiations sur nos personnages. Si nous avions respecté la réalité, la plupart de nos héros n'auraient pas survécu et notre roman s'en serait trouvé considérablement raccourci.

Par souci de simplification et pour obtenir des effets dramatiques plus forts, nous avons également pris quelques libertés avec la conception de notre centrale nucléaire. Nous l'avons par exemple dotée d'un dôme unique alors qu'un ensemble aussi gigantesque nécessiterait logiquement quatre dômes séparés, un par réacteur. Par contre, la description de la catastrophe entraînée par une perte accidentelle de réfrigérant s'appuie directement sur un certain nombre de documents gouvernementaux.

Si le plutonium constitue la substance la plus toxique connue, sa solubilité dans le corps est si faible que certaines personnes ont survécu malgré les parcelles de ce métal logées dans leurs extrémités. Toutefois, des sels de plutonium solubles se répandraient très rapidement dans tout le corps par le système sanguin et provoqueraient inexorablement la mort. Les médecins spécialistes en radiations ne sont pas d'accord sur les mesures à prendre face à ce genre d'accident ni même sur son éventualité. Dans notre ouvrage, nous avons estimé qu'un garrot ne suffirait pas à enrayer la dispersion des sels de plutonium dans le corps, après l'accident que nous décrivons à la page 90. Si les chirurgiens désapprouveraient probablement l'amputation opérée sur notre personnage, il nous a semblé qu'un profane pourrait envisager une solution aussi radicale et inélégante.

Nous ne connaissons que trop ce qui se passe réellement dans les hautes sphères gouvernementales pour nous sentir tenus de nous excuser de l'attitude que nous prêtons à des hommes comme Brandt, Cushing ou divers membres de la commission parlementaire d'enquête que nous avons créée pour ce livre. Les investissements, privés ou publics, dans le domaine de l'énergie nucléaire de fission atteignent aujourd'hui un tel niveau qu'on peut aisément imaginer les mesures qui seront prises pour les protéger. L'abandon de cette voie pourrait réduire à la faillite les principales compagnies du pays dans le secteur énergétique.

Nous ne pensons pas que les énergies géothermique, solaire et autres énergies nouvelles puissent — malgré les avantages que chacune d'elles présente — constituer un jour plus qu'une source énergétique d'appoint pour une nation industrielle moderne. La réponse, évidente mais coûteuse, à ce problème, réside dans la mise au point de l'énergie de fusion. Malheureusement, la recherche dans ce domaine ne bénéficie pas actuellement des crédits nécessaires et a pris en outre une mauvaise direction puisque l'on considère le problème posé comme relevant essentiellement de l'ingénierie. La possibilité d'obtenir de l'énergie de fusion a été démontrée en laboratoire mais jusqu'à présent, la quantité d'énergie nécessaire pour déclencher la réaction est supérieure à celle de l'énergie produite. Toutefois, on approche lentement du point d'équilibre et l'utilisation du laser pour déclencher la réaction semble constituer une technique très prometteuse.

On a récemment avancé l'idée d'un surrégénérateur mixte, par opposition aux surrégénérateurs simples actuellement en construction. Il s'agirait d'un réacteur de fusion presque équilibré, donnant à la fois de l'énergie et des neutrons qui produiraient de l'uranium 235 (utilisé ensuite comme combustible dans un réacteur classique) en étant capturés par la couverture de thorium entourant le réacteur. Toutefois, cette technique ne résoudrait pas nombre des problèmes qui se posent avec un réacteur classique. Ses défenseurs arguent qu'elle permettrait de se diriger progressivement vers l'abandon de la méthode par fission tout en fournissant les ressources et l'expérience nécessaires pour mettre au point un réacteur à fusion viable. Si cette idée est, du point de vue technique, intéressante, nous pensons néanmoins que les capitaux nécessaires à son application seraient plus utilement investis dans la mise au point d'un réacteur de fusion proprement dit.

Nous tenons à remercier le docteur James Benford, qui nous a aidé dans nos recherches techniques et qui a aimablement accepté de lire et de commenter notre manuscrit. Nous exprimons notre reconnaissance au Dr Reynold F. Brown, professeur de radiologie à l'Université de Californie, qui nous a conseillés pour la description des effets médicaux de l'irradiation. Nous adressons nos remerciemens à Tom Passavant, Ron J. Julin et Gene Klinger pour l'aide qu'ils nous ont apportée dans notre recherche de documentation.

Enfin, nous tenons à remercier les membres de l'organisation « Les Amis de la Terre », ainsi que certains collaborateurs qui, pour des raisons compréhensibles, préfèrent garder l'anonymat. Malgré l'aide précieuse dont nous avons bénéficié, il est possible que des erreurs techniques se soient glissées dans notre ouvrage et nous entendons en assumer l'entière responsabilité.

Signalons que les comités ou commissions mentionnés dans notre ouvrage (Comité à l'énergie atomique, Sous-comité pour la sécurité des réacteurs nucléaires) sont totalement imaginaires mais que le lecteur reconnaîtra aisément les organismes réels qu'ils figurent.

Pour conclure, ajoutons que nous nous considérons avant tout comme des romanciers, comme les auteurs d'un livre destiné à tenir les lecteurs en haleine. Roman « didactique », l'Enfer atomique n'est pas une œuvre polémique et nous serions navrés qu'on la tienne pour telle. Nous aimerions simplement que notre livre amène le lecteur à se poser des questions sur la voie que l'humanité suit actuellement. Du fond du cœur, nous espérons que l'Enfer atomique, œuvre de fiction, ne deviendra pas une réalité dans un proche avenir. Nous l'espérons mais nous avons malheureusement des raisons de craindre le contraire.

Le 10 mars 1975.
Thomas N. SCORTIA.
Frank M. ROBINSON.

PROLOGUE

PROLOGUE

Extraits des audiences *du Sous-comité spécial du Congrès sur l'énergie atomique. Accident de Cardenas Bay* (Document n° Y 4 NE 7/2 : Cb/2/979 - 80). Deuxième journée, deuxième séance, sous la présidence du sénateur Clement A. Hoyt (Démo., Idaho).
Présents : Sénateurs Harold J. Stone (Démo., Pennsylvanie), Robert J. Clarkson (Répub., Vermont), Clinton E. Marks (Répub., Connecticut) ; « Représentants » Horace T. Holmburg (Répub., Indiana) et James X. Paine (Démo., Massachusetts).

Sénateur Hoyt : *Je remercie le docteur Caulfield de nous avoir expliqué ce qui s'est passé après l'échec de la tentative d'arrêt d'urgence de Prométhée Un. Avez-vous, docteur, d'autres documents à soumettre au Comité ?*
Dr Caulfield : *Non. Mon rapport vous donnera, en annexe, les chiffres concernant les pertes en vies humaines et les dégâts matériels, ainsi qu'une estimation du nombre de personnes qu'il faudra ajouter, à plus ou moins brève échéance, à la liste des victimes.*
Sénateur Hoyt : *Dans ce cas, si mes collègues n'y voient pas d'objection, vous pouvez regagner votre place, docteur Caulfield. J'appelle maintenant à la barre M. Parks, que nous avons déjà entendu ce matin. Voulez-vous nous rappeler vos nom, prénoms et qualité, les fonctions que vous exerciez à la Compagnie générale de Gaz et Electricité de l'Ouest au moment de l'accident ?*
M. Parks : *Je m'appelle Gregory T. Parks. A l'époque, j'occupais le poste de directeur général de la centrale de Cardenas Bay.*
Sénateur Stone : *Et actuellement ?*
M. Parks : *J'ai quitté la Compagnie de l'Ouest. Je suis conseiller technique indépendant.*
Sénateur Hoyt : *En qualité de directeur général, vous étiez responsable de la construction du complexe Prométhée, je suppose ?*

13

M. Parks : *Non. Cette responsabilité incombait à la compagnie Fulton et à la société Renkin, son sous-entrepreneur.*

Sénateur Hoyt : *Mais vous étiez responsable du fonctionnement du complexe, de son installation et de sa mise en service ?*

M. Parks : *C'est exact. Je suis arrivé sur les lieux quelques jours avant que la construction ne soit achevée et j'ai pris les fonctions de directeur général à la fin des travaux. Bien entendu, les deux entrepreneurs et moi-même devions rendre des comptes aux divers inspecteurs fédéraux, notamment ceux du Sous-comité pour la sécurité des réacteurs nucléaires.*

Sénateur Hoyt : *Vous vous êtes donc formé une opinion sur la qualité des travaux effectués par ces deux entrepreneurs ?*

M. Parks : *Oui.*

Sénateur Hoyt : *Quelle opinion ?*

M. Parks : *Je dirais qu'il y avait de quoi être terrifié.*

Sénateur Stone : *Lourde accusation, monsieur Parks ! Voulez-vous dire que Prométhée n'a pas bénéficié, pour sa construction, du même niveau de qualité que les autres centrales nucléaires du pays ?*

M. Parks : *Au contraire. Disons plutôt que la plupart des autres centrales ont été construites avec la même absence de rigueur. Je trouve sidérant, terrifiant, comme je le disais, qu'on ait pu construire la plus grande et la plus moderne centrale nucléaire du monde avec une telle désinvolture.*

Représentant Holmburg : *Je crains de ne pas bien vous comprendre, monsieur Parks. Insinueriez-vous que les travaux ont été bâclés pour réaliser de plus gros profits ?*

M. Parks : *C'est une question difficilement explicable à un profane. Dans la plupart des travaux de construction, y compris pour les centrales à combustible fossile, on peut se permettre certaines défectuosités ; les normes de sécurité ne sont pas si rigoureuses. Dans le cas d'une centrale nucléaire, la moindre erreur, que ce soit au niveau de la conception d'ensemble ou de la réalisation, peut avoir des conséquences catastrophiques.*

Sénateur Clarkson : *Mais n'étiez-vous pas justement chargé de veiller à la conception d'ensemble ?*

M. Parks : *Pas uniquement. Pour Prométhée, nous avons dû travailler avec des entrepreneurs, des ingénieurs n'ayant aucune idée de ce qui pouvait arriver si le matériel ne répondait pas rigoureusement aux normes requises. En fait, ils ne s'en souciaient pas le moins du monde et cette attitude est rapidement devenue générale dans la centrale.*

Sénateur Stone : *Attitude, dites-vous ? C'est là un terrain où il est difficile d'avoir des certitudes.*

M. Parks : *Peut-être, mais c'est bel et bien cette attitude qui a conduit à la catastrophe de Cardenas Bay : trop de gens se fichaient complètement de ce qui pouvait arriver.*

PREMIÈRE JOURNÉE

— Dans dix minutes, nous atterrirons à Cardenas Bay, murmura la voix du pilote dans le haut-parleur.

Eliot Cushing s'étira dans son fauteuil. Quel voyage désagréable, pensa-t-il. Une fois de plus, la centrale qu'il visitait se trouvait en pleine cambrousse, près d'un trou perdu, sans un seul hôtel ou restaurant digne de ce nom.

— Gregory Parks doit venir nous accueillir, dit Brandt. Vous vous souvenez de lui, n'est-ce pas ? Le directeur de la centrale ?

— Non, vraiment pas.

Cushing se renversa dans son fauteuil et regarda au-dehors. La vitre ronde du hublot lui renvoya le reflet des visages de Brandt et de Walton. Ni l'un ni l'autre ne devrait lui poser de problèmes. Gerrold Walton, sous-fifre chargé des relations publiques, comptait pour moins que rien mais Hilary Brandt se montrerait peut-être plus coriace. Vice-président du département nucléaire de la Compagnie de l'Ouest, prenant de l'âge et de la brioche, Brandt se considérait encore comme un ingénieur, plutôt que comme un politicien. Les ingénieurs ont tendance à se montrer tatillons. Ils ont toujours trente-six bonnes raisons pour déclarer un projet irréalisable. En revanche, les politiciens, en général assez sensibles à l'argent, se laissent plus aisément convaincre.

Brandt avait l'air préoccupé, signe que lui aussi jaugeait son compagnon de voyage. Bientôt, il se mettrait à lui poser des questions, à lui donner l'assurance de ceci ou de cela, ce dont Cushing se serait volontiers passé pour l'instant.

C'est de Parks que je dois me soucier, songea Cushing en fermant les yeux. Travailleur, honnête, dévoué, ingénieur dans l'âme et totalement fermé à la politique : un type redoutable...

— Parlez-moi donc un peu de votre M. Parks, dit Cushing en

17

ouvrant les yeux. J'ai lu ses rapports : depuis trois mois, il ne cesse de se plaindre.

Brandt allait répondre quand la voix du pilote l'interrompit :

— Vous pouvez apercevoir la centrale sur votre droite. Nous allons la survoler dans une minute.

De la main, Cushing indiqua à Brandt que la réponse pouvait attendre et se pencha vers le hublot. Il découvrit une série de bâtiments que rien ne distinguait d'une usine ordinaire, si ce n'était, peut-être, l'absence de fenêtres.

L'absence de fenêtres et le dôme, gigantesque hémisphère blanc, brillant comme un miroir, posé sur une immense plate-forme de béton épaisse de plus d'un mètre. La plus grande centrale nucléaire du monde, se dit Cushing. Quatre réacteurs de trois mille mégawatts chacun ; douze mille au total. La plus grande, la plus perfectionnée.

— Parks ? rappela-t-il poliment à son voisin.

— Que voulez-vous savoir ? répondit Brandt, l'air mal à l'aise.

— Tout ce que vous jugerez utile.

— C'est probablement le meilleur ingénieur de la compagnie. Cela fait presque dix ans maintenant qu'il travaille dans le nucléaire. Il a été directeur adjoint de la centrale de Chippewa Falls avant de diriger celle-ci. Il est arrivé à Cardenas Bay il y a un an et demi.

— J'ai lu son dossier, fit Cushing, avec une pointe d'ennui dans la voix.

Il ouvrit sa serviette, en sortit quelques papiers et poursuivit :

— Les rapports qu'il vous envoie, et dont vous nous transmettez une copie, reprennent toujours les mêmes litanies. Il se plaint des entreprises qui livrent le matériel ; il se plaint du personnel ; même la centrale ne lui plaît pas. Il a fini par faire tourner en bourrique notre service des normes.

— Un bon ingénieur n'est jamais satisfait, fit Brandt d'une voix où perçait une certaine nervosité.

— Un bon ingénieur ne crie pas sans arrêt que le ciel va lui tomber sur la tête ! Vous savez bien que nous n'avons cessé de multiplier les normes de sécurité, ces dix dernières années.

Cushing mit une paire de lunettes et feuilleta rapidement parmi ses papiers.

— Tenez ! reprit-il. Ici, il se plaint que le système de refroidissement d'urgence du cœur du réacteur n'a pas été modifié comme il...

— Nous n'employons plus ce terme, glissa Walton.

Otant ses lunettes, Cushing leva les yeux vers l'homme qui venait de l'interrompre. La seule chose qu'il reprochait aux minables, c'était de chercher à ne plus être des minables. En outre, Walton appartenait, pour d'autres raisons, à ce genre d'individus pour lesquels on ressent une antipathie naturelle. Grand, large de carrure, il avait tendance à prendre de l'embonpoint. Ses costumes, coupés à la dernière mode, auraient semblé élégants sur des hommes de plus petite taille mais sur lui, ils donnaient l'impression qu'il avait les jambes et les bras trop longs. Bien qu'il approchât la quarantaine, il avait des traits étonnamment jeunes, sans maturité, qui cadraient d'ailleurs avec sa personnalité.

Cushing jeta un coup d'œil irrité à Brandt puis dit d'une voix calme :

— Vous n'employez plus quel terme ?

— Système de refroidissement d'urgence du cœur, répondit nerveusement Walton en rougissant. Nous disons modérateur d'excursion. Le mot « urgence » a toujours des résonances inquiétantes, pour l'homme de la rue.

— Je vois, dit Cushing en songeant qu'il aurait peut-être à partager sa chambre d'hôtel avec ce crétin... Il est marié, ce Parks ?

— Oui, répondit Brandt, qui s'essuyait le visage avec son mouchoir, mais son épouse n'est pas venue le rejoindre. Il faut croire qu'elle n'aime pas les petites villes.

— Un an et demi de séparation, fit Cushing. C'est intéressant. (Il écrivit quelques mots sur un carnet.) A quoi occupe-t-il ses loisirs ?

Walton ne manqua pas cette nouvelle occasion de se montrer utile :

— Il se passionne pour les tacots. A mon dernier voyage, il m'a trimbalé sur les petites routes dans sa vieille Réo. J'ai failli en avoir une descente d'estomac.

Ce minable gagne peut-être une partie de l'argent qu'on lui verse, après tout, se dit Cushing en griffonnant de nouveau sur son carnet.

— Voilà pour le grand patron. Qui est le numéro deux ? demanda-t-il.

— Tom Glidden.

— Comment a-t-il fait pour se hisser si haut ? fit Cushing en fronçant les sourcils.

Glidden, qu'il avait rencontré à plusieurs reprises, faisait pour ainsi dire partie des meubles, à la Compagnie de l'Ouest. C'était un homme qui passait le plus clair de son existence à éviter de prendre une décision. En conséquence, il ne s'était fait aucun ennemi mais aucun véritable ami non plus.

— Il y a longtemps qu'il travaille à la compagnie, expliqua Brandt.

— Vous avez commencé ensemble, si je me souviens bien, dit Cushing en hochant la tête. Oui, je comprends. Et le numéro trois ?

— Mark Abrams. Il est plus jeune que Parks. De l'intelligence, ou plutôt beaucoup de flair.

— Compétent ?

Brandt plissa légèrement les yeux en essayant de deviner ce que Cushing avait dans la tête.

— Oui, mais pas autant que Parks. Il faut dire qu'il n'a pas une expérience aussi longue.

Cushing possédait déjà tout un dossier sur Abrams mais il prit mentalement note des remarques de Brandt. Il rangea ses papiers dans sa serviette, qu'il referma d'un geste vif.

— Parks se déclare mécontent du fonctionnement de la centrale, dit-il. D'après lui, on ne peut pas encore la mettre en service à pleine puissance. C'est bien ça ?

— Je ne crois pas qu'il soit si mécontent que cela, répondit Brandt prudemment. En fait, il aimerait retarder sa mise en service de quelques semaines.

Cushing rangea ses lunettes dans la poche de sa chemise.

— Et vous, Hilary ? demanda-t-il. Vous pensez que la centrale est prête à tourner ?

— C'est ce que je suis venu voir sur place. Je dois d'abord...

— Vous savez ce qui est en jeu, Hilary ?

Se penchant en avant, Cushing regarda Brandt droit dans les yeux puis poursuivit, sans attendre de réponse :

— Douze mille mégawatts au total. De quoi alimenter la moitié de la Californie. L'équivalent de 144 millions de barils de brut. Combien vaut le baril de pétrole importé, aujourd'hui ? Environ vingt dollars ? Cela fait près de trois milliards de dollars par an ! Voilà de quoi faire pencher notre balance des paiements dans le bon sens ! La centrale a coûté cinq milliards, dont la majeure partie provient du gouvernement. Prométhée, mon cher Hilary, constitue la clef de voûte de notre autonomie dans le domaine énergétique. Elle nous servira de prototype pour la construction d'une douzaine de centrales de même puissance. Il nous a fallu huit ans pour en arriver là.

Cushing se renversa dans son fauteuil, resta un moment silencieux puis reprit :

— En qualité de directeur général, Parks a toute autorité pour retarder la mise en service s'il juge que la centrale n'est pas prête à fonctionner.

— Il estime qu'il y a des risques, dit Brandt, le visage à nouveau en sueur.

— Et vous ? fit Cushing en se redressant. Nous avons fixé une date de mise en service il y a trois mois et vous l'avez acceptée. Mais la convention a lieu la semaine prochaine et vous vous rendez compte du retentissement qu'elle aurait si le parti pouvait y annoncer que, désormais, nous nous suffisons à nous-mêmes, que Prométhée vient de commencer à alimenter le réseau national !

Le visage de Brandt pâlit légèrement, se ferma.

— Aucun membre de la commission n'a le droit de nous imposer une décision, Eliot, fit-il d'un ton ferme.

— Loin de moi cette idée, dit Cushing en haussant les épaules. Le gouvernement a toujours reconnu qu'en dernière instance, c'est la compagnie qui possède et fait fonctionner la centrale qui doit trancher en matière de sécurité. Les sociétés assurant des services publics ont toujours parfaitement coopéré avec le gouvernement. A l'avenir, notre coopération sera encore plus étroite.

La voix du pilote se fit de nouveau entendre dans le haut-parleur :

— On dirait qu'il se passe quelque chose sur la plage.

Se penchant vers le hublot, Cushing s'aperçut que l'avion survolait à présent la côte. A quelques dizaines de mètres de l'océan, des petites lumières trouaient l'obscurité, sans doute des phares de voiture.

— Probablement des jeunes qui s'amusent sur la plage, marmonna Brandt.

L'appareil se mit à descendre en s'éloignant de la côte. Par-dessus l'épaule de Brandt, Cushing aperçut au loin le rectangle lumineux de la piste d'atterrissage.

— Hilary, fit-il, songeur. Que va faire Parks lorsqu'il découvrira qu'il ne lui reste plus que trois jours et non deux semaines avant la mise en service de Prométhée ?

*
**

Dans le bureau, l'air semblait chargé d'électricité, comme avant l'orage. La tension telle qu'on l'eût dit palpable, songeait Parks. Chacun des quatre hommes qui s'y trouvaient avait de bonnes raisons de détester les trois autres, avec qui pourtant il lui fallait coopérer.

— Je ne comprends pas, fit Barney Lerner, furieux. Pourquoi si tôt ?

Parks prit dans sa corbeille à papiers une feuille jaune toute chiffonnée qu'il lissa de la main sur son bureau avant de la tendre à Lerner.

— Lisez vous-même, dit-il. On nous informe que Brandt et Cushing arrivent ce soir à sept heures, sans autre précision. Je suis censé aller les accueillir.

— Vous avez aussi mentionné un certain Walton, dit Abrams d'un ton parfaitement calme et détendu. Qui est-ce ?

— Jerry Walton, répondit Parks sans chercher à cacher son antipathie pour le personnage. Expert en relations publiques, paraît-il. Comme vous ne travaillez pas depuis longtemps pour la compagnie, vous n'avez jamais eu le plaisir — plutôt douteux — de le rencontrer.

Abrams se contenta de hocher la tête, sans se hasarder à émettre une opinion. D'ailleurs, il ne se risquait jamais à faire part de son sentiment sur quoi que ce fût. Maigre, de constitution fragile, renfermé, Mark Abrams avait gardé l'empreinte des deux années qu'il avait passées à West Point avant d'abandonner l'idée de faire carrière dans l'armée. Sans avoir besoin de regarder sous la table, Parks savait que ses souliers étaient, comme toujours, parfaitement astiqués. Un type brillant, songeait Parks, mais sans expérience, sans indulgence pour quiconque. Abrams se débrouillerait parfaitement jusqu'au jour où il serait confronté à une situation réclamant un homme de bon sens et non un brillant sujet. Parks se demandait ce qui se passerait alors.

— Personne ne répond à ma question, dit Lerner d'un ton sarcastique. Pourquoi si tôt ? La cérémonie d'inauguration n'aura lieu que dans deux semaines. Vous n'allez pas me dire qu'un vice-président

21

de la compagnie et un vice-président du Comité fédéral vont traîner ici deux semaines avant de couper le ruban ! En tout cas, ne comptez pas sur moi pour leur faire passer le temps !

— Personne ne vous l'a demandé, Barney, dit Parks calmement.

Le visage déjà rougeaud de Lerner devint rubicond sous l'effet de la colère. Cheveux roux, teint vermeil, c'est l'Homme rouge, songea Parks ; même ses convictions politiques tirent sur le rose. Parks savait, d'après son dossier, que Lerner avait milité dans divers mouvements estudiantins. Toutefois, les enquêtes effectuées sur son compte concluaient toutes que ses convictions ne l'avaient jamais entraîné au-delà de la phraséologie. Malheureusement, il n'avait rien perdu, à trente ans, de son goût immodéré pour les sarcasmes. S'il n'avait été un chef des services de sécurité aussi compétent, Parks l'aurait peut-être congédié depuis longtemps. La rudesse de ses propos avait plus d'une fois provoqué des remous dans le service qu'il dirigeait. En outre, l'existence de Karen ne simplifiait pas les rapports entre les deux hommes.

— Il s'agit probablement d'une simple visite de routine, dit Glidden. Cela fait des mois que nous n'avons pas vu de grosses légumes.

Se tournant vers lui, Lerner répliqua, d'un ton acerbe :

— Et le téléphone arabe, qu'est-ce qu'il dit ? Vous êtes bien placé pour avoir des tuyaux, Tom.

Parks se sentit soudain pris de pitié pour le pauvre Glidden, dont le visage virait au pourpre. Si Lerner était l'Homme rouge, Glidden était l'Homme gris ; tout en lui évoquait la grisaille : ses propos, son maintien, sa personnalité. Engagé par la Compagnie dès sa fondation, il avait gravi les barreaux de l'échelle à l'ancienneté, pour ainsi dire. Occupant des fonctions dépassant de beaucoup ses capacités, il était condamné, jusqu'à la retraite, à s'emmêler péniblement les pieds huit heures par jour. Pourtant, Parks se serait plus volontiers confié à lui qu'à Abrams ou à Lerner car il avait un côté humain qui manquait aux deux autres. Abrams constituait une menace ; il attendait patiemment que Parks commît un faux-pas fatal à sa carrière pour prendre sa place. Quant à Lerner, c'était le genre d'homme à vous rappeler trois fois par semaine les erreurs que vous aviez commises.

— Je ne sais rien de plus que tout le monde, répondit Glidden d'une voix mal assurée. Pourquoi serais-je au courant ?

Malgré sa carrure imposante, il semblait étrangement fragile, vulnérable.

— Parce que vous êtes le petit copain de Brandt, rétorqua Lerner. Vous avez fait vos classes ensemble, à la Compagnie.

— Ça suffit, Barney, trancha Parks.

Avec un tel manque de tact, songea-t-il, sa carrière politique a dû être de courte durée. Et il n'a sûrement pas perdu la dent qui lui manque dans l'armée israélienne, comme il le prétend, quand il y a fait son service à l'âge de vingt-six ans.

22

L'interphone le tira de ses réflexions.

— M. Paul Marical demande à vous voir, monsieur Parks, fit la voix de sa secrétaire. Il dit que c'est urgent.

Marical, l'éternel malade, se dit Parks avec une pointe d'irritation. Rhume, grippe, intoxication alimentaire, sinusite, tout y passait.

— Faites-le entrer.

Marical avait la taille et la stature de Lerner mais chez lui, le noir remplaçait le rouge. Petit, effacé, il aurait fait un excellent collaborateur s'il s'était montré plus souvent au bureau.

— Désolé de vous déranger, monsieur Parks, fit-il en parcourant la pièce d'un regard nerveux. Les lames de hacheur livrées par Fulton n'ont pas la bonne taille. Si on ne nous les échange pas rapidement, il va falloir fermer tout le circuit de récupération du combustible. Ils disent qu'ils peuvent nous envoyer les bonnes demain par avion mais en nous comptant un supplément.

— Bien sûr ! C'est nous qui devons payer quand ils font une gaffe !

Marical tendit le bon de commande à Parks, qui songea un instant à le jeter à la corbeille mais finit par le signer.

— Vous vous sentez bien, Paul ? dit-il en fronçant les sourcils. Vous avez une mine épouvantable.

— Ça va, merci, fit Marical, l'air gêné. Juste une petite indigestion. Rien de grave.

Dès que Marical eut quitté le bureau, Lerner attaqua :

— Vous connaissez leur slogan publicitaire ? « Fulton vous donne quelque chose en supplément. » Ça, on peut le dire !

Ignorant la remarque de Lerner, Parks dit pensivement, en levant successivement le pouce, l'index et le majeur :

— Brandt, Cushing et Walton. Brandt tout seul, ce serait une affaire intérieure à la Compagnie ; Brandt et Cushing, une simple inspection, mais avec Walton en plus, ce n'est ni l'un ni l'autre, et je crois savoir de quoi il retourne.

Les trois autres tournèrent les yeux dans sa direction.

— Je crois qu'on veut avancer la mise en service de deux ou trois jours.

Après un instant de silence, Lerner explosa :

— Vous plaisantez ! Nous ne serons pas prêts avant un mois.

— C'est faux, lâcha calmement Abrams. En fait, la centrale pourrait fonctionner dans quarante-huit heures. Le quatrième réacteur tourne actuellement au quart de sa puissance. Nous augmentons progressivement la température de la pile et de son enveloppe pour éviter les effets d'une brusque élévation thermique. Maintenant que nous avons vérifié l'ensemble des structures, nous devrions amener assez rapidement les réacteurs à leur pleine puissance.

— Bien sûr, fit Lerner, sarcastique. On peut toujours faire des miracles en prenant des risques, mais en allant trop vite, on court le danger de bousiller une pièce secondaire.

— J'ai moi-même des objections à leur opposer, dit Parks. Mais s'ils vous demandent votre avis, qu'est-ce que vous leur direz, en qualité de responsable de la sécurité ?

— Je leur dirai d'aller se faire voir, répondit Lerner, le visage plus rouge que jamais. Le mois dernier, nous n'avons pas eu trop d'ennuis mais si je devais vous faire un rapport sur toutes les défectuosités constatées avant, il me faudrait plusieurs heures : par exemple, une armature censée être en cupronickel qui était en fait en acier inoxydable. Elle aurait tenu deux semaines et ensuite Prométhée Un aurait pris le chemin du tout-à-l'égout. Ajoutez à cela une vingtaine de soudures défectueuses qui avaient mystérieusement échappé aux premiers contrôles ; et n'oublions pas la vanne de diffuseur que ces crétins de chez Renkin avaient montée à l'envers. Vous savez ce qui ce serait passé si nous ne l'avions pas vu ?

— Mais nous l'avons vu, objecta Abrams. Ce n'était donc pas si grave.

— Abrams, vous ne tenez pas vos comptes à jour, moi si ! C'est la quatrième fois en un mois que les petits génies de chez Renkin se montrent incapables de faire une simple addition ! Et Renkin construit la moitié des réacteurs du pays !

— Qu'en pensez-vous, Mark ? demanda Parks.

Abrams, qui ne s'attendait pas à être mis sur la sellette, eut l'air légèrement embarrassé.

— De toute façon, nous n'en sommes qu'au stade des suppositions, dit-il enfin. On ne nous a pas demandé d'avancer la date de mise en service et je crois que nous perdons notre temps à discuter d'une éventualité tout hypothétique.

— Mais si on nous le demande ? insista Parks.

— Eh bien... Cela dépendra des circonstances.

— Je l'aurais parié, fit Lerner, méprisant.

— Tom ?

Comme chaque fois qu'on l'acculait à prendre parti, Glidden jetait des regards en tous sens pour deviner de quel côté allait pencher la balance.

— Je crois que nous pourrions rapprocher la date, d'un jour ou deux, peut-être, si tout se passe bien.

Le roi du compromis, pensa Parks, écœuré. Une fois de plus, on lui laissait la responsabilité de prendre une décision. A l'exception de Lerner, personne ne le soutiendrait : Glidden chercherait une échappatoire et Abrams éviterait de se prononcer jusqu'à la dernière minute.

— A moi de trancher, comme d'habitude, dit-il d'un ton sec, en se levant. Nous n'allons pas avancer la date : je vais au contraire demander un délai supplémentaire de quinze jours. Nous ne sommes pas prêts et nous ne le serons pas davantage dans une ou deux semaines.

La lueur qu'il vit briller dans les yeux d'Abrams le fit sourire intérieurement.

— Mark, poursuivit-il, et vous aussi, Tom, vous allez me préparer

24

un rapport détaillé sur toutes les difficultés que nous avons rencontrées jusqu'à ce jour, ainsi qu'une estimation argumentée de la date à laquelle la centrale pourra commencer à fonctionner en toute sécurité. Barney, vous chargerez vos services statistiques de me fournir une étude sur les probabilités d'accident en prenant pour base tous les éléments qui pourraient être défectueux. Je veux également une analyse des défectuosités relevées par les équipes de Fabel. Soignez le travail, messieurs. Ces documents feront partie de mon rapport aux huiles.

La lueur s'éteignit dans les yeux d'Abrams et Glidden eut l'air mal à l'aise. Parks fourra quelques papiers dans sa serviette.

— Barney, vous voulez m'aider à vérifier le système de commande de la galerie ?

— Le nouvel ordinateur s'en chargera, fit Abrams, d'un ton pincé. Je l'ai vérifié moi-même.

— Vous avez aussi vérifié son opérateur ? demanda sèchement Parks. L'ordinateur ne vaut que ce que vaut l'homme qui le programme, ne l'oubliez jamais.

En sortant de son bureau, Parks se sentit épuisé. Depuis des semaines, il travaillait d'arrache-pied, comme d'ailleurs l'ensemble du personnel de la centrale, ce qui ne laissait pas de l'inquiéter. La fatigue fait commettre des erreurs et dans le cas de Prométhée, la moindre erreur pouvait entraîner une catastrophe.

*
**

Quelle chouette idée d'aller ramasser des clams après le dîner, pensait Rob Levant. Willy avait d'abord dit qu'il préférait regarder la télé mais quand son père et sa mère avaient commencé à se quereller, il avait décidé de sortir.

La marée était basse quand ils arrivèrent sur la plage et ils se mirent à creuser le sable humide, tout près du terrain appartenant à la Compagnie de l'Ouest. Comme d'habitude, ce fut Rob qui gagna en ramassant le plus de coquillages.

— C'est de famille, se vanta-t-il. Si ton père était pêcheur, tu saurais où creuser pour en trouver... Pourquoi ils se disputaient, tes parents ?

— Mon père devait retourner travailler ce soir. Ça fait trois semaines qu'il fait des heures supplémentaires et maman dit qu'il va se ruiner la santé, expliqua Willy.

Chez les pêcheurs, on ne fait pas d'heures supplémentaires, songea Rob. On se lève avant le soleil et on travaille jusqu'à la fin de l'après-midi, tous les jours, à moins qu'il ne fasse trop mauvais pour sortir en mer. Il vit soudain la main de Willy se glisser dans son seau et la repoussa brusquement.

— Cherche-les toi-même, protesta-t-il. Ce n'est pas ma faute si tu ne sais pas les trouver !

— Pourquoi tu me montres pas ? Tu as peur que j'en trouve plus que toi ?

— D'accord, concéda Rob. La prochaine fois, je te montrerai les bons coins.

— Tu m'as déjà dit ça la dernière fois, fit Willy, méfiant.

Il s'empara du seau de son camarade et s'enfuit en criant :

— C'est bien fait ! Tu n'avais qu'à me dire comment les trouver !

Rob se lança à sa poursuite en courant sur le sable mouillé. Il trébucha en posant le pied sur un de ses lacets dénoués mais ne s'arrêta pas pour le renouer. Willy semblait ralentir, il allait le rattraper. D'un bond, il sauta par-dessus une sorte de gros piquet presque couché sur le sable. Au moment où il allait toucher le sol, son lacet s'accrocha quelque part et il tomba à plat ventre sur le sable. Il resta un moment étendu puis se redressa pour se libérer. Examinant de plus près ce qu'il avait pris pour un piquet, il se mit à hurler de terreur.

— Laissez-moi ! Laissez-moi !

Une main d'homme, surgie du sable, le retenait prisonnier. Willy, qui s'était arrêté en entendant les cris de son ami, s'approcha prudemment. Il se méfiait ; Rob lui avait déjà joué la comédie.

— Rob ? Qu'est-ce qu'il y a ?

Le cœur battant à tout rompre, Rob luttait pour se dégager de la main, qui finit par lâcher prise. L'enfant courut quelques mètres, se retourna pour voir si l'homme le poursuivait et s'aperçut alors que la forme ne bougeait pas, que seul un bras émergeait du sable. Il s'arrêta de courir, s'approcha lentement, et entendit soudain Willy pousser un cri d'horreur derrière lui.

La lune éclairait à présent suffisamment la plage pour que les deux enfants pussent distinguer, à moitié enfoui dans le sable, le visage d'un cadavre en décomposition.

***

Parks posa la main sur le bouton d'appel de l'ascenseur mais ne le pressa pas. Scrutant le visage de son patron, Lerner lui demanda :

— Vous allez vraiment réclamer un délai de deux semaines ?

— C'est un mois qu'il nous faudrait, répondit Parks.

Il hésita un instant puis poursuivit :

— Ils vont refuser, vous vous en doutez.

— Quelle bande de salopards !

Tout était toujours si simple pour Lerner, se dit Parks, qui sentait monter en lui un sentiment d'irritation. A ses yeux, tout le monde avait la frousse, excepté lui, bien entendu.

— Vous savez qui transmettra votre rapport, Barney ? Brandt et Cushing. Si ça ne marche pas, on pourra toujours réclamer la nationalisation de la centrale. Les usines aux travailleurs ! C'est bien comme ça qu'on dit ?

Surpris, furieux, Lerner le regarda un moment sans savoir que répondre puis finit par dire :

26

— Vous frappez au-dessous de la ceinture. Si mon passé politique ne vous convenait pas, vous n'étiez pas obligé de m'engager.

— Excusez-moi, Barney, fit Parks en appuyant sur le bouton de l'ascenseur. Mettez cela sur le compte de la fatigue. Vos opinions politiques ne me dérangent pas plus aujourd'hui qu'à l'époque où vous êtes entré à la Compagnie. Les étudiants gauchistes que j'ai connus ont tous fini dans la peau de placiers en assurances ou de poseurs de bombes. Vous, au moins, vous avez tourné différemment.

Dans l'ascenseur, Lerner ne cessait de remuer nerveusement, comme s'il hésitait à aborder une question embarrassante. Parks attendait en silence qu'il se jetât à l'eau.

— Karen et moi sommes fiancés, lâcha-t-il enfin.

— Félicitations, répondit Parks... Elle est au courant ?

— Demandez-lui donc ! fit Lerner, le visage empourpré.

— Elle me le dira si elle en a envie. En tout cas, je lui garde toute mon amitié.

— Même si elle ne couche plus avec vous ?

— C'est une question qui ne concerne qu'elle et moi, répondit Parks en s'efforçant de rester calme.

Les portes de l'ascenseur s'ouvrirent. La galerie d'observation, vaste salle dont la longue paroi de verre surplombait les réacteurs, était déserte à l'exception d'un technicien assis devant un tableau de contrôle.

— Comment ça marche, Jeffries ? demanda Parks.

— Tout va bien. Je vérifie la conformité de certaines parties du programme avec les tableaux du système de contrôle central.

Parks regarda à travers la paroi de verre épaisse de dix centimètres, capable, du fait de sa haute teneur en plomb, d'arrêter toute radiation, à l'exception des rayons gamma à haute énergie. Non pas qu'il y eût lieu de s'inquiéter: les piscines de refroidissement et les boucliers des réacteurs remplissaient cette fonction.

Pourtant, lorsqu'on manipulait les barres de combustible usagées, on prenait encore d'autres précautions pour que la salle des réacteurs ne présentât pas un danger mortel. Depuis plus de six mois, les quatre réacteurs fonctionnaient au quart de leur puissance, ce qui avait permis d'opérer les modifications nécessaires sur le matériel auxiliaire. Les déchets accumulés dans les réacteurs ou dans les puits de stockage s'élevaient à présent à dix milliards de curies, soit une masse énorme de matière radio-active. Si ces puits n'avaient été munis de système de refroidissement par eau, les faisceaux de combustible auraient fondu sous l'effet de la chaleur dégagée par leur décroissance radio-active.

En bas, la salle était déserte à présent mais dans une heure, elle grouillerait d'activité. Le réacteur numéro un, refermé, approchait du point critique tandis que les réacteurs deux, trois et quatre avaient le caisson ouvert. L'énorme pont roulant qui avait soulevé les couvercles des caissons courait d'un bout à l'autre de la salle. Dans les piscines flanquant les réacteurs, des nuages de vapeur dansaient à la surface de l'eau, agitée, de temps à autre, par une vague lorsque les pompes du système de refroidissement se remettaient à fonctionner.

— Laissez-moi votre place un instant, Jeffries...

Parks s'installa sur le siège abandonné par le technicien, appuya sur un bouton marqué « Vidéo, réacteur quatre », puis leva les yeux vers la rangée d'écrans à tubes cathodiques. Sur le premier, l'image s'éclaircit rapidement, révélant le cœur du réacteur en opération. Des faisceaux d'éléments de combustible apparurent au centre de l'écran, entourés par des barres de contrôle à moitié enfoncées. L'effet Tcherenkov éclairait l'intérieur du réacteur d'une lumière étrange, blanche sur l'écran mais verdâtre en réalité.

Fasciné, Parks contempla un instant les pulsations de la lumière puis pressa le bouton Salle de commande. Sur l'écran apparut une pièce longue et étroite où trônait, tout au fond, un ordinateur. Absorbés par leurs tâches, les techniciens qui y travaillaient ne remarquèrent pas le voyant rouge qui s'allumait lorsque la caméra se mettait à les filmer.

— Comment va le programme, Delano ? fit Parks.

L'homme au visage fatigué qui se trouvait au premier plan eut l'air surpris puis remarqua la petite lumière rouge.

— Pas très bien, Greg. Nous avons élevé la température de Prométhée Un jusqu'au seuil mais nous avons encore des réponses parasites sur les canaux douze à quinze. Je suis passé deux fois sur commande manuelle cet après-midi.

A l'arrière-plan, quatre techniciens, penchés sur leurs tableaux, annonçaient, comme à la criée, les températures des barres de combustible.

« *J'ai huit cents degrés Kelvin au faisceau vingt...* »

« *Delta T est à moins cinquante pour le vingt et continue de tomber.* »

— Attendez ! dit soudain l'un des techniciens. J'ai un Delta T positif au faisceau 1 - 5 - 0.

Il vérifia le tableau placé en face de lui puis confirma :

— Positif, et ça continue à grimper.

— Il y a un pépin, soupira Delano, l'air découragé. Système automatique ?

— Pas encore déclenché, dit un autre technicien, une trace d'émotion dans la voix.

Parks et Lerner se regardèrent.

— Commande manuelle, murmura Parks.

— Commande manuelle, répéta Delano. Barres aux trois quarts.

— Delta T toujours positif.

Parks s'imaginait entendre le ronronnement des moteurs hydrauliques actionnant les barres de contrôle.

— J'ai une barre coincée !

— Prêt pour l'arrêt d'urgence, fit calmement Delano.

Un arrêt d'urgence risquait d'endommager les assemblages de combustible si, par malheur, l'un d'eux présentait un flambement,

28

se dit Parks. L'arrêt d'urgence consistait à enfoncer rapidement et à fond toutes les barres de contrôle. Parks rétablit l'image de l'intérieur du réacteur sur un autre écran, l'examina sans perdre une seconde.

— Delano ! cria-t-il dans le micro. Il y a une rupture de gaine au 200 !

Dans la curieuse lumière qui éclairait la pile, le faisceau de combustible 200 se tordait à son extrémité. Le gainage en alliage de zirconium d'une des barres de combustible s'était défait et le faisceau tordu avait bloqué une barre de contrôle.

— Barres de contrôle à fond dans le quadrant trois, ordonna Delano.

Sous les yeux de Parks, les barres de contrôle quittèrent leur logement, au fond du réacteur, pour s'enfoncer dans le quadrant où se trouvait le faisceau de combustible déformé. L'une des barres heurta le faisceau, s'arrêta ; le moteur hydraulique qui la commandait peina un instant puis réussit à l'enfoncer dans le groupe d'éléments tordus.

— Négatif ! cria un technicien.

Un soupir de soulagement collectif sembla traverser la salle de commande. Parks s'aperçut qu'il avait le front couvert de sueur.

— Ça va, Delano, dit-il. Ramenez en dessous du point critique.

— Mais le programme est encore...

— Laissez tomber le programme ! Ramenez-le par commande manuelle.

— Vous avez entendu ? fit Delano à ses collègues. On descend.

« *Neuf cents degrés Kelvin, huit cent cinquante, sept...* »

— Nous sommes sous le point critique, annonça un autre technicien.

— Emission infrarouge ? demanda Delano.

— Force trois.

— Prévenez le contrôle SOMO. On a eu chaud, fit Delano en se tournant vers la caméra.

— Drôlement, dit Parks avant de couper la communication.

Il resta un moment silencieux devant l'écran vide puis murmura, comme s'il se parlait à lui-même :

— Je croyais que nous avions vérifié tous les faisceaux avant-hier.

— Pas tous, corrigea Lerner. Juste un échantillonnage.

— On peut les remplacer ?

— Cela reviendra au même. Nous ne pouvons pas contrôler un par un tous les assemblages que nous recevons.

— Bon. On va lui ouvrir le ventre dès qu'il aura refroidi. Heureusement qu'on a un système de refroidissement auxiliaire. Il y a cinq ans, on aurait dû attendre plusieurs jours.

— Vous allez en parler à Brandt ? On l'a échappé belle.

— Je vais en parler à Brandt, fit Parks.

Dans le haut-parleur, la voix d'un technicien appelait calmement :

« *Contrôle SOMO, Contrôle SOMO, ici Cardenas Bay. Nous émettons force trois.* »

— Oui, on l'a échappé belle, se répéta Parks.

*
* *

A huit cents kilomètres à l'est de Cardenas Bay, bien au-dessus de la stratosphère, SOMO III — satellite orbital militaire d'observation — filait à 24 300 km/h. Cinq cents kilomètres plus bas, à Denver, dans le Colorado, une équipe de techniciens installée dans les soussols bétonnés de l'usine de construction aéronautique Templar étudiait les signaux envoyés par le satellite. Vêtus de combinaisons jaunes portant dans le dos le dessin stylisé d'un satellite, entouré des mots : « Division spatiale », ils parlaient à voix basse, prenaient des notes dans une sténo mystérieuse et observaient attentivement les images que SOMO envoyait sur une série d'écrans de télévision.

Assis dans la pièce circulaire où s'alignaient plusieurs rangées de sièges, Frank Tebbets sirotait une tasse de café. Il but une gorgée, regarda sa montre puis reporta les yeux sur les techniciens vêtus de jaune qui s'affairaient quelques mètres plus bas. Le nouveau type envoyé par l'armée de l'Air était en retard, naturellement. Aucun des militaires détachés au centre n'arrivait à l'heure mais le capitaine Kloster battait tous les records. Le briefing était prévu pour 15 heures et il était déjà plus de 17 heures.

Tebbets regarda l'image projetée sur l'un des écrans, appuya sur un bouton du tableau qui se trouvait en face de lui.

— Vous n'êtes pas synchro, numéro trois, dit-il.

Dans le petit écouteur collé contre son oreille droite, il entendit une voix lui répondre d'un ton tranquille. Sur l'écran, l'image s'éclaircit puis disparut.

— Le panneau solaire trois donne mal, fit la voix dans son oreille.

— Il est probablement à l'ombre. Faites tourner le satellite de cinq degrés.

Tebbets se demandait s'il allait montrer son irritation en laissant son gobelet à café à moitié vide sur la chaise réservée au nouveau lorsque Kloster entra. A en juger par l'haleine du capitaine, la réception de bienvenue avait été un succès.

— Formidable, la cantine des cadres, fit Kloster avec un soupir de satisfaction.

— Moi, je n'y mets plus les pieds depuis trois mois, dit Tebbets malicieusement. Je me méfie maintenant.

— Pourquoi ? demanda le capitaine, dont le sourire satisfait s'évanouissait.

— Oh, rien de grave. Probablement un truc pas frais.

Kloster enleva sa casquette bleu marine et la posa à côté de lui sur une chaise. Pendant un moment, il resta silencieux, se demandant si Tebbets le mettait en boîte.

— J'ai raté quelque chose ? demanda-t-il enfin, d'un ton froid.

— SOMO III vient juste de franchir le cercle terminateur. Vers quatre heures, nous avons reçu des images assez bonnes de manœuvres de blindés en Sibérie, près de la frontière chinoise.

— De SOMO III ? fit Kloster, visiblement déçu d'avoir manqué le spectacle.

— Non, de SOMO IV. SOMO III approche de la côte ouest, maintenant. Les images sont bonnes, il n'y a pas trop de nuages.

— Et l'image par infrarouge ?

Le capitaine a pioché dans les bouquins avant de venir, pensa Tebbets.

— Charlie, dit-il dans le micro. Passe-nous l'infrarouge.

Sur l'écran principal, l'image disparut puis se reforma, étrange, avec des valeurs tonales inversées.

— Cette forte marbrure, au nord, c'est une zone de haute pression qui descend vers l'Oregon, expliqua Tebbets. La masse brillante, sous Los Angeles, c'est un incendie de forêt qui brûle depuis trois jours.

— Et ces petits points clairs, le long de la côte ?

— Des sources de chaleur industrielles : centrales à combustible fossile et nucléaires, fonderies, raffineries, etc. Chacune émet un spectre calorifique différent.

— Et là-bas, au milieu de l'océan ?

— Voyons un peu, fit Tebbets en consultant une liste... C'est le *Garfish*, un sous-marin de type Poséidon basé à San Diego. Vous voyez cette espèce de flou, autour du point ? Cela veut dire qu'il est à moitié immergé.

Dans l'oreille de Tebbets, une autre voix annonça :

— Cardenas Bay nous informe qu'ils sont descendus à force trois.

— Vous observez aussi les centrales énergétiques ? fit Kloster, surpris.

— Seulement les centrales nucléaires. Elles nous communiquent régulièrement leurs radiations infrarouges pour que nous ne les prenions pas pour une ogive arrivant dans le secteur.

Le capitaine d'aviation avait à présent l'air de s'ennuyer mortellement.

— Je pensais que SOMO vous donnait de meilleures images, dit-il d'un ton désinvolte.

Attends un peu, se dit Tebbets.

— Charlie ? Passe sur visuel, zoom trois.

Sur l'écran principal, l'image s'inversa, perdit son étrangeté et révéla la ligne de la côte, les masses sombres des forêts, des collines. Altitude apparente d'environ 300 mètres, estima Tebbets, qui ordonna une légère rotation du satellite pour obtenir une meilleure vue. La centrale de Cardenas Bay apparut très nettement sur l'écran ; des petits points lumineux brillaient dans le parking, au nord du bâtiment principal.

— C'est gigantesque, comme centrale, fit Kloster.

— Les bâtiments situés en bas de l'écran abritent les réacteurs. L'usine de retraitement se trouve un peu plus haut, juste à côté. Ils sont reliés par des galeries souterraines, pour des raisons de sécurité.

— Intéressant, fit Kloster, qui se donnait un mal de chien pour ne pas avoir l'air impressionné.

— Zoom sept, Charlie, demanda Tebbets, agacé par le comportement du capitaine.

— Nous perdons l'image, répondit la voix dans son oreille. Nous avons dépassé les limites de correction latérale.

L'océan venait d'apparaître sur l'écran.

— Mets toute la gomme, Charlie.

L'image de la plage leur sauta au visage. Les deux hommes aperçurent deux jeunes garçons qui semblaient les regarder droit dans les yeux.

— Ça alors ! s'écria Kloster, qui en oubliait de jouer les blasés. De plus de trois cents kilomètres et presque dans le noir ! Incroyable !

Je préfère ça, se dit Tebbets.

— Voilà à quoi nous employons l'argent de l'armée, fit-il en souriant.

Lorsque les deux garçons disparurent de l'écran, Tebbets aperçut près de l'eau une masse sombre qu'il n'avait pas encore remarquée.

— Affine la mise au point, Charlie. Essaie avec le vernier.

Les contours de la masse sombre devinrent plus précis, aisément reconnaissable malgré le crépuscule.

— Bon Dieu ! C'est un cadavre ! s'écria Kloster en se penchant en avant, fasciné.

— A moitié enfoui, ajouta Tebbets. La marée a dû emporter le sable qui le recouvrait.

Il tendit le bras pour décrocher le téléphone mais Kloster arrêta son geste.

— Qu'est-ce que vous alliez faire ? demanda sèchement le capitaine.

— Il faut prévenir quelqu'un, répondit Tebbets, surpris.

— Pas question. SOMO est ultra-secret.

— Mais nous ne pouvons pas...

— Nous pouvons parfaitement, trancha le capitaine. Ce n'est qu'un cadavre, il ne va pas s'envoler.

*
**

Avec la nuit, l'air s'était légèrement rafraîchi, un peu trop même au goût de Hilary Brandt. Je commence à vieillir, pour frissonner ainsi à la tombée de la nuit, pensa-t-il. Debout sous un des réverbères éclairant la piste, il regardait le pilote décharger leurs bagages. La lumière de la lampe au mercure donnait au visage de l'homme un teint pâle, presque bleuâtre. Moi aussi, je dois avoir l'air malade, songea Brandt, mais à la différence du pilote, je le suis vraiment. Trop de soucis, conclut-il, trop de travail. Bientôt les docteurs lui confirmeraient ce qu'il savait déjà depuis longtemps : la machine se déglinguait de l'intérieur.

— Je croyais que votre Parks devait venir nous accueillir ? dit Cushing avec une pointe d'irritation.

— Nous avons dix minutes d'avance. Il est toujours très ponctuel.

— Comme tous les bons ingénieurs, rétorqua Cushing, refusant de se laisser amadouer.

Un bruit de moteur se fit entendre au loin. Quelques instants plus tard deux voitures approchèrent de la piste : un break et une guimbarde, massive, imposante et d'un âge canonique.

— Occupez-vous des bagages, George, fit dans l'obscurité une voix où perçait la fatigue.

Un garde vêtu de l'uniforme de la Compagnie de l'Ouest commença à charger les valises dans le break, tandis que Parks sortait de l'obscurité. Grand, âgé d'une quarantaine d'années, il avait une stature athlétique malgré son dos, légèrement voûté, d'intellectuel. Son nez semblait trop large pour son visage plutôt étroit et ses cheveux étaient, comme de coutume, coiffés à la diable.

Brandt remarqua que Parks, lui aussi, portait les marques du surmenage : le front sillonné de rides, les tempes grisonnantes. La centrale nous écrase tous lentement comme une meule, se dit-il.

Pourtant, la poignée de main de Parks n'avait rien perdu de sa fermeté.

— Comment allez-vous, Hilary ? fit Parks, avant d'adresser un signe de tête à peine poli à Walton.

— Eliot, dit Brandt à Cushing, je vous présente Gregory Parks, notre directeur général.

Les deux hommes se serrèrent la main en murmurant les formalités d'usage, chacun prenant la mesure de l'autre. Si Cushing, comme à son ordinaire, ne laissait rien paraître de ses impressions, il y avait dans l'attitude de Parks une certaine brusquerie indiquant qu'il avait déjà arrêté son opinion sur le nouveau venu. Le directeur de Prométhée avait d'ores et déjà classé Cushing parmi les bureaucrates inutiles et ne tarderait pas à le lui faire sentir.

— Je vous ai retenu des chambres au Bay Lodge, dit Parks, l'air parfaitement à l'aise. Mike peut vous emmener avec le break si vous ne tenez pas à vous risquer dans ma voiture.

— Il paraît que vous aimez les tacots, dit Cushing aimablement. Va pour la guimbarde : je crois que je n'ai jamais vu ce modèle.

Parks caressa amoureusement le capot de la grosse voiture, flanqué de chaque côté par les roues de secours encastrées dans les ailes.

— C'est une Réo Custom Royale 1931, modèle sport. Carrosserie dessinée par Alexis de Saknoffsky, fit-il en guettant la réaction de Cushing.

Ce dernier hésitait, cherchait une remarque ou une question pertinente, qui montrerait un intérêt que manifestement il n'éprouvait pas. Parks ne lui pardonnera pas cette petit comédie, se dit Brandt.

— Je suppose qu'elle vaut très cher, dit enfin Cushing maladroitement.

— Plus que de l'argent, elle réclame des soins attentifs, répondit Parks froidement.

A peine monté dans la voiture, Cushing demanda soudain d'une voix irritée :

— Vous n'auriez pas un chiffon ?

Parks lui en tendit un.

— Qu'est-ce qu'il y a ?

— De la graisse, maugréa Cushing. Sur la poignée de la portière.

Brandt crut voir le politicien se raidir lorsque le directeur se mit à rire.

— J'ai travaillé dessus, aujourd'hui, expliqua Parks. J'ai réussi à trouver des poignées d'origine que j'ai montées ce matin.

Dans la voiture qui roulait vers l'hôtel, Brandt se demandait comment Parks allait prendre le changement de calendrier. Lorsqu'ils entrèrent dans la ville, Walton secoua la tête d'un air approbateur.

— Le coin a drôlement changé depuis l'installation de la centrale, dit-il. Il n'y avait pas tous ces réverbères la dernière fois que je suis venu, ni toutes ces boutiques.

— Trois bars et un second restaurant, fit Parks. Le personnel de Prométhée est au complet maintenant et la ville offre quelques endroits de plus où dépenser sa paie.

— De quoi vivait la ville avant la construction de la centrale ? demanda Cushing.

— Essentiellement de la pêche. Elle comptait environ 2 000 habitants contre 3 500 maintenant, sans compter le personnel temporaire. A part les cafés, c'est plutôt mort, le soir. Les pêcheurs partent en mer très tôt le matin et la centrale tourne vingt-quatre heures sur vingt-quatre. Tout le monde se lève tôt et se couche de bonne heure.

— Comment sont les rapports entre les pêcheurs et le personnel de la centrale ? dit Cushing.

— Ah, on vous a prévenu ? fit Parks. Les rapports sont mauvais, comme il fallait s'y attendre. Les pêcheurs prétendent que la centrale les conduit à la ruine et ils n'ont peut-être pas tort. Un expert des pêcheries nationales doit venir la semaine prochaine.

— Nous avons déjà procédé aux vérifications nécessaires, objecta Walton. Il n'y a pas un mot de vrai là-dedans.

— Les pêcheurs ne partagent pas votre avis, répliqua Parks. Ils ont organisé plusieurs manifestations devant la centrale et le journal local ne parle que de cette affaire depuis que nous avons procédé aux premiers essais.

— Tout à fait regrettable, soupira Walton. Je pense qu'il faudrait vous envoyer quelqu'un pour vous aider dans vos relations avec la communauté. De toute évidence, il s'agit uniquement d'un problème d'information de l'opinion locale.

— Walton, fit Parks sèchement. Faites-moi plaisir pour une fois, n'envoyez personne. La dernière fois qu'un de vos minus est venu nous aider, j'ai eu toutes les peines du monde à l'empêcher de se faire lyncher. Et si vous tenez quand même à envoyer quelqu'un, choisissez-en un qui n'attend pas les gamines à la sortie du lycée. C'est une petite ville, ici.

— J'ai entendu d'autres versions de cette affaire, protesta Walton. Mais pour en revenir à la situation présente, il faut prendre des mesures avant que votre image de marque...

— Jerry ! l'interrompit Brandt. Nous en discuterons demain matin.

La voiture avait presque quitté la ville lorsque Cushing rompit de nouveau le silence.

— Vous aimez la mécanique, Parks ?

Il y avait dans la question un sous-entendu étrange, que Brandt sentit sans pouvoir dire exactement lequel.

— Comme tous les ingénieurs, répondit Parks en jetant un coup d'œil dans le rétroviseur. Sinon, ce n'est pas la peine de faire ce métier. Malheureusement, ce n'est pas le cas de tous ceux qui travaillent à Prométhée, et c'est bien l'ennui. Je n'irai pas jusqu'à affirmer que les machines ont une âme mais je ne suis pas certain qu'elles n'aient pas de sentiments, si l'on peut dire.

— Pendant la Seconde Guerre mondiale, j'étais officier électronicien dans la Marine, dit Cushing. Nous avions un vieux radar, un modèle Sugar George si je me souviens bien, qui se mettait à fonctionner parfaitement quand on lui donnait un grand coup de pied.

— Il aurait encore mieux marché avec du graphite sur les relais.

Cushing resta un moment silencieux, et Brandt crut qu'il allait abandonner la partie, mais il revint à la charge :

— Un ingénieur peut parfois être tellement obnubilé par un point particulier de mécanique qu'il n'arrive plus à saisir le problème dans son ensemble.

— Et l'histoire du grain de sable, vous la connaissez ? fit Parks en souriant.

— Prévenez-moi quand nous arriverons à l'hôtel, dit Cushing en se renversant sur la banquette, les yeux fermés.

*
**

Sénateur Hoyt : *Ce matin, l'ancien directeur de la centrale de Cardenas Bay, M. Parks, a déclaré qu'on avait inconsidérément poussé à la mise en service trop rapide de Prométhée, que ces pressions expliquaient en partie la catastrophe.*

M. Brandt : *Je crois qu'il y a là une exagération. Néanmoins, avec tout le respect dû à ce comité, je dois souligner qu'on a toujours* pressé les compagnies comme la nôtre de développer leur secteur nucléaire. Le gouvernement voulait des progrès dans ce domaine, quel qu'en fût le prix.

Représentant Holmburg : *Vous déplacez le problème, monsieur Brandt. Nous discutons de la responsabilité de la Compagnie de l'Ouest, pas de celle du gouvernement. Ce n'est pas le gouvernement qui réalise les profits ; ce n'est pas lui non plus qui a retardé la construction des centrales nucléaires qui doivent résoudre la crise énergétique.*

M. Brandt : *Je suis peut-être trop attaché au métier que j'exerce mais je crains de ne pas être de cet avis. Les compagnies assurant des services publics ont toujours eu conscience des besoins énergétiques du pays et se sont toujours efforcées d'y répondre. Peut-être aurions-nous préféré les satisfaire d'une autre façon mais quand les dés ont été jetés, nous avons fait de notre mieux.*

Sénateur Stone : *Je ne vois pas très bien à quoi vous faites allusion, s'agissant du rôle joué par le gouvernement.*

M. Brandt : *Vous ne siégiez pas encore au Parlement, à l'époque, soit dit sans vouloir vous offenser.*

Sénateur Stone : *Je suis effectivement un nouveau venu, je le reconnais, mais vos propos n'en éveillent pas moins ma curiosité.*

M. Brandt : *Je ne crois pas qu'il y ait un rapport avec cette affaire.*

Sénateur Stone : *Je crains que vous ne puissiez revenir sur votre déclaration, monsieur Brandt. Expliquez-vous : un homme de votre expérience peut mieux qui quiconque éclairer notre lanterne en matière de politique énergétique.*

M. Brandt : *Vous ignorez peut-être que les divers comités du Congrès ont poussé les compagnies à opter pour l'énergie nucléaire. A l'origine, la majeure partie d'entre elles ne tenait pas à construire des centrales nucléaires ; elles y ont été amenées... par la persuasion, dirons-nous. Les bénéfices qu'on pouvait réaliser dans ce secteur ne séduisaient pas tellement nos actionnaires.*

Sénateur Hoyt : *Vous frôlez maintenant le ridicule, monsieur Brandt. Ne nous dites pas que l'énergie nucléaire ne constitue pas elle aussi une source de profits pour les compagnies.*

M. Brandt : *Oui et non. Sans l'aide directe et indirecte du gouvernement, je ne suis pas du tout sûr que cette branche serait rentable.*

Représentant Holmburg : *Monsieur Brandt, vous nous dites que les compagnies ont été en quelque sorte contraintes à se lancer dans le domaine de l'énergie nucléaire. Pourquoi rechignaient-elles à prendre cet orientation ?*

M. Brandt : *En premier lieu, à cause des risques encourus. Aucune compagnie d'assurances privée n'acceptait de couvrir les risques d'accidents.*

Représentant Holmburg : *Votre compagnie a pourtant pris la décision d'opérer cette conversion.*

M. Brandt : *La loi Price-Anderson limitait notre responsabilité et* faisait jouer à l'Etat le rôle de compagnie d'assurances. En outre, le gouvernement nous menaçait de devenir notre concurrent direct.

Sénateur Stone : *Il n'est pas dans les habitudes du gouvernement de concurrencer le secteur privé, monsieur Brandt.*

M. Brandt : *Tout le monde ne partage pas cet avis. Quoi qu'il en soit, le gouvernement s'était déclaré prêt à construire des centrales nationales de recherche, autorisées à vendre l'électricité produite, en concurrence avec les compagnies privées. Au début des années cinquante, l'AEC prétendait que l'électricité produite par les centrales nucléaires aurait un prix de revient si peu élevé qu'elle pourrait être fournie gratuitement. Les compagnies privées n'ont eu d'autre solution que d'entrer dans le secteur nucléaire.*

Sénateur Clarkson : *De l'énergie gratuite ! Voilà qui semble d'un optimisme immodéré.*

M. Brandt : *En effet. Mais nous n'en étions pas si sûrs à l'époque.*

Sénateur Stone : *Selon vous, le gouvernement aurait fait usage de la carotte et du bâton. Le bâton, je vois assez bien, mais outre les questions d'assurances, y a-t-il eu d'autres carottes ?*

M. Brandt : *Un certain nombre. Le gouvernement s'était engagé, à l'origine du moins, à acheter le plutonium produit par les réacteurs des centrales. En fait, il s'agissait ni plus ni moins d'une subvention qui réduisait considérablement le prix des combustibles. En outre, le système du permis de construire provisoire permettait aux compagnies d'entreprendre la construction d'une centrale même si tous les détails techniques n'étaient pas encore réglés. Ce système supposait qu'on les résoudrait en cours de route, pendant les travaux.*

Sénateur Stone : *Prométhée a été construit dans ces conditions ?*

M. Brandt : *Oui, mais je voudrais souligner les progrès réalisés dans le domaine de la technologie nucléaire. En fait, nous estimions à l'époque ne devoir nous heurter à aucun problème impossible à résoudre.*

Sénateur Stone : *Il y a un point que vous n'avez pas abordé en ce qui concerne les prix de revient. Qu'advient-il des enceintes dans lesquelles vous stockez les déchets radio-actifs ?*

M. Brandt : *En fait, il faudra les remplacer tous les cinquante ans, environ. Les déchets corrodent le métal et le rendent radioactif lui-même. Il faut découper l'enceinte et l'enterrer.*

Sénateur Hoyt : *Vous nous dites d'abord que l'énergie nucléaire ne coûte presque rien puis vous ajoutez que tous les cinquante ans, il faudra découper et enterrer des enceintes métalliques manifestement très coûteuses. A-t-on tenu compte de cette dernière donnée en calculant le prix du kilowatt-heure fourni par une centrale nucléaire ?*

M. Brandt : *Non. A l'époque où les estimations ont été faites, le stockage des déchets incombait au gouvernement.*

Sénateur Hoyt : *Si l'on doit changer les enceintes de stockage tous les cinquante ans, combien en faudra-t-il ?*

M. Brandt : *Les déchets contiennent du plutonium 239, dont la période dure 240 000 ans. Il faudra stocker les déchets pendant au moins le double de cette durée, ou même dix fois plus longtemps, selon certains experts.*

Sénateur Stone : *Et cela coûterait ?*

M. Brandt : *Si l'on stocke les déchets dans des enceintes métalliques, le coût sera astronomique. Si on les enfouit dans les formations salifères de l'Ouest, je ne sais pas.*

Sénateur Stone : *Monsieur Brandt, l'Empire romain, l'un des plus longs de notre histoire, a duré deux mille ans. Pensez-vous sincèrement que nous puissions stocker des déchets radio-actifs pendant 500 000 ans ou plus ?*

M. Brandt : *Je dois reconnaître que cela ne semble guère réaliste.*

*
**

Les phares de la jeep de Kamrath donnaient à la scène un relief étrange. Devant la masse sombre de l'océan, une dizaine de personnes tenues à distance par un shérif adjoint tentait de s'approcher du cadavre à moitié enfoui dans le sable ridé. Kamrath appela des renforts par radio puis descendit de la jeep et s'étira les jambes. Bronson, son nouvel adjoint, s'activait inutilement, impatient de montrer ce dont il était capable.

— Le cadavre est juste au bout de la plage, shérif, fit-il débordant de zèle.

— Tu es sûr que c'est le docteur Seyboldt ?

— Difficile à dire, hésita Bronson. Il lui manque la moitié du visage. Je crois bien que c'est lui, pourtant.

— Tu parierais pas ta paie, hein ? fit Kamrath en descendant la plage. Comment ils l'ont trouvé, les gosses ?

— En cherchant des clams. Dès qu'ils ont téléphoné au bureau, j'ai foncé sur les lieux avec Pearson. On a à peu près réussi à empêcher les curieux de s'approcher.

— A peu près, répéta Kamrath. Ce qui veut dire que les collectionneurs de souvenirs ont déjà ratissé toute la plage.

Le shérif s'approcha de l'eau, suivi par son adjoint, qui ne savait comment affronter la mauvaise humeur de son chef.

— J'ai repéré des traces que je vous montrerai tout à l'heure, risqua Bronson.

Kamrath hocha la tête sans dire un mot. A ses pieds, la torche électrique de Bronson éclairait le visage et les épaules d'un homme âgé, les cheveux gris collés sur le crâne. La main qui jaillissait du sable semblait s'accrocher désespérément à l'air de la nuit.

Kamrath aurait voulu pleurer ou tout au moins avoir la nausée. Finies les nuits passées à siroter de la bière en jouant aux échecs avec le toubib. Finies les longues soirées où il fouillait avec lui dans la bibliothèque, lui empruntant un livre de temps à autre. Fini le temps où ils bavardaient, tout simplement, sur les gens, la politique, la pluie et le beau temps.

Soudain, le sentiment de tristesse et d'affliction attendu l'envahit. Aucun homme ne meurt seul, pensa-t-il ; un peu de ses amis disparaît avec lui.

— Celui qui l'a enterré n'a pas songé à la marée, disait Bronson. Ou alors, il n'a pas eu le temps de trouver mieux.

Ce qui élimine les pêcheurs de la liste des suspects, conclut intérieurement Kamrath. L'assassin ne connaît rien à la mer ni aux marées. A moins qu'il n'ait saboté intentionnellement le boulot pour mettre la police sur une fausse piste, ou parce qu'il voulait qu'on découvre le corps. D'un côté ou de l'autre, c'est assez peu vraisemblable.

Le shérif tourna lentement autour du cadavre, dont le front, le nez et la joue gauche formaient une bouillie noirâtre. Bronson dirigea le faisceau de sa torche sur l'arrière du crâne, là où était entrée la balle.

Kamrath s'accroupit sur le sable pour examiner la blessure de plus près.

— Ses cheveux ont l'air roussi autour du point d'impact. On a dû le descendre à bout portant... Il lui manque la moitié de la figure, ce n'est peut-être pas le toubib.

L'adjoint le regarda d'un air surpris mais s'abstint de toute remarque.

— Bon, d'accord, fit Kamrath en se relevant. Je prends mes désirs pour des réalités. Il faudra quand même trouver quelqu'un qui puisse l'identifier formellement. Son infirmière, peut-être ?

— Abby ? Ce serait moche d'imposer ça à cette pauvre fille, Hank.

— Non, je pensais à celle de la centrale, Karen Gruen.

— Je vais lui téléphoner.

— Dis-lui de nous retrouver à la remise de Cole Levant. Tu es venu avec le fourgon ?

— Je vais le faire venir.

Bronson laissa Kamrath seul devant le cadavre de son ami. Quelques dizaines de mètres plus loin, le groupe de curieux devenait plus nombreux et plus bruyant. La nouvelle avait sûrement fait le tour de la petite ville, où le docteur Seyboldt avait beaucoup d'amis. On l'estimait aussi beaucoup à la centrale, où il travaillait deux jours par semaine. C'était un médecin dévoué, songea Kamrath, une race en voie de disparition. Un de ceux qui acceptent encore de faire des visites à domicile et se contentent d'un poulet en guise d'honoraires.

Bronson revint en courant vers son chef.

— Gilmore téléphone à l'infirmière et amène le fourgon.

— Et ces traces que tu voulais me montrer ?

— Par-là, fit l'adjoint en faisant quelques pas le long de l'eau. Ici, exactement. J'ai eu un mal de chien à empêcher les gens de marcher dessus. Je n'aurais jamais cru qu'il y avait tant d'amateurs de macchabées dans le secteur.

— C'est juste pour avoir le plaisir de se sentir encore en vie, marmonna le shérif en haussant les épaules.

Bronson braquait sa torche vers le sable, tout au bout de la plage. Kamrath aperçut une série d'empreintes, à moitié remplies d'eau, et une double ligne de traces de pas. D'après la taille des empreintes et leur espacement, il conclut qu'elles avaient été faites par les deux gosses en courant, après la découverte du corps. S'agenouillant, il remarqua près de l'eau une autre série de traces de pas, assez proches les unes des autres.

— Qu'est-ce que t'en penses, Bronson ?

L'adjoint s'éclaircit nerveusement la voix avant de répondre :

— Deux hommes, qui marchaient lentement, l'un derrière l'autre.

— Ouais. Elles aboutissent à l'endroit où on a trouvé le corps ?

— Pas loin. L'eau a effacé une partie des empreintes.

— Tu as repéré des traces dans l'autre sens ?

— Oui. Un homme seul, cette fois, qui s'éloignait de l'eau. Malheureusement, après une dizaine de mètres, on ne voit plus rien, les curieux ont tout brouillé.

L'adjoint regarda Kamrath d'un air pensif.

— Vous ne croyez pas que Doc connaissait son assassin ? Ils sont venus sur la plage ensemble.

— Pas pour une promenade, en tout cas. Je vois mal deux types se balader en file indienne. L'assassin devait marcher derrière le toubib, en le menaçant de son arme. Il l'a amené ici pour le tuer tranquillement, loin de tout témoin éventuel. Bon, c'est tout ce que tu as trouvé ?

Kamrath s'aperçut aussitôt qu'il passait sa colère sur le malheureux Bronson.

— Reprenons, fit-il, radouci. L'assassin oblige Seyboldt à venir sur la plage, il l'abat d'une balle derrière l'oreille gauche, l'enfouit à la hâte dans le sable puis s'en va.

Le shérif parcourut la plage des yeux.

— Il s'en va, murmura-t-il. Tout simplement.

— Voilà Gilmore avec le fourgon, annonça Bronson.

— Tu as ratissé le coin ? Pas de douilles ? Rien ?

— Rien du tout. L'océan est passé avant moi.

— Bon, commence à le sortir du sable.

Silencieux, Kamrath regarda ses deux adjoints enlever avec précaution le sable qui recouvrait le cadavre. Lorsque l'opération fut terminée, les deux hommes enveloppèrent le corps dans une bâche et le chargèrent dans le fourgon.

— Emmenez-le à la remise, dit Kamrath. Et essayez de me trouver Greg Parks.

— Les deux gosses y sont déjà, à la remise, dit Bronson. Ça plaît pas beaucoup à Cole.

— Moi non plus, ça ne me plairait pas si c'étaient mes mômes, grommela Kamrath.

Il se tourna vers son jeune adjoint, qui se frottait les mains l'une contre l'autre pour en faire tomber le sable.

— Tu as prévenu le médecin légiste ?

— Oui, il nous retrouve là-bas.

Immobile, le shérif contemplait le trou qui commençait à se remplir d'eau.

— Il vaudrait mieux y aller, dit Bronson d'un ton hésitant.

Kamrath resta encore un moment les yeux braqués sur le sable puis se dirigea vers la jeep.

— On aura pas trop de mal à trouver l'assassin, dit-il, plus à lui-même qu'à son adjoint.

— Vous avez un indice ? demanda Bronson, surpris.

— Plusieurs, répondit Kamrath, tout pensif. Premièrement, celui qui l'a tué avait une bonne raison de le faire ; deuxièmement, c'est quelqu'un qui ne recule devant rien.

*
**

— Nous y voilà, annonça Parks avec une gaieté qu'il était loin de ressentir. Tout le monde descend !

Il arrêta le moteur de la voiture et descendit. Ce qu'il lui fallait avant tout, c'était une grande goulée d'air frais et un verre, bien tassé. Pendant les dix dernières minutes du trajet, personne n'avait soufflé mot. Walton avait boudé dans son coin, Brandt avait observé un mutisme étrange et Cushing, les yeux fermés, avait fait semblant de sommeiller. Combien de jours vont-ils rester ? se demanda-t-il. Et combien de jours parviendrait-il à les supporter ?

Le portier de l'hôtel s'avança à leur rencontre.

— J'ai prévenu de votre arrivée, dit Parks. Le restaurant n'est pas mauvais et le bar plus qu'honorable.

Les trois nouveaux venus inspectaient l'hôtel, seule construction neuve de la ville, exception faite des bâtiments publics édifiés avec l'argent frais amené par la centrale. L'hôtel prenait en pension les ingénieurs travaillant temporairement à Prométhée, les techniciens envoyés par les entreprises fournissant la Compagnie de l'Ouest, et, bien sûr, les huiles de la compagnie même, que le personnel avait appris à traiter comme des hôtes de marque.

Cushing semblait assez satisfait de l'hôtel, probablement parce qu'il le changeait des motels en bordure d'autoroute où il logeait quand il inspectait des centrales perdues au fin fond du pays.

— D'abord une bonne douche, fit-il, toute cordialité retrouvée. On se retrouve dans la salle à manger dans une demi-heure ?

— Plutôt au bar, lui répondit Parks en entraînant Brandt par le bras.

— Je peux me joindre à vous ? demanda Walton.

— Désolé, Jerry, il s'agit de questions personnelles, dit Parks, conscient de sa grossièreté.

Il conduisit Brandt vers le petit bar ménagé dans un coin de la salle à manger, l'invita à s'asseoir dans le box du fond, combinaison peu heureuse de pierres de polyuréthane et de sapin destinée à évoquer une grotte sous-marine.

— Vous ne pouvez vraiment pas souffrir Walton, n'est-ce pas ? fit Brandt en s'asseyant.

— Il est si important, que je doive lui faire des courbettes ?

Parks jeta un coup d'œil au menu puis le reposa sur la table.

— Excusez-moi, Hilary, poursuivit-il, j'ai dormi six heures en tout ces trois derniers jours et depuis un mois, je me contente d'une moyenne de quatre heures de sommeil par nuit. Je ne suis vraiment pas en état de supporter Walton.

Lorsque la serveuse vint prendre les commandes, Parks remarqua le regard intéressé que lui coula Brandt. Elle avait dû être jolie quelques années plus tôt et gardait encore un certain charme. Apparemment, Hilary aimait les femmes un peu mûres. Curieux, songea Parks, comme tout le monde reconnaît toujours les serveuses prêtes à se faire un supplément après les heures de travail.

— Comment ça va, Wanda ? fit Parks en souriant. Je vous présente Hilary Brandt, mon patron et néanmoins ami. Hilary, voici Wanda, la meilleure serveuse de Cardenas Bay.

— Le bar est ouvert mais le restaurant est fermé, annonça-t-elle. Je peux vous servir des sandwiches si vous promettez de ne pas le dire au patron.

— Formidable, mais nous attendons que nos amis descendent.

Parks commanda les verres et se tourna vers Brandt après le départ de la serveuse.

— Bien, Hilary. Qu'est-ce qui se passe ?

— Visite d'inspection, répondit Brandt en évitant le regard de Parks.

— Non, vous n'auriez pas emmené Walton. Si c'est une mauvaise nouvelle, dites-la moi tout de suite avant que les autres ne descendent.

Wanda apporta la commande ; Brandt prit son verre, le fit tourner entre ses mains en regardant le liquide ambré.

— Dans quelle mesure Prométhée est-il prêt à fonctionner à pleine puissance ? demanda-t-il.

— Il ne l'est pas, répliqua Parks sèchement. Je l'ai dit et répété dans mes rapports des deux derniers mois. Vous ne les lisez jamais ?

Ce fut au tour de Brandt de hausser le ton :

— Je les ai lus. Vous avez des problèmes ? Bon, et alors ? A Chippewa Falls aussi, tout n'allait pas comme sur des roulettes mais je ne me souviens pas que vous ayez poussé les hauts cris. La centrale est entrée en service à la date prévue et depuis, elle fonctionne à pleine capacité sans aucun problème.

— Chippewa Falls n'était pas la plus grande centrale nucléaire du monde. Et vous savez bien qu'on ne peut pas comparer une centrale à une autre.

Parks but une gorgée de son verre, fit la grimace.

— Trop de citron, dit-il... Fulton, Renkin et les autres sous-entre-preneurs considèrent Prométhée comme un boulot de plus, sans rien de particulier. Ils ont construit tant de réacteurs qu'ils ont fini par croire qu'ils les sortent à la chaîne. La routine, quoi ! Et c'est juste-ment là où ça ne va plus. Quand un boulot devient de la routine, tout le monde s'en fout.

— Vous avez eu six mois pour procéder à toutes les vérifications. Vous vous rendez compte de ce que cela coûte à la Compagnie ? Vous savez à quel point le gouvernement nous harcèle ? Avec la crise, Washington ne pense plus qu'aux kilowatts supplémentaires qui pour-raient alimenter le réseau national.

— Prométhée est devenu une affaire politique, je ne l'ignore pas. Mais ça n'empêche pas le boulot d'être mal fait ! Je n'y peux rien si les soudures sont défectueuses, si les barres de combustible ne tien-nent pas le coup. Vous ne me payez pas pour fermer les yeux et dire amen !

— A Chippewa Falls, vous exerciez les fonctions de directeur général adjoint, dit Brandt en se penchant en avant, le visage fermé. Il y avait encore quelqu'un au-dessus de vous. Ici, ce n'est plus le cas. Vous avez peur des responsabilités ?

Pendant un instant, Parks soupesa cette hypothèse puis l'écarta.

— Lerner partage mon opinion, répondit-il.

— Un coco !

— Allons, Hilary ! Vous savez bien que l'enquête l'a blanchi.

— Et Abrams ? Et Glidden ? Ils sont du même avis ?

— Je crois que non mais reposez-moi la question dans deux jours. Je leur ai demandé un rapport complet sur les difficultés rencon-trées.

Le visage de Brandt perdit son expression hostile, ce qui le fit paraître soudain plus vieux, plus fatigué.

— Greg, il ne vous reste pas deux semaines avant la mise en ser-vice. Le Président veut annoncer à la Convention que Prométhée a commencé à alimenter le réseau national, que la pénurie d'énergie est finie.

— La Convention, fit Parks d'une voix blanche. C'est-à-dire dans trois jours. Nous ne serons pas prêts. Impossible. Cet après-midi, nous avons encore eu une rupture de gaine au premier réacteur.

— Voyons, Greg ! Ce n'est pas si grave. Il suffit de remplacer l'as-semblage, c'est tout.

— Cela aurait pu entraîner une catastrophe.

— C'est peu probable. Vous avez procédé à une absorption locale, n'est-ce pas ? Sans même déclencher un arrêt d'urgence ?

— D'après les calculs de Lerner, nous avons 67 % d'incidents de plus que la moyenne, insista Parks.

— On ne peut pas toujours se fier aux statistiques, répondit Brandt. D'ailleurs, je n'ai pas l'intention d'entamer une discussion.

Combien de temps vous faut-il pour ramener Prométhée Un à température critique ?

— Avec le système auxiliaire de refroidissement, on peut abaisser la température du réacteur jusqu'à 100° Fahrenheit en deux heures. Disons qu'il faut quatre heures pour enlever la cloison, le condenseur et « laver » les assemblages. Les nouveaux assemblages pourraient être en place pour demain midi.

— Ce qui veut dire que le réacteur pourrait être de nouveau à température critique demain soir, dit Brandt, impressionné. De mon temps, on allait moins vite.

— Ça, c'est en théorie. En pratique, il y a d'autres problèmes à régler.

Parks posa son verre sur la table, regarda Brandt dans les yeux.

— Nous ne sommes pas prêts, Hilary, fit-il en détachant ses mots. Les réacteurs ne peuvent pas encore tourner à pleine puissance.

— Je ne peux pas vous accorder un délai plus long. Il faut que Prométhée fonctionne le jour où se tiendra la Convention. D'un point de vue... politique, nous commettrions une grave erreur en retardant sa mise en service. Nous n'avons pas le choix.

— Mais si, répondit calmement Parks. Ou du moins, moi j'ai le choix : je donne ma démission et j'explique pourquoi aux journaux.

— Greg, commença Brandt d'un ton hésitant, comme s'il cherchait ses mots. Est-ce que... Est-ce que cela peut vous consoler de savoir que moi non plus je ne suis pas ravi de toute cette histoire ? Ne croyez pas que j'aime subir ce genre de pressions. Mais les élections ont lieu l'année prochaine et Prométhée va assurer au pays l'autonomie en matière énergétique.

— Pas tout à fait, mais presque, admit Parks calmement. Voilà donc pourquoi Walton fait partie du voyage.

— Vous vous en doutiez, n'est-ce pas ?

— Je vois ça d'ici, fit Parks, amer. D'abord un film d'une demi-heure à la gloire de l'énergie nucléaire, retransmis par toutes les chaînes de télévision — je parie que la pellicule est déjà dans la boîte — et puis, un reportage en direct, avec gros plan du Président appuyant sur le bouton.

Brandt regardait son verre sans répondre.

— Vous voulez que je demande à la réception si des équipes de caméramen ne doivent pas arriver dans trois jours ? Ce n'est pas la peine, je connais la réponse. Les journalistes de télé vont s'en payer une tranche en interviewant les habitants du coin sur les bienfaits apportés par la centrale. J'imagine les réponses qu'ils obtiendront s'ils posent leurs questions aux pêcheurs.

— Ils choisiront soigneusement les personnes interrogées.

— Walton pourrait peut-être aussi envisager un petit topo médical de dix minutes expliquant les effets bénéfiques des radiations sur l'organisme.

— Ça suffit, Greg, dit Brandt sans élever la voix.

— Vous l'avez, ma démission !

— Vous êtes un excellent ingénieur, reprit Brandt, ignorant la dernière phrase de son subordonné. Vous faites un remarquable directeur et vous avez de l'ambition. Vous devez comprendre qu'à mesure qu'on s'élève, il faut apprendre à accepter les compromis. Il n'y a d'ailleurs aucune honte à cela.

— D'une façon générale, peut-être, concéda Greg. Mais nous parlons d'une centrale nucléaire, de la plus grande centrale du monde ! Nous avons déjà pris trop de risques en précipitant les choses.

— Vous feriez cette déclaration à la presse ?

— Si j'y suis contraint. Et si on ne me laisse que trois jours de délai, j'y serai contraint.

— Accepteriez-vous d'essayer, au moins ? proposa Brandt en tirant un cigare d'une de ses poches. Si, après ces trois jours, vous pouvez me convaincre que c'est impossible, je vous soutiendrai à fond, même si je dois y perdre ma place, moi aussi.

C'est courageux de sa part, pensa Parks. A moins qu'il n'essaie tout simplement de s'en tirer par des promesses qu'il ne tiendra pas. Soudain, le directeur général s'aperçut que son chef avait réussi à le mettre dans sa poche, qu'il ne voulait pas vraiment donner sa démission et alerter la presse. Prométhée, c'était le rêve de tout ingénieur, la plus grande entreprise à laquelle il participerait jamais.

— D'accord, Hilary, dit-il lentement. Je suis prêt à accepter votre marché. J'essaierai de régler tous les problèmes en trois jours, à condition que vous considériez vous-même, pendant ce temps, toutes les raisons pour lesquelles j'estime qu'il faudrait retarder la mise en service.

— Et quand vous en serez au compte à rebours ? demanda Brandt en lui jetant un regard méfiant.

— Au moindre incident, j'annulerai l'opération. Sinon, nous irons de l'avant.

— Très bien, Greg. Mais souvenez-vous que notre marché vous lie tout autant que moi.

— Ce Cushing, commença Parks. Notre vice-président à la sécurité auprès du Comité sur les réacteurs nucléaires. Je ne l'ai jamais rencontré.

— Que voulez-vous savoir ? demanda Brandt, sur ses gardes.

— J'ai l'impression qu'il a d'autres cordes à son arc. Il ne s'occupe de rien d'autre ?

— Il connaît pas mal de types à Washington, dit Brandt, évasif. Mais c'est normal, il y a travaillé assez longtemps.

— Il n'est pas ici simplement pour inspecter la centrale, n'est-ce pas ? En fait, il est venu pour assurer la mise en service de Prométhée dans trois jours, c'est bien ça ?

Brandt garda le silence.

— C'est bien ça ? répéta Parks.

— Mais bon sang ! Pourquoi vous méfiez-vous ? Vous avez tous les atouts dans votre jeu. Le directeur d'une centrale a toute autorité pour empêcher son fonctionnement s'il estime qu'il y a un risque. C'est la règle.

C'est la règle, se dit Parks, mais il y a sûrement une astuce quelque part. Brandt a cédé trop facilement.

Le directeur de Prométhée n'arrivait pas à se décider. Il sentait confusément qu'il valait mieux donner sa démission, tout plaquer : personne ne pouvait régler tous les problèmes en trois jours. Pourtant... Pourtant, il tenait plus à Prométhée qu'à n'importe quoi d'autre au monde.

Parks s'aperçut soudain que Wanda se tenait à côté de leur table.

— Quelqu'un vous demande au téléphone, monsieur Parks.

— Qu'est-ce que c'est ? grogna-t-il.

— Un type du bureau du shérif. Il dit que c'est important.

Tebbets connaissait bien les symptômes : cela ressemblait beaucoup à une histoire d'amour. D'abord, on l'ignorait, puis on montrait quelque intérêt et ensuite, captivé, on ne pouvait plus s'en détacher. Le capitaine Kloster était passé par tout le processus en moins de trois heures. Bien qu'il eût dû normalement être parti depuis une heure, il était resté, fasciné par SOMO et ses merveilles.

— Qu'est-ce que vous faites, maintenant ? demanda le capitaine.

— Nous continuons l'observation en alternant visuel et infrarouge, expliqua le technicien. Les informations arrivent à l'ordinateur, qui restitue un profil de ce qui se passe en bas.

— C'est-à-dire ?

— Lancement de missiles, variations de température et même données micro-météorologiques. Nous estimons le parcours probable des retombées pour la défense civile et pour nos propres opérations militaires. De cette façon, nous savons immédiatement quelles régions seraient menacées en cas d'attaque ennemie ou d'accident dans une centrale nucléaire.

— Vous voulez dire qu'une de ces centrales pourrait exploser ?

— Non, soupira Tebbets, surpris par l'ignorance du militaire. Elles ne peuvent pas exploser. La concentration de matières fissiles n'y est pas assez élevée. Une barre de combustible ne contient que 3 % d'uranium 235 ; le reste, c'est de l'uranium 238.

— Alors qu'est-ce qui se passe ?

— D'abord, les risques d'accident sont extrêmement faibles. Au cas où cela se produirait quand même dans une centrale contenant une importante quantité de déchets, toute la centrale fondrait du fait de la chaleur dégagée par la décroissance atomique. Les experts appellent ça le Syndrome de Chine, parce que le réacteur et le combustible continueraient à fondre en s'enfonçant dans le sol, en direction de la Chine.

— D'une certaine façon, ce ne serait donc pas si grave. La catastrophe serait circonscrite par sa propre action.

— Et les retombées ? La centrale en fusion cracherait des tonnes de « cendres » radio-actives. Une grande ville située à une centaine de kilomètres serait gravement touchée si le vent soufflait dans sa direction. Cent ou deux cents morts la première semaine, quelques milliers dans les semaines suivantes, peut-être un million au bout d'un an. Sans compter tous ceux qui mourraient de cancer cinquante ans plus tard, à cause des radiations. L'ampleur de la catastrophe dépendrait d'un grand nombre de facteurs.

— Comme par exemple ? fit Kloster.

— La taille de la centrale, le nombre d'années depuis sa mise en service, etc.

Tebbets s'arrêta de parler, réfléchit et reprit :

— Si les conditions atmosphériques empêchaient l'air de s'élever, on aurait droit à un joli brouillard radio-actif. Tout dépendrait de l'endroit où on se trouverait : la périphérie du nuage serait moins contaminée. Et bien sûr, ceux qui se trouveraient à l'extérieur courraient les plus grands risques.

— Si on est contaminé, on peut toujours prendre une douche. Tout le monde a une douche.

— C'est efficace, reconnut Tebbets, mais bien sûr, pas question de ressortir.

— Les médecins ne pourraient rien faire ?

— Ils prescriraient probablement des antibiotiques pour combattre les infections qui...

— Quelles infections ?

— Chez les personnes atteintes, la paroi cellulaire du colon se désagrège, ce qui les expose à toutes sortes de maladies. Les transfusions sanguines n'y peuvent pas grand-chose. Si la moelle des os est touchée, on peut toujours essayer une greffe. Je ne dis pas qu'avec un ou deux chirurgiens, plusieurs infirmières et une bonne équipe médicale, on ne puisse pas s'en tirer.

— Mais il y aurait des millions de personnes atteintes ! Où trouverait-on le nombre de docteurs suffisant ?

— Je donne ma langue au chat, répondit Tebbets. A Hiroshima et Nagasaki, tous les hôpitaux refusaient d'admettre des malades, faute de place. La plupart des victimes n'ont reçu aucun soin.

— Bon Dieu ! Ce serait aussi grave qu'une bombe atomique !

— Probablement pire, dit le technicien en observant Kloster du coin de l'œil.

Tebbets s'amusait ferme de la mine épouvantée du capitaine.

— Est-ce qu'un tel accident risque de se produire ?

— Ne vous tracassez pas, fit Tebbets en réprimant un bâillement. Selon les calculs faits sur ordinateur, les probabilités d'accident sont de l'ordre de un pour trois cents millions.

— Oui, je vois, fit Kloster, pensif. Pourtant, il y a une chose que je ne comprends pas : comment peut-on calculer des probabilités pour quelque chose qui ne s'est jamais produit ?

Parks laissa le break au garage et courut jusqu'à la remise de Cole Levant. C'était un vaste hangar qui chevauchait les eaux noires de la baie et s'inclinait vers l'océan. D'ordinaire, les pêcheurs y amenaient leurs bateaux pour d'importantes réparations mais depuis quelque temps, il était vide. L'odeur du mazout s'y mêlait à celle du poisson pourri et les vieilles planches humides étaient couvertes de moisissure verte. Près de la porte, une grande table, sur laquelle était posé ce qui ressemblait à une bâche enroulée. Au-dessus, une ampoule électrique se balançait au bout de son fil lorsque le vent se glissait entre les planches disjointes.

Debout devant une petite table, un adjoint du shérif inventoriait à voix haute le contenu d'une boîte, que Cole Levant inscrivait sur une feuille de papier.

— Chemise jaune, marque J.C. Penney ; pantalon de toile, poche droite déchirée ; euh... caleçon long, je suppose, pas de marque.

De l'autre côté de l'eau, Kamrath parlait à un homme que Parks ne connaissait pas mais qui devait être médecin, à en juger par la mallette qu'il portait.

Kamrath ne paraissait pas ses soixante ans passés. Il avait travaillé assez longtemps à Los Angeles et gardait encore l'allure d'un flic de grande ville malgré son accoutrement de shérif de village. Parks s'aperçut avec surprise que Karen Gruen se tenait dans la pénombre, derrière les deux hommes.

Le shérif alla rejoindre son adjoint, suivi du docteur et de Karen.

— Tu as trouvé quelque chose ? lui demanda-t-il.

— Pas de portefeuille, pas d'argent, même pas de monnaie. Un trousseau avec six clefs. C'est peut-être tout simplement pour le voler que.., commença Bronson.

— Qu'on l'a tué ? dit Kamrath, incrédule.

— Il n'avait jamais beaucoup d'argent sur lui, dit Karen, qui semblait avoir pleuré. Je lui en prêtais quand il déjeunait à la cafétéria de la centrale.

— Rien d'autre ?

— J'ai trouvé ça dans une de ses poches, annonça Bronson en tendant une enveloppe au shérif.

Kamrath ouvrit l'enveloppe, en sortit un récépissé de la poste.

— Quelqu'un sait ce que c'est ?

L'infirmière s'approcha pour lire le bout de papier.

— Il s'agit probablement du laboratoire de San Francisco où il faisait faire toutes ses analyses de sang. Ce n'est pas pour quelqu'un de la centrale, sinon j'aurais ce papier dans mes dossiers. Il faudra demander à Abby Dalton, c'est elle qui s'occupe de son cabinet en ville.

— Vous vouliez me voir ? dit Parks au shérif.

S'apercevant alors de sa présence, Karen lui adressa un pâle sourire.

— D'abord l'identification, fit Kamrath.

Il souleva un coin de la bâche et le rabattit d'un geste d'une étrange douceur. Le docteur sortit de sa mallette une lampe électrique, s'approcha de la table et commença à examiner le cadavre avec un détachement de professionnel.

— Race blanche, sexe masculin, la cinquantaine, environ un mètre soixante, constitution plutôt fragile... Blessure par balle de petit calibre, tirée à bout portant, dans la région occipitale, derrière l'oreille gauche, ressortie sous l'œil droit. Le projectile s'est fragmenté après impact, il ne reste pas grand-chose du visage. Mort instantanée, due à une forte hémorragie, au déchirement de la dure-mère et aux graves lésions du cerveau même.

Il poursuivit son examen quelques minutes encore puis se recula.

— Monsieur Parks, docteur Pickering, médecin légiste du comté, dit Kamrath. Vous reconnaissez le corps, monsieur Parks ?

— On dirait le docteur Seyboldt mais je ne peux l'affirmer. Avec ce visage en bouillie...

— Mademoiselle Gruen l'a reconnu formellement grâce à une cicatrice sur l'avant-bras gauche, dit Kamrath en recouvrant le cadavre.

— Vraiment ? fit Parks stupidement.

La présence de Karen ne l'aidait pas à rassembler ses idées.

— Je peux vous parler une minute ? demanda le shérif en l'entraînant à l'écart, là où on ne pouvait pas les entendre. On a trouvé le toubib sur la plage il y a trois heures. Assassiné, ça ne fait pas l'ombre d'un doute. Autant que je sache, personne n'avait de raison de le tuer, toute la ville l'aimait bien. Mais il travaillait aussi pour votre personnel et je ne sais pas quels rapports il entretenait avec la centrale.

— Tout le monde l'estimait beaucoup aussi chez nous. La plupart des employés allait également le consulter en ville.

— C'était le seul médecin du secteur, dit Kamrath avec un bref sourire. Il avait une sorte de monopole. En quoi consistait son boulot à la centrale ?

— Le travail habituel d'un médecin d'usine, avec en plus les problèmes de radiation. Coupures, pieds écrasés, fractures, etc. En outre, il s'occupait aussi du contrôle des dosimètres que les employés doivent accrocher obligatoirement à leur blouse dans certaines parties de la centrale.

— Qui travaillait avec lui ?

— Karen, son infirmière-chef, et un jeune type, Mike Kormanski.

— Vous avez des drogués ?

— Pas que je sache, et je suis certain qu'il m'en aurait avisé. Nous ne pouvons pas nous le permettre, à la centrale.

Kamrath retourna près de la table et souleva de nouveau la bâche recouvrant le cadavre. Parks se sentait un peu coupable de n'avoir pas mieux connu un homme qui avait pourtant travaillé deux années à Prométhée. Remarquant l'expression de tristesse du shérif, il demanda :

— C'était un de vos amis ?

— On a grandi ensemble, dit Kamrath en laissant retomber la bâche. Il y a bien longtemps, ma petite fille s'était coincé quelque chose dans la gorge, un bonbon, je crois bien. Doc a pratiqué une trachéotomie avec un couteau de cuisine. Aujourd'hui, elle finit ses études à Berkeley... J'ai une dette envers lui.

La lueur qui s'alluma brièvement dans les yeux du shérif fit tressaillir Parks.

— Vous travaillez sur des matières radio-actives, à la centrale ? Est-ce que le toubib s'en occupait de près ou de loin ?

— Pas directement. Vous pensez à un vol ? Non, il ne mettait jamais les pieds dans cette partie de la centrale.

— Fallait bien que je vous pose la question. Merci de vous être dérangé.

Kamrath commença à s'éloigner mais s'arrêta en apercevant Karen qui semblait perdue, seule dans son coin.

— Vous pouvez raccompagner Mlle Gruen en ville ? demanda-t-il en se tournant vers Parks. Nous en avons encore pour un moment et je suppose qu'elle aimerait rentrer chez elle.

— Vous étiez obligé de lui demander de venir ? Cela a dû être plutôt pénible pour elle.

— J'avais besoin d'une identification formelle. Ça aurait été encore plus pénible pour Abby Dalton : elle a près de soixante-dix ans et a déjà eu une crise cardiaque.

Parks se dirigea vers Karen qui était assise sur un banc, les yeux braqués vers l'eau sale.

— On rentre, fit-il doucement.

La jeune femme releva la tête.

— Je peux appeler un taxi, si cela t'ennuie.

— Absolument pas.

Elle se leva, s'enveloppa dans le manteau posé sur ses épaules.

— J'ai rendez-vous au café avec Barney. Il ne sait pas que je suis ici. Il n'était pas chez lui quand je lui ai téléphoné.

— Tu veux l'appeler pour te décommander ? Je suis sûr qu'il comprendra.

— Non, je veux le voir.

— Je peux te laisser au café.

Dehors, un groupe d'habitants de la ville venu aux nouvelles commentait l'événement. Karen frissonna et releva le col de son manteau.

— Pas de Réo, ce soir ? demanda-t-elle en s'approchant de l'endroit où était garé le break.

— Non, George l'a ramenée à la maison, répondit Parks en s'installant derrière le volant.

Sur le chemin de la ville, Karen regardait droit devant elle, sans dire un mot. Parks ne savait pas s'il devait la laisser seule avec sa peine ou la prendre dans ses bras pour la consoler. Si Barney ne lui avait pas menti, elle n'avait que faire de son réconfort. Pourquoi ne lui en avait-elle pas parlé ? Elle n'avait probablement pas eu le temps, avec tout ce qui était arrivé.

Parks conduisait en lui jetant un regard de temps à autre. Approchant de la trentaine, elle avait passé avec succès le cap qui sépare les jolies étudiantes aux lignes sveltes des jeunes femmes séduisantes. En vieillissant, elle ressemblerait de plus en plus à une bibliothécaire. Derrière les lunettes, le regard se ferait plus sévère ; elle se coifferait d'un chignon bien sage mais ne perdrait sans doute pas pour autant la sensualité qui se dégageait de sa personne.

Elle s'appuyait contre la portière de la voiture, le cou tendu, la joue agitée de temps à autre par le léger tremblement d'un muscle. Sans réfléchir, il lui posa doucement la main sur l'épaule et ce fut comme s'il avait ouvert les vannes des sanglots qu'elle s'efforçait de retenir. Elle se mit à pleurer, le corps secoué de hoquets, mais ne se rapprocha pas de lui. Barney n'a pas menti, pensa-t-il.

— Je suis désolée, dit-elle, quelques instants plus tard.

— De quoi ? Si je l'avais connu aussi bien que toi, j'aurais peut-être pleuré, moi aussi.

— Je me déteste quand je m'abandonne à la faiblesse, fit-elle d'une voix morne. C'était un homme si gentil. Je ne comprends pas qu'on ait pu faire une chose pareille.

— Tu ne veux pas que j'allume pour que tu puisses te remaquiller ? proposa-t-il quand ils approchèrent de la ville.

— Barney m'a déjà vue dans cet état, fit-elle en haussant les épaules.

— Il m'a dit que vous vous êtes fiancés.

Karen resta un moment silencieuse puis répondit :

— Je voulais te le dire ce soir et puis... Si tu désires une explication, disons que je ne suis plus toute jeune, que Barney était disponible et toi non.

— Je ne te demande rien, fit-il calmement.

— Oui, je m'en doutais.

Parks crut un instant percevoir une trace de déception dans la voix de Karen mais il chassa aussitôt cette idée, qu'il mit sur le compte de son orgueil de mâle.

— Merci de m'avoir ramenée, dit-elle lorsque le break s'arrêta devant le café. Je... Je suis désolée pour ce qui nous arrive.

— Félicitations, dit-il en souriant, sans la moindre trace de rancœur.

Il la regarda s'éloigner, grande, mince, altière presque, et disparaître à l'intérieur du café. En regardant sa montre, il constata que l'équipe de nuit s'était mise au travail depuis deux heures déjà. Il aurait voulu passer à la centrale mais se sentait trop fatigué, trop déprimé aussi. Il résolut de rentrer chez lui monter sur la Réo les nouveaux phares qui l'attendaient dans son atelier et dormir quelques heures.

Sénateur Hoyt : *Monsieur Walton, si j'ai bien compris, vous êtes responsable des relations publiques de l'entreprise Fulton ?*

M. Walton : *Expert en communication industrielle.*

Sénateur Hoyt : *Ce n'est pas la même chose ?*

M. Walton : *Oui et non. Mes attributions s'étendaient à de nombreux autres domaines : les relations interorganisationnelles et leur influence sur les rapports gouvernement - entreprise - communauté dans un programme de développement industriel donné. J'ajouterais, plus particulièrement lorsque ces relations revêtent une complexité qui les rend difficilement compréhensibles pour un profane.*

Représentant Holmburg : *En d'autres termes, expert en relations publiques.*

M. Walton : *Si vous préférez.*

Représentant Holmburg : *De beaucoup.*

Sénateur Hoyt : *Je n'ai pas encore tout à fait compris. Pour qui travailliez-vous exactement, à Prométhée ?*

M. Walton : *Je fais partie de la firme Bagston, Jarmon, Dunner et Finn, qui loue ses services à l'entreprise Fulton.*

Sénateur Hoyt : *Ne nous avez-vous pas déclaré que vous receviez votre salaire de la Compagnie de l'Ouest ?*

M. Walton : *Pour simplifier la comptabilité. Dès la construction des premières centrales nucléaires, Fulton a mis au point un système de contrat global avec ses clients : l'entreprise se charge de l'ingénierie de la construction, du personnel formant les futurs employés et fournit également une équipe de relations publiques, B.J.D. et F. sous-traitait ce service pour Fulton. En bref, la Compagnie de l'Ouest a fait appel à Fulton pour Prométhée et a loué du même coup mes services et ceux de mon équipe.*

Sénateur Stone : *Si je ne me trompe pas, vous essayez de nous dire que la Compagnie de l'Ouest a acheté un programme de relations publiques en même temps que tout le reste ?*

M. Walton : *Cela se fait très souvent, dans le secteur industriel.*

Sénateur Stone : *Pourquoi exactement avait-on besoin de vos services à Cardenas Bay ?*

M. Walton : *Vous n'ignorez pas que l'installation d'une centrale nucléaire provoque généralement certaines réticences, dans l'opinion. En outre, la Compagnie de l'Ouest devenait le principal employeur d'une ville qui auparavant vivait surtout de la pêche. A l'origine, il y a une certaine hostilité des pêcheurs envers ceux qui travaillaient à la centrale.*

Sénateur Stone : *Avez-vous réussi à harmoniser les rapports entre les deux groupes ?*

M. Walton : *J'aimerais pouvoir dire oui mais je n'en suis pas certain.*

52

Sénateur Stone : *D'après le dossier, les pêcheurs reprochaient à la centrale, entre autres choses, de polluer les eaux de la baie.*

M. Walton : *C'est absolument faux. Nous avons analysé les eaux de la baie tant du point de vue thermique que de la radio-activité et les résultats étaient bien au-dessous des seuils tolérés.*

Sénateur Stone : *Qui détermine ces seuils ?*

M. Walton : *Un peu tout le monde, j'en ai peur. L'agence pour la Protection de l'environnement, le Comité à l'énergie atomique, et même le ministère de la Santé et de l'Education prétendent faire autorité en ce domaine. Heureusement, tous reprennent plus ou moins les chiffres avancés par l'ancien Commissariat à l'énergie atomique, aujourd'hui disparu. Pour revenir à la question précédente, je crois pouvoir dire que l'animosité existant entre les deux groupes devait beaucoup aux différences de salaires entre les pêcheurs et les employés de la centrale. Tout ce que nous pouvions faire, c'était expliquer que les impôts payés par la centrale profitaient à tout le monde.*

Sénateur Stone : *Comment les habitants de la ville ont-ils réagi à l'installation de la centrale même ? Craignaient-ils un accident ?*

M. Walton : *Au début quelque peu, mais nos explications ont dissipé leurs craintes. C'est presque l'exemple type de la façon dont un problème de communication peut être résolu en ayant recours aux méthodes modernes.*

*
* *

Il était presque dix heures trente lorsque Parks arrêta sa voiture devant chez lui. Il entra, jeta sa veste sur le canapé sans se soucier de la ranger : personne ne lui en ferait la remarque. Dans la salle à manger, le tapis était encore roulé dans un coin ; la vaisselle dormait encore dans la paille des caisses posées sur le sol nu. Parks passa dans son bureau, la seule pièce qui semblait vraiment habitée. Dès son arrivée à Cardenas, il y avait installé des étagères pour ses livres et ce que Marjorie appelait ses « jouets » : des mobiles, des sculptures animées qu'il avait construites lui-même.

Il alla dans la cuisine, prit une boîte de bière dans le réfrigérateur, l'ouvrit et but une longue gorgée en écoutant la musique provenant de la salle de séjour. Sa chaîne haute fidélité se mettait en marche automatiquement quand il ouvrait la porte d'entrée de la maison.

Personne pour l'accueillir ; personne pour l'embrasser ou même lui reprocher de rentrer si tard. « Merde », murmura-t-il en versant le reste de sa bière dans l'évier. Il alla jusqu'au garage, alluma la lumière.

Le Réo semblait l'attendre, comme un animal familier heureux de retrouver son maître. Lorsqu'il l'avait achetée à un des pêcheurs du coin, ce n'était qu'un tas de ferraille rouillant au fond d'une cour.

Il avait passé des mois à la remettre en état, dépensant sans compter pour lui redonner sa jeunesse et son éclat. Elle marchait bien maintenant mais pas encore parfaitement. En la contemplant, il se sentit, comme toujours, envahi de tendresse et de fierté.

Les nouveaux phares attendraient, se dit-il. D'abord un coup d'œil à la transmission, qui ne marchait pas comme il le voulait. Il hésita en regardant sa veste et son pantalon de costume puis haussa les épaules et se glissa sous la Réo.

Parks bricolait depuis une demi-heure lorsqu'il entendit une voiture s'arrêter devant la maison. Un instant plus tard, quelqu'un ouvrit la porte d'entrée et alla jusqu'à la cuisine. Il reconnut le bruit du réfrigérateur qu'on ouvre, le tintement des cubes de glace et des verres.

Lorsqu'il se releva, il découvrit Karen, immobile devant la porte de la cuisine, un pichet à la main.

— Barney m'a vue descendre de ta voiture, dit-elle.

— Tu lui as expliqué d'où tu venais ?

— Il est d'une jalousie maladive, c'est plus fort que lui.

— Ça s'arrangera, fit Parks en s'approchant.

— Peut-être, répondit-elle en lui tendant un verre. Quel désordre ! Je vais ranger un peu, si tu veux.

— Allons plutôt nous asseoir tranquillement dans le bureau. C'est la seule pièce un peu accueillante. Tu te rends compte ! Depuis un an et demi que je suis ici !

Dans le bureau, il s'installa sur le divan tandis qu'elle s'asseyait sur le bord de sa table de travail. Pour une fois, la musique provenant de la salle de séjour ne semblait pas incongrue.

— Tu as une pièce de monnaie ? lui demanda-t-il soudain.

— Pour quoi faire ?

— Mets-la dans la fente de la petite boîte, là, près de toi.

Lorsque Karen s'exécuta, le cube de métal fit entendre un ronronnement. Une main minuscule jaillit du couvercle, s'empara de la pièce et rentra dans la boîte.

— Ça te plaît, ce genre de trucs, n'est-ce pas ? fit-elle en riant.

— J'adore les gadgets.

— Marjorie aussi les adorait ?

— Pas précisément, répondit-il. En fait, elle les avait en horreur. J'imagine ce qu'elle aurait pensé de la Réo.

— La mécanique te passionne, hein ?

— Les écrivains aiment écrire, les musiciens composer. Il ne s'agit pas d'un talent, à mon avis, mais plutôt d'un besoin irrésistible.

— Marjorie voudrait que tu laisses tout tomber, n'est-ce pas ? Ce n'est pas uniquement parce qu'elle ne veut pas vivre dans un trou perdu qu'elle a refusé de te suivre ?

— Tu ne manques pas de perspicacité, répondit-il, mal à l'aise.

— Et tu n'arrives pas à te décider, c'est ça ?

Karen posait ses questions sans la moindre trace d'animosité, lui sembla-t-il, simplement pour savoir.

— Je ne sais pas. Peut-être que je l'aime encore.

— Après un an et demi de séparation ?

— Loin des yeux, près du cœur... En tout cas, je n'ai pas vu le temps passer. J'étais trop absorbé par mon travail. Bientôt, Prométhée entrera en service et je suppose qu'il me faudra prendre une décision.

— Il serait grand temps.

— Parlons un peu de toi, dit Parks en se versant un autre verre. Je ne suis pas un sujet de conversation très intéressant.

— De moi ?

— Tu aurais dû te trouver un mari depuis longtemps. Tu es jolie, tu as du charme, du caractère...

— J'ai bien failli, il y a quelques années. C'était un interne, un juif très pratiquant. Sa famille s'est opposée au mariage à la dernière minute. Pas question d'épouser une goy ! Le pauvre, ils l'ont complètement passé au rouleau-compresseur. Il n'a même pas eu le courage de m'en parler.

— Ce qui explique Barney ?

Parks ne voulait pas la blesser mais il n'avait pu retenir sa question.

— Je ne sais pas, répondit-elle d'une voix calme. Sincèrement je ne sais pas. Ce serait moche si je voulais seulement prendre une revanche... J'ai beaucoup d'affection pour Barney et je crois que je pourrai apprendre à l'aimer.

Elle hésita, puis reprit :

— Je commence à vieillir. Une femme ne peut pas avoir des enfants à n'importe quel âge. Et puis, plus j'attendrai, moins j'aurai de chances de décrocher le gros lot.

— Que s'est-il passé, ce soir ?

— Je te l'ai dit. Il m'a fait une scène de jalousie parce que tu m'avais raccompagnée. Il croit que je continue à te voir.

— Tu veux que j'aille lui dire que ce n'est pas vrai ?

— Cela ne ferait que confirmer ses soupçons. D'ailleurs, je continue puisque je suis ici ce soir.

Parks poussa un soupir en regardant son verre.

— Coucher avec quelqu'un par dépit, c'est plutôt foireux, dit-il. Presque aussi foireux que par sympathie.

— Je peux partir, si tu veux, dit-elle sans colère. Toi aussi, je t'aime beaucoup, Greg, et je n'appartiens pas à Barney. J'ai eu une soirée épouvantable. Je n'ai pas à m'excuser d'avoir peur de rentrer chez moi, de penser toute la nuit à Doc sans pouvoir dormir. Je voulais que quelqu'un me prenne dans ses bras, me console, mais Barney ne s'en est même pas aperçu, obnubilé qu'il était par sa jalousie. J'espérais que toi, tu pourrais. Oui, je sais, j'ai l'air de jouer à la femme libérée, à l'amazone sans complexes.

Elle eut un petit rire nerveux avant de poursuivre :

— J'espérais que tu essayerais de me séduire.

— Tu es fiancée, dit-il.

— Et toi, tu es un homme marié.

Parks s'éveilla en sursaut quelques heures plus tard lorsque son réveil se mit à sonner. Il arrêta immédiatement la sonnerie pour laisser dormir Karen, étendue près de lui. Quatre heures du matin : l'équipe de nuit en était à la moitié de son service. Il se sentait coupable d'être resté si longtemps absent de la centrale.

Assis sur le bord du lit, il regarda Karen s'agiter dans son sommeil, se tourner sur le côté en grognant. Sa respiration reprit un rythme régulier, plus profond. Parks avança l'aiguille de la sonnerie jusqu'au chiffre sept. Elle aurait le temps de s'habiller et de prendre son petit déjeuner, pensa-t-il. Il lui laisserait les clefs du break et prendrait la Réo.

Qui a dit que les amants ne devraient jamais devenir amis ? essaya-t-il de se rappeler. Ou était-ce l'inverse ? Il chercha son slip à tâtons, l'enfila et se souvint soudain du rêve qu'il venait de faire. Un rêve au cours duquel il avait découvert une vérité dont la profondeur le surprenait : Marjorie et Prométhée, c'était la même chose. Il les aimait tous deux sans être payé de retour.

DEUXIÈME JOURNÉE

Il était huit heures du matin à Denver et Tebbets s'apprêtait nonchalamment à entamer sa journée de travail. L'équipe de nuit venait de partir et les techniciens de jour finissaient leur première tasse de café. C'était le seul moment de la journée où personne n'observait les images envoyées par SOMO. Un de ces jours, se dit-il, ce détail parviendra aux oreilles de Moscou ou de Pékin et la troisième guerre mondiale éclatera, tout simplement parce que chaque matin, pendant cinq minutes, l'œil de l'Amérique n'est qu'à moitié ouvert sur le ciel.

— Personne n'a vu le capitaine Kloster ? demanda Tebbets.

— Je n'ai pas vu sa bagnole au parking en arrivant, répondit un des techniciens. Il croit peut-être qu'on a les mêmes horaires qu'au Pentagone.

Il y eut un bruit de pas dans le couloir et le reste de l'équipe de jour entra dans la pièce, suivie du capitaine Kloster.

— Désolé d'être en retard, dit le militaire en s'asseyant à côté de Tebbets. Impossible d'avancer sur l'autoroute.

— Ce n'est rien à côté de maintenant, fit un technicien en combinaison jaune. Regardez un peu.

Sur l'écran numéro trois apparurent des files de voitures roulant pare-choc contre pare-choc.

— Ça suffit, Charlie, dit Tebbets, peu désireux de donner au capitaine l'impression que son équipe passait son temps à s'amuser. Repasse sur infrarouge et reprends ton objectif.

Se tournant vers Kloster, il demanda :

— Et cette petite fête ? Réussie ?

— Vous êtes au courant ? fit le capitaine, surpris.

— C'est la coutume. La maison tient à vous mettre dans de bonnes dispositions.

— J'ai eu un certain mal à me lever ce matin.

— J'ai entendu parler du salon de massages Lysistrata, dit Tebbets en feignant de consulter ses notes. C'est aussi bien qu'on le dit ?

— Nous n'y sommes pas allés, rétorqua Kloster sèchement.

— Ah bon ? C'est sûrement réservé aux colonels, alors.

Le capitaine regarda le technicien un bon moment puis prit le parti d'en rire.

— Allez, Tebbets, arrêtez de me chambrer. Qu'est-ce qui se passe ce matin ?

— La même chose qu'hier. Nous alternons visuel et infrarouge en nous concentrant sur les régions les plus intéressantes, bien entendu. Le Sahara, par exemple, nous n'y jetons un coup d'œil que très rarement.

Les écouteurs posés sur la table firent entendre une voix étouffée et Tebbets les glissa rapidement sur ses oreilles. Il écouta, prit quelques notes puis ôta le casque en plissant le front.

— Qu'est-ce qu'il y a ? demanda Kloster.

— Prométhée entre en service après-demain.

— Pourquoi faites-vous cette tête ?

— Je suis surpris, c'est tout. Ils ont deux semaines d'avance sur le programme.

Sans attendre les ordres de son chef, Charlie avait déjà fait apparaître la centrale sur l'un des écrans. Dans le soleil matinal, le dôme de Prométhée brillait d'un éclat aveuglant.

*
**

Le brouillard froid du matin s'effilochait sur le parking du Centre d'information. Le cou enfoncé dans le col de son manteau, Hilary Brandt monta d'un pas lourd l'allée menant à la terrasse de béton. Cushing et Walton, moins courageux, avaient décidé de rester au chaud dans la voiture. La centrale se trouvait à près de deux kilomètres de là, sur un à-pic surplombant l'océan. L'emplacement choisi pour le Centre d'information résultait d'un compromis entre les souhaits des experts en relations publiques et les exigences des services de sécurité. Compromis qui n'avait donné satisfaction ni aux uns ni aux autres, se souvint Brandt.

Dans la petite vallée située à ses pieds, le vent avait dispersé le brouillard et il n'eut aucun mal à apercevoir l'imposant dôme abritant les réacteurs. Derrière, les bâtiments de l'usine de retraitement s'alignaient jusqu'au bord de la falaise.

Il glissa une pièce dans la fente du télescope installé sur la terrasse, plaça un œil devant l'appareil et découvrit l'entrée principale de la centrale, le parking attenant. L'équipe de jour prenait son service. Devant une guérite, un garde armé examinait soigneusement les cartes d'identité des techniciens faisant la queue le long de la grille. Derrière lui, son collègue vérifiait plus soigneusement encore les papiers des employés de l'équipe de nuit qui rentraient chez eux. Pour sortir de la centrale, il fallait passer devant un détecteur de radio-activité qui empêchait en principe tout vol de matières fissiles.

En principe, se dit Brandt. Mais pour un voleur intelligent ?

— Alors, Hilary ? Vous venez ? On gèle, ici ! fit soudain dans son dos la voix de Cushing.

— C'est la plus grande centrale du monde, Eliot.

— Et la meilleure, certainement. Encore que tout le monde ne semble pas de cet avis.

— Nous ferions mieux d'entrer maintenant, cria Walton. Un car scolaire vient d'arriver. Si nous attendons encore, il y aura tellement de gosses autour de la maquette qu'on ne pourra plus approcher.

Avec un soupir, Brandt reprit le chemin menant à la voiture.

— Vous me rappelez ma mère, Jerry, dit-il en s'approchant. Elle aussi ne cessait de se tracasser.

Le Centre d'information, vaste bâtiment ovale flanqué de deux ailes, avait une façade bleu et or, les couleurs de la Compagnie de l'Ouest. A droite de l'escalier de béton menant à l'entrée principale se dressaient trois mâts en haut desquels flottaient des drapeaux : au centre, celui des Etats-Unis ; à gauche celui de la Californie et à droite celui de la Compagnie.

— C'est plutôt imposant, comme centre d'information, dit Cushing. Même pour la plus grande centrale nucléaire du monde.

— Le bâtiment comprend aussi les services de sécurité et la comptabilité, expliqua Walton d'un ton nerveux. Nous avons cherché à faire le meilleur usage du moindre dollar.

L'expert en relations publiques invita ses deux compagnons à le suivre à l'intérieur de la rotonde. Autour d'une fosse centrale, une série de maquettes et de tableaux lumineux expliquait le fonctionnement de la centrale dans ses moindres détails. La fosse située au centre de la rotonde avait six mètres de diamètre et deux mètres de profondeur. Un garde en uniforme, installé devant un tableau de commande, subissait l'assaut d'un groupe d'une dizaine d'enfants qui se pressait autour de lui.

— Ah non ! soupira Walton.

— Si nous commencions par le début ? proposa l'instituteur, qui entraîna ses élèves un peu plus loin.

Walton s'approcha de la fosse, suivi de Brandt et de Cushing.

— Bonjour, Gareman, dit-il au garde. Vous nous passez toute la série ?

— Tout de suite, monsieur Walton, fit l'homme en uniforme, qui appuya sur un bouton de son tableau.

— Ils voulaient installer l'appareil dans l'usine, pour les services de contrôle, expliqua Walton, avec une mine scandalisée. Je n'ai rien voulu savoir. Nous en avons trop besoin comme... comme matériel pédagogique.

— Fascinant, murmura Cushing, le regard plongeant dans la fosse. Qu'est-ce que c'est, extactement ?

61

— Un modèle holographique de la centrale, répondit Walton, radieux. Réacteurs, usine de retraitement, tout ! Gareman ?

Une image en trois dimensions des bâtiments de la centrale apparut au fond de la fosse. Cushing se laissa aller à montrer son intérêt.

— A l'origine, cela devait faire partie d'un système de sécurité ? demanda-t-il.

Sur un signe de Walton, le garde appuya sur un autre bouton et les murs du modèle devinrent transparents, révélant les différents niveaux de la centrale jusqu'au socle de calcaire poreux qui la soutenait.

— On peut visiter tous les étages, dit fièrement Walton.

Le garde s'affaira devant son tableau et le modèle défila devant leurs yeux, niveau après niveau, jusqu'au bloc calcaire, puis réapparut dans son entier.

— Et la sécurité ? demanda de nouveau Cushing.

— Vous voyez ces lumières dans le modèle ? Il y a des détecteurs de radiations disséminés dans toute la centrale, y compris dans les grottes calcaires, le long du canal souterrain d'écoulement des eaux de refroidissement. Nous pouvons déceler la présence de matières radio-actives dans n'importe quel endroit de la centrale.

— Refaites-moi voir ça, Walton, dit Cushing d'un air pensif.

La centrale défila de nouveau rapidement devant leurs yeux. Au passage, Brandt remarqua les quatre points brillants indiquant l'emplacement des réacteurs de Prométhée. Enfin, l'image s'arrêta sur les grottes de stockage, sur les petits points lumineux jalonnant le socle calcaire.

— Des galeries souterraines ? demanda Cushing.

— La région en est truffée, expliqua Brandt. C'est une des raisons pour lesquelles nous avons choisi cet emplacement. Les deux bâtiments sont reliés directement sous terre. Du point de vue de la sécurité, c'est un avantage énorme. Nous avons agrandi certaines grottes pour y stocker les déchets, nous en avons condamné d'autres.

— Condamné ?

— Pour empêcher l'eau rejetée par la centrale de stagner. Le canal d'écoulement débouche directement sur l'océan.

— On peut suivre à tout instant le parcours des matières radio-actives dans la centrale ? demanda Cushing.

— Oui, répondit Walton. Les détecteurs de radiations fonctionnent nuit et jour. Ils sont alimentés par un circuit autonome.

— Je vois, fit Cushing. Puisqu'il s'agit avant tout d'un système de sécurité, je suppose que vous le faites surveiller vingt-quatre heures sur vingt-quatre ?

— Je ne crois pas, bafouilla Walton. Nous n'avons pas eu le temps... Et nous avons déjà dépassé le budget.

— Ça doit plaire aux gosses, dit Cushing en se tournant de nouveau vers le modèle.

Walton regarda Brandt avec une mine de chien battu, mais ce dernier l'ignora.

— Hilary ! cria une voix.

En se retournant, Brandt découvrit Glidden qui s'avançait vers lui en souriant, la main tendue.

— Eliot, je vous présente Tom Glidden, le numéro deux de la centrale.

— Nous nous sommes déjà rencontrés à divers symposiums, je crois bien ? dit Cushing, d'un ton poli mais sans aucune chaleur.

— Ravi de vous voir, monsieur Cushing, fit Glidden un peu mal à l'aise.

Cet Eliot ! se dit Brandt. Il a le chic pour vous donner l'impression d'être un sous-fifre sans importance.

— Si nous poursuivions la visite ? proposa Walton, dont l'ardeur avait quelque chose de pathétique. Nous avons un montage photos sur l'histoire des centrales nucléaires et...

— Dans combien de temps pourrons-nous voir Parks ? l'interrompit Cushing.

— Dans une vingtaine de minutes, répondit Brandt en regardant sa montre.

— Bien. On peut boire un café, ici ?

Brandt fit un geste en direction d'un distributeur automatique.

— Accompagnez donc Eliot, Jerry, fit-il. Vous aussi, vous avez l'air d'avoir besoin d'un café. Nous vous rejoignons dans cinq minutes.

Cushing lança à Brandt un regard venimeux avant de s'éloigner en compagnie de Walton.

— Liz me demandait de tes nouvelles, l'autre jour, commença Glidden, et je lui ai dit...

— Tom, où en sommes-nous exactement ? le coupa Brandt. Epargne-moi le baratin, je veux savoir.

Glidden comprit immédiatement que l'heure n'était pas à l'évocation des vieux souvenirs communs.

— Tout va bien, monsieur Brandt. Prométhée ne pose pas plus de problèmes qu'une autre centrale.

— Monsieur Brandt, soupira Brandt en levant les yeux vers le plafond.

Glidden passait son temps à dire aux gens ce qu'ils voulaient entendre. Cette fois encore, il éluderait toutes les questions jusqu'au moment où il croirait deviner l'opinion de Brandt, et se hâterait alors d'abonder dans son sens. Depuis le temps qu'il travaillait à la Compagnie, il avait perdu l'habitude d'avoir un avis personnel.

— Tom, Parks vous a demandé un rapport sur la centrale pour demain. Qu'allez-vous lui dire ?

— Eh bien... Si l'on envisageait la mise en service pour demain, j'émettrais quelques réserves. Si l'on nous accordait deux ou trois jours, je ne sais pas trop... Il reste beaucoup à faire mais si tout se passe bien...

Pourquoi diable ne l'ai-je pas viré depuis longtemps ? se demanda Brandt. En souvenir du bon vieux temps ? Quelle erreur ! Parks leur brosserait sans doute un tableau alarmiste de la situation. C'était normal : il avait tout à perdre en cas d'incident. Il s'efforcerait de gagner le plus de temps possible pour éviter le moindre risque. Glidden, lui, n'avait rien à perdre et rien à gagner. Il aurait dû lui donner un avis impartial.

— Qu'en pense Abrams ? demanda Brandt.

— Je crois qu'il est plutôt confiant, répondit Glidden, l'air soulagé. Nous avons quelques petits ennuis mais Abrams pense que nous pourrons probablement mettre Prométhée en service assez rapidement.

— Il pourrait diriger l'opération seul... au besoin ?

Glidden hésita, chercha à lire la bonne réponse sur le visage de Brandt.

— Je crois qu'il s'en jugerait capable. Théoriquement, il a les compétences requises mais...

— Mais ?

— Vous songez à remplacer Parks ? fit Glidden.

— Vous pensez que nous devrions ? Bon sang ! Pour une fois, dis-moi ce que tu penses !

— Sur le plan personnel, il est plutôt rébarbatif mais comme ingénieur, c'est un crack. J'ai travaillé avec lui à Chippewa Falls et tout a parfaitement marché... On pourrait peut-être quand même lui reprocher de trop chercher la perfection...

Glidden ne s'est jamais autant déboutonné, se dit Brandt.

— Parks réclame un délai mais nous ne pouvons pas le lui accorder, fit-il. Ni au point de vue financier ni au point de vue politique. Maintenant, réponds-moi franchement, Tom. C'est l'ami qui te le demande. Tu mettrais Prométhée en service, si la décision t'appartenait ?

Glidden se sentit pris au piège mais réussit une fois de plus à se dérober.

— De toute façon, tu ne me confierais jamais une telle responsabilité, dit-il lentement. Tout ce que tu veux de moi, c'est une sorte de garantie. Parks a déjà pris une décision mais toi, tu n'arrives pas à te décider. Tu veux que je te dise « Oui, tu peux y aller » ou « Non, ce serait une catastrophe », mais je ne suis pas capable de te donner une réponse, tu le sais bien. Pourquoi ne demandes-tu pas son avis au concierge ? Il est aussi qualifié que moi.

Brandt allait répondre quand il aperçut Cushing et Walton qui revenaient vers eux. Il se sentait un peu honteux, d'abord parce que Glidden avait raison, ensuite parce qu'il n'aurait jamais dû le contraindre à dire la vérité. C'était comme forcer une femme laide à se déshabiller.

— Quelle saleté, ce café, se plaignit Cushing. Allons à la centrale ; Parks a sûrement quelque chose de meilleur à nous offrir.

— Vous savez qu'on a découvert un meurtre hier soir ? annonça Walton. Un certain docteur Seyboldt, qui travaillait à Prométhée. Tout le monde ne parle plus que de ça.

64

Seyboldt, se dit Brandt, surpris. Il l'avait rencontré une ou deux fois mais ne se souvenait plus très bien de son visage.

— On l'a abattu sur la plage, reprit Walton. C'est sûrement une histoire de drogue.

Pas dans une aussi petite ville, songea Brandt. Il se demanda un instant si Prométhée jouait un rôle dans l'assassinat du docteur mais écarta aussitôt cette hypothèse. Seyboldt n'avait jamais eu accès aux secteurs « chauds » de la centrale.

Tandis qu'ils gagnaient la sortie, deux petites filles regardaient avec curiosité le modèle de la fosse centrale. Le garde en uniforme avait abandonné son poste pour calmer un groupe de gosses qui chahutait devant une maquette. Les deux enfants virent l'une des lumières clignoter et s'éteindre. Ils attendirent qu'elle se rallumât puis s'éloignèrent, un peu déçus.

*
**

Paul Marical ne se sentait pas bien du tout. Il arrêta la petite voiture électrique le long du couloir et but une gorgée de thé à même la bouteille Thermos qu'il avait emportée. Maintenant, les nausées ne disparaissaient plus en fin de matinée mais le tenaient toute la journée.

Il regarda sa montre. D'ordinaire, il attendait midi, heure à laquelle tout le monde se trouvait à la cafétéria mais, ces derniers jours, le personnel déjeunait en vitesse à n'importe quelle heure. Toutefois, on observait encore les dix minutes de pause-café et pour ce qu'il voulait faire, c'était encore mieux. D'ailleurs, il n'avait aucune raison de s'inquiéter. Personne ne se méfiait de lui ; personne ne surveillait ses allées et venues.

— Hé, Paul ! cria une voix dans son dos. Je te mets dans le coup pour les pronostics ?

C'était Dan Guberman, le flambeur de l'équipe de jour.

— Quels pronostics ?

— On parie sur l'heure exacte de la mise en service.

— Non, merci, Dan.

— Qu'est-ce que tu as, à bouder dans ton coin ? fit Guberman en lui donnant une tape sur l'épaule. Tu ne déjeunes pas avec nous, tu ne prends pas le café avec nous ; tu ne veux même pas nous laisser te piquer un peu de fric !

Marical se mit à rire.

— Paraît qui tu as installé une roulette dans les gogues, dit-il. C'est vrai, ça ?

Sans attendre la réponse, Marical lança la voiture électrique dans le couloir, prit la direction des cellules de retraitement. Il ralentit pour éviter les opérateurs qui, de l'extérieur, manipulaient les barres de combustibles usées, les plaçaient sur les hacheurs automatiques qu'ils surveillaient à travers une épaisse glace sans tain.

Il longea ensuite une enfilade de cellules totalement automatisées où les minuscules morceaux de barre étaient dissous dans des acides, où diverses matières radio-actives se séparaient par précipitation.

La source du pactole ! se dit Marical. Le plutonium extrait des barres usées par un processus chimique complexe était revendu au gouvernement qui l'utilisait pour la fabrication d'armes atomiques ou pour les réacteurs à plutonium.

Marical accéléra dans les couloirs déserts puis ralentit en arrivant dans la zone de stockage, là où les barres usées étaient plongées dans de grands réservoirs remplis d'eau, en attendant que leur chaleur de décroissance fût assez basse pour qu'on pût les manipuler. C'était là aussi qu'on stockait les barils de plomb contenant l'uranium et le plutonium extraits du combustible usé avant de leur faire subir le traitement final dans les colonnes d'échangeurs d'ions. A ce stade, il était impossible de contrôler rigoureusement les quantités de matière traitées. En revanche, lorsque les deux métaux avaient été séparés, on procédait à un contrôle beaucoup plus strict.

Il arrêta le véhicule devant la cellule numéro vingt, dont il avait soigneusement étudié le calendrier. Les cellules de stockage étaient remplies et vidées à des dates bien précises, et, au moment de la permutation, on ne s'apercevait jamais qu'il manquait une très faible quantité de matières radio-actives par rapport aux chiffres normaux. Il tendit l'oreille dans le couloir désert, n'entendit aucun bruit et descendit de voiture. Puis il alla prendre le baril en plomb qu'il avait dissimulé à l'arrière du véhicule et le plaça sur un diable.

En avançant la main vers la poignée de la porte de la cellule, il s'aperçut qu'il tremblait. Marical connaissait les dangers qu'il encourait mais il avait besoin de ce dernier baril. Lorsqu'il poussa la porte d'un coup d'épaule, la lumière s'alluma automatiquement à l'intérieur de la cellule. Il savait qu'une ampoule rouge venait de s'allumer, là-haut, sur le tableau de contrôle, mais l'employé chargé de le surveiller se trouvait probablement à la cafétéria. Si par malchance l'homme avait écourté sa pause-café, il se contenterait de demander par l'interphone qui était entré dans la cellule ; un nom suffirait à satisfaire sa curiosité.

Dans le sas où il venait d'entrer, des combinaisons antiradiations pendaient au mur, au-dessus de bouteilles d'oxygène. Marical songea amèrement qu'il avait passé le stade des précautions, qu'enfiler une combinaison ne lui sauverait plus la vie. Lorsqu'il avait commencé à dérober des matières radio-actives, il avait tellement craint qu'on ne remarquât son absence qu'il avait décidé de se passer de combinaison, pour gagner du temps.

Bien que se sachant déjà atteint, Marical revêtit une combinaison et fixa sur son dos une bouteille d'oxygène. Il vérifiait son fonctionnement lorsqu'il se souvint tout à coup qu'il avait oublié d'enlever son dosimètre détecteur de contamination. Il l'ôta rapidement en songeant qu'il lui fallait rester au-dessus de tout soupçon pendant deux jours encore.

A travers l'épaisse vitre du judas de la seconde porte, il aperçut des rangées de barils en tous points identiques à celui qu'il avait apporté : un mètre de haut, vingt centimètres de diamètre. Il approcha le diable de la porte. Le baril qu'il portait contenait une boue obtenue à l'une des premières phases du retraitement. On inventoriait rarement les barils ayant une très faible teneur en plutonium, beaucoup plus souvent ceux qui en contenaient une grande quantité, mais on ne pouvait découvrir la substitution que par un contrôle quantitatif de leur contenu radio-actif. Tôt ou tard, on finirait bien par s'en apercevoir mais il aurait eu le temps de livrer ses clients et de disparaître.

A l'intérieur, deux bandes jaunes tracées sur le sol délimitaient une « allée de sécurité », où l'on pouvait avancer sans risque. Les barils étaient disposés à une certaine distance les uns des autres : si on les rapprochait trop, il se produirait un échange de neutrons d'uranium 235 qui provoqueraient une réaction en chaîne. Même l'eau contenue dans son corps pouvait jouer le rôle de modérateur et déclencher le même processus. Quelques semaines plus tôt, il avait trébuché alors qu'il emportait un baril... Il n'y avait pas eu d'explosion mais une lueur verte avait un instant éclairé la cellule. Marical ne savait pas à quel point il avait été atteint, après ce faux pas, mais les symptômes n'avaient pas tardé à apparaître. Dans quelques semaines, quelques mois au plus, il allait mourir, il ne pouvait se le cacher.

Il vérifia le détecteur de radiation placé près de la porte, constata que le taux de radio-activité ambiante ne dépassait pas les limites de sécurité et ouvrit la porte. A quoi bon ces précautions, se dit-il ; il est trop tard. Il souleva le baril et avança le long de l' « allée de sécurité », jusqu'à la table de chargement et le tableau de commande du pont roulant. Après avoir posé son baril, il appuya sur plusieurs boutons du tableau. Le pont glissa sur ses rails, des mains d'acier en descendirent et vinrent s'accrocher aux oreilles du baril qu'il avait choisi. Il ne lui fallut guère plus d'une minute pour opérer la substitution.

En sortant, il se sentit soudain pris de nausées violentes. Serrant les dents, il repassa dans le sas, enleva sa combinaison, épingla son dosimètre sur sa chemise et chargea le nouveau baril sur le diable.

Il venait juste de poser le baril à l'arrière de la voiture électrique quand une voix retentit derrière lui :

— Salut, Paul ! Qu'est-ce que vous faites par ici ?

Marical ne savait que trop qu'il éveillerait les soupçons s'il tardait à répondre. Il dissimula rapidement le baril et se retourna en souriant.

— Bonjour, madame Harding. On m'a envoyé prendre un baril pour le contrôle.

— Tout le monde fait des heures supplémentaires, en ce moment, dit la femme en découvrant des dents jaunes.

Il monta dans la voiture, en espérant qu'elle ne remarquerait pas sa chemise trempée de sueur.

— Il faut bien, dit-il.

— Mes enfants ne sont pas de cet avis, répondit-elle en s'éloignant dans le couloir.

Marical songea que Mme Harding, dont la réputation de tête de linotte n'était plus à faire, aurait oublié avant la fin de l'après-midi qu'elle l'avait rencontré.

Il démarra, roula une centaine de mètres et s'arrêta devant une porte conduisant aux grottes. Il écouta un instant : aucun bruit, le couloir était désert. Il descendit du véhicule, ouvrit la porte, revint chercher le baril, entra dans la grotte et referma la porte derrière lui avec son pied.

A l'intérieur, l'air était frais et humide. Des ampoules électriques pendaient au bout d'un fil qui courait le long de la voûte rocheuse. Après avoir parcouru une centaine de mètres, il s'arrêta devant une rangée de vieux casiers métalliques qui semblaient monter la garde devant l'entrée d'une petite grotte. On les avait laissés là à la fin des travaux de construction, pendant lesquels ils avaient servi de vestiaires aux ouvriers. Dans la grotte, derrière les casiers, Marical avait creusé une vaste niche où s'alignaient trois barils, suffisamment éloignés les uns des autres pour éviter le déclenchement d'une réaction. Il y plaça le quatrième, en tremblant légèrement au souvenir de la lueur verte de l'effet Tcherenkov qui avait suivi sa première erreur.

En se redressant, il regarda sa montre. Cela faisait vingt minutes qu'il avait quitté son poste : assez pour qu'on le réclame, mais pas suffisamment pour qu'on s'inquiète.

Marical venait juste de remettre en route la voiture électrique quand le petit appareil à transistors qu'il portait dans la poche de sa chemise fit entendre un léger bip. Il s'arrêta devant un téléphone mural installé dans le couloir, décrocha le récepteur.

— Ici Marical.

— Je vous passe la communication, dit l'employé du standard.

Quelques secondes plus tard, une voix furieuse résonnait dans l'écouteur :

— Paul ! Où étiez-vous fourré ? J'ai besoin de quelqu'un pour les titrages !

Marical sentit son front se couvrir de sueur : il avait oublié que Van Baketes lui avait demandé de venir l'aider.

— J'arrive tout de suite, Van.

En se hâtant vers la cellule Charlie trois, où Baketes l'attendait, Marical se demanda s'il ne ferait pas mieux de rentrer chez lui. Il ne s'était jamais senti aussi malade.

Kamrath descendit de sa jeep et se dirigea vers la maison où le docteur Seyboldt avait habité. Personne ne répondant à son coup de sonnette, il entra dans la petite salle d'attente. La lampe du bureau éclairait une pile de dossiers médicaux, mais personne n'était là pour les consulter.

— Abby ? appela-t-il. Vous êtes là ?

Derrière la porte de verre dépoli du cabinet du docteur, il aperçut une silhouette penchée au-dessus des classeurs. Portant la main à son arme, le shérif s'apprêtait à ouvrir la porte d'un coup de pied lorsqu'une voix qu'il connaissait bien marmonna :

— Très bien, Hippocrate. Si tu n'en veux pas, tu n'auras rien d'autre.

En ouvrant la porte, il découvrit la vieille infirmière qui grondait un chat presque aussi maigre qu'elle et lui poussait le museau vers une assiette de nourriture.

— Abby ! cria-t-il plus fort, se souvenant qu'elle était un peu dure d'oreille.

— Hank ! dit la vieille en sursautant. Vous m'en avez fait une peur. Regardez ce malheureux chat. Si je ne m'en occupais pas, le docteur le laisserait mourir de faim. Enfin ! Je sais bien qu'il a déjà assez de soucis avec ses malades...

Elle retourna dans la salle d'attente, suivie par le shérif, et commença à feuilleter machinalement le premier dossier de la pile posée sur le bureau.

— Je me demande si le docteur apprendra un jour à mettre de l'ordre dans ses papiers, reprit-elle. Je ne sais vraiment plus...

La voix de la vieille infirmière se brisa tout à coup.

— Abby, fit doucement Kamrath. Doc est mort.

Elle tourna la tête pour cacher les larmes qui coulaient le long de ses joues.

— Je sais, dit-elle. Je faisais semblant... Est-ce que je peux faire quelque chose pour vous ?

— Vous travaillez encore ici ?

— Il m'avait payée jusqu'à la fin du mois. Il y a les ordonnances à renouveler, les dossiers à transmettre aux docteurs qui reprendront la clientèle. Personne d'autre ne s'en chargera.

Kamrath ne savait comment poser ses questions sans bouleverser la vieille infirmière. Pourtant il devait bien mener son enquête.

— Connaissez-vous quelqu'un qui aurait pu lui en vouloir ? demanda-t-il. Quelqu'un qui l'aurait tenu pour responsable de la mort d'un proche, par exemple.

— Il n'avait aucun ennemi, répondit-elle, indignée. Tout le monde l'aimait, tout le monde lui faisait confiance.

— Oui, je sais, Abby. Mais personne ne peut se vanter de n'avoir que des amis.

— Le docteur Seyboldt n'avait que des amis ! En tout cas, ajouta-t-elle en grommelant, je ne connaissais personne qui ne l'aimait pas.

— Est-ce que je pourrais voir l'armoire où il gardait sa morphine ?

L'infirmière le conduisit vers un placard dont il ouvrit la porte. Sur les étagères s'alignaient des boîtes poussiéreuses, des flacons remplis de pilules, des seringues hypodermiques. Kamrath ne toucha à rien, se contenta de regarder. Plus tard, il demanderait à Abby d'en faire l'inventaire mais au premier coup d'œil, tout semblait en ordre.

— Il lui arrivait d'opérer ici, en cas d'urgence. Pouvez-vous me montrer où il rangeait ses instruments ?

Abby n'eut pas l'air d'approuver sa requête mais elle le conduisit néanmoins devant un autoclave où se trouvaient divers instruments chirurgicaux. Là non plus, rien ne semblait manquer et l'hypothèse d'un vol comme mobile du meurtre devenait de plus en plus improbable. Il ne restait plus au shérif qu'à essayer de découvrir qui avait été le dernier à voir Seyboldt vivant.

— Doc tenait ses dossiers à jour ? demanda-t-il.

— C'était moi qui m'en chargeais, répondit-elle, sur la défensive.

— Beaucoup d'employés de la centrale venaient aussi le consulter en ville, n'est-ce pas ?

— Bien sûr. Il n'y avait pas d'autre docteur. Mais nous n'avons pas leurs dossiers ici. C'était la jeune infirmière, Mlle Karen... Karen quelque chose, qui s'en occupait. Vous n'avez pas idée des complications que cela entraînait ! Quand un malade venait le voir ici, son dossier se trouvait à la centrale une fois sur deux.

— Vous avez son agenda ?

— Ça ne vous avancera pas beaucoup. Il lui arrivait assez souvent d'oublier de noter ses rendez-vous.

— Je voudrais quand même le voir, insista Kamrath.

Abby parcourut des yeux le bureau, fouilla dans la corbeille du courrier, ouvrit les tiroirs.

— Une seconde, dit-elle. Je vais voir dans son cabinet.

Elle revint quelques minutes plus tard, l'air intrigué.

— Je me demande où j'ai pu le fourrer, fit-elle.

Le meurtrier l'a probablement emporté, se dit Kamrath. Etrange... Il lui aurait suffi d'arracher la dernière page. A moins que l'agenda lui-même ne constitue un indice...

— Il faut absolument que je le retrouve, fit l'infirmière. Je m'en sers pour envoyer leur note aux malades.

— Est-ce que vous vous souvenez de ses rendez-vous pour hier soir ? demanda le shérif.

— Quand j'ai quitté le cabinet à six heures, il n'attendait plus personne. Mais ça ne veut rien dire. Les malades venaient à n'importe quelle heure du jour ou de la nuit, il les recevait toujours.

Kamrath sortit de la poche de sa veste le récépissé trouvé sur le cadavre de Seyboldt.

— Vous savez ce que c'est ? Karen Gruen m'a dit qu'il faisait faire toutes ses analyses de sang par un laboratoire de Los Angeles.

— Les laboratoires Moore, dit Abby en examinant le petit bout de papier. Oui, c'est ça. Il venait de leur envoyer trois analyses à faire.

— Pour quels malades ? Vous vous souvenez ?

— Il ne marquait jamais le nom mais un numéro. Il disait que je ne savais pas tenir ma langue.

— Et il envoyait les échantillons le jour même de la prise de sang ?

— Oui. Nous devrions recevoir les analyses à la fin de la semaine.

— Vous ne pourriez pas leur demander de vous les communiquer par téléphone ?

— Je ne crois pas qu'elles soient déjà prêtes.

— Vous êtes sûre que vous ne pouvez pas trouver pour qui ces analyses ont été faites ?

La vieille dame eut un petit sourire triomphant.

— Il reportait toujours le numéro inscrit sur les formulaires sur le dossier du malade. En cherchant un peu, je devrais trouver.

— Vous feriez ça pour moi ? dit Kamrath, tout sourire. Téléphonez-moi à mon bureau dès que vous aurez trouvé.

En franchissant la porte, il ajouta :

— Doc serait fier de vous, Abby.

C'était la dernière chose à dire à la vieille infirmière, qui éclata de nouveau en sanglots.

*
**

Brandt et Cushing avaient une demi-heure de retard et Parks sentait son irritation croître de minute en minute. Il finit par apprendre qu'on les avait vus au Centre d'information (il aurait dû deviner que Walton ne raterait pas l'occasion de faire étalage de ses capacités) et que Glidden était venu les rejoindre. Brandt n'apprendra pas grand-chose de Glidden, songea Parks. L'Homme gris se gardera bien de se compromettre dans un sens ou dans l'autre.

Lorsque les trois hommes arrivèrent enfin dans son bureau, il leur offrit le café et un excellent cognac trois étoiles. Après avoir ainsi sacrifié aux rites de bienvenue, Parks décida de passer aux choses sérieuses.

— Si vous le voulez bien, nous allons d'abord faire le tour de la centrale, proposa-t-il.

Cushing se renversa sur le dossier du divan en croisant les jambes.

— C'est inutile, je connais déjà. Si nous nous mettions immédiatement au travail ?

— Si nous voulons avoir une discussion sérieuse, il est indispensable de visiter d'abord la centrale, rétorqua Parks. En outre, j'ai déjà demandé une voiture électrique.

Quelques minutes plus tard, Walton promenait une main hésitante sur la combinaison antiradiations qu'il venait d'enfiler. La coupe ne lui plaît peut-être pas, se dit Parks.

— Pourquoi devons-nous mettre ce truc ? demanda Walton. Nous n'allons pas rester très longtemps dans les secteurs « chauds », n'est-ce pas ? J'ai des tas de choses à préparer pour demain.

— Jerry, commença Brandt.

— C'est le règlement, trancha Parks. Et n'oubliez pas le casque et la bouteille d'oxygène.

— Je ne pourrai peut-être pas rester jusqu'à la fin de la visite, dit Walton, embarrassé. Je voudrais aller sur la galerie pour étudier l'emplacement des caméras de télévision. De là-haut, on doit avoir un excellent angle de prise de vues.

— Comme vous voudrez, dit Parks, trop heureux de se débarrasser de Walton. N'embêtez pas trop mes gars quand même.

La visite commença par le générateur numéro deux. Lorsque le petit groupe s'engagea sur la passerelle surplombant la grande salle, Walton s'exclama :

— Fantastique ! On dirait un décor de *Planète interdite !*

Souriant, Parks regarda lui aussi les quatre énormes turbines et leurs générateurs couplés qui offraient effectivement un spectacle impressionnant.

— Il faut que je fasse prendre des photos, dit Walton, très excité. L'antre où se fabrique toute l'électricité fournie par la centrale !

— Absolument pas, dit Parks. Cette unité ne traite que la chaleur produite par Prométhée Deux. Nous avons trois autres salles semblables à celle-ci.

— Théoriquement, si vous n'aviez aucun problème, combien vous faudrait-il de temps pour mettre la centrale en route ?

— Il y a toujours des problèmes.

— Mais théoriquement ? insista Cushing.

Parks chercha une réponse qui ne pouvait être interprétée comme un engagement mais n'en trouva aucune.

— Les réacteurs deux, trois et quatre ont atteint le seuil, dit-il. Il ne faudrait que quelques heures pour qu'ils commencent à tourner à plein. Vous aurez la patience d'attendre aussi longtemps ?

— Ne soyez pas ridicule, rétorqua Cushing, les lèvres pincées.

— Je m'en garde bien, dit Parks.

— Vous avez mal dormi, Greg ? demanda Brandt.

— Je me suis mal réveillé.

Dans la salle de commande, Parks présenta les visiteurs à Delano et à son équipe, puis essaya d'expliquer le fonctionnement du système à Walton, qui avait l'air de s'ennuyer à mourir.

— L'opérateur s'assied ici, en face du tableau. A sa droite, le « moniteur » ou si vous préférez, le tableau de contrôle des turbines, des générateurs et des appareils auxiliaires. A sa gauche, le système de circulation d'eau et l'échangeur de chaleur. Nous avons beaucoup simplifié le système... Vous avez bien compris, Jerry ? C'est vous qui allez expliquer tout ça aux journalistes. Si vous ne savez pas de quoi vous parlez, vous allez leur faire mauvaise impression.

Walton tendit le bras vers le long rectangle de verre rouge situé en dessous du tableau.

— Et ça, qu'est-ce que c'est ?

— Un système d'alarme lumineux relié à un contrôleur de neutrons. S'il s'allume, l'opérateur doit déclencher l'arrêt d'urgence du réacteur, encore que, normalement, l'ordinateur l'ait déjà fait pour lui.

— Combien de temps faut-il pour un arrêt manuel ? demanda Cushing.

— Deux secondes, répondit Parks. Deux longues, très longues secondes.

Au sortir de la salle de commande, Parks s'arrêta, se tourna vers Cushing.

— Intéressant, n'est-ce pas ? fit-il, un rien sarcastique. Fulton a dû modifier quatorze fois le programme du système de contrôle. Quatorze fois ! Et il reste encore des séquences délicates que l'ordinateur ne contrôle pas, qu'on doit confier à un opérateur. Nous n'en sommes qu'au début. Les tableaux devraient signaler également les changements de température dans toutes les parties critiques du réacteur et suivre les flux neutroniques locaux. En théorie, c'est assez simple mais en pratique, cela pose des problèmes. Chaque mois, nous avons une dizaine de pannes de détecteurs et nous ne pouvons pas démonter tout le réacteur simplement pour en changer un. Ce qui veut dire qu'une barre de combustible pourrait tomber dans la pile sans que nous en soyons avertis.

— Nous discuterons de tout cela plus tard, dit Brandt d'un ton impatient.

— Non, non, laissez-le poursuivre, fit Cushing, le sourire aux lèvres. Avez-vous eu des ennuis avec les détecteurs, ce mois-ci ?

Parks eut soudain la certitude que Cushing connaissait déjà la réponse, que quelqu'un lui avait fourni des informations.

— Non, reconnut-il, mais c'est vraiment exceptionnel.

— Je ne comprenais plus très bien, fit doucement Cushing. Comme vous n'avez pas signalé ce genre d'incidents dans vos derniers rapports, j'en avais conclu que vous n'aviez pas eu d'ennuis de ce côté-là.

Et surtout, quelqu'un de la centrale t'avait renseigné, se dit Parks ; Abrams, probablement.

Il fit démarrer la petite voiture, roula dans le couloir une centaine de mètres puis s'arrêta devant une porte à deux battants.

— Qu'est-ce que c'est ? demanda Brandt. Un atelier ?

— Mon musée, répondit Parks.

Il entraîna les trois hommes dans une pièce aux murs couverts de râteliers de bois, auxquels pendaient diverses pièces métalliques, essentiellement des morceaux de tuyau, des valves. Certaines montraient des traces de corrosion ; d'autres étaient encore enveloppées dans leur emballage.

Parks alla jusqu'à une sorte de petit établi sur lequel se trouvaient cinq gros raccords de valve de vingt centimètres de diamètre. Au-dessus de l'établi, une grande enveloppe brune était épinglée à un tableau de liège.

— Ces raccords font normalement partie du système d'arrivée d'eau dans le caisson du réacteur. Ils sont flambants neufs ; nous ne les avons jamais montés, Dieu merci.

Ouvrant l'enveloppe, il en sortit une série de radiographies.

— Si vous regardez les négatifs, vous remarquerez que chacun des raccords présente au moins deux lignes de crique. A votre avis, combien de temps auraient-ils résisté aux vibrations des pompes ?

— Qu'est-ce que vous en pensez, Hilary ? demanda aimablement Cushing.

— Voilà pourquoi nous procédons à des essais, fit Brandt en rougissant. Pour éliminer les éléments qui se révèlent défectueux à l'usage. Il est impossible de ne fabriquer que des raccords absolument parfaits. Depuis que Fulton utilise un système de contrôle par ultra-sons, le nombre de pièces défectueuses livrées a considérablement diminué. Moi aussi, je lis vos rapports, Greg. Le mois dernier, vous n'avez signalé aucune valve défectueuse.

— Je viens de vous donner un échantillon du travail de Fulton, répondit Parks calmement. Et nous n'avons pas pu tout vérifier.

— Et alors ? demanda Brandt, furieux, que comptez-vous faire ? Vous n'en dites rien dans votre rapport.

Parks hésita puis se jeta à l'eau :

— Démonter tout le système de refroidissement pour une vérification générale.

— Il n'en est pas question ! explosa Brandt.

Cushing fit de la main un geste circulaire.

— Je suppose que toutes les autres pièces accrochées ici n'ont pas non plus donné satisfaction ? dit-il.

— Il y a là tout ce que nos services de vérification ont pu trouver.

— En combien de temps ? Oui, je sais, tout cela est consigné dans vos rapports, mais je ne parviens pas à m'en souvenir.

— Depuis que je suis arrivé ici, il y a un an et demi.

— Et à votre avis, c'est normal ou trop fréquent ?

— Cela dépend de ce que l'on appelle fréquent. Le mois dernier, nous n'avons pas eu tellement le temps de procéder à des vérifications. C'est une des raisons pour lesquelles je réclame un nouveau délai.

— Je vois, dit Cushing d'un ton froid. Vous réclamez un délai pour pouvoir trouver de nouveaux raccords défectueux et réclamer ensuite un autre délai. Je croyais que vous dirigiez une centrale nucléaire, monsieur Parks, pas une maison de retraite.

— Et je vous croyais vice-président du Comité de sécurité ! aboya

Parks. Je pensais que ces échantillons vous intéresseraient mais apparemment, il n'en est rien.

— Ils m'intéressent beaucoup, au contraire. Il n'en reste pas moins que vous n'avez eu aucun ennui important le mois dernier. Vous n'avez peut-être pas pu passer toutes les tuyauteries aux rayons X mais aucune pièce ne s'est révélée défectueuse, à l'usage. Si c'était le cas, je suppose que vous nous en auriez avertis dans vos rapports ?

— C'est exact, reconnu Parks, sans se troubler. Le mois dernier, nous n'avons eu aucun incident majeur. Les essais sur Prométhée Un ont été plutôt satisfaisants. Tout semble marcher relativement bien pour l'instant mais je ne peux pas vous garantir qu'il n'arrivera rien demain.

A l'heure du déjeuner, Parks trouva une excuse pour s'asseoir avec Brandt à une autre table que Cushing et Walton, qu'il confia à Abrams et Glidden.

— Essayez-vous de me faire passer pour un imbécile ? demanda Brandt à voix basse. Si c'est le cas, vous avez pleinement réussi.

— Je cherche simplement à ne pas avoir l'air d'un imbécile moi-même dans deux jours, répondit Parks. Vous m'avez confié un travail, je le fais.

— Vous savez combien nous coûterait en argent et en temps le démontage de tout le système de refroidissement ?

— Vous savez combien coûterait à la Compagnie un arrêt d'urgence de la centrale à cause d'une fuite dans le circuit de refroidissement ?

Brandt secoua la tête d'un air agacé.

— Le contrat que nous avons passé avec Fulton ne prévoit pas ce genre de vérification. Si nous l'exigeons, nous devrons payer la note.

— Il n'y a pas de clause pénale, dans ce contrat ?

— Si, bien sûr, mais c'est une clause à terme. Ils auraient vite fait de démontrer que la période pénale est venue à expiration.

— Fulton a saboté le travail, dès le départ ! dit rageusement Parks. Qui a décidé de faire passer les tuyauteries de refroidissement de tous les réacteurs par la même galerie ? Un des petits génies de chez Fulton ?

— La décision a été prise six mois avant votre arrivée, vous n'avez pas à vous sentir responsable, répondit Brandt, imperturbable. Même lorsqu'on dispose d'un budget énorme, il faut s'efforcer de limiter les dépenses.

— Comme ça, elles lâcheront toutes en même temps !

— Allons, Greg ! Il n'y a pas une chance sur un million pour que cela se produise.

— Mais vous avez lu les rapports des services de Lerner ! Je peux vous donner les résultats des essais effectués ces six derniers mois. Nous avons simulé des fuites du système de refroidissement, y compris à l'intérieur du cœur du réacteur ! Les signaux n'ont pas fonctionné à temps. Il me faut encore au moins deux semaines pour améliorer le système, éliminer tous les petits défauts. Sinon, vous courrez le risque de devoir un beau jour fermer la centrale pour un an complet, et cela coûtera bien plus cher à la Compagnie. Je ne veux pas penser à ce qui se passerait si la centrale était contaminée : la Compagnie n'aurait plus qu'à fermer boutique !

— Parlez moins fort, bon sang ! fit Brandt. Entendu, je discuterai avec Lerner, je consulterai les résultats des essais, mais vous aussi, faites un effort : essayez de comprendre qu'on a déjà décidé en haut lieu que la centrale entrerait en service après-demain. Vous avez eu plus de six mois pour procéder aux essais, Greg. Les services des normes n'ont relevé aucune anomalie importante et Dieu sait qu'ils sont tatillons. Vous voulez passer le reste de votre vie à faire des essais ? Il faut bien s'arrêter un jour, décider que les risques sont devenus infimes. Une chance sur cent, une chance sur mille, je reconnais que c'est inacceptable quand il s'agit d'une centrale nucléaire, mais une chance sur un million ? Sur trois cents millions ? Où faut-il s'arrêter ? La Compagnie possède une demi-douzaine de centrales en fonctionnement et je les ai toutes supervisées. Vous ne m'avez toujours pas convaincu.

— Que dois-je faire pour vous convaincre ?

— Je n'en sais rien, mais rassurez-vous : si vous me prouvez que vous avez raison, vous n'aurez pas à empêcher la mise en service, je le ferai moi-même.

Parks trouva Brandt plus convaincant que la veille et sentit sa propre détermination vaciller.

— Qui est Cushing ? demanda-t-il. Je vous ai déjà posé la question mais vous ne m'avez pas répondu. Il a le bras beaucoup plus long qu'un vice-président de comité.

— Il a d'excellentes relations dans les milieux bancaires. Son vrai boulot, c'est le financement des centrales, nucléaires ou classiques. Une recommandation de Cushing facilite beaucoup l'obtention d'un prêt. On ne le sait généralement pas mais c'est lui qui s'occupe des transactions entre les banques et la plupart des compagnies. Ses amis ont aidé la Compagnie à trouver les fonds nécessaires pour la construction de Prométhée. En outre, et c'est peut-être encore plus important, il est le conseiller officieux du Président en matière d'énergie nucléaire. Je crois que l'idée du discours à la Convention vient de lui.

— Qu'est-ce qu'il cherche ?

— La même chose que tous les types qui fréquentent ces milieux : le prestige personnel, le pouvoir. Je suppose qu'il veut jouer les éminences grises.

— Il y trouve certainement aussi son intérêt, financièrement. Aucun journal n'a jamais trouvé curieux qu'il soit à la fois conseiller du Président et représentant des milieux financiers ?

— Si vous croyez que je pourrais prouver ce que je viens de vous dire, soupira Brandt. De temps en temps, une enquête fait tomber quelques têtes lorsqu'un scandale éclate mais ceux qui tirent les ficelles en coulisses ne sont jamais touchés.

Parks finit de manger sans répondre, les yeux plongés dans son assiette. En relevant la tête, il aperçut Cushing qui se dirigeait vers leur table.

— Qu'y a-t-il au programme, cet après-midi ?

— L'usine de retraitement, répondit Parks en se levant. Cela va vous plaire : je n'ai pratiquement rien à lui reprocher.

Dans le couloir, Cushing entraîna à l'écart le directeur de la centrale.

— Ne croyez pas que je sois venu ici pour vous imposer quoi que ce soit, dit-il. Je ne suis pas un ogre, vous savez. Je comprends parfaitement que vous teniez à m'expliquer ce qui ne va pas, mais, comme M. Brandt a dû vous le dire, nous ne pouvons pas en rester éternellement au stade des essais. Quoi qu'il en soit, c'est vous le directeur de la centrale, c'est vous qui décidez.

Parks songea que s'il avait eu dix années de moins, il se serait peut-être laissé prendre au numéro de Cushing. Sans répondre, il monta dans la voiture électrique.

Il leur fallut cinq minutes pour arriver à l'usine de retraitement, dont les cellules s'alignaient de chaque côté du couloir.

— Vous voyez les tuyauteries et les câbles électriques fixés au mur ? Nous installons un nouveau système d'arrosage pour mouiller la poussière radio-active en cas d'accident, expliqua Parks.

Au sortir d'un virage, il freina brutalement en apercevant au milieu du couloir un câble électrique dépassant d'un établi poussé contre le mur. Descendant de voiture, il se dirigea vers la cellule la plus proche et appuya sur le bouton de l'interphone placé près de l'épaisse vitre derrière laquelle travaillaient deux techniciens revêtus de combinaisons antiradiations.

— Où sont passés les électriciens ? demanda Parks.

L'un des deux hommes se retourna lentement, appuya lui aussi sur un bouton. Derrière la visière transparente du casque, Parks reconnut le visage de Marical.

— Je crois qu'ils sont partis déjeuner.

— Quand ils reviendront, dites-leur de ne plus laisser traîner leurs câbles n'importe où !

Quand Parks remonta dans la voiture, Cushing lui demanda avec un sourire ironique :

— Vous allez nous rédiger un rapport là-dessus aussi ?

Ignorant la remarque, Parks fit démarrer la petite voiture qui reprit sa route entre les deux rangées de cellules. Les visiteurs contemplaient l'étrange ballet des mains mécaniques qui reproduisaient, à l'intérieur des cellules, les mouvements des opérateurs situés à l'extérieur. Les pinces d'acier saisissaient une barre de combustible usée, la plaçaient sous les lames d'un hacheur qui la coupaient en petits morceaux. Les fragments tombaient dans un baril qui serait ensuite fermé hermétiquement.

Le directeur de Prométhée s'était lancé dans un long monologue expliquant tous les détails de l'opération, sans oublier les puissantes pompes qui aspiraient en permanence poussières et fragments minuscules pour purifier l'air de la cellule.

Walton, qui prenait consciencieusement des notes sur un petit carnet, risqua un commentaire :

— Vous prenez vraiment beaucoup de précautions. Est-ce que c'est si dangereux ?

— Plus que vous ne le pensez, dit Parks. Ces cellules doivent être d'une étanchéité totale. Nous y maintenons une pression légèrement inférieure à la normale pour qu'en cas de fuite, l'air soit aspiré à l'intérieur et non l'inverse.

Quittant l'enfilade de cellules, ils montèrent une rampe qui conduisait à une galerie surplombant une série de grands réservoirs d'eau. Au moment où ils arrivaient, une grue plongeait dans une des citernes les faisceaux de barres de combustible qu'elle venait de prendre dans un réservoir plus petit, monté sur un chariot électrique.

— Nous ne traitons pas seulement les barres de Prométhée mais aussi celles d'autres centrales du pays et même de l'étranger, dit Parks. Selon le contrat passé avec Fulton, notre usine de retraitement doit aussi servir aux centrales qu'ils ont installées un peu partout dans le monde. Il y a deux autres salles comme celle-ci, et nous en construisons une quatrième.

— C'est un vrai cimetière de barres usées, ici, alors ? fit Walton.

— Nous commençons à manquer de place. Au fur et à mesure que Fulton construit et installe de nouveaux réacteurs, nous recevons de plus grandes quantités de barres à traiter.

— Et cela ne vous plaît pas beaucoup, on dirait ? demanda Cushing. Pour quelle raison ?

— D'abord parce que c'est dangereux ; ensuite, parce que je n'aime pas voir les Etats-Unis devenir un dépotoir nucléaire pour le reste du monde.

Parks réfléchit puis reprit :

— Je vous offre la formule, Jerry. Vous pourrez peut-être l'utiliser dans votre reportage télévisé.

***

Sénateur Hoyt : *Docteur Cohen, pouvez-vous nous praler des effets à long terme des radiations sur l'organisme ? Que devons-nous redouter après l'accident de Cardenas Bay ?*

Dr Cohen : *Les informations que nous possédons en ce domaine sont malheureusement limitées. Les études les plus sérieuses en la matière, qui ont été faites sur les victimes d'Hiroshima, s'appuient sur des données douteuses.*

Sénateur Hoyt : *Qu'entendez-vous par douteuses ?*

Dr Cohen : *Nous avons étudié les taux de cancer, leucémie, mor-*

talité infantile et autres maladies liées aux radiations, d'une part dans la population d'Hiroshima, d'autre part dans un groupe de référence. Ce groupe, nous l'avons choisi dans la population japonaise vivant dans les faubourgs de la ville sans songer, à l'époque, que les retombées radio-actives entraînées par le vent l'avaient également touchée. Et nous nous sommes aperçus que dans ce groupe, le taux de maladies liées aux radiations était aussi élevé, si ce n'est plus, qu'à Hiroshima même. Depuis, nous avons pris comme référence des groupes de population plus soigneusement sélectionnés pour établir nos comparaisons, et nous continuons à étudier les données qui nous parviennent.

Sénateur Stone : *Qui vous parviennent ? Vous voulez dire qu'après toutes ces années, vous découvrez encore de nouvelles victimes de la bombe ?*

Dr Cohen : *C'est exact. Il faut comprendre tout d'abord qu'on ne peut pas parler de dose « inoffensive » de radiations. Les effets étant cumulatifs, le moindre dommage causé à l'organisme peut en entraîner d'autres. En outre, les retombées radio-actives peuvent avoir des périodes extrêmement longues.*

Représentant Paine : *En l'absence de mon collègue, le représentant Holmburg, je vais vous poser les questions dont il se charge d'ordinaire. Qu'est-ce exactement qu'une période ?*

Dr Cohen : *C'est le temps nécessaire à un élément radio-actif pour perdre la moitié de sa radio-activité. Si une substance a une période de dix jours, elle aura perdu la moitié de sa radio-activité au bout de dix jours ; la moitié du reste disparaîtra au bout de dix autres jours, et ainsi de suite.*

Représentant Paine : *Dans ces conditions, je ne vois pas le problème.*

Dr Cohen : *J'ai mal choisi mon exemple. Le strontium 90, élément radio-actif comparable au calcium et qui peut se concentrer dans le lait, a une période de vingt-huit ans. Celle du plutonium dure approximativement vingt-quatre mille ans.*

Sénateur Stone : *On nous a beaucoup parlé de plutonium depuis le début des audiences. Est-ce vraiment dangereux ?*

Dr Cohen : *Cela dépend du point de vue où l'on se place. Le plutonium émet un rayonnement alpha qu'une simple feuille de papier suffit à arrêter.*

Sénateur Stone : *On ne peut donc conclure que c'est dangereux.*

Dr Cohen : *Il y a d'autres aspects à considérer. En fait, le plutonium est une des substances les plus dangereuses que nous connaissions. Il suffit d'en inhaler une parcelle infime, une poussière, disons, pour finir avec un cancer au poumon. Une faible quantité de sel de plutonium soluble entrée dans l'organisme par une blessure ouverte se concentrera dans les os, détruira la moelle osseuse qui assure la reproduction des leucocytes. Aucun traitement ne peut enrayer l'évolution. Le malade survivra une semaine ou plusieurs mois, des années même, mais il finira par mourir d'anémie.*

Sénateur Stone : *Peut-on affirmer que la présence à Cardenas Bay de stocks très importants de matières radio-actives explique en partie l'ampleur de la catastrophe ?*

Dr Cohen : *Très important me paraît encore faible. Il y avait de quoi être terrifié par les quantités incroyables de barres usées accumulées à Cardenas, soit dans les réservoirs d'eau — pour qu'elles refroidissent — soit tout simplement en attendant qu'on puisse les traiter. La radio-activité totale devait s'élever à des milliards de curies.*

Sénateur Stone : *Pouvez-vous nous donner une idée de ce que signifie un tel chiffre ?*

Dr Cohen : *On peut, par exemple, comparer avec le radon, un gaz qu'on trouve généralement dans les mines d'uranium. Un trillionième de curie de radon par mètre cube d'air, c'est déjà dix fois plus que le maximum toléré pour la sécurité des mineurs.*

Sénateur Stone : *Comment en est-on arrivé à cet état de choses ? C'est proprement ahurissant !*

Dr Cohen : *Depuis des années, les entreprises qui vendent des réacteurs à l'étranger s'engagent, par contrat, à assurer le retraitement.*

Représentant Paine : *Non seulement nous vendons la marchandise, mais nous nous chargeons aussi de vider la poubelle.*

Dr Cohen : *Votre formule décrit assez bien le système.*

Sénateur Clarkson : *Je ne parviens pas à comprendre comment les parlementaires qui nous ont précédés ont pu permettre une telle chose.*

Dr Cohen : *Avec le respect que je leur dois, les parlementaires ne sont que des profanes en la matière. Et pour un profane, il est très difficile de se rendre compte des dangers des radiations : comment redouter quelque chose qu'on ne voit pas, qu'on ne sent pas, qui n'a pas d'odeur ?*

Appuyé contre la vitre de la galerie principale, Parks écoutait Jeffries énumérer d'une voix monocorde les diverses phases du programme. En bas, dans la salle des réacteurs, le pont roulant descendait son crochet vers le ventre béant de Prométhée Un pour en enlever un assemblage de barres de combustible tordu.

— Vous avez lâché vos invités ? fit la voix de Lerner derrière lui.

— Ils prennent un verre dans mon bureau, répondit Parks en se retournant. Dans cinq minutes, je les emmène voir les cellules de stockage. Walton s'imagine que ça ressemble aux entrailles de Fort Knox !

— Surveillez bien l'abruti qui manœuvre la grue, murmura Lerner.

— Pourquoi ?

— C'est une preuve vivante du principe de Murphy.

— Le principe de Murphy ?

— « Quand un accident est possible, il arrive. » Ce matin, il a balancé son crochet dans le sécheur de vapeur.

— Des dégâts ?

— Pas grand-chose, mais nous avons perdu une heure sur le programme.

— Cela m'étonne de Simmons...

— C'était son remplaçant. Simmons a atteint le temps maximum de présence dans les secteurs « chauds » pour ce mois-ci ; on l'a transféré ailleurs. Nous avons dû prendre un type d'une centrale classique qui n'a pas l'habitude de ce genre de pont roulant. C'est toujours la même histoire !

— Combien d'autres remplaçants avez-vous dû faire venir ?

— Une vingtaine. Tous à des postes délicats.

— A part cela ?

— Lisez mon rapport. Je viens juste de le poser sur votre bureau.

Lerner avait un air boudeur et distant que les questions de travail n'expliquaient qu'en partie.

— Dites-moi en gros ce qu'il contient.

— Vous allez les laisser faire, n'est-ce pas ? fit Lerner, furieux.

— Je n'ai pas encore pris de décision.

— Mais, nom de Dieu ! Nous avons trouvé assez de valves et de tuyaux défecteux pour nous établir ferrailleurs ! Nous avons une liste longue comme le bras de barres de combustible foireuses ! C'est vous qui devez empêcher la mise en service ! Ne comptez pas sur Abrams ou Glidden pour vous aider.

— J'espère qu'ils prendront leurs responsabilités. C'est la raison pour laquelle je leur ai demandé un rapport.

— Ah ! Vous croyez ? Demain, tout le monde se débinera à qui mieux-mieux quand il faudra prendre une décision. Je vois ça d'ici : un vrai jeu de chaises musicales ! Chacun se précipitera pour poser ses fesses en vous laissant tout seul, planté au milieu de la pièce.

Lerner prit le temps de souffler puis reprit :

— Passez par-dessus la tête de Cushing. Appelez Washington, discutez directement avec le président du Comité.

Parks ne répondit pas.

— Qu'est-ce qu'il y a ? Vous avez peur de perdre votre boulot ? fit Lerner, méprisant. Ne vous inquiétez pas, vous ne risquez rien. C'est moi qui me ferai virer ! J'empêcherai la mise en service moi-même s'il le faut ! Vous n'êtes pas le seul à pouvoir donner un coup de téléphone en haut lieu.

— Vous croyez vraiment que vous arriverez à quelque chose, Barney ? fit Parks, sarcastique. Avec Cushing dans les parages ? Le Président le consulterait, tout simplement, et lui donnerait carte blanche. Et Cushing s'empresserait de me refiler la responsabilité.

— Peut-être, mais en tout cas, il resterait une trace de mon intervention.

Lerner s'éloigna, hésita un instant devant la porte de l'ascenseur. Parks se doutait de ce qui allait suivre.

— Je me suis disputé avec Karen, hier soir, dit Lerner. Je suis passé chez elle pour m'excuser mais elle n'est pas rentrée de la nuit. Ce matin, elle est venu au travail avec votre break.

— Vous avez l'habitude de l'espionner ?

— Et alors ?

— Karen est libre de faire ce qu'il lui plaît, répondit Parks. Maintenant, si cette explication ne vous suffit pas, je suis tout disposé à vous affronter en duel, au sabre ou au pistolet, mais en dehors des heures de travail, d'accord ?

Lerner rougit, tourna les talons et descendit précipitamment l'escalier. Un vrai gosse, pensa Parks, à la fois méprisant et apitoyé. Il laissa à Lerner le temps de s'éclipser et descendit à son tour avec l'ascenseur. En bas, dans la salle de stockage des barres neuves, juste à côté de la salle des réacteurs, un groupe d'hommes vidait une caisse de son contenu. Il y eut soudain un bruit sourd et le chef d'équipe s'écria :

— Attention, Vic !

L'homme qui avait laissé tomber une barre de combustible portait des bleus et non une combinaison. C'était un remplaçant.

— Fais vérifier la barre, Walt, dit Parks au chef d'équipe.

— Bien sûr, monsieur Parks, tout de suite. Vous pensez bien que je ne l'aurais pas laissée passer sans la vérifier.

Tout le monde est fatigué, pensa Parks. Depuis un mois, le personnel fait des heures supplémentaires. Combien de fois ce genre d'accident s'est-il produit ? Combien de fois le chef d'équipe a-t-il négligé de faire vérifier une barre tombée à terre ?

Parks se dit soudain qu'il commençait à couper les cheveux en quatre. Depuis un mois, il ne s'était produit aucun incident grave, rien qu'il n'eût déjà rencontré au cours de sa carrière. Et puis, Prométhée avait de multiples lignes de défense contre l'imprévisible. Si un système de sécurité ne fonctionnait pas, il y en avait un autre derrière, et un autre encore derrière le second. Brandt avait raison : on ne peut appâter éternellement, il faut se mettre tôt ou tard à pêcher pour de bon.

Mais qu'est-ce qui me prend ? se demanda-t-il soudain, et la réponse lui apparut presque aussitôt : ce n'était pas de l'eau qui courait dans les tuyaux de Prométhée, c'était son propre sang. Il avait tellement mis de lui-même dans la centrale qu'il n'avait plus vraiment le courage de la déclarer non viable. A travers son œuvre, c'était lui qu'on jugeait, en dernière analyse. Ressaisis-toi, se dit-il. C'est Lerner qui a raison. Lui, au moins, ne craint pas de faire les comptes. Le mois dernier n'a été qu'un coup de chance ; la série des petites pannes ou des erreurs de calcul peut reprendre la semaine prochaine ou dans quinze jours.

Barney a ses défauts, songea amèrement Parks, mais moi, je suis en train de devenir un nouvel Hilary Brandt.

Quel contraste entre le cabinet en ville de Seyboldt, un peu vieillot, et cette salle étincelante de chrome et d'acier, évoquant les meilleurs hôpitaux, songea Kamrath.

— Impressionnant, dit-il.

— Doc a eu tout l'argent qu'il voulait pour s'équiper, expliqua Karen. Il me faisait penser à une jeune mariée achetant les derniers gadgets pour la cuisine de sa maison neuve. Il était fier de son cabinet ultra-moderne mais en même temps, il s'en moquait un peu. Comme il disait, les appareils les plus perfectionnés ne sauveront jamais la vie d'un malade si le médecin est un incapable.

Karen avait trouvé l'infirmière sympathique dès leur première rencontre et elle lui plaisait encore plus maintenant. Grande, svelte, approchant probablement de la trentaine, elle devait se maquiller avec soin tous les matins. Exactement le type de la jeune femme libérée, se dit le shérif, ou du moins qui se considère comme telle. D'après les ragots, elle sortait régulièrement avec Parks... et avec un de ses assistants.

Traversant la pièce, il alla jusqu'à l'armoire à pharmacie qu'il examina rapidement, cherchant là aussi les traces d'un vol éventuel.

— Mademoiselle Gruen, je sais que vous aviez beaucoup d'affection pour le toubib et qu'il vous est pénible de parler de sa mort, mais je dois vous poser quelques questions.

L'image de la vieille Abby grondant Hippocrate vint un instant troubler les pensées du shérif. C'est un chat qu'il faudrait ici, pour enlever à la pièce un peu de sa froideur aseptisée, se dit-il.

— Je serais heureuse de pouvoir vous aider, fit Karen.

— Doc avait-il des ennemis, à la centrale ?

L'infirmière hésita puis répondit :

— J'aimerais pouvoir vous dire non mais ce ne serait pas tout à fait exact. Certains employés lui en voulaient parce qu'il refusait de les soigner lorsque leurs bobos n'avaient rien à voir avec leur travail. Vous savez, les compagnies sont généralement très strictes sur ce point, et le docteur Seyboldt devait bien de temps en temps appliquer le règlement.

— La plupart des malades le consultait aussi en ville, n'est-ce pas ?

— C'était le seul docteur du coin... En fait, ajouta-t-elle en rougissant, son travail ici revenait presque uniquement à soigner les mêmes malades qu'en ville... Excepté que c'était la Compagnie qui payait. Certains employés en profitaient, naturellement : pour un peu, ils auraient bien amené leurs gosses aussi se faire soigner à la centrale.

— Quel genre de cas traitait-il ici ? Je veux dire, officiellement ?

— Les accidents du travail habituels : coupures, doigts écrasés, chevilles foulées, escarbilles dans l'œil, etc. En plus, il y avait les maux de tête et les crises de foie, les grippes et les indigestions. Doc se montrait très compréhensif.

— Et la Compagnie réglait des honoraires ?

— Non. En fait, la Compagnie lui versait un salaire pour les deux jours de consultations par semaine qu'il donnait à Prométhée. Le reste du temps, je me débrouillais avec Mike.

— Mike ?

— Mike Kormanski. Il s'occupe plus spécialement des dosimètres.

— Votre boulot, ici, c'est la même chose que dans n'importe quelle autre usine ou très différent ?

— Il y a une différence de taille : la contamination radio-active. C'est pourquoi nous avons tous ces appareils, dit-elle, avec un geste circulaire de la main.

— Vous pouvez m'expliquer ?

Le visage de la jeune femme prit une expression sérieuse, toute professionnelle, que Kamrath ne lui avait pas encore vue.

— Lorsqu'on travaille dans une centrale nucléaire, on risque constamment la contamination. Les radiations ayant un effet cumulatif, le processus est en fait très lent.

— Je ne vous suis déjà plus très bien, fit Kamrath en souriant. Quelle maladie exactement les radiations provoquent-elles ?

— Prenons l'exemple d'un technicien qui travaille dans la salle des réacteurs ou dans une cellule. En cas d'accident, il serait exposé à des radiations très fortes, provoquant chez lui des nausées et de la diarrhée. Quelques semaines plus tard, il commencerait à perdre ses cheveux ; son taux de globules blancs dégringolerait, des lésions de la peau se développeraient, et il finirait par mourir. Maintenant, si nous supposons qu'il n'a été que moyennement atteint, il ne mourra pas des radiations mêmes mais son organisme aura tellement perdu de sa résistance que la moindre maladie mineure lui sera fatale.

— Vous avez déjà eu des cas de ce genre ?

— A Cardenas Bay ? dit-elle en riant. Grand Dieu non ! Dans certains secteurs de la centrale, il y a une radio-activité ambiante très faible qui nous oblige à muter tel ou tel technicien lorsqu'il a atteint le seuil maximum d'exposition pour le mois. Comme je vous l'ai déjà dit, les radiations ont un effet cumulatif.

— Mais comment savez-vous que ce seuil est atteint ? demanda Kamrath en fronçant les sourcils.

Karen tapota de l'index le petit disque de plastique épinglé à sa blouse.

— Chaque employé reçoit un dosimètre comme celui-ci en entrant le matin à l'usine. Il contient un film que nous développons pour voir s'il a été exposé aux radiations. Nous consignons les résultats, négatifs ou positifs, dans un registre.

— C'est énorme, comme boulot. Il doit falloir vérifier au moins un millier de dosimètres par semaine. C'est vous qui le faites ?

— Mike ! appela Karen.

Un grand rouquin mince comme un fil passa la tête par l'embrasure de la porte et les regarda en clignant des yeux derrière les verres épais de ses lunettes à monture d'écaille.

— Oui, mademoiselle Karen ? fit le jeune homme.

— Shérif Kamrath, Mike Kormanski, dit Karen. Mike, tu veux bien nous montrer un des plateaux ?

Kormanski s'éclipsa puis revint quelques instants plus tard avec un plateau de plastique divisé en petites alvéoles contenant chacune un dosimètre.

— D'ordinaire, nous les envoyons au lobo photo une fois par semaine, reprit Karen, mais lorsqu'on change les barres de combustible, comme en ce moment, nous développons les films de certains dosimètres tous les jours.

— Nous avons mis deux employés au repos, cette semaine, dit Kormanski.

— Je croyais que vous n'aviez pas eu d'accident grave ?

— Ils n'ont été que très faiblement exposés : simplement ils ont dépassé le maximum pour le mois. Parfois, nous nous contentons de les muter dans d'autres secteurs de l'usine, loin des cellules de retraitement et de la salle des réacteurs, mais cette fois, nous avons jugé plus prudent de les faire rester chez eux.

— Je n'ai pas tout à fait compris le..., commença Kamrath.

La sonnerie qui retentit dans le couloir l'interrompit. Pâle comme un linge, Karen décrocha le téléphone qui venait de sonner à son tour. Sans attendre d'instructions, Kormanski était allé poser son plateau dans la pièce voisine et était revenu avec une trousse d'urgence et deux casques antiradiations.

— Où est-ce ? demanda-t-il lorsque Karen raccrocha.

— Cellule Charlie trois, dans l'usine de retraitement, dit-elle en se précipitant vers la porte. Un accident grave.

Kormanski prit le sillage de la jeune femme, et tous deux s'engouffrèrent dans le couloir.

— Attendez une minute ! cria Kamrath.

Trop tard. Ils avaient déjà disparu.

Le voilà, le premier accident grave de Prométhée, se dit le shérif.

*
**

Parks concluait ses explications sur les cellules de stockage lorsqu'il entendit la sonnette d'alarme. Sa première réaction fut la surprise : jamais, jusqu'à présent, il n'avait entendu la sonnette en dehors des essais.

— Qu'est-ce qu'il y a ? demanda Walton d'une voix chevrotante.

Ignorant la question, Parks appuya sur le bouton de l'interphone encastré dans le mur et appela le central. Il écouta un instant le standardiste puis courut à la voiture électrique.

Au moment où il s'installait derrière le volant, la sirène ordonnant l'évacuation de la centrale se mit à mugir.

— Que se passe-t-il ? fit Brandt.

— Un accident à la cellule Charlie trois, une de celles où on manipule les déchets dissous dans l'acide.

— C'est grave ?

— Je n'en sais rien ! cria Parks. Ecartez-vous, vous m'empêchez de partir !

— Je vous accompagne, dit Brandt en grimpant sur le marchepied.

Cushing et Walton l'imitèrent et Parks se retourna pour leur dire :

— Vous restez ici tous les deux. C'est peut-être dangereux. Si la vitre protectrice de la cellule a été endommagée, tout le secteur sera contaminé.

— Nous sommes tous concernés, fit Brandt.

— Très bien, mais ne croyez pas que vous allez à une partie de plaisir. Vérifiez vos casques antiradiations, vous en aurez peut-être besoin.

Malgré la gravité de la situation, Parks ne put s'empêcher de penser que l'accident apporterait de l'eau à son moulin, qu'il convaincrait Brandt et Cushing qu'il n'existe pas de centrale absolument sûre. Il démarra, fit demi-tour et redescendit le couloir qu'ils venaient de parcourir, appuyant à fond sur l'accélérateur dans les lignes droites. Bientôt ils croisèrent plusieurs techniciens en combinaison blanche qui fuyaient en courant le lieu de l'accident.

— Que se passe-t-il ? cria-t-il à l'un d'eux.

Pour toute réponse, l'homme lui jeta un regard effrayé. Parks ralentit pour prendre un virage au sortir duquel il découvrit un petit groupe agglutiné devant la cellule Charlie trois. Dieu soit loué, se dit-il aussitôt, la fuite est circonscrite à l'intérieur. Il arrêta la voiture, en descendit et se fraya un chemin jusqu'à la porte de la cellule. Le visage livide, Paul Marical s'appuyait au mur du couloir.

— Paul ! Que se passe-t-il ? cria Parks.

Marical ouvrit la bouche, sembla sur le point de vomir et serra les dents.

— Paul, qu'est-il arrivé ? demanda Parks d'une voix plus calme.

— Je venais d'enlever ma combinaison, haleta Marical. J'étais sorti pour me mettre au télé-manipulateur. Nous étions en train d'effectuer des titrages pour déterminer la concentration dans les cuves à précipitation, d'après un échantillon contenu dans un ballon. Je me servais de la pipette télécommandée, celle à pressurisation par hélium, mais elle s'est déglinguée. Van est entré pour la réparer mais cet imbécile a renversé sur lui tout le contenu du ballon.

Par la vitre, Parks regarda à l'intérieur de la cellule et y découvrit Van Baketes, qui frottait de la main sa combinaison blanche.

— Van ? Ça va ? fit Parks dans l'interphone. La solution a traversé la combinaison ?

A l'intérieur, la silhouette blanche secoua lentement la tête. Baketes avait peur, c'était évident. Si la combinaison a tenu le coup, la décontamination ne posera pas trop de problèmes, songea Parks.

— Très bien, fit-il. Puisqu'il n'y a pas eu fuite à l'extérieur de la cellule, nous allons suivre la procédure normale. Tu passes dans le premier sas et tu prends une douche, une douche de cinq minutes sous le jet à détergent. Quand tu as terminé, tu passes dans le second sas, tu te déshabilles à la porte et tu jettes tous tes vêtements dans le vide-ordures du premier sas. Tu reprends une douche, cinq minutes encore, sans lésiner sur le détergent et tu te rinces soigneusement à l'eau, compris ?

La combinaison blanche fit un geste mal assuré de la main. Il a une frousse bleue, se dit Parks. En se retournant, il aperçut Lerner qui se tenait près de Marical.

— Barney, faites venir une équipe de « nettoyeurs ». Baketes n'arrivera probablement pas à se récurer complètement, en particulier pour les muqueuses. Nous aurons aussi besoin d'une équipe de sécurité.

— Elle est déjà en route, dit Lerner.

— Quel crétin, soupira Parks. Qu'est-ce que vous leur apprenez pendant les réunions sur la sécurité, Barney ? Van sait bien qu'on n'entre jamais dans une cellule sans avoir une équipe de sécurité dans les parages ! Le moindre geste doit être répété avec vos gars avant d'entrer dans la cellule !

— Ils font tous deux partie du personnel permanent, dit Lerner, très pâle. Ils connaissent le règlement.

A l'intérieur de la cellule, Baketes se retourna et se dirigea vers la porte en tirant derrière lui les tuyaux d'alimentation en oxygène. Heureusement qu'il ne s'est pas contenté d'une bouteille à air comprimé, pensa Parks, ses réserves seraient maintenant épuisées.

— Paul, écartez la pipette de son passage.

Saisissant les poignées du télé-manipulateur, Marical fit bouger le bras de métal terminé par une pipette de verre dont le renflement central était rempli de liquide puisé dans le ballon-échantillon. Parks remarqua que les mains de Paul tremblaient légèrement. A ce moment, un des tuyaux d'oxygène se coinça sous le pied d'une table métallique. Baketes sentit une résistance, essaya de continuer à avancer et trébucha lorsque le tuyau se décoinça. Instinctivement, il tendit les mains en avant pour retrouver l'équilibre et accrocha la pipette de la main. Le verre se brisa, le liquide se répandit. Horrifié, Baketes regarda son gant déchiré, le sang qui commençait à couler lentement de la blessure.

— Il en a pris ? demanda Lerner en se penchant en avant.

— Sûrement, murmura Parks, atterré... Van, reprit-il dans l'interphone en maîtrisant sa voix, rien de grave ?

Baketes secoua la tête. Juste une égratignure, pensa Parks, mais tout aussi mortelle qu'une blessure profonde si le liquide a pénétré dans les tissus.

— Barney, Karen est là ?

— Elle vient d'arriver avec Kormanski.

— Envoyez l'un de vos hommes chercher des combinaisons et expliquez à Karen ce qui est arrivé.

Se retournant vers l'interphone, il poursuivit :

— Ne t'inquiète pas pour la blessure, Van. Passe dans les sas et douche-toi.

Baketes se remit à avancer lentement. Luttant pour contrôler son émotion, Parks continuait à lui donner des instructions par l'interphone.

— Pas le temps de te rincer cinq fois, Van. Deux suffiront.

Derrière la visière du casque, il entrevit un instant un visage terrifié. Baketes gagna aussi vite qu'il put la porte du sas, débrancha les tuyaux d'oxygène et disparut à l'intérieur.

Dans le couloir, Karen et Kormanski attendaient Parks.

— Vous savez mieux que moi ce que cela signifie, dit-il. Si le liquide pénètre dans le système sanguin, il est fichu. Un tourniquet ne suffira pas à empêcher la solution de se propager dans l'organisme.

— Je n'ai pas l'équipement nécessaire, fit Karen d'une voix tremblante. Je n'ai même pas de clamps. Si le liquide est déjà passé dans les veines...

— Vous pouvez le faire ?

— Je crois, dit-elle, livide. J'aurai besoin de votre aide.

Parks sentait dans son dos les regards de Brandt et de Cushing. Walton se tenait un peu à l'écart, partagé entre la curiosité et la prudence.

— Nous n'avons pas le temps de l'envoyer à l'hôpital, fit Parks d'une voix blanche. Il faut le faire ici, tout de suite. Est-ce qu'on a prévenu l'hôpital ?

— J'ai envoyé quelqu'un leur téléphoner, répondit Karen.

— Vous avez assez de gaze ? Brandt, trouvez-moi des pinces « crocodile », je ne vois rien d'autre qui puisse faire l'affaire.

— Greg, dit la jeune femme. Ça va être de la boucherie, vous vous en rendez compte ?

— Nous n'avons pas le choix. Si nous attendons, il sera trop tard, vous le savez. Il est peut-être déjà trop tard.

L'infirmière acquiesça d'un signe de tête à peine perceptible.

— J'ai les combinaisons, annonça Lerner en rejoignant Parks.

A l'intérieur de la cellule, un signal lumineux s'alluma lorsque Baketes passa dans le second sas.

— Vous pouvez nous aider, Barney ? demanda Parks. Vous savez ce que nous allons faire ?

— J'ai déjà vu du sang, murmura Lerner.

— Mike ? Tu viens avec nous... Il nous faut encore quelqu'un, dit Parks en interrogeant successivement du regard les techniciens groupés autour de lui.

— Pourquoi pas moi ? proposa Brandt.

— Non, Hilary. J'apprécie votre offre mais il nous faut un homme plus jeune, en bonne condition physique.

Brandt hocha la tête et Parks posa directement la question à l'un des électriciens, qui accepta de mauvaise grâce.

— Qu'allons-nous utiliser ? demanda Karen.

Au lieu de lui répondre, Parks ordonna d'une voix forte :

— Tous ceux qui n'ont rien à faire ici quittent le secteur. Quand Baketes sortira, il y aura risque de contamination.

Le groupe recula, se disloqua lentement.

— Mettez ces combinaisons, reprit Parks. Quand nous en aurons terminé avec Van, nous passerons tous sous la douche.

— Les casques aussi ? demanda Karen.

— Non, c'est inutile. Est-ce que nous avons un compteur Geiger ?

L'électricien s'éloigna et revint quelques secondes plus tard avec un appareil qu'il tendit au directeur de la centrale.

— Les particules dangereuses devraient normalement rester collées à la peau de Baketes mais de toute façon, il faudra passer tout le secteur au détecteur et probablement le « nettoyer » de fond en comble.

Lorsque chacun eut revêtu une combinaison, Parks leva le bras en direction de l'établi des électriciens.

— Barney, allez me chercher cette scie électrique et branchez-la ici.

Karen émit un petit cri étouffé.

— Pas de crise de nerf, pas d'évanouissement, fit Parks en se tournant vers elle. La vie de Baketes dépend de votre sang-froid... Vous pourrez le faire ?

— Je ne vais pas m'évanouir, rassurez-vous, mais je ne pourrai pas. Ce n'est pas une question de nerfs mais de force physique.

— Je le ferai, reprit Parks d'une voix altérée. Vous me guiderez.

Le couloir devint soudain silencieux ; chacun attendait sans dire un mot. Au bout d'une interminable minute, la porte s'ouvrit enfin et Baketes sortit, nu et frissonnant, la main gauche rouge de sang.

— Bon Dieu ! murmura-t-il d'une voix tremblante.

Lorsqu'il aperçut la scie électrique, il se mit à hurler en cherchant à s'enfuir. Parks et Lerner bondirent sur lui, le firent tomber sur le sol de béton et le maîtrisèrent.

— Arrête, Van, dit Parks d'une voix ferme. Si tu t'agites, le liquide montera plus vite dans ton bras.

Baketes continua un instant à se débattre puis éclata en sanglots et abandonna toute résistance. Lerner s'agenouilla, serra entre ses cuisses le bras gauche du blessé ; Kormanski lui prit le bras droit, tandis que l'électricien s'asseyait sur ses jambes en évitant soigneusement de regarder son visage.

Van avait cessé de pleurer. Les yeux fermés, les lèvres entrou-
vertes, il tremblait de tout son corps.

— Vous ne lui faites pas une piqûre de morphine ? demanda
Cushing.

— Nous n'avons pas le temps, lui répondit Karen sans le regarder. Je la lui ferai après. Mike, passe-moi le tourniquet.

Il y eut un instant de silence puis Kormanski répondit d'une
voix nerveuse :

— Je ne le trouve pas. Il n'est pas dans la trousse.

La jeune femme se mordit les lèvres, regarda autour d'elle.

— Une ceinture, vite, s'il vous plaît, dit-elle calmement. Et ce
bout de tuyau, là-bas, par terre.

Brandt lui tendit sa ceinture qu'elle noua autour du bras de
Baketes. Elle passa le tuyau sous la lanière de cuir et commença
à serrer le garrot de fortune.

— Greg ?

Parks prit la scie électrique, la mit en marche et interrogea la
jeune femme du regard.

— Juste sous le coude, dit-elle. Allez-y. Aussi vite que vous
pourrez.

Parks eut l'impression que la scie faisait un bruit assourdissant.
Serrant les dents, il appuya le ruban métallique contre la chair nue,
résista à l'envie de fermer les yeux qui montait en lui. Il continua
à appuyer pendant un temps qui lui parut interminable et soudain,
ce fut fini. Il arrêta la scie, se redressa et entendit dans son dos
quelqu'un qui vomissait. Baketes s'était évanoui.

— Serrez le tourniquet, lui dit Karen.

Posant la scie sur le sol, il tendit la main vers le tuyau que
l'infirmière venait de lâcher. Karen se pencha en avant, écarta les
lambeaux de chair avec un scalpel et commença à fixer les pinces
« crocodile » faisant office de clamps. Les doigts de l'infirmière
entamèrent une série de mouvements précis, rapides, presque automatiques. Le visage dénué de toute expression, elle semblait ne pas
remarquer le sang qui coulait sur ses mains. Lorsqu'elle eut terminé,
Kormanski s'approcha avec une seringue remplie de morphine et
planta l'aiguille dans l'avant-bras de Baketes.

— Il faut l'emmener à l'hôpital le plus vite possible, dit Karen.

Elle se releva, chancela sur ses jambes et parut sur le point de
tomber. Parks se précipita vers elle mais Lerner l'avait devancé.

*
**

— Tenez, avalez ça, dit Parks en tendant à Karen un gobelet
de cognac.

La jeune femme but une longue gorgée en tremblant. Ses cheveux
étaient encore humides après les douches prolongées qu'elle venait
de prendre.

— Je suis désolée, fit-elle. Je croyais avoir les nerfs plus solides.

— Vous vous en êtes tirée admirablement. Buvez encore un peu.

Elle porta le gobelet à ses lèvres, s'étrangla et se mit à tousser.

— C'est fort, murmura-t-elle.

Appuyé contre le mur du fond de la pièce, Lerner n'avait cessé de les observer d'un œil jaloux.

— Van doit être arrivé à l'hôpital, maintenant, dit-il.

— Vous croyez qu'il va s'en sortir ? demanda Brandt.

Parks s'assit derrière son bureau, se renversa dans son fauteuil.

— Difficile à dire, répondit-il. Si le plutonium a eu le temps de passer dans le système sanguin, il n'a aucune chance.

— C'était horrible, cette boucherie ! explosa soudain Walton. Vous ne pouviez pas faire autrement ? Vous avez bien failli le tuer !

— S'il ne s'était agi que de plutonium pur, un tourniquet aurait suffi : le métal lui-même se dissout difficilement dans l'organisme, dit Parks d'une voix calme. Avec des sels solubles dans l'eau, je ne sais pas. Peut-être un garrot aurait-il suffi à empêcher le liquide de se répandre pendant qu'on le transportait à l'hôpital mais rien n'est moins sûr. Nous ne pouvions pas courir ce risque.

— Et s'il s'était blessé à la poitrine ? cria Walton, hors de lui.

— Ne me prenez pas pour Salomon, soupira Parks. Il y a des questions auxquelles je suis aussi incapable que vous de répondre.

— Je vais avertir sa famille en rentrant chez moi, proposa Lerner.

— Une petite minute, fit Walton. Attendez un peu.

— Attendez quoi ? demanda Lerner, surpris.

— Je pense qu'il faudrait d'abord en discuter, répondit Walton en appelant à l'aide Cushing et Brandt du regard.

Brandt détourna les yeux ; Cushing eut un sourire qu'on pouvait interpréter de diverses façons.

— Discuter de quoi ? fit Lerner froidement en s'asseyant sur le divan.

— Ebruiter ce genre d'affaires juste avant la mise en service pourrait nous causer le plus grand tort, expliqua Walton d'une voix nerveuse.

— Comment ça ? fit Lerner.

— Vous savez que nous avons quelques problèmes dans nos relations avec la communauté locale. L'homme de la rue a peur des centrales nucléaires ; il ne fait pas de différence entre un accident... ordinaire, disons, qui aurait pu se produire dans n'importe quelle usine, et un accident relevant de la nature particulière de la centrale.

— Vos distinguos ne manquent pas de subtilité, dit Parks. Je vous accorde que dans toutes les usines, il arrive aux techniciens de se blesser à la main, mais on est rarement obligé de les amputer. C'est précisément parce que Prométhée est une centrale nucléaire que nous avons dû charcuter Baketes.

— Dans vingt-quatre heures, la centrale entrera en service, dit Walton. Si nous laissons cette affaire s'ébruiter, notre réputation en prendra un sérieux coup.

— Alors, je ne dois pas dire la vérité à la famille, demanda Lerner d'une voix dangereusement calme. Je dois leur raconter qu'il a eu un accident *ordinaire*! Mais, bon Dieu! Walton! Qu'est-ce que vous croyez qu'on va leur dire, à l'hôpital?

— Pourquoi leur en parler? Si nous avons empêché le sel de plutonium de se répandre dans l'organisme, il s'agira bel et bien d'une blessure ordinaire. Nous n'avons rien à gagner à souligner l'autre aspect du problème, n'est-ce pas?

— Et si nous avons échoué? demanda Parks.

Walton lançait de tous côtés des regards surpris, comme s'il ne parvenait pas à comprendre qu'on refusât d'adopter son point de vue.

— En ce cas, il mourra dans quelques semaines. Nous n'y pouvons rien, vous l'avez dit vous-même.

— Pourquoi voulez-vous étouffer l'affaire? fit Parks. Simplement parce que c'est de la mauvaise publicité?

— De la mauvaise publicité? dit Walton en prenant un air outré. Vous voulez vous retrouver demain avec une manifestation devant la porte de la centrale? Nous ne pouvons pas risquer ce genre de choses juste au moment où le Président doit...

Il n'acheva pas sa phrase.

— Ecoutez-moi bien, dit soudain Karen, la voix tremblant sous l'effet de la colère et du cognac. Vous pouvez décider ce que vous voulez mais j'ai l'intention d'envoyer à l'hôpital un rapport détaillé sur les circonstances de l'accident!

— Pourquoi s'énerver? fit Walton d'un ton plaintif. Laissez-moi faire: je vais préparer un communiqué de presse qui ramènera l'affaire à de justes proportions. J'ai des amis parmi les journalistes, ils ne me refuseront pas ce service.

— Si Baketes meurt, toutes vos relations ne vous serviront à rien: vous n'arriverez jamais à cacher la cause de sa mort.

— Nous aurons déjà mis Prométhée en service, répondit Walton avec un sourire satisfait. Ce sera toujours de la mauvaise publicité mais sans conséquences graves.

Un silence glacial accueillit les propos de Walton, dont le sourire s'évanouit lentement. Il lança un regard implorant à Brandt, qui s'absorba soudain dans la contemplation de ses ongles, puis à Cushing.

— Monsieur Cushing, fit Parks. Vous avez certainement un avis sur la question?

— Franchement, je ne vois pas l'intérêt que nous aurions à expliquer en détail les circonstances de l'accident. Baketes n'en retrouverait pas son bras pour autant et nous inquiéterions sans raison l'opinion publique. Nous savons tous qu'il s'agit d'un incident isolé, survenu parce que deux employés n'ont pas respecté le règlement en vigueur dans la centrale.

— Alors, vous voulez étouffer l'affaire? demanda Lerner d'un ton rageur.

— Je dois reconnaître qu'il y a des aspects de cette affaire qui ne me sont pas très familiers. Les questions d'éthique médicale, par exemple, ou les rapports administratifs avec l'hôpital. Je pense que nous pouvons nous en remettre à Mademoiselle, conclut Cushing avec une petite courbette en direction de Karen.

Walton semblait sidéré. La bouche entrouverte, il regardait Cushing, qui évitait soigneusement de croiser son regard. Ce surprenant repli stratégique ne devait pas cadrer avec les instructions qu'il avait reçues. Pauvre Walton, songea Parks. Cushing lui a demandé de se charger du sale boulot et l'a laissé tomber quand il a vu que les choses ne tournaient pas en sa faveur.

*
**

Sénateur Stone : *Combien d'années avez-vous passées à la Compagnie de l'Ouest, monsieur Glidden ?*

M. Glidden : *Trente-cinq ans et quatre mois.*

Sénateur Stone : *Mais vous n'y travaillez plus, actuellement ?*

M. Glidden : *On m'a proposé une mise à la retraite anticipée, que j'ai acceptée.*

Sénateur Clarkson : *Un mois après la catastrophe de Cardenas Bay, si je ne me trompe ?*

M. Glidden : *Simple coïncidence. Il y avait déjà un moment que je songeais à prendre ma retraite.*

Sénateur Stone : *Depuis combien de temps travailliez-vous dans le secteur nucléaire de la Compagnie ?*

M. Glidden : *Depuis le début, c'est-à-dire il y a vingt-cinq ans environ.*

Sénateur Stone : *Alors, vous avez certainement une opinion sur les capacités de M. Parks comme directeur de centrale ?*

M. Glidden : *Je ne crois pas qu'on puisse trouver meilleur directeur que lui. Il connaissait son travail sur le bout des ongles et s'entendait parfaitement avec les employés. On pourrait peut-être lui reprocher de se montrer trop tatillon en matière de sécurité.*

Sénateur Clarkson : *Après ce qui s'est passé à Cardenas Bay, cette remarque est plutôt surprenante. Pouvez-vous nous expliquer en quoi consistent les mesures de sécurité dans une centrale nucléaire, pas seulement à Prométhée mais en général ?*

M. Glidden : *Les problèmes de sécurité peuvent se ramener, en gros, à deux catégories : d'une part, le personnel ; de l'autre, le matériel. En ce qui concerne le personnel, les statistiques montrent que les accidents surviennent plus fréquemment la nuit ou pendant le week-end. Le lundi aussi est un mauvais jour, de même que la période qui suit les vacances.*

Sénateur Clarkson : *Et le matériel ?*

M. Glidden : *Là aussi, le facteur humain joue un rôle. Je me suis mal exprimé si j'ai donné l'impression que les deux aspects étaient indépendants. Les systèmes de sécurité automatiques sont* précisément destinés à pallier les défaillances humaines mais si les erreurs se multiplient, il peut arriver que la machine soit débordée, qu'elle ne parvienne plus à corriger à temps les trop nombreuses fautes commises.

Sénateur Stone : *Cette explication s'applique-t-elle à la catastrophe de Cardenas Bay ?*

M. Glidden : *J'ai tendance à le croire. Le personnel faisait des heures supplémentaires depuis plus d'un mois ; tout le monde était fatigué, sur les nerfs. En outre, nous avions eu des ennuis avec le matériel livré par les sous-entrepreneurs : des pièces, des appareils défectueux. Je crois que cette question a déjà été abordée. Ce qu'il faut bien comprendre, c'est qu'un incident mineur en soi — qui n'aurait que peu d'importance dans une centrale classique — peut avoir des conséquences dramatiques dans une centrale nucléaire.*

Sénateur Hoyt : *Selon M. Parks, les incidents s'étaient multipliés à Cardenas Bay, avant la mise en service de Prométhée.*

M. Glidden : *C'est exact.*

Sénateur Stone : *Permettez-moi de vous poser une question qui relève de la pure hypothèse : si vous aviez occupé les fonctions de M. Parks, auriez-vous autorisé la mise en service de Prométhée ?*

M. Glidden : *Cela demande réflexion. Bien sûr, nous avons eu des problèmes multiples mais aucun n'avait un caractère exceptionnel.*

Sénateur Stone : *Je comprends, monsieur Glidden, mais pourriez-vous répondre plus précisément à ma question ?*

M. Glidden : *Je crois qu'on voit les choses différemment selon qu'on a ou non la responsabilité de prendre une décision. En outre, le directeur possède parfois des informations qu'il est le seul à connaître.*

Sénateur Stone : *Allons, monsieur Glidden ! Vous étiez l'adjoint direct de M. Parks, si je ne m'abuse ? Voudriez-vous nous faire croire qu'il détenait des informations importantes que vous ignoriez ?*

M. Glidden : *Ce n'est pas ce que je veux dire. Je soulignais simplement que l'angle de vue peut changer, suivant les fonctions qu'on occupe...*

Sénateur Stone : *Monsieur Glidden, je vous pose une question simple : oui ou non auriez-vous autorisé la mise en service de Prométhée si vous aviez été à la place de Gregory Parks ?*

M. Glidden : *Il m'est très difficile de répondre... Je ne sais comment vous expliquer...*

Représentant Holmburg : *Pour l'amour du Ciel, monsieur Glidden ! Eprouvez-vous toujours autant de difficultés à prendre une décision ?*

*
**

Lerner conduisait lentement. Tout en descendant la Grand-Rue, il se demandait s'il allait rentrer directement chez lui ou s'arrêter au « Capiston » pour boire une bière, manger un sandwich et jouer au bowling. Il avait eu d'autres projets pour la soirée mais Karen, encore traumatisée par l'accident, avait refusé son invitation.

Traumatisée, murmura-t-il en prenant le volant de toutes ses forces. Et probablement en train de se faire consoler par Parks en ce moment même. L'idée d'aller les surprendre chez Parks le traversa mais il la rejeta aussitôt : c'était le meilleur moyen de perdre Karen définitivement ; elle ne lui pardonnerait jamais.

Barney savait qu'il était vieux jeu, qu'une femme pouvait avoir des rapports sexuels avant le mariage sans être une putain, mais il n'arrivait pas pour autant à maîtriser sa jalousie. La pensée que Karen avait couché avec d'autres hommes faisait monter à ses yeux des larmes de rage et de dépit, il n'y pouvait rien.

Il ralentit, gara sa voiture dans le parking du « Capiston » déjà aux trois quarts plein. Le bruit et la foule lui feraient du bien. Le bistrot avait surtout une clientèle de pêcheurs et il ne risquait pas d'y rencontrer quelqu'un qui lui rappellerait la centrale... et Karen.

En entrant, il reconnut l'odeur familière de la fumée froide et de la bière éventée, celle, plus faible et un peu rance, du hamburger spécial de la maison. Au fond de la salle, en face du bar, près des boxes en bois, on avait ménagé une petite piste de danse. Un juke-box et un bowling électronique complétaient les distractions que le « Capiston » offrait à sa clientèle. Encouragé par ses compagnons, un pêcheur s'apprêtait à lancer sa boule sur la piste miniature. Il y avait une telle foule ce soir-là autour du bowling que Barney se demanda s'il parviendrait à jouer une partie.

Décidant d'attendre, il alla s'asseoir au bar, près du mur, dans un coin où personne ne viendrait le déranger.

— Je vous offre un verre, Barney ?

Oh ! Non ! se dit Lerner. Pas ce soir, et surtout pas lui !

— Qu'est-ce que vous faites ici, Glidden ?

— Je suis venu manger un morceau avant de retourner à la centrale. Vous avez déjà essayé les côtelettes ? Délicieuses ! Alors, je vous paie un verre ?

— Vous avez fait un héritage ?

— A soixante-cinq *cents* la bouteille, je peux me le permettre, fit l'Homme gris en haussant les épaules... Quelle journée ! Prenez donc une bière, cela vous fera du bien. Je ne vous conseille pas leur gnôle : si vous n'avez pas encore mangé, elle va vous scier les pattes.

Lerner hésita.

— Ecoutez, reprit Glidden. Faisons comme si nous ne nous connaissions pas. Deux types qui se rencontrent pour la première fois dans un bar, d'accord ? Je vous promets de ne pas parler boutique. Essayez donc les côtelettes, elles sont succulentes.

L'idée de passer une heure au bar en compagnie de Glidden, à parler de la pluie et du beau temps, ne séduisait pas tellement Lerner.

— Vous avez des nouvelles de Van ? demanda-t-il.

Glidden essuya la sauce qui lui coulait sur le menton avec une minuscule serviette en papier.

— J'ai téléphoné à l'hôpital il y a une demi-heure. D'après le docteur, l'amputation n'a pas fait trop de dégâts, on pourra lui fixer une prothèse... Voilà qu'on parle déjà du boulot !

Lerner vida en deux gorgées le demi de bière qu'on venait de lui apporter.

— Doucement, Barney, vous avez toute la nuit devant vous. Qu'est-ce qui vous tracasse ? Oubliez vos soucis, détendez-vous.

— Je n'ai pas de soucis, rétorqua Lerner... Parks va autoriser la mise en service, n'est-ce pas ?

— Je n'en sais rien. Je crois qu'il va essayer de respecter le nouveau calendrier mais qu'il demandera un délai s'il juge qu'il y a trop de risques.

— C'est vraiment ce que vous pensez ?

— Vous me demandez de lire dans les pensées de quelqu'un d'autre, soupira Glidden. Tout dépendra de ce qui se passera d'ici la date prévue. Je suis persuadé que Parks prendra finalement la bonne décision.

— Et c'est quoi, la bonne décision ? Mettre Prométhée en service ?

— Barney, dit Glidden lentement. Ce n'est pas mon boulot. Je ne suis pas payé pour prendre cette décision.

— Vous en seriez incapable, de toute façon !

Glidden demanda au barman de lui servir une autre bière.

— Si vous voulez vous battre, cherchez quelqu'un d'autre, dit-il tranquillement. Vous n'arriverez pas à me mettre en rogne.

Lerner commanda un whisky, l'avala d'un trait et fit signe au serveur de remplir de nouveau son verre.

— Ce n'est pas la centrale qui vous tourmente, n'est-ce pas ? dit Glidden.

— Non, c'est Karen.

Barney se rendit soudain compte que l'alcool commençait à faire son effet. Je ferais mieux d'arrêter, pensa-t-il. Encore un verre ou deux et je vais me mettre à pleurer dans le giron de Glidden. Pourtant, il ne put s'empêcher d'ajouter :

— Nous sommes fiancés mais ce soir, elle couche avec Parks.

— Vous en êtes sûr ? Vous savez, les mœurs ont beaucoup changé, ces dernières années. De nos jours, une fille qui se fiance ne considère pas forcément qu'elle perd sa liberté. Est-ce que vous en avez discuté avec elle ?

Lerner secoua la tête lentement et avala son troisième whisky.

— Si cela peut vous consoler, moi non plus, je n'approuve pas ce genre de conduite, reprit Glidden.

Barney commanda un autre verre. Il avait les idées de moins en moins claires et comprenait difficilement ce que lui disait Glidden.

La dernière phrase se fraya pourtant un chemin à travers le brouillard qui obscurcissait son cerveau.

— Pour qui vous prenez-vous ? cracha-t-il, rageur. De quel droit jugez-vous la conduite des autres ?

Il se laissa glisser de son tabouret et s'éloigna en emportant son verre.

D'un pas mal assuré, il se dirigea vers le bowling où deux pêcheurs, deux habitués de l'établissement, faisaient une partie. Le plus âgé, un nommé Halsam, le regarda s'approcher.

— Ah ! s'exclama-t-il. Voilà un des petits génies de la centrale ! Alors, grosse tête, tu veux jouer ? T'as de l'argent à perdre ?

— Je vais vous mettre une raclée les yeux fermés, marmonna Lerner en posant son verre sur une table voisine. Ce truc, c'est uniquement une question de maths et de balistique.

— Dis donc ! Il parle un peu bien, le petit gars ! fit l'autre pêcheur, d'un ton moqueur.

— Je paie la partie, annonça Lerner d'une voix pâteuse en fouillant dans sa poche.

— Quelle générosité ! fit Halsam en donnant un coup de coude à son compagnon.

Barney glissa trois pièces dans la fente de l'appareil, s'accroupit pour examiner la piste et faillit tomber à la renverse. Il se redressa, s'appuya sur l'épaule de Halsam pour ne pas perdre l'équilibre, prit une boule et s'accroupit de nouveau, l'œil rivé au bord de la piste.

— Laisse tomber les calculs, fiston, t'es pas à la centrale, dit Halsam.

— Occupe-toi de tes oignons ! grommela Lerner.

Il se redressa, lança la boule : Strike. Dès que les quilles eurent repris leur place, il envoya sa seconde boule : Strike de nouveau. Il s'apprêtait à jouer une troisième fois mais la grosse main de Halsam se posa sur son poignet.

— C'est mon tour, fiston.

— Ne me touche pas avec tes sales pattes !

— Vous vous croyez tout permis, à la centrale ! Ça ne vous suffit pas d'empoisonner le poisson, il faut encore que vous veniez faire la loi chez nous ! Pourquoi n'allez-vous pas tripoter vos atomes ailleurs ?

Lerner chercha en vain quelque chose d'original à répondre.

— Vieux connard ! fit-il en désespoir de cause. Tu pues autant que ton poisson !

Halsam fit un pas en arrière et lui lâcha le poignet. Barney avait à peine esquissé un geste pour se protéger que le poing du pêcheur venait le cueillir à la pointe du menton. Avant de s'effondrer, il eut juste le temps d'apercevoir le shérif Kamrath qui se dirigeait vers eux.

Etendu sur le lit, Marical regardait la fumée de sa cigarette monter vers le plafond de la chambre. Il écrasa son mégot dans le cendrier, enfouit la tête dans l'oreiller et essaya de dormir. Dix minutes plus tard, n'ayant pas réussi à trouver le sommeil, il se leva, tourna le bouton de la radio et alluma une autre cigarette. Il se sentait malade, sur le point de vomir, et les médicaments ne lui apportaient plus aucun soulagement.

Il retourna s'étendre et continua à ruminer, les yeux fixés au plafond. C'était sa faute ; il n'aurait jamais dû laisser Van entrer dans la cellule ; il n'aurait pas dû rester à la centrale ce jour-là, malade comme il l'était. Maintenant, il y aurait une enquête au terme de laquelle on déciderait probablement de le suspendre, ce qui réduirait à néant tous ses efforts.

Peut-être pas, après tout, se dit-il à la réflexion. Si la centrale entrait en service demain soir comme prévu, personne n'aurait le temps de s'occuper d'une enquête ; du moins, pas dans l'immédiat.

Marical commençait à s'assoupir lorsqu'on frappa un coup léger à la porte. A moitié endormi, il ne répondit pas, ne bougea pas, espérant que l'importun se découragerait. On frappa de nouveau et il se souvint soudain qu'il attendait de la visite. Il se tourna sur le côté, consulta le réveil posé sur la table de nuit : oui, c'était bien l'heure convenue.

Tout en bâillant, il alla ouvrir la porte.

— Entre, Wanda, fit-il.

La serveuse alla sans hésiter s'asseoir dans le fauteuil faisant face au lit, défit ses chaussures et commença à rouler soigneusement ses bas. Malgré le parfum dont elle s'était inondée, Paul avait l'impression qu'une odeur tenace de cuisine s'accrochait à elle.

— Tu veux qu'on s'y mette tout de suite, n'est-ce pas ? fit-il en refermant la porte.

Intriguée, elle arrêta de se déshabiller, leva les yeux vers lui.

— Tu m'as toujours dit que tu n'aimais pas perdre de temps : vite fait bien fait, sans préliminaires. Qu'est-ce qu'il y a ? Ton estomac qui te joue des tours, encore une fois ?

— Non, ça va.

Wanda recommença à se déshabiller mais plus lentement cette fois.

— Tu as mauvaise mine. C'est à cause de l'accident ?

Marical fut étonné du ton préoccupé avec lequel elle lui demandait des nouvelles de sa santé. Depuis bien longtemps, personne ne se souciait plus de savoir comment il allait.

— Tu es au courant ?

— On ne parle que de ça, en ville.

Il commença à déboutonner sa chemise, s'arrêta pour contempler la photographie glissée dans la rainure du miroir de la coiffeuse.

Une jolie brune entourée d'un petit garçon et d'une petite fille lui souriait. Elle a mis si longtemps à mourir, pensa-t-il tristement. Il dégagea la photo de l'angle du miroir et la posa à plat sur la petite table.

— Qu'est-ce qu'elle est devenue ? demanda Wanda.

— Qui ça ?

— Ta femme. La plupart des hommes font comme toi : ils retournent la photo de leur femme, avant...

— Je ne veux pas en parler.

— Cafardeux, ce soir ?

Comme d'habitude, elle s'approcha de lui pour qu'il l'aide à enlever sa robe.

— Ça t'arrive souvent d'avoir le cafard, ces temps-ci.

De nouveau, il remarqua qu'elle lui parlait avec une sollicitude inquiète.

— J'ai des ennuis, dans mon boulot, et puis mon estomac ne veut pas me laisser tranquille.

— Tu travailles trop. A force de te faire du souci pour la centrale, tu as peut-être attrapé un ulcère.

— Non, ce n'est pas ça, répondit-il.

Malheureusement, ajouta-t-il mentalement.

La robe bon marché tomba autour des chevilles de Wanda et elle se dégagea avec un sourire hésitant. D'ordinaire, Paul la gratifiait d'une remarque flatteuse ou polissonne mais ce soir, il s'en sentait incapable. Wanda avait certainement dû être jolie mais son charme n'avait pas résisté aux années. Ses longs cheveux avaient souffert de trop nombreuses décolorations : le maquillage avait abîmé la peau de son visage et la chair, entre le soutien-gorge et le slip, avait perdu de sa fermeté.

Quelle importance ! se dit-il. D'ailleurs, il aurait été incapable de coucher avec elle si elle avait été vraiment belle. Une jolie fille aurait disputé la place à ses souvenirs et cela, il ne le voulait pas.

— Tu es prêt ? dit Wanda en le poussant doucement vers le lit.

Manifestement, il ne l'était pas. Elle essaya d'éveiller son désir tout en le déshabillant mais il restait sans réaction. Elle l'attira contre elle, le sentit frissonner.

— Tu as froid, dit-elle en lui caressant doucement l'estomac.

Elle le serra contre sa poitrine, l'embrassa sur la joue.

— Tu devais l'aimer beaucoup.

— Beaucoup, répondit Paul.

— Elle travaillait avec toi ?

— Comment le sais-tu ? fit-il d'une voix tendue.

— Une idée, comme ça.

Il restait immobile, évoquant ses souvenirs, et Wanda lui caressa le visage.

— Tu pleures, dit-elle.

Ce n'était pas une question mais une simple constatation. Marical se blottit contre le corps chaud, accueillant, s'abandonna à cette femme qui comprenait sa tristesse. Pour la première fois depuis qu'ils couchaient ensemble, ils n'eurent ni l'un ni l'autre à feindre la tendresse.

Lorsqu'ils eurent terminé et qu'elle se fut rhabillée, il lui tendit un billet de vingt dollars, qu'elle refusa de prendre.

— Non, Paul, pas ce soir, je t'en prie.

— Pourquoi ? dit-il doucement. D'habitude...

— Je t'en prie, répéta-t-elle.

Marical ne voulait rien accepter pour qu'elle n'attendît rien en retour. En la payant, il s'assurait que leurs relations restaient une simple affaire commerciale, dans laquelle les sentiments n'avaient aucun rôle à jouer. Soudain, il s'aperçut qu'il était déjà trop tard, qu'elle lui avait donné ce qu'il se refusait à accepter.

— Merci, dit-il.

Il la regarda sortir de la chambre en songeant que lui aussi peut-être lui avait donné quelque chose en reprenant son argent.

***

Tebbets ouvrit la porte de la salle de contrôle et s'y glissa en écarquillant les yeux pour s'habituer à la pénombre. Près de l'entrée, penché au-dessus d'une table, le capitaine Kloster examinait un long ruban imprimé à la lueur d'une lampe.

— Ça alors, vous ne dormez jamais ?

— Dans l'aviation, jamais, grommela Kloster. Toujours prêt, comme chez les scouts ! Je suis passé voir à quoi ressemble l'autre moitié du monde à cette heure-ci. Et puis d'abord, vous non plus, vous ne dormez pas ?

— Un technicien m'a téléphoné pour me prévenir de votre arrivée, dit Tebbets. J'ai des espions partout. Et pour être tout à fait exact, je passe tous les soirs jeter un coup d'œil.

— Puisqu'on en est à se dire la vérité, je suis simplement venu voir si l'équipe de nuit travaillait avec autant de sérieux que l'équipe de jour.

— Demain, je mettrai du somnifère dans votre café, murmura Tebbets. Alors, comment ça se passe ?

— Vous parlez de l'équipe ou des écrans ?

— Des écrans ! L'équipe de nuit est la meilleure que nous avons.

— Un orage se prépare au large de la côte et si je ne me trompe, il y a une baisse de tension dans le Midwest.

— Vous avez cherché à savoir pourquoi ? demanda Tebbets, soudain tendu.

— La consommation industrielle est très élevée ; on dirait que toutes les usines du Midwest tournent la nuit. En outre, la centrale à combustible fossile d'Iowa Falls ne fournit plus de courant : les turbines viennent de tomber en panne.

— Le Midwest va acheter de l'électricité au Canada, comme d'habitude.

— Et demain ? demanda Kloster. La demande sera encore plus forte.

Entre deux bâillements, Tebbets expliqua au capitaine qu'on aurait bien le temps d'y songer demain. S'asseyant dans le fauteuil le plus proche, il s'appropria le gobelet de café encore chaud du responsable de l'équipe de nuit, probablement parti aux toilettes.

— On est vite mordu, n'est-ce pas, capitaine ?

— Mordu ?

— Par ce truc, dit Tebbets avec un geste de la main : Dieu tout puissant, dans son fauteuil de nuages, regarde les petites fourmis qui s'agitent à la surface du globe ! Quel pied de pouvoir observer les autres sans être vu ! Un vrai rêve de voyeur !

— Cette baisse de tension me préoccupe, dit Kloster.

— Ah ! C'est le revers de la médaille ! Quand on voit tout ce qui se passe, on se met à vouloir intervenir. Laissez tomber, c'est impossible. Dites-vous que vous êtes un spectateur, rien de plus. Quant à la baisse de tension, la mise en service de la centrale de Cardenas Bay, demain soir, va donner un sacré coup de fouet au réseau.

— Si tout se passe bien, fit Kloster.

— Tout ira bien, ne vous en faites pas. Le Président ne passerait pas à la télé pour annoncer au pays que quelque chose a foiré. Vous saviez qu'il doit prononcer un discours ?

— Qui vous l'a dit ?

— C'est dans le journal de ce soir. Je suppose que notre dirigeant bien-aimé va s'attribuer tout le mérite de l'affaire, sans souligner que la construction de la centrale a été décidée par le gouvernement précédent.

— C'est de bonne guerre, reconnaissez-le.

— Vous parlez comme quelqu'un qui a voté pour lui, dit Tebbets, un rien sarcastique.

— Mais tout le monde a voté pour lui, fit le capitaine avec un large sourire.

TROISIÈME JOURNÉE

— Greg ! Greg, c'est l'heure de te lever !

Parks avait l'impression qu'il venait juste de se coucher, qu'il n'avait dormi que cinq minutes, tout au plus. S'appuyant sur un coude, il découvrit Karen debout près du lit, déjà habillée.

— Il est presque quatre heures, annonça-t-elle.

Il se frotta les yeux, bâilla longuement, renifla : une odeur de café frais, de pain grillé et de bacon flottait dans l'air.

— Le bacon bien frit et le café bien noir, dit Karen. Exact ?

— Ouais, répondit-il en se levant. Je prends une douche en vitesse et j'arrive.

Juste avant de passer dans la salle de bains, il ajouta :

— Est-ce que je t'ai remerciée d'être restée ?

— Plusieurs fois.

Karen avait adopté, pour lui répondre, un ton étrange, dont il chercha en vain l'explication tout en se douchant. Au bout de quelques instants, il cessa de se poser des questions et décida de savourer pleinement le plaisir d'avoir une femme près de soi le matin en se levant. Si seulement Marjorie...

Parks venait de finir son deuxième toast lorsque Karen déclara d'une voix ferme :

— C'est la dernière fois que je viens chez toi, Greg.

— Tu t'es décidée à prendre tes fiançailles au sérieux ?

— Oui. J'espère que Barney ne les considère pas comme rompues. Il n'a pas le pardon facile.

— Je croyais..., commença-t-il.

— Tu croyais quoi ? Que j'allais m'installer ici plus ou moins officiellement ? Non, c'est impossible, tu le sais bien. D'abord à cause du scandale et ensuite parce que, tôt ou tard, je ne supporterais plus ce genre de situation.

— Tu ne semblais pas du même avis hier soir.

Parks regretta aussitôt sa remarque. Voilà qu'il se mettait à parler comme Lerner.

— Hier soir et ce matin, c'est différent, dit calmement Karen.

— Hier tu avais besoin de moi, et aujourd'hui, tu peux te passer de ce bon vieux Greg.

— J'avais besoin d'amitié, de quelqu'un que j'aime bien auprès de moi.

— Tu penses d'abord à toi, n'est-ce pas ?

— Et toi, Greg ? fit-elle en souriant. Allons, ne prends pas cet air blessé. Au fond, tu ne l'es pas vraiment.

Elle a raison, se dit-il. Finalement, je ne suis pas aussi déçu que je voudrais le faire croire, à elle comme à moi.

— Bon, d'accord, reconnut-il... Mais tu ne l'aimes pas.

— Je ne sais pas, répondit-elle lentement. En tout cas, je sais que je pourrai apprendre à l'aimer.

Elle se tut un instant et reprit d'une voix enjouée :

— Tu veux que je te fasse un compliment ? Tu es gentil, vraiment très gentil. On se sent bien avec toi. En plus, tu as beaucoup de charme. Je suis sûre que tu as encore une longue carrière de séducteur devant toi : je vois d'ici les vieilles dames se pâmer sur ton passage quand tu iras te promener au parc, tes cheveux blancs soigneusement coiffés.

— Tu parles d'un compliment, soupira-t-il en se versant une autre tasse de café.

— Un moment, j'ai cru que j'étais amoureuse de toi, fit-elle d'une toute petite voix.

— Quand cela ?

— La première fois que je t'ai vu, à la centrale. J'étais au courant, pour ta femme, et j'avais décidé qu'il te fallait quelqu'un pour s'occuper de toi.

— J'en ai toujours besoin.

— Non, Greg. Tu n'as pas besoin d'une épouse. Ce qu'il te faut, c'est une amie, avec qui tu puisses passer la nuit de temps en temps. Tu collectionnes des gadgets, tu répares des vieilles voitures, tu diriges une centrale nucléaire : il ne te reste pas assez de temps pour t'occuper d'une femme.

Elle hésita puis poursuivit :

— Barney a besoin de moi, toi non. Même si tu pouvais m'épouser, cela ne marcherait jamais.

Parks vida sa tasse de café et se leva.

— Je vais être en retard, dit-il.

A la porte, il l'embrassa, la serra un moment dans ses bras.

— Je te souhaite bonne chance. Sincèrement.

— Tu prends la chose du bon côté, on dirait, fit Karen.

— J'essaie d'être beau joueur.

Elle eut un sourire un peu triste.

— Non, ne raconte pas d'histoires. En fait, tu t'en moques un peu. La seule femme à laquelle tu tiennes vraiment, c'est la centrale.

Kamrath buvait sa seconde tasse de café lorsque le téléphone se mit à sonner. Il reconnut immédiatement la voix haut perchée, chevrotante de la vieille infirmière et prit de quoi écrire.

— J'ai le renseignement que vous m'avez demandé, Hank, dit Abby.

— Vous avez reçu les résultats des analyses de sang ?

— C'est ce que je viens de vous dire.

— Et avez-vous trouvé les noms correspondant aux numéros des formulaires ?

— Mais bien sûr ! Vous ne m'écoutez pas ? Bon, alors voilà : les deux premiers ont des résultats parfaitement normaux. Il s'agit de M. Bernard Lerner et de Mlle Karen Gruen, l'infirmière qui travaille à la centrale, vous vous souvenez ?

— Pourquoi ont-ils demandé une analyse de sang ?

— Pour l'amour du ciel, Hank ! Quand deux jeunes gens viennent ensemble voir un docteur et demandent une analyse de sang, c'est pour quoi faire, à votre avis ?

— Ah ! Oui, je vois. Et le troisième ?

— Pas brillant, soupira-t-elle. Taux de globules blancs très bas, cinquante pour cent en dessous de la normale ; globules rouges également atteints. Le laboratoire m'a même demandé si l'échantillon envoyé n'avait pas souffert pendant le trajet.

— A votre avis, qu'est-ce que ça veut dire ?

— Je ne suis pas médecin, shérif. Tout ce que je peux vous dire, c'est qu'un jour le docteur Seyboldt m'a parlé des effets que les radiations auraient sur les techniciens de la centrale, en cas d'accident. Et si je me souviens bien, cela ressemblait beaucoup à ce que je viens de vous décrire.

— Qui avait demandé l'analyse ? fit Kamrath, les doigts crispés sur son stylo.

— Attendez voir... Un certain Marical, Paul. Je crois qu'il travaille aussi à la centrale. C'était un client régulier du docteur.

— Qu'est-ce que vous voulez dire par client régulier ?

— Un client régulier, c'est tout ! s'énerva la vieille Abby. Il venait une ou deux fois par semaine pour une grippe, un rhume, des maux d'estomac, tout y passait. Je suppose que le docteur lui avait fait une prise de sang pour trouver la cause de ces maladies en série.

— Quelle date porte le formulaire ?...

— Une minute... La veille du jour où le docteur...

Abby ne put continuer et éclata en sanglots.

— Merci, Abby, fit Kamrath avant de raccrocher.

Il but une gorgée de café, se renversa dans son fauteuil et essaya de faire le point. Tout semblait indiquer que Paul Marical, employé à Prométhée, avait été exposé à des radiations, mais quelle conclusion pouvait-on en tirer ? Qu'il n'avait pas de chance ? Qu'il faisait un métier dangereux ? Ou alors...

Kamrath en était là de ses réflexions lorsque le break de Parks s'arrêta devant son bureau. Le shérif prépara une tasse de café pour son visiteur et attendit.

— Il me reste encore un croissant, si le cœur vous en dit, proposa-t-il au directeur de la centrale lorsqu'il entra dans son bureau.

— Volontiers, accepta Parks. On vient de m'avertir pour Lerner.

— Rien de grave, rassurez-vous. Il s'est saoulé hier soir au « Capiston » et s'est battu avec Halsam, un pêcheur assez âgé pour être son père.

— Il l'a esquinté ?

— Halsam ? C'est un roc, ce vieux. Il a étendu Lerner pour le compte d'un seul coup de poing. Bon, je suppose que vous venez chercher votre gars ?

— J'ai besoin de lui à la centrale... Rien de neuf, pour Doc ?

Le shérif hésita puis décida de ne pas parler de Marical avant d'avoir vérifié une ou deux choses.

— Bronson ! cria-t-il en se retournant. Amène le prisonnier.

Il poussa un formulaire dans la direction de Parks et poursuivit :

— Signez là. Personne n'a déposé plainte et si je devais garder en taule tous les types qui se payent une cuite...

Quelques instants plus tard, Lerner, escorté de Bronson, entra dans le bureau.

— Je vous confie à votre patron, dit Kamrath en réprimant un sourire. A l'avenir, évitez de remettre les pieds au « Capiston ». C'est malheureux à dire mais on n'aime pas tellement les types de la centrale, en ville.

— On est encore libre de faire ce qu'on veut, dans ce pays, grommela Lerner.

— Tout le monde ne partage pas votre avis, soupira le shérif.

Au moment où les deux hommes s'apprêtaient à franchir la porte, il ajouta :

— Pendant que j'y pense : félicitations, Barney, elle est charmante.

Lerner le regarda un instant puis sortit sans dire un mot, suivi de Parks. Aussitôt après leur départ, Kamrath décrocha le téléphone, composa le numéro de la centrale et demanda l'infirmière.

— Mademoiselle Gruen ? Ici le shérif. Dites-moi, vous avez des dossiers médicaux sur tous les employés de la centrale ?

— Cela dépend. Quel genre de dossier ?

— Je pensais à ces dosimètres que vous m'avez montrés hier.

— Nous tenons un registre à jour depuis l'ouverture de la centrale.

— Est-ce que vous pourriez me donner un petit renseignement ?

— Bien sûr, fit l'infirmière, d'un ton un peu surpris. A qui vous intéressez-vous plus particulièrement ?

— A Paul Marical.

— Un instant.

Il l'entendit parler à Mike Kormanski, patienta.

— Voilà, j'ai son dossier sous les yeux. Que voulez-vous savoir exactement ?

— A-t-il été exposé aux radiations depuis qu'il travaille à Prométhée ?

— Je regarde... Non, absolument pas. Hier, il a certainement dépassé la limite, avec l'accident, mais pour une raison ou pour une autre, il ne portait pas son dosimètre. Cela lui vaudra un blâme. Pourquoi me posez-vous cette question ?

— Simple routine, répondit Kamrath. Je vous demanderai probablement le même renseignement pour d'autres employés... A propos, est-ce que Marical avait eu recours au docteur Seyboldt à la centrale ?

— Plus souvent qu'à son tour, dit Karen en riant. Le pauvre Paul passe moins de temps à la centrale que dans son lit.

Le shérif raccrocha et se mit à réfléchir : d'après les dossiers de l'infirmière, Marical n'avait jamais été exposé aux radiations et pourtant, l'analyse de sang prouvait le contraire. La conclusion logique, c'était que Marical oubliait assez souvent de mettre son macaron détecteur... Ou alors...

Ou alors quoi ?

Kamrath songea un instant à téléphoner de nouveau à la centrale pour demander que Parks l'appelle dès son arrivée mais il renonça à cette idée. Cette histoire n'avait peut-être aucun rapport avec la mort du toubib et il ne tenait pas à attirer pour rien des ennuis à Marical. Il téléphona néanmoins à la centrale, demanda le service du personnel et apprit que Marical vivait dans un petit hôtel minable, derrière la Grand-Rue. Cet après-midi, décida-t-il, il irait jeter un coup d'œil dans le coin. Avant que Marical ne soit rentré du travail.

Les deux hommes n'avaient pas échangé une seule parole depuis qu'ils avaient quitté le bureau du shérif. Parks ne tenait pas à aborder la question de Karen et Lerner ne semblait pas non plus disposé à en parler. Lorsque la voiture s'approcha de la centrale, Barney rompit le silence.

— Vous êtes toujours décidé à autoriser la mise en service ?

— Cela dépendra des derniers essais.

— Vous avez lu mon rapport ?

— Pas encore, répondit Parks. S'il vous plaît, Barney, faites votre boulot et laissez-moi m'occuper du mien.

Ils restèrent silencieux pendant le reste du trajet. Après avoir garé le break, Parks alla directement à son bureau et avertit sa secrétaire qu'il ne voulait pas être dérangé. Les rapports de ses adjoints l'attendaient sur sa table de travail. Celui de Glidden accumulait les formules équivoques, les tournures au conditionnel, comme s'il avait voulu approuver la mise en service tout en se gardant bien d'émettre un jugement définitif. Plus intelligent, plus clair, le rapport d'Abrams soulignait sans ambiguïté les difficultés rencontrées mais concluait néanmoins de façon positive. Mises à part quelques barres de combustible défectueuses, le mois dernier s'était écoulé sans incident majeur, et les pannes survenues antérieurement n'avaient rien d'exceptionnel ou d'alarmant. On avait surmonté ce genre de problèmes dans d'autres centrales qui donnaient à présent entière satisfaction. Dans les arguments d'Abrams, dans son style froid et logique en apparence, Parks retrouvait un peu trop la patte de Cushing pour qu'il pût s'agir d'une coïncidence. Quant à Lerner, il ne mâchait pas ses mots : la centrale n'offrait actuellement aucune garantie réelle de sécurité et il ne pouvait être question de la mettre en service dans ces conditions.

Après avoir lu le dernier rapport, Parks se renversa dans son fauteuil en fermant les yeux. Lerner a raison, se dit-il. Absolument raison. Quelques coups frappés à la porte le firent sursauter et Abrams entra dans le bureau.

— Walton demande si vous pouvez passer à la galerie afin qu'on vous filme pour l'émission de ce soir.

— Dites-lui d'aller se faire voir, répondit Parks en se redressant. Vous avez lu les rapports ?

— J'ai pensé que vous n'y verriez pas d'objections, fit prudemment Abrams.

— Vous avez bien fait. Qu'en pensez-vous ?

— Sans vouloir dire du mal d'un collègue, le travail de Glidden ne vaut pas grand-chose. Quant à Lerner, je le trouve alarmiste.

— Vraiment ?

— Comme je l'ai écrit dans mon rapport, il n'y a rien de nouveau dans les difficultés que nous avons rencontrées. Nous connaissons par cœur ce genre de problèmes.

— Vous donneriez le feu vert si vous étiez à ma place ?

Abrams s'installa sur le divan, croisa les mains derrière la nuque.

— Ce n'est pas à moi de prendre une décision, Greg. C'est votre boulot, c'est pour cela qu'on vous paie.

Il a raison, pensa Parks. Comme dit Brandt, tout le monde peut jouer aux chaises musicales sauf le directeur de la centrale.

— De quoi avez-vous peur ? reprit Abrams. En cas d'incident, vous déclenchez l'arrêt d'urgence d'un réacteur ou même de toute la centrale. Le Président aura l'air d'un crétin ? Et alors, ce ne serait pas la première fois.

— Si vous étiez à ma place, vous ne seriez pas inquiet ?

— Non, je ne crois pas, dit Abrams, un peu condescendant. Nous considérons Prométhée d'une façon différente. Pour moi, c'est un travail important, sérieux ; pour vous, c'est une obsession.

Cela n'était que trop vrai, songea Parks en regardant dans le miroir fixé au mur son visage fatigué, creusé par de nouvelles rides. Depuis qu'il travaillait à Cardenas Bay, ses tempes avaient blanchi, il avait pris quelques kilos. Dans vingt ans, il ressemblerait à Hilary Brandt.

— Vous prendrez ma place, un de ces jours, dit-il.

— Je m'y prépare, répondit Abrams avec désinvolture. Vous finirez bien par quitter ce bureau, que ce soit pour grimper encore dans la hiérarchie ou pour abandonner la Compagnie. Et il en ira de même pour moi : nous tournons tous sur le même manège.

Abrams n'a peut-être pas tort, se dit Parks après le départ de son adjoint. Pourquoi m'inquiéter ? J'ai toujours la ressource de tout arrêter au premier incident. Non, pensa-t-il aussitôt, ce serait trop beau si les choses étaient aussi simples.

Dans les couloirs, l'attente avait commencé. Les chefs d'équipe semblaient tendus ; les techniciens accomplissaient leur travail avec des gestes nerveux. Parks descendit à la salle de commande, où Delano l'accueillit avec une mine lugubre.

— Que se passe-t-il ?

— Rétroaction entretenue dans les voies de détection du quadrant gauche du premier réacteur.

— Polarisation de la grille également mauvaise au numéro cinq, annonça Melton au bout de la pièce.

— Vous pouvez réparer ? demanda Parks.

— Qu'est-ce que vous croyez que nous essayons de faire ! fit Delano, exaspéré... Excusez-moi, Greg. Les détecteurs nous ont posé des problèmes de surcharge toute la matinée.

— Vous pouvez trouver pourquoi ?

— Je fais de mon mieux. Il me faudrait un peu plus de temps.

— Impossible. Procédez à une vérification et prévenez-moi quand ils fonctionneront de nouveau normalement.

En s'éloignant, Parks entendit Delano pousser un juron étouffé. Il fit rapidement le tour de la centrale et découvrit partout le même climat de tension. C'est à croire qu'ils pensent tous la même chose que moi, se dit-il : nous ne sommes pas prêts.

A onze heures trente, Prométhée Un fut enfin prêt à fonctionner et, du haut de la galerie, Parks regarda les réparateurs quitter la salle. En vingt-quatre heures, les trois autres réacteurs avaient grimpé jusqu'au seuil thermique et, de la salle de commande, Delano annonça que Prométhée Un commençait à les rattraper lentement.

Parks regarda sa montre. La mise en service devait avoir lieu à dix-neuf heures, heure locale, vingt-deux heures à Washington. Dix minutes plus tard, au moment où le Président ferait son discours, le complexe de Cardenas Bay entrerait officiellement dans le réseau national.

Dans la salle des réacteurs, le pont roulant alla s'immobiliser au bout de ses rails ; les portes se fermèrent avec un claquement sec. C'est fini, se dit Parks. Les portes se ferment aussi sur tous les efforts de ces derniers mois, sur les essais, bons ou mauvais, les incidents, petits ou grands, les tracas et les satisfactions.

Il ne restait plus qu'à procéder aux dernières vérifications avant d'élever la température des réacteurs. Parks appela la salle des turbines : tout était en ordre. De nouveau, il fit le tour de la centrale et remarqua que l'atmosphère avait changé. Les dés étaient jetés. Les techniciens avaient l'air soulagé, comme si désormais plus rien ne pouvait arriver.

Parks aussi respirait un peu mieux. Il songea un instant à rejoindre Brandt et Cushing, perdus quelque part dans les couloirs, en compagnie de Walton et des cameramen, mais décida finalement de retourner dans son bureau. Il avait encore les nerfs trop à vif pour supporter de déjeuner avec eux.

Après avoir avalé un sandwich et bu un cognac, il s'assit dans son fauteuil, regarda les rapports qui se trouvaient encore sur son bureau, prit celui de Lerner et le relut attentivement. Une demi-heure plus tard, le sentiment de soulagement passager qu'il avait éprouvé s'était évanoui et il se sentait de nouveau tenaillé par l'inquiétude.

***

La chambre de Marical respirait l'ordre et la propreté. Le lit, soigneusement fait, évoquait l'hôpital ou la caserne. Sur la table de la coiffeuse, un peigne et une brosse immaculés formaient un angle droit parfait avec le bas du miroir.

Lorsque Kamrath ouvrit la porte du placard, Elton, le vieux gérant de l'hôtel, protesta d'une voix geignarde :

— Vous n'avez pas de mandat de perquisition, shérif.

— Ne me casse pas les pieds, Elton. Je peux dire au juge qu'il y a des marchandises volées dans ta bicoque et obtenir un mandat pour la fouiller de fond en comble. Dieu sait ce que je pourrais trouver !

Dans le placard, plusieurs blouses élimées mais propres pendaient à côté de trois costumes légèrement poussiéreux. Visiblement, Marical ne faisait pas souvent des frais de toilette. Kamrath déboutonna l'une des vestes pour regarder la marque du tailleur : « Jacobson, Mohawk Bluffs. » Probablement la ville où il vivait avant de s'installer ici, se dit-il.

Retournant à la coiffeuse, il remarqua la photo d'une jeune femme brune entourée de deux enfants. Le visage aurait été joli s'il n'avait arboré une expression aussi sérieuse, presque sévère.

Une femme d'affaires, se dit Kamrath, ou une doctoresse. Sa sœur ? Son ex-épouse ?

— Il sort souvent, ce Marical ?

Elton ne cessait de regarder en direction de la porte comme s'il s'attendait à voir surgir son locataire d'une seconde à l'autre.

— Non, répondit-il. Il part d'ici à sept heures du matin et rentre vers huit heures du soir.

— Et le week-end ?

— Il ne sort pas non plus, à part pour aller au restaurant.

D'ailleurs, il n'est pas en bonne santé et il garde souvent la chambre.

— Je ne comprends pas pourquoi il vit ici. Il touche sûrement un très bon salaire, à la centrale.

— L'hôtel n'est pas si mal, protesta Elton, indigné.

— Marical a certainement les moyens de s'offrir beaucoup mieux, dit le shérif en s'approchant de la commode.

Il ouvrit un à un les tiroirs, les fouilla méthodiquement. Les chemises, soigneusement pliées, s'empilaient à côté de sous-vêtements maintes fois reprisés. S'il est divorcé et verse une grosse pension alimentaire à son ex-épouse, cela expliquerait le régime spartiate qu'il s'impose, songea Kamrath.

— Où sont les toilettes ? Dans le couloir ?

— Chaque chambre a sa salle d'eau, s'offusqua Elton en ouvrant la porte de ce que le shérif avait pris pour un autre placard.

Wamrath découvrit une cuvette de w.-c., un lavabo minuscule, une armoire à pharmacie dont il ouvrit la porte métallique. Sur les petites étagères s'entassaient toutes sortes de fioles, de boîtes de médicaments.

— Il reçoit du courrier ?

— Une lettre de temps à autre, expédiée d'un bled du nord, avec une écriture de gosse sur l'enveloppe.

— Il a des amis ? Des gens qui lui rendent visite ?

Elton hésita un peu trop longtemps avant de répondre :

— Non, il ne reçoit pas d'amis ici.

— Mon cher Elton, il va t'arriver des ennuis si tu me racontes des salades. Marical n'a pas de maîtresse ou de petite amie attitrée mais il ne vit quand même pas comme un moine. Avec ton bon cœur, tu dois lui fournir de temps en temps un peu de compagnie.

— Comment voulez-vous que je sache s'il reçoit ou non des femmes dans sa chambre ? protesta Elton.

— Tu passes ton temps à monter la garde à la réception ! Tes locataires n'arriveraient même pas à passer un canard en douce sans que tu t'en aperçoives. Et puis, si je me souviens bien, tu avais l'habitude de rendre des petits services à la clientèle masculine ?

— J'ai laissé tomber depuis longtemps, vous le savez bien, fit Elton, nerveux.

— Mais oui, bien sûr. A propos, comment va cette chère Wanda ?

— Vous n'avez pas de preuves, shérif, dit Elton en pâlissant. Elle a plusieurs petits amis et il y en a peut-être qui vivent ici mais je n'ai rien à voir là-dedans.

— T'énerve pas : vous ne m'intéressez ni l'un ni l'autre. Tout ce que je veux, c'est dire un mot à Wanda.

— Elle travaille au motel tous les soirs et au café Acme dans la journée.

— Si tu lui demandais de venir bavarder un peu avec moi... tout de suite ?

Elton sortit de la chambre sans se faire prier. Resté seul, le shérif examina de nouveau la pièce : ni livres, ni journaux, ni bibelots, rien qui donnât l'impression d'une pièce vraiment habitée. La vie de Marical semblait se résumer en trois mots : travailler, manger, dormir. Un bruit de voix dans le couloir le tira de ses réflexions.

— Elton ! cria-t-il. Tu ne pourrais pas la fermer, pour changer ?

La porte s'ouvrit et Wanda entra dans la chambre.

— Vous ne pourriez pas me ficher la paix ? dit-elle d'une voix chargée de colère. Je n'ai rien...

— Ce que tu fais ne m'intéresse pas, fit calmement Kamrath.

— C'est ce que j'étais en train de lui dire, risqua timidement Elton.

— Parle-moi un peu de Marical, Wanda, reprit le shérif.

Elton jugea plus prudent de s'éclipser.

— Excusez-moi, j'ai du travail qui m'attend, dit-il en sortant.

Kamrath ferma la porte derrière lui et invita Wanda à s'asseoir sur le lit.

— Tu le vois de temps en temps, Marical ? demanda-t-il doucement.

— Je le connais vaguement, fit-elle, évasive.

— Ne tourne pas autour du pot ! Tu le vois régulièrement ?

Wanda hésita puis répondit :

— Tous les mercredis soir. A neuf heures.

— Il te paye ?

Elle garda le silence.

— Probablement, enchaîna Kamrath. Il se confie à toi ?

— Qui se confie à une putain ? dit-elle d'un ton amer. Je ne sais presque rien de lui.

— Qui est la femme de la photo ?

— Sa femme.

— Il est divorcé ?

— Je crois plutôt qu'elle est morte. J'ai l'impression qu'ils travaillaient ensemble et qu'elle a eu un accident mais il n'en parle jamais. Les gosses vivent chez des parents, quelque part dans l'Est. Il leur envoie tout ce qu'il peut économiser sur son salaire.

— Quand est-elle décédée ?

— Juste avant qu'il ne s'installe ici. Je crois qu'elle a été longtemps malade avant de mourir et qu'il paye encore la note de l'hôpital.

— Et lui ? Il est plutôt en mauvaise santé, ces derniers temps ?

— Il se bourre de médicaments. Jetez donc un coup d'œil dans l'armoire à pharmacie.

— Il a vu le docteur Seyboldt ?

— Bien sûr. Une ou deux fois, peut-être même plus.

— Où range-t-il ses papiers personnels ? Je n'ai rien trouvé dans le bureau. Il doit quand même bien garder quelques paperasses ; des relevés de compte en banque, par exemple.

— Il a une petite boîte métallique qu'il cache sous le lit. Un soir, j'ai commencé à faire un peu de ménage et j'ai eu le temps de la voir avant qu'il ne me dise de m'arrêter.

C'est toujours comme ça, songea Kamrath. On fouille partout, sauf dans les cachettes qui vous crèvent les yeux. Il s'agenouilla, glissa un bras sous le lit et ramena un petit coffre métallique fermé par un cadenas bon marché. Il prit son revolver et, d'un coup de crosse, fit sauter le cadenas.

La boîte renfermait une centaine de billets, une vieille montre de gousset, divers papiers et deux rubans de mariée. Tout au fond, Kamrath découvrit un gros carnet noir portant l'inscription : « Rendez-vous », et dans le coin inférieur droit, en petites lettres d'or : « Dr James K. Seyboldt. »

— Il a des ennuis ? demanda Wanda.

Sans répondre, Kamrath chercha dans le carnet la page correspondant au jour de meurtre. Doc avait eu deux visites cet après-midi-là : Lerner et Gruen, puis, à dix-huit heures trente, Paul Marical.

Après avoir réfléchi un instant sur ce qu'il venait de découvrir, le shérif continua à fouiller le contenu du coffre. Il y trouva une autre photo de la jolie brune, en compagnie cette fois d'un homme jeune et mince portant d'épaisses lunettes à monture d'écaille. Marical, se dit-il, en s'efforçant de graver les traits dans sa mémoire. Sous la photo, il découvrit une enveloppe blanche d'où tombèrent trois petits morceaux de pellicule lorsqu'il la secoua. Des films de dosimètre, se dit-il. Marical leur a substitué des films vierges pour que personne ne sache qu'il a été exposé aux radiations.

Quelle bêtise de garder tout cela ici ! songea Kamrath. Du vrai travail d'amateur. Il regarda sa montre : cinq heures moins le quart ; Marical n'avait pas encore fini sa journée de travail. Kamrath décida de passer à son bureau pour téléphoner à son collègue de Mohawk Bluffs, prévenir ensuite Parks et aller cueillir Marical à la centrale.

— Il a des ennuis ? répéta Wanda d'une voix sourde.

— Je ne sais pas encore, répondit le shérif en gagnant la porte.

Elle l'arrêta en lui posant la main sur le bras.

— Je voudrais l'aider, dit-elle en rougissant. Si je peux...

En passant devant la réception, Kamrath lança au gérant de l'hôtel, qui faisait semblant de s'occuper du courrier :

— Tu t'es trompé, Elton. Marical n'est pas si seul au monde que tu le crois.

*
**

L'après-midi touchait à sa fin. Sur la galerie, Parks écoutait les techniciens de la salle de commande annoncer à voix haute les chiffres qu'ils lisaient sur les écrans de contrôle. Prométhée Un approchait de la température critique. Dans quelques heures, les ordinateurs prendraient le relais et amèneraient les quatre réacteurs à pleine capacité.

Parks entendit du bruit, se retourna et découvrit Walton qui sortait de l'ascenseur en compagnie de quatre hommes portant des caisses.

— Quoi encore ? fit Parks.

— Juste le matériel de prise de son, expliqua Walton. Pouvez-vous nous prêter un ou deux gars pour nous aider à mettre notre équipe en place ?

— Cela fait combien de bonshommes, votre équipe ?

— Une dizaine, en tout, en comptant les cameramen, plus, bien sûr, quelques journalistes.

— Vous vous débrouillerez avec trois cameramen et trois journalistes seulement sur la galerie. Installez le matériel de prise de son et les autres reporters en bas.

— Mais...

— J'ai besoin de la place.

— Les journalistes seront furieux.

— Pas autant que moi si j'en trouve un dans mes jambes ! dit Parks en quittant la galerie.

Dans son bureau, il retrouva Brandt et Cushing en train de l'attendre.

— Tout se passe bien ? demanda Cushing.

Parks haussa les épaules pour toute réponse.

— Allons, reprit Cushing. Vous n'allez quand même pas vous plaindre que tout se passe bien ?

Le directeur de la centrale se mit à sourire.

— Je joue un peu trop les prophètes du malheur, ces temps-ci, fit-il.

— Je ne vous le fais pas dire.

— Messieurs, nous allons boire à la santé de Prométhée, reprit Parks en se dirigeant vers le bar.

Il remplit deux verres de cognac, les tendit aux deux hommes, se servit à son tour et but une gorgée.

— A la centrale, dit-il gaiement. Puisse-t-elle résoudre tous nos problèmes.

Sa bonne humeur s'évanouit tout aussitôt lorsqu'il aperçut sur son bureau, par-dessus l'épaule de Cushing, la couverture rouge du rapport de Lerner.

*
**

Pour Karen Gruen, la journée avait semblé interminable. A l'heure du déjeuner, elle avait eu juste le temps d'avaler un bol de soupe et une tasse de café. Barney, qu'elle avait rencontré à la cafétéria, s'était montré disposé à pardonner et elle lui avait proposé de sortir après le travail.

Un bon repas bien arrosé dans un restaurant intime finirait de dissiper les derniers nuages. Malheureusement, la mise en service de Prométhée retiendrait Lerner assez tard à la centrale : le dîner aux chandelles devrait attendre.

Mike Kormanski entra dans le laboratoire et regarda la pendule.

116

— Vous ne partez pas ? demanda-t-il. Vous restez jusqu'à la mise en service ?

— Oui. Barney ne pourra pas se libérer avant.

— Vous allez au restaurant, je parie ?

— Comment le sais-tu ? fit-elle d'un ton surpris.

— J'ai deviné, tout simplement. Alors, à quand le grand jour ? Vous allez faire un mariage juif ? Casser les verres et tout le truc ?

— Barney veut que nous passions devant le rabbin, dit-elle en hochant la tête. Je ne suis pas tellement sûre que je vais accepter.

— Vous accepterez bien d'autres choses ! fit Mike en riant.

Karen allait quitter son bureau pour aller boire une tasse de café lorsque l'interphone se mit à bourdonner. Elle appuya sur un bouton et annonça :

— Infirmerie.

— Karen ? Ici Jensen. Tremayne vient de tomber d'un tuyau de refroidissement dans le couloir 3, secteur 2. Il s'est cassé une jambe, on voit l'os.

— Surtout, ne le bougez pas. Est-ce qu'il y a une civière d'urgence dans le coin ?

— Oui, j'en vois une d'ici.

— Ne faites rien avant mon arrivée ! recommanda-t-elle une nouvelle fois avant de couper la communication.

Elle se tourna vers Kormanski, qui attendait ses instructions, le visage tendu :

— Donne-moi la trousse de secours et les attelles.

— Vous voulez que je vous accompagne ? proposa Mike.

— Non, c'est inutile. Garde la maison jusqu'à mon retour.

Avant de quitter le bureau, elle jeta un coup d'œil à sa montre : dans une heure, Prométhée entrerait en service.

*
**

Il était cinq heures trente lorsque Kamrath arriva à son bureau, qu'il trouva désert. Bronson avait fini sa journée et Gilmore, qui ne travaillait qu'à mi-temps, n'était pas de service. Le shérif jeta sa veste sur une chaise et composa le numéro de l'interurbain en songeant qu'il avait déjà vu ou entendu le nom de Mohawk Bluffs avant cette affaire. Pourtant, il n'avait aucune idée de l'Etat dans lequel se trouvait cette ville et la standardiste se montra peu coopérative jusqu'au moment où il l'informa qu'il s'agissait d'une enquête policière. Le mot « police » eut un effet magique et en moins de cinq minutes, il obtint sa communication et les renseignements qu'il désirait.

Après avoir raccroché, il se mit à réfléchir. Marical, le petit homme malade, avait commis un meurtre révoltant. Malade, il devait l'être autant mentalement que physiquement ; il n'avait plus aucune raison de vivre et allait peut-être bientôt mourir, d'ailleurs.

Kamrath devinait sans peine maintenant ce que Marical était parvenu à cacher à tout le monde. Personne n'avait eu l'idée de vérifier ses antécédents, ce qui expliquait probablement pourquoi il avait failli réussir.

Soudain le shérif se redressa dans son fauteuil en se rappelant que la centrale allait entrer en service dans un peu moins d'une heure. A coup sûr, Marical comptait profiter de l'occasion : tout le monde avait trop à faire pour le surveiller.

Il décrocha de nouveau le téléphone et composa le numéro de la centrale. Occupé : les journalistes monopolisaient probablement toutes les lignes. Après plusieurs essais infructueux, il réussit enfin à obtenir le standard où on lui répondit qu'il était impossible de déranger M. Parks pour l'instant, qu'il procédait aux dernières vérifications.

Furieux, Kamrath raccrocha et décida d'aller à la centrale. Avant de sortir, il prit une carabine au ratelier fixé au mur et fourra une boîte de cartouches dans sa poche. Il songea un instant à essayer de joindre Bronson et Gilmore mais jugea finalement que cela lui ferait perdre du temps. S'il avait besoin d'aide, il pourrait toujours faire appel aux gardes armés de la centrale.

Il se trouvait en haut de la colline et apercevait Prométhée, en bas, à travers son pare-brise, lorsque l'orage qui menaçait depuis le matin éclata. Une rafale de vent déporta sa jeep vers la gauche et il dut donner un léger coup de volant pour garder la droite de la chaussée.

Le garde posté à la grille d'entrée le laissa passer en le saluant de la main. Kamrath arrêta la jeep devant les services administratifs et courut sous l'averse jusqu'à la porte.

Une fois à l'intérieur, il s'ébroua comme un chien mouillé puis s'approcha du garde assis derrière le guichet des renseignements.

— Salut, shérif, vous avez sorti l'artillerie, on dirait.

— Il faut que je parle à Parks, dit Kamrath.

— Impossible. Le compte à rebours a commencé.

— Et Tom Glidden ?

Le garde eut une moue perplexe.

— Je ne sais pas trop, dit-il. Je vais essayer.

Un instant plus tard, l'homme reprenait :

— Non, il n'est pas sur la galerie et personne ne sait où il se trouve.

— Barney Lerner ? demanda le shérif.

— Même chose que Parks, probablement, mais je vais essayer.

Tandis que le garde tentait de joindre Lerner, Kamrath remarqua une porte ouverte au bout du couloir. Il s'approcha et découvrit, devant les lourdes portes de la salle des réacteurs, un groupe d'ouvriers achevant de démonter des plaques de protection. Plus loin, des techniciens procédaient aux réglages de dernière minute devant leurs tableaux de commande ; des petits véhicules électriques se frayaient un chemin à travers toute cette agitation.

Soudain, le shérif retint sa respiration : au volant d'une des voitures électriques, il venait de reconnaître Marical. Indécis, il hésita sur la ligne de conduite à adopter. S'il attendait que le garde réussisse à joindre Lerner, il perdrait encore de précieuses minutes à expliquer la situation, à obtenir l'autorisation de pénétrer dans la centrale pour arrêter Marical. En outre, Lerner refuserait probablement de prendre une décision sans consulter Parks, ce qui signifiait qu'il lui faudrait attendre la fin du compte à rebours.

Il va m'échapper si je lui en laisse le temps, songea Kamrath. L'image du cadavre de Seyboldt à moitié enfoui dans le sable mit un terme à son indécision.

— Marical ! cria-t-il.

Sans donner signe qu'il avait entendu, le petit homme dirigea le véhicule vers une porte battante et disparut. Kamrath se précipita derrière lui, poussa à son tour la porte et se retrouva dans un long couloir désert, à l'exception d'un technicien qui marchait à sa rencontre.

— Avez-vous vu passer Paul Marical ? lui demanda-t-il.

L'homme jeta un regard surpris à la carabine, à l'insigne de shérif puis secoua la tête. Kamrath crut alors entendre un bourdonnement de moteur au bout du couloir et courut dans la direction du bruit. Dix minutes plus tard, il avait non seulement perdu la trace de Marical mais s'était égaré dans le dédale de couloirs de Prométhée.

*
**

— Pour la lumière, ça va ? Vous pouvez le prendre devant le tableau ? Qu'est-ce que vous diriez ensuite d'un panoramique sur la salle des réacteurs, à travers la vitre ? Il y a des reflets ?

La voix de Walton dirigeant les cameramen et donnant des renseignements à la demi-douzaine de journalistes qui avait envahi la galerie empêchait Parks de se concentrer. Assis devant un tableau de commande, le directeur de la centrale sentait la tension le gagner à mesure que le compte à rebours s'égrenait. Plus que quelques minutes avant l'heure H, se dit-il. En définitive, il ne lui appartenait plus vraiment d'autoriser ou d'annuler la poursuite des opérations ; l'ordinateur avait pris le relais. Le cerveau de la machine suppléerait aux déficiences de l'homme.

L'avenir de la centrale se jouait finalement deux étages plus bas, dans des circuits électroniques d'une grande complexité. Parks promena les doigts sur le tableau et vit défiler devant ses yeux les différents postes de commande. Derrière lui, un journaliste de télévision commentait l'opération avec ce ton feutré que les reporters adoptent durant un match de tennis, de peur de gêner les joueurs.

« *Pour la phase finale du compte à rebours, Prométhée est entièrement placé sur commande automatique.* »

Sur l'écran de contrôle, Parks regardait le visage en sueur de Delano.

— Prêt pour augmenter la puissance, fit le technicien. Température du cœur ?

— Stabilisée, répondit Melton.

« ... *Les énormes turbines à vapeur qui transformeront la chaleur produite par les réacteurs en électricité, qui alimentera dès ce soir le réseau national ...* ».

— Arrêt d'urgence ?

— Prêt à fonctionner.

Plus qu'un quart d'heure maintenant, se dit Parks. L'image du rapport de Lerner posé sur son bureau ne cessait de venir le tourmenter.

— Moniteurs de flux neutronique dans le cœur au même niveau pour tous les réacteurs.

— Contrôle des barres terminé.

— Fluide réfrigérant ?

— Vérifié. Ecoulement normal.

Il y eut soudain un silence prolongé.

— Qu'est-ce qu'il y a ? demanda Parks.

— Les détecteurs signalent quelque chose au réacteur un ! fit Delano... Non, ça va, la lampe a juste clignoté. Ce n'est rien du tout probablement. L'ordinateur aurait réagi si c'était grave.

Parks hésita une fraction de seconde puis se décida. Il se l'était juré : au moindre incident, si minime fût-il, il arrêterait l'opération.

— Delano ; fit-il dans l'interphone. Suspension du compte à rebours !

— Il ne nous reste plus que huit minutes du battement prévu.

— Dans cinq minutes, je vous donne le feu vert ou j'annule tout, répondit Parks. Abrams, prenez ma place.

Il quitta la galerie suivi de Brandt et de Cushing, et se dirigea vers son bureau.

— Mais qu'est-ce qui vous prend ? explosa Brandt en claquant la porte derrière lui.

Pour la première fois depuis des semaines, Parks se sentait calme.

— Vous avez entendu Delano, dit-il. Je vous ai prévenu qu'au moindre pépin, j'arrêterais le compte à rebours, eh bien, c'est ce que je vais faire.

— Simplement parce qu'une ampoule a clignoté une fraction de seconde pour Dieu sait quelle raison ? fit Brandt. Delano n'a pas suggéré l'annulation ! L'ordinateur n'a signalé aucun ennui !

— Il me faut quarante-huit heures, Hilary. Quarante-huit heures pour contrôler les détecteurs et découvrir pourquoi ils ont clignoté.

— Impossible ! trancha Brandt. Dans quelques minutes, le Président va annoncer la mise en service de Prométhée ; il va déclarer au pays que le gouvernement a désormais les moyens de résoudre la crise de l'énergie !

— Hilary, reprit Parks d'une voix calme. Vous avez lu tous mes rapports. Vous connaissez aussi bien que moi le nombre de valves, de barres de combustible et de tuyaux défectueux que nous avons trouvés. Si tout s'était bien passé, j'aurais pris le risque, mais ce n'est pas le cas.

Brandt se servit un verre de cognac, qu'il avala d'un trait.

— Vous avez écouté les informations, Parks ? demanda-t-il. Le réseau national est à bout de souffle. Il y a une forte baisse de tension à New York, à Saint Louis, à Philadelphie ! Nous n'arrivons plus à satisfaire aux besoins du pays, il faut que Prométhée entre en service !

— Nous n'avons pas le droit de courir un tel risque. Même le Président n'en a pas le droit.

Brandt balaya d'un geste les objections de Parks et se tourna vers Cushing.

— Eliot, fit-il d'un ton mal assuré, vous avez une décision grave à prendre.

— C'est *vous* qui avez une décision à prendre, répondit Cushing. Moi, je n'ai aucune autorité en la matière... Je suppose que vous vous rendez compte que cette affaire aura une influence sur les prochaines élections ?

— J'ai parfaitement conscience des implications politiques que..., commença Brandt.

— Et économiques, l'interrompit Cushing. Des crédits, ça se coupe. Vous ne vous étonnerez pas si les services des normes commencent à se montrer plus exigeants et viennent inspecter jusqu'aux machines à écrire de vos dactylos.

Il marqua une pause puis reprit :

— Voulez-vous parler au président de la commission ?

Brandt acquiesça d'un hochement de tête et Cushing composa un numéro sur le cadran du téléphone. Après un bref échange, il raccrocha.

— Il est à la Maison-Blanche, pour l'inauguration, annonça-t-il.

— Essayons de le joindre là-bas, fit Brandt d'une voix tendue.

Tandis que Cushing s'efforçait d'entrer en contact avec le président de la commission, Parks commençait à se demander si, après tout, il ne s'était pas alarmé un peu vite.

— Personne n'arrive à le trouver, dit Cushing en raccrochant.

— Et le Président ? proposa Brandt. Le président des Etats-Unis, je veux dire. C'est lui qui nous force la main, avec son satané discours !

Cushing eut un regard méprisant pour le pauvre Brandt, qui perdait visiblement son sang-froid.

— Il faut d'abord passer par Bateman, son secrétaire particulier, expliqua-t-il. Je veux bien l'appeler mais après, vous vous débrouillerez avec lui.

— Allez-y, dit Brandt. Branchez le téléphone sur l'amplificateur.

Cushing appuya sur un bouton puis composa le numéro. Le bruit d'une sonnerie lointaine emplit la pièce.

— Ici, Bateman, fit une voix nasillarde, vaguement britannique.

— Eliot Cushing à l'appareil, Len. Il faut que je parle au Président.

— Désolé, Eliot. Je ne peux pas le déranger. Il prépare avec Meisner son discours de ce soir. Il passe à la télévision dans moins d'une heure, vous le savez bien.

— Len, c'est important, insista Cushing.

— Meisner va m'incendier si je les dérange.

— Monsieur Bateman, ici Brandt, de la Compagnie de l'Ouest. Nous devons absolument parler au Président !

— Je vais demander à la secrétaire de Meisner de l'appeler mais je vous préviens : il va hurler.

Après quelques minutes de silence, une voix à l'accent méridional annonça sèchement :

— Eliot ? J'espère pour vous que c'est important.

— Je serai bref, répondit Cushing sans s'émouvoir. J'ai auprès de moi deux responsables de la Compagnie qui demandent au Président d'annuler son discours.

— Vous voulez dire qu'ils ne peuvent pas assurer la mise en service à l'heure prévue ?

— Si, ils le peuvent.

— Alors, où est le problème ? tonna Meisner.

Cushing fit un signe en direction de Brandt, qui expliqua, d'une voix chevrotante :

— Monsieur Meisner, étant donné la situation, nous estimons qu'il serait plus prudent de reporter la mise en service.

Meisner écouta un moment les explications de Brandt puis l'interrompit brusquement :

— Je ne comprends rien du tout à votre jargon scientifique. Eliot, qu'est-ce que vous en pensez, vous qui êtes sur place ?

— Personnellement, je ne crois pas qu'il y ait de risques réels, sinon je conseillerais, mois aussi, d'attendre. Mais bien entendu, ce n'est qu'une opinion personnelle, Jack. En dernière instance, la décision appartient au directeur de la centrale.

Nous y voilà, pensa Parks, pris de colère. A moi, toute la responsabilité.

— Ecoutez, Eliot, reprit Meisner d'un ton plus calme. Cela fait plus de trois ans qu'on nous explique qu'il n'y a absolument aucun danger : il faudrait s'entendre. En outre, le discours du Président a déjà été communiqué à toute la presse...

— Monsieur Meisner ! explosa soudain Brandt. Je me fous de la presse ! Je vous demande simplement de transmettre notre opinion au Président !

— Je vous rappelle, fit Meisner d'une voix glaciale.

Les trois hommes gardèrent un instant le silence puis Cushing se décida à parler :

— J'espère que vous appréciez mon attitude : moi aussi, j'ai posé la tête sur le billot.

— Vraiment ? fit Parks, sarcastique. Je n'ai pas remarqué.

Cushing détourna les yeux et alluma une cigarette. Quelques instants plus tard, la sonnerie du téléphone retentit dans le bureau silencieux.

— Eliot ? fit la voix de Meisner. Vous avez déjà vu le Président quand il se met en rogne ?

Sans attendre de réponse, il enchaîna :

— Il est absolument hors de question de retarder la mise en service. Nous avons des coupures de courant à Washington, Chicago, Saint Louis, Philadelphie...

— Merci du renseignement, monsieur Meisner, l'interrompit Brandt. Je crois que nous allons prendre une décision sans votre précieux concours.

Après un instant de silence, Meisner répondit calmement :

— Vous vous préparez un enterrement de première classe, monsieur Brandt. Je n'ai pas à vous dire comment vous devez diriger votre compagnie mais si j'étais à votre place, j'éviterais de me mettre à dos le président des Etats-Unis.

— Merci, Jack, dit Cushing. Je crois que ces messieurs sont satisfaits, maintenant.

— Au revoir, Eliot, fit sèchement Meisner avant de raccrocher.

Cushing reposa le récepteur sur son socle et se tourna vers Brandt.

— A vous de jouer, Hilary. Qu'est-ce que vous comptez faire ?

— Meisner n'a même pas parlé au Président, j'en suis sûr, dit Parks.

— Peut-être pas, fit Cushing en haussant les épaules. En tout cas, vous n'en savez rien... Il vous reste moins d'une heure pour vous décider.

— Je peux annuler l'opération moi-même, dit Parks en regardant Brandt. J'ai toute autorité pour le faire, vous le savez.

Brandt soutint son regard un instant puis se tourna vers Cushing.

— Qu'en pensez-vous, Eliot ?

— Je suis membre du Comité à l'énergie atomique et jusqu'à présent, rien de ce que j'ai vu ne m'incite à déclarer que Prométhée n'est pas prêt à fonctionner. Si j'avais eu des réserves à formuler, je les aurais transmises à Washington. Maintenant, au risque de me répéter, je vous signale qu'il ne m'appartient pas de prendre une décision. Messieurs, je vous laisse, je vais sur la galerie.

Après le départ de Cushing, Brandt dit aussitôt :

— Quelle raison valable puis-je avancer ? Greg ? Un ou deux détecteurs défectueux ? Delano, qui connaît le matériel aussi bien que vous, ne partage pas votre avis. Pourquoi ne tenez-vous pas compte de son opinion ? Pourquoi ne tenez-vous pas compte non plus de l'ordinateur, un engin qui a coûté plusieurs millions de dollars et qui a précisément pour fonction d'éviter toute erreur ?

— Le responsable, ce n'est ni Delano, ni l'ordinateur, ni même vous, répondit Parks. C'est moi.

— Et qui va payer les pots cassés si nous annulons la mise en service ? Vous, peut-être ? Ne soyez pas naïf, Parks. On ne mécontente pas la Maison-Blanche sans y laisser des plumes : en moins de deux ans, la Compagnie serait acculée à la faillite !

— Vous m'aviez promis de me soutenir s'il y avait le moindre incident, même au risque de perdre votre boulot.

— Oui, je l'ai dit, mais je n'ai pas l'intention de bousiller ma carrière à cause d'un détecteur en panne.

Brandt hésita puis reprit :

— Faites redémarrer le compte à rebours, monsieur Parks. C'est un ordre !

— Je refuse, dit Parks, calmement. Je vais avertir Delano que j'annule tout.

Brandt le regarda longuement sans rien dire puis fit le tour du bureau et décrocha le téléphone.

— Abrams ? Hilary Brandt. Pouvez-vous faire reprendre le compte à rebours ? ... Très bien, allez-y. Vous prenez la direction des opérations ... Oui, M. Parks vient d'être dégagé de ses attributions.

Brandt raccrocha et se tourna vers un Parks médusé.

— Vous aviez toute autorité pour prendre une décision en qualité de directeur de la centrale, monsieur Parks. A partir de maintenant, vous ne l'êtes plus, vous ne travaillez plus pour la Compagnie.

Parks crut un instant que Hilary allait ajouter quelque chose — qu'il regrettait de devoir agir ainsi, que les circonstances, etc. — mais il sortit sans un mot, en laissant la porte ouverte.

Brandt a cédé, se dit-il. Il s'est dégonflé comme une baudruche. Immobile au milieu de son bureau, Parks se demandait s'il devait vider ses tiroirs et rentrer chez lui. Machinalement, il prit le chemin de la galerie, s'arrêta à la porte. Les journalistes prenaient des notes ; les cameramen cherchaient les meilleurs angles de prise de vues. Assis à la place que Parks aurait dû occuper, Abrams donnait des instructions à Delano. Dans un coin, Brandt et Lerner échangeaient des propos sans doute acrimonieux, à en juger par leur expression.

L'ex-directeur de Prométhée tendit l'oreille pour entendre la voix de Delano dans l'interphone.

— Turbines ?

— Paré pour les quatre unités.

— Augmentez la puissance.

Toutes les caméras se braquèrent sur Abrams, dont Parks pouvait imaginer l'expression de triomphe.

— Commencez à retirer les barres de contrôle du premier réacteur, ordonna Abrams.

— Barres de contrôle niveau cinq.

Parks songea qu'il aurait dû se douter de ce qui venait de lui arriver. Depuis le début, Brandt avait à sa disposition une solution radicale : limoger le directeur récalcitrant. Comment avait-il pu croire qu'Hilary hésiterait à le mettre à la porte ?

— Que dit l'ordinateur ?

— Le programme se déroule exactement comme prévu.

— La vapeur entre dans la chambre.

— L'affaire se présente on ne peut mieux, jubila Abrams.

Cushing, qui se tenait près de lui, adressa un sourire à Brandt.

Mais où se trouve Glidden ? se demanda soudain Parks. Il parcourut la galerie des yeux mais n'y vit pas trace de l'Homme gris. En y réfléchissant, Parks se souvint que Glidden n'avait pas montré le bout du nez depuis plusieurs heures, probablement pour éviter d'être mêlé à une discussion où on lui demanderait son avis.

— Augmentez la puissance.

— Puissance croissante, les quatre turbines tournent à mille.

— Augmentez.

— Branchement sur le réseau opéré.

— Puissance à 20 %.

— Augmentez.

« *Dans quelques instants, en direct de la Maison-Blanche, le Président ... »*

C'est fini, se dit Parks en s'éloignant de la porte de la galerie. Les techniciens qui s'étaient agglutinés derrière lui pour ne rien rater du spectacle s'écartèrent pour le laisser passer, sans même le regarder. Tous les yeux étaient braqués sur Abrams.

« *... un discours de la plus haute importance sur la crise énergétique que traverse le pays ... »*

— Puissance à 85 %.

— Pas trop vite ; inutile de bousculer l'enfant pour sa première sortie ...

— ... 98 %. Bientôt à saturation.

Et Abrams, triomphant :

— Ça y est ! C'est gagné !

Des applaudissements éclatèrent sur la galerie pour saluer l'entrée de Prométhée Un dans le réseau national. Bientôt, les réacteurs deux, trois et quatre commenceraient eux aussi à alimenter le pays en électricité.

Je me suis trompé, pensa Parks envahi par la tristesse et l'amertume. J'ai cherché une perfection inutile. Peut-être Cushing avait-il raison ? Peut-être n'ai-je demandé délai sur délai que pour me dérober à des responsabilités trop lourdes pour moi ?

Inutile de m'apitoyer sur mon sort, décida-t-il en secouant la tête. A quelque chose, malheur est bon : je peux maintenant envisager de reprendre la vie commune avec Marjorie. Finalement, c'est elle qui a gagné.

Parks avait à peine songé à cette éventualité que l'idée le frappa, pour la première fois, qu'il ne tenait pas du tout à retourner auprès de sa femme, que rien ne l'attachait plus à elle depuis longtemps.

Il allait descendre l'escalier lorsqu'il entendit Abrams crier, pardessus le brouhaha :

— Il y a un point chaud au réacteur un !

Parks se précipita vers la porte de la galerie et se fraya un chemin à travers le groupe de techniciens soudain silencieux.

*
**

Sur la galerie, toute conversation avait cessé ; chacun restait immobile, figé par la surprise. Barney Lerner avait l'air ahuri ; Jerry Walton, complètement perdu. Le visage de Brandt reflétait à la fois la stupéfaction et la colère, celui de Cushing n'exprimait aucune émotion.

Incapable de réagir, Abrams regardait d'un air hébété le tableau devant lequel il était assis. La voix lointaine de Delano murmura quelques mots indistincts dans l'interphone puis fut couverte par celle de l'ordinateur, métallique, froide, sans trace d'émotion :

« ... *température de huit cent quarante degrés Fahrenheit dans le secteur dix, continue à s'élever* ... »

Une lampe s'alluma sur le tableau : les détecteurs signalaient un accroissement brutal de la température dans le secteur dix du cœur.

« ... *huit cent cinquante* ... »

Bien qu'il se fût préparé à l'éventualité d'un accident, Parks n'arrivait pas vraiment à y croire. Pourtant, il devait bien se rendre à l'évidence : il ne s'agissait plus, cette fois, d'une panne simulée ; les quatre réacteurs fonctionnaient vraiment.

Le visage en sueur, Abrams semblait sur le point de céder à la panique.

— Il faut déclencher l'arrêt d'urgence, bredouilla-t-il.

— Vite, bon Dieu, vite, murmura Parks.

Brandt se précipita vers Abrams.

— Utilisez le système d'absorption ! fit-il. Remuez-vous, bon sang !

— Je ne crois pas... commença Cushing.

— Vous ne croyez pas quoi ? rétorqua Brandt. Vous voulez téléphoner à Washington ?

L'air vexé, Cushing s'éloigna des deux hommes. Le bureaucrate se met à couvert, pensa Parks.

« *huit cent quatre-vingt-dix* ... »

L'ordinateur continuait à égrener ses chiffres d'une voix indifférente. Dans l'interphone, Delano poussa un juron étouffé.

Abrams appuya sur un bouton, fit apparaître sur l'écran de contrôle une série de chiffres concernant les autres secteurs du réacteur.

— Nous n'avons pas le choix, monsieur Brandt. Avec de tels flux de neutrons, l'ordinateur va déclencher l'arrêt d'urgence automatiquement.

Le poste de télévision placé derrière Brandt s'anima soudain. L'image s'éclaircit, se stabilisa, pour révéler l'intérieur d'un bureau de la Maison-Blanche.

« *Mesdames et Messieurs, le président des Etats-Unis ...* »

Sur l'écran apparut le visage familier, calme, rassurant, presque paternel.

« *Mes chers concitoyens. Nous vivons un moment historique ...* »

Lerner lui coupa la parole en baissant le volume du son. Réduit au silence, le visage semblait maintenant ridicule, avec ces lèvres qui remuaient vainement, comme une machine tournant à vide.

« *... neuf cent dix, température toujours croissante ...* »

— Je ne peux pas l'arrêter, murmura Abrams d'une voix tremblante. Je n'ai qu'un tableau de contrôle...

Quelle erreur d'avoir confié de telles responsabilités à un homme incapable de faire face dans une situation dramatique ! se dit Parks. Moi aussi, je suis coupable d'avoir pris comme adjoint un type dont les nerfs flanchent à la première occasion.

— Parks !

Brandt venait de remarquer la présence de son ancien directeur. Parks s'approcha et lut dans les yeux de Hilary une supplique muette.

« *... neuf cent cinquante ...* »

Les bras pendants le long du corps, Abrams regardait fixement l'écran de contrôle.

— Nous allons passer sur commande automatique, dit-il.

C'est trop tôt, trop tôt ! pensa Parks. Prenant soudain une décision, il fit signe à Abrams de s'écarter et s'installa rapidement à sa place. Un coup d'œil au tableau lui suffit pour comprendre que l'ordinateur avait déjà pris la relève. Le signal d'ARRET D'URGENCE venait de s'allumer ; à l'intérieur du réacteur, les barres de contrôle s'enfonçaient déjà entre les faisceaux de combustible, arrêtant complètement la pile.

« *... mille degrés ...* »

Surpris, Parks constata que le tableau indiquait non ce qui s'était produit mais ce qui aurait dû se produire. Tant mieux, en un sens, se dit-il. Cela lui laissait le temps de faire ce qu'Abrams aurait dû faire depuis le début. Il jeta un coup d'œil au diagramme du cœur du réacteur, repéra les coordonnées du gros point rouge d'où venait le danger et appuya sur le bouton de l'interphone.

— Delano ? Ici Parks. Passez sur commande manuelle. Réduisez aux trois quarts la puissance du générateur. Isolez Prométhée Un.

Il attendit la réponse du technicien, puis enchaîna :

— Absorption d'urgence pour les barres de contrôle huit et neuf. Le système automatique n'a pas fonctionné.

Jai encore une toute petite chance de « noyer » cette partie de la pile, se dit-il. Se tournant vers Lerner, il demanda :

— Allez me chercher Glidden. J'ai besoin de lui.

Malgré tous ses défauts, l'Homme gris avait des connaissances techniques bien supérieures à celles d'Abrams et il pouvait lui être utile.

Derrière Parks, les techniciens se remirent à discuter à voix basse. Ils ont confiance en moi, pensa-t-il, mais nous ne sommes pas encore tirés d'affaire.

— Du calme, messieurs, fit la voix de Walton. Il ne s'agit que d'une malfonction passagère. Dans quelques minutes, tout sera rétabli.

— Une malfonction ? fit un journaliste. Qu'est-ce que c'est qu'une malfonction ? Monsieur Walton, pouvez-vous nous expliquer ce qui se passe exactement ?

Les réponses succédaient aux questions ; l'atmosphère se détendait progressivement. Lorsque la voix de Delano retentit dans l'interphone, le silence se fit de nouveau dans la galerie.

— Barres de contrôle huit et neuf bloquées. Elles ont dû heurter quelque chose.

Delano s'éclaircit la voix avant d'ajouter d'un ton qu'il voulait calme :

— Certaines barres de combustible ont dû subir un flambement.

... onze cents degrés... »

— Arrêt d'urgence du premier réacteur, ordonna Parks.

Brandt, la joue agitée par un tic, se tourna vers lui.

— Est-ce absolument indispensable ? demanda-t-il.

— Vous voyez une autre solution ? répliqua sèchement Parks.

« ...onze cent cinquante... »

— Impossible de déclencher l'arrêt d'urgence ! fit Delano. Aucune des barres de contrôle ne répond... Il y a de nouveaux points chauds, maintenant.

Sur l'écran de contrôle, le diagramme de la pile était à présent constellé de taches rouges ; les détecteurs placés à l'intérieur du cœur signalaient, en une douzaine d'endroits, des élévations de température que l'ordinateur annonçait simultanément :

« ...neuf cents degrés Fahrenheit... »

« ...douze cent dix, douze cent vingt... »

« ...huit cent cinquante, continue à grimper... »

Parks appuya sur un bouton et les différentes voix de la machine se fondirent en une seule :

« ...température moyenne de douze cent cinquante... »

Dans le cerveau de Parks défilèrent des courbes de distribution thermique, des équations de transfert calorifique. A quoi bon, se dit-il. Nous avons cru éliminer toute possibilité d'erreur humaine en nous en remettant à l'ordinateur, sans songer qu'un relais pouvait se dessouder, qu'une résistance pouvait griller, qu'un contrôleur distrait ou mal réveillé pouvait laisser passer un circuit défectueux.

— Les détecteurs signalent des fuites ? demanda Parks dans l'interphone. D'ici, je ne peux pas le savoir.

128

— Une dizaine environ, mais sans gravité.

Sans gravité pour l'instant, pensa Parks. Elles ne vont pas tarder à augmenter.

Brandt posa la main sur son épaule, la serra à lui faire mal.

— Qu'est-ce que nous allons faire, Parks ? demanda-t-il d'une voix angoissée.

Cushing montrait maintenant quelques signes de nervosité. Walton avait l'air d'un homme trahi par son meilleur ami. Les yeux fermés, Abrams se balançait doucement d'avant en arrière et sur l'écran de télévision, la petite marionnette continuait à remuer les lèvres en silence.

« ... *quatorze cents degrés...* »

Le signal d'alarme lumineux du tableau lança un éclair rouge puis s'éteignit. Dans l'interphone, Delano annonça en criant :

— Nous avons une PAFR !

Parks sentit son cœur se serrer. Derrière lui, il entendit une sorte de gémissement, semblable à celui du vent dans un champ de de blé. Sans même regarder le tableau, il comprit que l'arrêt d'urgence s'était déclenché dans les autres réacteurs, que Cardenas Bay n'alimentait plus le réseau national.

*
**

Sénateur Hoyt : *Monsieur Parks, pouvez-vous nous expliquer comment fonctionne le cœur d'un réacteur ? N'oubliez pas que vous avez affaire à des profanes.*

M. Parks : *Je vais essayer d'être aussi clair que possible. Le cœur d'un réacteur, c'est l'endroit où se trouve la matière fissile, à savoir des faisceaux de barres métalliques contenant des pastilles d'uranium. Ces pastilles de combustible émettent des neutrons dits « rapides », qui ne provoquent pas de phénomène de fission. L'eau qui entoure le réacteur ralentit ces neutrons, les renvoie dans le cœur, et ce sont ces neutrons « ralentis » qui déclenchent la fission, c'est-à-dire la désintégration des atomes, avec une libération d'énergie qui élève la température de l'eau.*

Représentant Holmburg : *Qu'est-ce exactement qu'un neutron ?*

Sénateur Hoyt : *Je me permets de rappeler à l'honorable représentant de l'Indiana que le professeur Caulfied nous a déjà donné des explications à ce sujet il y a trois jours. Monsieur Parks, dites-nous plutôt comment fonctionnent les barres de contrôle.*

M. Parks : *Elles absorbent les neutrons. On amène la pile au point critique en remplissant le réacteur d'eau et en retirant lentement les barres de contrôle. Ce système permet de moduler la fission et donc la quantité de chaleur dégagée.*

Sénateur Hoyt : *Je vois. Et pour arrêter complètement la réaction, il suffit d'enfoncer toutes les barres de contrôle dans la pile ?*

M. Parks : *Vous simplifiez un peu mais, en gros, c'est exact.*

Sénateur Hoyt : *Et vous n'avez pas réussi à enfoncer les barres de contrôle dans le premier réacteur ?*

M. Parks : *Exactement.*

Sénateur Stone : *Revenons aux barres de combustible, si vous le voulez bien, monsieur Parks. Avaient-elles satisfait aux diverses vérifications ?*

M. Parks : *Oui, nous les avions vérifiées.*

Sénateur Stone : *En les essayant ou en examinant simplement les documents délivrés par le fabricant ?*

M. Parks : *En les essayant.*

Sénateur Hoyt : *Je crois que nous nous écartons un peu du problème essentiel. Pourquoi les barres de contrôle n'ont-elles pas fonctionné ?*

M. Parks : *La réponse est assez compliquée. Sous l'effet de la chaleur et du bombardement de neutrons, les pastilles de combustible ont tendance à diminuer de volume, laissant ainsi dans les tubes des petits vides d'un ou deux centimètres. La pression, extrêmement forte, qui existe à l'intérieur du réacteur, peut provoquer un flambage de la barre là où il y a un vide. Parfois, les barres se gauchissent ou se dilatent pour des raisons que nous ne connaissons pas très bien. Si la dilatation ou la torsion sont excessives, les barres de contrôle peuvent avoir des difficultés à pénétrer dans le cœur.*

Représentant Holmburg : *Alors, en fait, le responsable, le fautif, c'est le fabricant de combustible qui vous a livré des pastilles défectueuses ?*

M. Parks : *Je ne conclurais pas dans ce sens.*

Sénateur Hoyt : *Pourquoi ? Sa responsabilité me paraît évidente.*

M. Parks : *Le fabricant fournit des pastilles de combustible répondant rigoureusement à nos exigences. En fait, le vrai problème, c'est que nous ne savons pas exactement ce qui se passe dans le cœur du réacteur.*

Sénateur Hoyt : *Je trouve cette réponse absolument inadmissible.*

*

A trois cents kilomètres au nord de San Francisco, au centre de distribution d'Eureka Falls, Robert Moore examinait la carte du réseau électrique couvrant la partie ouest des Etats-Unis, ses principales centrales, ses stations de relais et ses lignes à haute tension.

Encore une nuit à problèmes, songea Moore. Des usines qui tournent vingt-quatre heures sur vingt-quatre, cinquante millions de postes de télévision, de couvertures et de radiateurs électriques, ça pompe ! Sans la centrale de Cardenas Bay, il aurait fallu prévoir une réduction de voltage ou couper le courant dans certains secteurs, par rotation.

Près de lui, ses assistants, écouteurs aux oreilles, regardaient les écrans cathodiques placés devant eux et surveillaient sans intervenir les opérations commandées par ordinateur. Là aussi, la machine contrôlait l'homme qui, à son tour, contrôlait la machine.

Moore appuya sur un bouton et fit apparaître un graphique sur l'écran. Normalement, la consommation d'électricité aurait dû baisser à cinq heures, au moment de la fermeture des usines, mais elle s'était maintenue au même niveau. La consommation domestique avait immédiatement pris le relais de la consommation industrielle.

D'une pression du doigt, il fit apparaître un autre tableau de chiffres indiquant la quantité d'électricité fournie par les diverses centrales, le coût du kilowatt-heure, le niveau de l'eau dans les centrales hydro-électriques et même des données météorologiques.

Ouais, une sale nuit, pensa-t-il de nouveau, mais pour l'instant, pas de problème. Moore alluma une cigarette et commençait à se détendre lorsqu'une voix excitée annonça dans ses écouteurs :

— Cardenas Bay n'alimente plus le réseau !

L'ordinateur, qui avait lui aussi reçu l'information, la transmettait en lettres électroniques sur chacun des écrans.

— Comment ça, ils n'alimentent plus le réseau ? cria Moore dans son micro. Ils viennent juste de démarrer ! George ! Essaie de savoir ce qui se passe.

L'ordinateur avait immédiatement branché le réseau sur les réserves mais les six mille mégawatts de secours n'arriveraient jamais à boucher le trou causé par la panne de Prométhée, qui fournissait la moitié de l'électricité consommée dans toute la Californie. La moitié ! soupira intérieurement Moore. Il va falloir procéder à des coupures.

Sur la carte du réseau, la ligne reliant Hillsdale à Lawrenceville, l'une des plus importantes de l'Etat, se mit à clignoter, bientôt imitée par les lignes voisines.

— Ça répond, à Cardenas ?

Moore ignorait totalement ce qui se passait à la centrale mais il avait le pressentiment qu'elle ne se remettrait pas à alimenter le réseau. En consultant de nouveau la carte, il s'aperçut que la principale ligne passait par Prométhée, qu'elle ne fonctionnait plus et que les réserves suralimentaient le reste du réseau : l'ordinateur essayait de répondre à la demande sans avoir les lignes nécessaires pour acheminer l'énergie réclamée.

— Surcharge sur Meyersville, la ligne va sauter. Même chose pour Sacramento, annonça une voix dans les écouteurs de Moore.

— Portland faiblit. Seattle a craqué.

— La station d'Ukiah n'a pas résisté à la surcharge. Toutes ses lignes sont mortes.

L'une après l'autre, les petites lampes rouges s'éteignaient sur le tableau ; le réseau s'effondrait comme un château de cartes. La surcharge subite qui en résultait menaçait les lignes encore épargnées. Il fallait intervenir immédiatement pour empêcher une réaction en cascade de l'autre côté des Rocheuses, car le réseau national tenait d'une seule pièce, comme une immense toile d'araignée.

Une seule solution, décida Moore : isoler la côte à partir d'El Cajon pour sauver le reste du réseau. Il décrocha le téléphone relié à la salle de commande.

— Joe ? Coupe le jus aux jonctions 329 et 870.

— Mais toute la côte va être privée de courant...

— J'en prends la responsabilité. Vas-y.

L'un des assistants porta les mains à ses écouteurs en criant :

— Nous n'avons plus de marge de sécurité !

Tout au fond de la pièce, un éclair aveuglant jaillit de la fosse où se trouvaient les énormes relais. Une odeur d'ozone envahit la salle soudain plongée dans l'obscurité.

— Quelqu'un a une lampe électrique ? fit une voix.

L'un des assistants partit d'un rire nerveux.

— Ou une bougie. Personne n'a une bougie ?

**
*

— Qu'est-ce que raconte notre cher Président ? demanda Tebbets.

— Je n'ai entendu que le début du discours, répondit Kloster. D'après lui, la mise en service de Cardenas est le plus grand événement de notre histoire depuis qu'Armstrong a marché sur la Lune. A part ça, le bla-bla habituel... Vous êtes venu nous dire un petit bonsoir en passant ?

— Non, je remplace Malcolm. Il a la grippe.

— Mon pauvre vieux ! Vous devez en avoir par-dessus la tête, de SOMO !

— Bof ! C'est plus intéressant que les émissions de télé. Voyons un peu comment ça se présente, ce soir. Charlie ! Envoie-nous la carte du réseau.

Sur l'écran apparut une carte des Etats-Unis parcourue par des lignes reliant des petits points rouges.

— Vous pouvez voir toutes les stations génératrices et les principales lignes, expliqua Tebbets.

Le technicien avait déjà pris le chemin du distributeur automatique de café lorsque Kloster annonça :

— Il ne marche pas très bien, votre truc.

— Comment ça ? fit Tebbets en se retournant.

— Le point rouge qui représente Cardenas vient de s'éteindre.

**
*

A San Francisco, la soirée organisée dans le *penthouse* de l'immeuble Mark Hopkins battait son plein. Les invités se pressaient devant le buffet et les serveurs venaient d'ouvrir une troisième caisse de champagne.

Seule sur le balcon, Suzanne Fast contemplait la ville, la baie et le pont, les petites lumières de Berkeley.

— Solitaire ?

132

En se retournant, elle ne découvrit ni Prince Charmant ni Chevalier prêt à l'emmener sur son fringant coursier. Ce n'était que Peter Maxey, l'accompagnateur du corps de ballet, qui ne manquait jamais une seule des soirées qu'elle donnait.

— Je suis toujours solitaire, répondit-elle.

— Parce que vous le voulez bien... C'est mortel, ce soir. D'ordinaire, on s'amuse toujours beaucoup, chez vous.

Suzanne se demandait si elle devait prendre un air vexé ou amusé.

— Si les célébrités du moment ne vous passionnent pas, je n'y peux rien, mon cher Peter.

Juste au moment où elle se retournait pour regarder la ville, les lumières s'éteignirent, la musique s'arrêta. San Francisco avait disparu : la baie, le pont, tout était plongé dans l'obscurité.

— Je dois avoir des bougies, dit-elle. Venez m'aider, je ne peux pas laisser mes invités dans le noir.

— Pourquoi pas ? fit Peter en se rapprochant d'elle.

— Vous vous souvenez de la panne générale qui a plongé New York dans les ténèbres il n'y a pas si longtemps ? Neuf mois plus tard, on enregistrait une montée en flèche des naissances.

— Sans télévision, on ne peut guère occuper autrement la soirée, dit-il en lui passant le bras autour de la taille. Ne pensez plus à tous ces raseurs.

— Attention, Peter, vos plombs vont sauter.

— Pourquoi recherchez-vous volontairement la solitude ? Vous êtes très belle...

— Pour une femme de mon âge, ajouta-t-elle.

— De n'importe quel âge, protesta-t-il en lui caressant les cheveux.

— Peter, j'apprécie beaucoup le mal que vous vous donnez mais c'est inutile, fit-elle d'une voix lasse. Vous n'arriverez pas à me faire croire que vous avez envie de coucher avec moi.

Pour toute réponse, il la prit dans ses bras, l'embrassa longuement et Suzanne s'aperçut avec surprise qu'il ne jouait pas la comédie.

*
**

Sur l'autoroute de Santa Monica, Joseph Yarbo poussait son poids lourd autant que le permettait le code de la route. Avec un peu de chance, j'arriverai à destination avant la tombée de la nuit, se dit-il en changeant de vitesse avec une habileté acquise au fil des années. Depuis quelque temps, sa vision nocturne lui posait des problèmes et il ne tenait pas à prendre de risques.

Les derniers rayons du soleil couchant le faisaient cligner des yeux malgré le pare-soleil. Le crépuscule, c'était le moment qu'il redoutait le plus et il poussa un soupir de soulagement lorsque les réverbères de l'autoroute s'allumèrent. Il se rabattit sur la voie de droite pour prendre la bretelle qu'il apercevrait dans quelques instants, après la montée.

Lorsque le camion parvint en haut de la petite colline, le chauffeur eut l'impression de plonger dans le noir. Les réverbères, la bande jaune, la route même avaient soudain disparu. Pris de panique, il écrasa la pédale de frein, sentit le lourd véhicule chasser vers le fossé, essaya de redresser mais son coup de volant, trop brutal, envoya le semi-remorque droit vers la haie séparant les deux parties de l'autoroute.

*
**

Gloria Marks s'énervait sur le bouton d'appel de l'ascenseur. La journée avait été éreintante, à l'agence théâtrale Acme de Beverly Hills, avec cette avalanche de contrats à préparer et surtout cette enquiquineuse qui avait essayé de la convaincre pendant plus d'une heure que sa fille était une nouvelle Shirley Temple.

— Vous finissez bien tard, aujourd'hui.

Gloria ne l'avait pas entendu s'approcher. Grand, la trentaine, le visage déjà marqué par les excès, c'était le type parfait du dragueur. Elle l'avait déjà rencontré en sortant du travail et se souvenait des œillades qu'il ne manquait jamais de lui décocher. Par bonheur, il s'était toujours trouvé quelqu'un pour prendre l'ascenseur en même temps qu'eux, mais ce soir, ils étaient seuls à attendre dans le couloir.

— Vous êtes actrice ? demanda l'homme, nullement découragé par son mutisme.

Gloria décida de continuer à l'ignorer.

— Je m'appelle Harry, insista-t-il.

— Et alors ? fit-elle, exaspérée, en lui jetant un regard glacial.

Les portes de l'ascenseur s'ouvrirent et elle s'engouffra dans la cabine. L'homme la suivit en la serrant de près, se planta à quelques centimètres d'elle. Au lieu d'appuyer comme d'habitude sur le bouton du sous-sol, où se trouvait le parking, Gloria pressa celui du rez-de-chaussée. Inutile de tenter le diable : elle irait chercher sa voiture après s'être débarrassé du raseur.

L'ascenseur commença à descendre. Entre le dixième et le neuvième étage, la lumière s'éteignit et la cabine s'arrêta brutalement. Plus surprise qu'effrayée, Gloria se demandait ce qui se passait lorsque la voix de l'homme murmura à son oreille :

— Si nous faisions un peu mieux connaissance ?

*
**

Burt Fields trouva une place libre juste au moment où le train quittait la gare Mac-Arthur de Berkeley. Il s'installa, ouvrit son journal à la page financière et commença à étudier les cours de la bourse. Dans dix minutes à peine, il descendrait à la gare Montgomery, dans le centre de San Francisco, prendrait un taxi et arriverait peut-être à l'heure pour le dîner. Lorsque le train s'engagea dans le tunnel de cinq kilomètres reliant Berkeley au centre de la ville, Fields s'efforça, comme chaque fois, de ne pas penser aux millions de tonnes d'eau sous lesquelles il se trouvait. S'absorber dans la lecture des cotes boursières constituait pour lui le meilleur moyen de calmer sa claustrophobie.

Il avait commencé à gribouiller des chiffres dans la marge du journal lorsque les lampes du wagon se mirent à trembloter, le train à ralentir. L'un des passagers fit une remarque qu'il ne comprit pas et soudain la lumière s'éteignit. Le train continua à ralentir, s'arrêta. Au milieu du couloir, quelqu'un alluma un briquet puis ce fut de nouveau l'obscurité totale. Terrifié, Fields porta devant ses yeux une main qu'il ne pouvait voir. Des millions et des millions de tonnes d'eau qui pèsent... qui pèsent...

Ses voisins n'eurent d'autre solution que de lui fourrer un mouchoir dans la bouche pour étouffer ses hurlements.

*
**

Une boîte de bière à la main, Frank Johnson sortit de la cuisine de sa maison de Santa Barbara et s'installa de nouveau sur le canapé pour suivre le discours télévisé du Président.

« *Mes chers concitoyens...* »

Frank ne se rappelait plus avoir entendu cette formule depuis l'époque de Truman.

« *... au moment même où je vous parle, la centrale nucléaire Prométhée vient de commencer à alimenter le réseau électrique national. A elle seule, elle couvrira les besoins en énergie de Los Angeles et de San Francisco, et cela, sans une goutte de pétrole !* »

— Tu entends ça, Martha ?

Une voix marmonna une réponse indistincte dans la cuisine.

« *... ne constitue que la première d'une série de centrales semblables dont la construction...* »

Le poste devint soudain silencieux ; l'image pâlit puis se rétrécit jusqu'à ne plus être qu'un point, qui disparut à son tour du centre de l'écran. Une télé toute neuve ! s'indigna Frank. Non, c'est sûrement une panne de la station émettrice. Rassuré, il se mit à siroter sa bière en attendant le retour de l'image.

— Tu vas passer la nuit devant le poste ? cria Martha de la cuisine. Va vérifier le disjoncteur.

C'est alors qu'il s'aperçut que toute la maison était plongée dans l'obscurité. Il s'approcha de la fenêtre : aucune lumière dehors non plus, la panne devait affecter tout le secteur.

— C'est bien la peine de construire des centrales et de nous faire des discours ! grommela-t-il, furieux, en direction du poste de télévision.

Pendant un instant, on n'entendit plus sur la galerie que la voix affolée de Delano dans l'interphone.

— Qu'est-ce que c'est que ça, une PAFR ? demanda le chef des cameramen.

— Perte accidentelle de fluide réfrigérant, expliqua Walton. Il suffit qu'un tuyau cède pour que le caisson du réacteur se vide de toute son eau.

— C'est grave ?

— Faites-moi le point de la situation Delano, dit Parks en se penchant vers l'interphone.

Le technicien avait retrouvé son calme.

— Un des tuyaux du circuit de refroidissement a pété. Impossible de réparer. La flotte a inondé le souterrain par où passent toutes les tuyauteries : dans un quart d'heure, il ne restera plus que dix pour cent d'eau dans le caisson.

Sans eau, la réaction nucléaire s'arrêtera automatiquement, se dit Parks ; mais la chaleur du plutonium et des autres produits de fission contenus dans les barres de combustible va faire grimper la température du cœur de douze degrés par seconde.

— Demandez-lui la cause de l'accident, nom de Dieu ! murmura Brandt dans l'oreille de Parks.

— Qu'est-ce qui s'est passé, Delano ?

— On ne sait pas trop. Peterson pense que la soudure reliant le tuyau au cœur n'a pas tenu.

« ... *température moyenne de douze cents degrés...* »

L'eau et la vapeur déversées par le tuyau endommagé avaient quelque peu réduit la chaleur mais la température montait de nouveau. Le système de refroidissement de secours aurait déjà dû se déclencher, pensa Parks. Les indicateurs de niveau d'eau n'ont probablement pas résisté. Chaque seconde de retard aggrave la situation.

« ... *treize cent quatre-vingts...* »

— Greg, fit Delano. Le tableau indique que les pompes et les vaporisateurs viennent de se mettre à fonctionner. Nous devrions pouvoir inonder le cœur.

— Sûrement pas, grommela Brandt. Pas avec un tuyau d'un mètre de diamètre cassé en deux et de la vapeur sous pression !

— Les jets d'eau vont arroser les barres de combustible, dit Parks. Ils vont déverser 30 000 litres d'eau par minute dans le caisson.

Le bruit d'une explosion étouffée retentit dans la salle des réacteurs. L'eau froide projetée dans le cœur a dû se transformer immédiatement en vapeur, songea Parks, et expulser le reste du réfrigérant. Il luttait pour ne pas céder à la panique. Tout le problème est de savoir si la barrière de vapeur empêchera l'eau de continuer à se déverser dans le cœur.

— L'explosion a bousillé les anneaux d'aspersion ! cria Delano. Nous n'avons plus de jets d'eau !

Sur le tableau de commande de Prométhée Un, les écrans cathodiques venaient de s'éteindre, ainsi que la plupart des signaux lumineux. Presque tous les détecteurs placés à l'intérieur du cœur ont été détruits, conclut Parks.

« ... *quatorze cent vingt...* »

L'ordinateur indiquant la température moyenne, certains secteurs du cœur devaient approcher des deux mille degrés. L'alliage de zirconium fondait à un peu plus de 3 300°, l'oxyde d'uranium à 5 000° : il ne leur restait que cinq minutes, tout au plus, avant que le cœur ne commençât à fondre dans le caisson.

— Delano ? Est-ce que l'ordinateur a arrêté les autres réacteurs ?

— Oui, d'après nos indicateurs...

— Ne vous fiez pas aux indicateurs. Arrêtez-les par commande manuelle !

— Je ne peux pas. L'explosion a détruit les systèmes principal et auxiliaire ; les moteurs actionnant les autres barres de contrôle ne répondent pas. Et on ne peut pas non plus les enfoncer à la main, Greg. La vapeur a envahi le couloir, impossible d'approcher.

— Vous ne pouvez plus sortir de la salle de commande ?

Dans l'interphone, la voix de Delano semblait tour à tour s'éloigner et se rapprocher :

— ... sais pas... eau... bien finir par s'arrêter...

Pour la première fois, Parks prit conscience des dimensions humaines de l'accident. Derrière lui, les journalistes avaient recommencé à discuter avec Walton, dans un coin de la galerie.

— ... pas être un spécialiste pour se rendre compte que vous avez un sacré problème sur les bras !

— Je vous l'ai dit : ce n'est qu'une malfonction passagère. Demain matin, la centrale recommence à fonctionner.

— Mon œil ! J'ai déjà fait des reportages sur les centrales nucléaires : vous en avez au moins pour six mois avant de...

— Walton ! interrompit Brandt. Faites-le sortir d'ici. Immédiatement !

Se tournant vers Parks, il demanda :

— On peut inonder le cœur autrement ?

— Impossible ; à moins d'aller sur le réacteur et de l'arroser avec un tuyau... Je doute que vous trouviez des volontaires pour ce genre de boulot.

— Combien de temps le cœur mettra-t-il pour fondre ?

Parks calcula rapidement avant de répondre :

— Dans quelques minutes, les barres vont commencer à fondre, puis le combustible lui-même. Il faudra une heure pour que la grille et les débris fondent à leur tour ; une heure encore pour atteindre le caisson, probablement. Ensuite, il y a un mètre cinquante de béton : on peut compter un ou deux jours, cela dépend.

« ... *seize cent cinquante...* »

— De quoi ?

— De toute une série de facteurs. Ça peut aller beaucoup plus vite.

L'interphone se remit à crachoter des lambeaux de phrases :

— ... vibrations... autres tuyaux... souterrain inondé:... tiendront pas le coup...

La vapeur surchauffée, l'eau bouillante vont avoir raison du reste de la tuyauterie, se dit Parks.

— Si vous connaissez un expert sur la fusion du cœur, c'est le moment de l'appeler, Brandt.

— Il n'y en a pas, répondit Brandt lentement. Nous nous sommes fiés à l'ordinateur et nous n'avons pas mis de spécialiste sur cette question.

— PAFR aux réacteurs deux et trois ! cria Delano. La vapeur accumulée dans le souterrain a fait craquer les autres tuyaux !

Cushing, Walton et Abrams s'approchèrent de l'interphone. L'expert en relations publiques avait l'air mort de peur.

— Vous auriez dû partir avec les journalistes, Jerry, lui dit Parks. Dommage que vous ayez laissé passer l'occasion.

— L'arrêt d'urgence avait bien fonctionné, n'est-ce pas ? demanda Cushing.

— Que les barres de contrôle soient enfoncées ou non, cela ne change rien : la réaction s'arrête de toute façon dès qu'il n'y a plus d'eau. L'ennui, c'est que la chaleur de décroissance radio-active va être aussi forte que dans le premier réacteur.

— ... système de refroidissement de secours ne fonctionne pas, fit Delano...

— Delano ! cria Parks. Tirez-vous en vitesse !

Après un dernier crachotement, l'interphone devint silencieux.

« ... *dix-huit cents degrés...* »

— Vous croyez qu'ils vont s'en sortir ? demanda Brandt.

— Non, dit Parks d'une voix blanche. Ils n'ont aucune chance.

*
**

Dans la salle de commande, l'ordinateur continuait à ronronner mais la plupart des écrans de contrôle étaient éteints.

— Réacteur deux, Carr ? demanda Delano.

— Température en hausse, dit Carr. Rupture de gaine pour la moitié des barres de combustible, probablement. Les détecteurs de gaz ne fonctionnent pas mais il doit y avoir émanation d'hydrogène et de gaz rares.

Delano transmit l'information dans l'interphone, attendit en vain une réponse de Parks et comprit que la communication était rompue. Il décrocha le téléphone : silence total, là aussi. La salle de commande était complètement coupée du reste de la centrale.

Il décida de n'en rien dire aux autres techniciens pour ne pas les effrayer. Lequel d'entre eux craquerait le premier ? Carr, probablement, ou Melton. Les plaisantins ne tiennent jamais le coup très longtemps. Si je parviens à les empêcher de s'affoler, il nous restera peut-être une chance de nous en tirer, pensa-t-il. Une toute petite chance, mais tant qu'il y a de la vie...

— Réacteur un, Reynolds ?

— Je n'ai plus d'image, les indicateurs ne fonctionnent plus. Les gaines ont dû commencer à fondre. Dans deux ou trois minutes, le cœur va s'enfoncer.

— Donne-moi le trois, Melton.

Sur l'écran de Delano apparut l'image d'un faisceau de barres de combustible. Il l'examina attentivement, sans rien remarquer de particulier. Ce secteur du cœur n'est pas encore très chaud, se disait-il lorsqu'il aperçut une petite tache brillante, une goutte de métal se formant à l'extrémité d'une barre.

— Ça va, Melton, tu peux couper.

Delano ne tenait pas à laisser les autres techniciens regarder trop longtemps l'intérieur du cœur. Même s'ils ne faisaient aucun commentaire, l'image de la barre commençant à fondre devait avoir ébranlé leurs nerfs, et leur silence n'avait rien de rassurant.

Il sentit une présence à ses côtés, leva la tête et découvrit Reynolds debout près de lui.

— Max, murmura le technicien. Je crois que la grille de Prométhée Un commence à fondre.

Impossible, se dit Delano, atterré. La fusion du cœur devait se faire progressivement, du moins si l'on se fiait à toutes les études réalisées avec l'ordinateur. Le cœur devait fondre partiellement, se resolidifier au contact du caisson, puis se remettre à fondre. Il fallait des heures avant qu'il ne s'effondre sur la grille, des heures encore avant que la grille elle-même ne fonde.

— Les autres indicateurs fonctionnent ? demanda-t-il.

— Non, répondit Reynolds. Presque tous les détecteurs ont claqué. J'ai seulement reçu des indications d'un détecteur de tension placé près de la grille.

Deux cents tonnes de débris ou plus pèsent sur la grille, pensa Delano. Et qui sait à quel point le métal a déjà fatigué au cours des six mois d'essais ?

— Réacteur deux, Carr ? fit Delano.

Carr quitta son siège afin de permettre à son chef de regarder le tableau constellé de petites lumières rouges.

— Jetez un coup d'œil vous-même, Max, fit-il.

— Ce n'est pas ce que je te demande. Donne-moi simplement...

— Cessez votre comédie, Delano ! le coupa Melton. Les réacteurs sont en train de fondre et nous n'y pouvons rien. A quoi bon continuer à lire les tableaux ?

Le technicien porta une cigarette à ses lèvres, l'alluma.

— Eteins-moi ça tout de suite, dit calmement Delano.

— Max ? Qu'est-ce que nous allons faire ? demanda Reynolds d'une voix nerveuse.

Melton ne lui laissa pas le temps de répondre.

— Le téléphone ne marche pas, hein ? Et l'interphone non plus, je parie ? fit-il.

Ignorant la remarque de Melton, Delano répondit à Reynolds :

— Tôt ou tard, ils vont couper l'eau, ce qui règlera le problème de la vapeur. Les cœurs sont en train de fondre mais les grilles devraient soutenir les débris une heure ou deux. Et même si le cœur s'effondre dans le caisson, il lui faudra plusieurs heures avant de le traverser.

— Il y a de l'eau dans le fond du caisson, rétorqua Carr. Il y aura dégagement de vapeur et risque d'explosion.

— Nous serons déjà loin. Dès qu'il n'y aura plus d'eau, et donc plus de vapeur dans le couloir, nous sortirons d'ici. La chaleur sera très forte mais nous pourrons courir jusqu'à l'escalier.

Reynolds se tourna vers son tableau, où un cliquetis venait de se faire entendre.

— La grille a craqué, murmura-t-il, d'une voix presque inaudible.

Quelques secondes plus tard, une explosion secoua la salle de commande, dont les murs se lézardèrent ; par les fissures, un brouillard brûlant et humide commença à envahir la pièce.

— Je... Je fous le camp d'ici, balbutia Carr.

Il se précipita vers la porte, suivi de Melton et de Reynolds.

Delano réussit à agripper la chemise de Reynolds mais lâcha prise lorsqu'il reçut un coup de poing dans les côtes. Les trois hommes se mirent à courir dans le couloir empli de vapeur, disparurent dans le brouillard. Delano entendit leurs pas s'éloigner et leur cria de revenir. A quoi bon ? Ils ne l'écoutaient pas. Soudain, il entendit l'un des trois techniciens pousser un hurlement. Carr surgit tout à coup du brouillard, le visage rouge et luisant.

— Aidez-moi, gémit-il en s'effondrant aux pieds de Delano.

Delano recula, claqua la porte.

— Vous les empêchez d'entrer ! cria Young.

— Ouais, je les empêche d'entrer, dit le technicien, tremblant sous le coup de la réaction. La dernière explosion a détruit la première enveloppe ; du combustible s'est mélangé à la vapeur. Carr en était couvert ! Nous n'aurions jamais pu le décontaminer, nous n'aurions réussi qu'à nous contaminer nous-mêmes !

La température ne cessait de monter dans la salle de commande. Les lumières s'éteignirent, aussitôt relayées, aux quatre coins de la pièce, par de petites lampes alimentées par piles, projetant au plafond des ombres gigantesques.

Dehors, dans le couloir, Carr hurlait en martelant la porte de ses poings. Delano et Young se regardèrent sans dire un mot, sans faire un pas en direction de la porte. Ils avaient maintenant des difficultés à respirer dans la salle transformée en fournaise.

— La douche, dit soudain Delano.

Les deux hommes se précipitèrent ensemble vers la cabine de décontamination, luttèrent, sans la moindre honte, à qui passerait le premier. Delano réussit à écarter Young, ouvrit le robinet à fond, emplit ses poumons d'air un peu plus respirable. Young se colla contre lui, offrit lui aussi son visage et sa poitrine au jet d'eau chaude.

C'est alors que l'eau se transforma en vapeur bouillante.

*
* *

De tous les bâtiments annexes parvenaient des appels téléphoniques auxquels Parks répondait de son poste de contrôle, sans quitter des yeux les écrans cathodiques.

— C'était O'Malley, de l'usine de retraitement, fit-il en raccrochant. Comme tous les autres, il voulait savoir si nous allons évacuer la centrale. Je lui ai dit non. C'est ce qu'il fallait répondre ?

— Vous êtes seul juge, dit Cushing, impassible.

— J'aurais dû m'attendre à ce genre de réponse, soupira Parks.

— Si vous aviez donné l'ordre d'évacuer la centrale, je n'aurais pas pu vous le reprocher, dit Brandt.

— Rien ne vous empêche de le donner vous-même ! rétorqua Parks.

— Est-ce... Est-ce que nous courons un danger... immédiat ? bégaya Walton.

— « Nous » ! Dites plutôt l'ensemble du personnel ! s'énerva Parks.

D'une voix plus calme, il ajouta :

— Non, pour l'instant, il n'y a pas de danger. Les portes de secours ont isolé les niveaux inférieurs ; tant qu'elles tiendront, ni la vapeur ni les produits radio-actifs ne remonteront jusqu'ici... Après..., il faudra évacuer les lieux.

— Alors, que faisons-nous ?

— Nous ne pouvons rien faire ! Toutes les communications sont rompues avec la salle de commande.

— Et la caméra de sécurité ? fit Abrams.

Parks l'avait oubliée. Appuyant sur un bouton, il fit apparaître sur l'écran de contrôle de gros nuages blancs.

— La vapeur a envahi la salle de commande, murmura-t-il.

Lentement, la caméra fit le tour de la pièce, apparemment déserte. A travers le brouillard, Parks aperçut les tableaux de commande abandonnés par les techniciens.

— Dans le coin, dit soudain Brandt. La cabine de décontamination.

Parks arrêta le mouvement de la caméra et mit au point sur la douche.

— Mon Dieu... Quelle horreur, fit Abrams.

Après un instant de silence, Cushing ajouta :

— Il y aura une enquête du Congrès.

— C'est tout ce qui vous inquiète, Eliot ? s'indigna Brandt.

Baissant la tête, il poursuivit dans un murmure :

— L'explosion n'aurait pas dû se produire si tôt...

Parks essayait de chasser de son esprit l'image horrible des deux corps ébouillantés. Les autres sont probablement morts aussi, pensa-t-il. Il va falloir prévenir les familles : Madame Delano, bonjour, votre mari...

— C'est la vapeur qui a provoqué l'explosion, dit-il. La grille s'est effondrée et a précipité les débris en fusion dans l'eau située au fond du caisson.

— Pourquoi si tôt ? répéta Brandt, s'adressant plus à lui-même qu'aux autres.

— Il y avait peut-être quatre cents tonnes de débris sur la grille. Ajoutez à cela la chaleur, la fatigue du métal.

— Et les autres réacteurs ?

— Ils vont probablement suivre le même chemin, répondit Parks. Attendez-vous à d'autres explosions provoquées par la vapeur.

— N'oubliez pas le danger de contamination radio-active, dit Cushing sèchement.

— C'est maintenant que vous vous réveillez ! rugit Parks. De quoi croyez-vous que je vous parle depuis trois jours ? Vous n'avez jamais pris la peine de lire mes rapports ? Il y aura d'énormes quantités de gaz radio-actifs, des tonnes d'uranium et de plutonium vaporisés ! Si jamais une explosion ouvre une brèche dans la seconde enceinte...

— Je connais tous ces problèmes, Parks.

— Non ! Vous n'en avez pas la moindre idée. D'abord parce que les études réalisées sur ordinateur datent déjà de dix ans et ensuite parce qu'il ne s'agit pas d'un seul réacteur mais de quatre ! Les quatre plus puissants réacteurs du monde !

— Calmez-vous, Parks, fit Brandt.

— Vous avez téléphoné à Washington, Cushing ? reprit Parks, dont la colère continuait à monter. Qu'est-ce qu'ils vont faire ? Nous envoyer des experts demain matin ?

— J'ai essayé de joindre le secrétaire, répondit Cushing avec raideur. Il était absent pour la soirée mais j'ai laissé un message.

— Vous avez essayé de joindre le secrétaire, le singea Parks. C'est votre plan spécial en cas de catastrophe ?

— Allons, Parks, intervint Walton. Vous n'êtes pas le seul à pâtir de cette histoire...

— Ah oui ! Nous y voilà ! Vous allez encore me parler de mauvaise publicité ?

— La Compagnie y laissera des plumes, vous le savez bien.

Parks se mit à trembler de peur et de rage. Il n'y a rien à faire, pensa-t-il. Rien ! Et aucun d'entre eux ne mesure les dangers que nous courons, pas même Brandt. Delano, Young et les autres ne sont probablement que les premières victimes de la catastrophe.

« ... *trois mille cinq cents degrés...* », annonça l'ordinateur d'une voix indifférente.

— Nous resterons ici jusqu'à ce que nous soyons obligés de partir. Nous ne pouvons pas enrayer la...

— Qu'est-ce que nous allons faire ? gémit Brandt.

Une explosion secroua la galerie, fit trembler le sol et vibrer les épaisses vitres. En bas, un jet de vapeur fusa du socle du réacteur trois.

Parks appuya sur le bouton EVACUATION et quitta son siège en criant :

— Tout le monde dehors, par le toboggan !

Les sirènes d'alarme se mirent à mugir dans toute la centrale. Cushing et Walton se précipitèrent vers le couloir mais Brandt, immobile, continuait à regarder ce qui se passait dans la salle des réacteurs.

— Brandt ! cria Parks.

Brandt ne bougea pas. Parks s'approcha de lui, le secoua par les épaules et le gifla de toutes ses forces.

— Je... Je ne me souviens plus... Par où ?

— Suivez-moi, dit Parks.

Au moment où ils sortaient tous les deux dans le couloir, une série d'explosions fit trembler le sol. Les caissons et les premières enceintes ont sauté, se dit Parks. Les murs du bâtiment même n'ont pas dû résister non plus. Il poussa Brandt sur le toboggan, s'assit derrière lui et se laissa glisser dans le boyau obscur.

Le pire s'était produit. La centrale crachait dans l'air de la nuit un énorme jet de vapeur radio-active, de gaz et de combustible vaporisé, que le vent commençait déjà à entraîner au loin. Tout en bas, dans les entrailles du gigantesque complexe, des milliers de tonnes d'acier et d'uranium en fusion s'enfonçaient lentement dans le béton.

***

Sénateur Hoyt : *Monsieur Parks, au moment de la catastrophe, il y avait sur la galerie trois personnes hautement responsables : vous, M. Brandt et M. Cushing. Pourriez-vous nous dire quel genre de rapports vous entreteniez avec les deux autres ?*

M. Parks : *Je ne comprends pas très bien votre question.*

Sénateur Hoyt : *Aviez-vous pour eux de l'estime ou du mépris, etc. ?*

M. Parks : *J'avais beaucoup de respect pour Hilary Brandt, mais je ne peux pas en dire autant de Cushing.*

Sénateur Hoyt : *Vous n'aimiez pas beaucoup M. Cushing ?*

M. Parks : *En effet, mais je ne vois pas pourquoi la Commission s'intéresse à mon opinion sur Cushing.*

Sénateur Holmburg : *C'est pourtant simple, monsieur Parks : vous avez pris un certain nombre de décisions sans consulter ni Brandt ni Cushing.*

M. Parks : *C'est inexact. En fait, ils auraient pu l'un comme*

*l'autre annuler mes ordres à tout moment puisqu'ils occupaient dans
la hiérarchie un rang supérieur au mien. Hilary Brandt m'avait même
libéré de mes fonctions de directeur de la centrale puis m'avait
demandé de les reprendre. D'ailleurs, quelle importance ? Aucun de
nous ne pouvait faire quoi que ce soit.*

Sénateur Hoyt : *J'ai peine à vous croire. D'après M. Caulfield,
la centrale était équipée de nombreux systèmes de commande de
secours. Prétendez-vous qu'aucun d'entre eux ne fonctionnait ?*

M. Parks : *C'est exact.*

Sénateur Hoyt : *Vous nous avez dit que l'effondrement de la grille
a provoqué les premières explosions de vapeur et, indirectement, les
explosions d'hydrogène qui ont ensuite détruit la centrale. Pouvez-
vous nous donner des explications plus détaillées ?*

M. Parks : *La grille, c'est ce qui soutient l'assemblage de combustible. D'après l'ordinateur, il lui aurait fallu une heure environ pour
fondre à son tour mais, en fait, elle n'en a pas eu le temps : elle
s'est effondrée avant, sous le poids des débris, qu'on peut estimer
à plus de quatre cents tonnes. En tombant dans le bassin situé au
fond du caisson, ces débris en fusion ont provoqué des explosions
de vapeur.*

Représentant Holmburg : *Et les explosions d'hydrogène ?*

M. Parks : *Un métal surchauffé plongé dans l'eau provoque également une autre réaction : l'eau se décompose en hydrogène et
oxygène, ce dernier gaz oxydant le métal en question. L'hydrogène
s'accumule et finit par provoquer une explosion.*

Représentant Holmburg : *Vous avez peut-être éclairé certains de
mes collègues mais personnellement, je n'y comprends rien du tout.*

M. Parks : *On n'apprend rien d'autre au lycée.*

Représentant Holmburg : *Je vous avoue que j'ai passé plus de
temps à jouer au football qu'à faire de la chimie.*

Sénateur Hoyt : *Revenons un peu à cette grille, monsieur Parks.
Je ne voudrais pas avoir l'air obnubilé par certaines questions mais
il me semble que là encore la responsabilité du fabricant est engagée. Au cours de votre précédent témoignage, vous avez déclaré que
les pastilles de combustible qu'on vous livrait présentaient des
imperfections mais que, pour une raison qui m'échappe encore, le
fabricant n'avait rien à se reprocher. Maintenant, vous nous dites
que la grille n'a pas résisté comme elle l'aurait dû à la pression des
débris. Je suppose qu'une fois de plus, le fabricant n'est pas en
cause ?*

M. Parks : *Pas plus que pour les pastilles. En fait, le matériel
peut parfaitement répondre aux normes requises et néanmoins se
révéler défectueux dans le réacteur. Si vous préférez, disons plutôt
qu'il est très difficile d'établir à l'avance des normes, puisque nous
ne savons pas exactement ce qui se passe dans le cœur du réacteur.*

Représentant Holmburg : *Alors, si je comprends bien, personne
ne porte la responsabilité de la catastrophe ! On ne peut mettre en
cause que la fatalité !*

M. **Parks** : *Une fatalité qui aurait reçu quelques coups de pouce : travail mal fait, matériel défectueux et précipitation.*

Sénateur **Hoyt** : *Répondez plus clairement. Quelqu'un porte-t-il, oui ou non, la responsabilité de la tragédie de Cardenas Bay ?*

M. **Parks** : *Il n'y a pas de réponse simple à une question compliquée.*

*
**

La première explosion se répercuta dans les couloirs souterrains quelques secondes après que Paul Marical eut quitté l'usine de retraitement. Les techniciens arrêtèrent le travail, échangèrent des regards inquiets et attendirent des explications ou des instructions précises. En vain : les haut-parleurs restèrent muets. Chacun reprit lentement sa besogne avec le sentiment qu'il se passait quelque chose de grave.

Lorsque la seconde explosion retentit, Marical arrêta sa voiture électrique le long du mur, tendit l'oreille. Quelques secondes plus tard, le hurlement de la sirène d'alarme emplissait le couloir ; des techniciens couraient en tous sens, se bousculaient, s'interpellaient. L'un d'eux cria en direction de Marical :

— Tire-toi de là, Paul ! La centrale est contaminée !

Bien sûr, crétin, pensa Marical, moi aussi je sais reconnaître une sirène d'alarme. Il se demanda un instant ce qui s'était passé puis lança la petite voiture dans le couloir, longea les salles de stockage et les cellules de retraitement désertes, s'engagea dans un cul-de-sac et s'arrêta enfin devant la porte menant aux grottes.

Il ignorait les raisons de l'explosion mais ne pouvait que se féliciter d'avoir choisi ce moment pour agir : personne ne remarquerait la voiture abandonnée ; personne ne s'inquiétait de savoir où il allait.

Il ouvrit la porte, se glissa à l'intérieur et gagna rapidement la grotte où il avait caché son butin. D'un vieux casier métallique, il sortit une combinaison antiradiations, un casque, des gants et des bottes. Il vérifia la bouteille d'oxygène et constata qu'il pouvait au moins tenir le coup une demi-heure. Au fond de la grotte l'attendaient les barils de plomb, posés sur un chariot qu'il avait dérobé quelques mois plus tôt dans un atelier.

La rangée d'ampoules s'enfonçant dans la pénombre lui montrait le chemin que logiquement il aurait dû emprunter pour aboutir à l'océan, mais il avait déjà exploré les lieux et savait qu'il n'arriverait jamais à sortir les barils par cette voie-là. Heureusement, il avait trouvé un autre chemin — le seul possible, à sa connaissance — qui lui permettrait de passer. Il lui faudrait transporter les barils à la main au-dessus des crevasses, recharger le chariot de l'autre côté, mais cela ne lui prendrait pas deux heures. Il parviendrait à la mer bien avant les types qui devaient venir prendre livraison de la marchandise en bateau.

145

Marical songea à l'argent qu'il allait toucher, à la nouvelle vie qu'il mènerait, sous un nom différent, avec un visage différent, si toutefois il lui restait suffisamment longtemps à vivre...

Une explosion, une autre encore. Mais qu'arrive-t-il ? se demanda Paul. Il se résolut à retourner dans le couloir, non par simple curiosité mais parce que le succès de son entreprise pouvait dépendre de ce qui se passait dans la centrale. Abandonnant le chariot pour l'instant, il retourna au casier métallique, chercha le revolver qu'il y avait dissimulé, le glissa dans une poche de sa combinaison et revint sur ses pas.

La main crispée sur son arme, il ouvrit la porte, sortit dans le couloir, fit quelques pas en tendant l'oreille et se figea soudain : il y avait quelqu'un d'autre dans cette partie de la centrale.

Kamrath avait perdu l'équilibre tant la dernière explosion avait été violente. S'appuyant au mur, il se relevait lorsqu'un groupe de techniciens le dépassa en courant. Le dernier d'entre eux, un petit homme rondouillard, vint littéralement se jeter dans les bras du shérif.

— Que se passe-t-il ?

— Lâchez-moi ! haleta le technicien. Laissez-moi sortir !

— Mais que se passe-t-il ? répéta Kamrath en agrippant l'homme par le bras.

— Vous n'entendez pas la sirène ? L'air est contaminé !

Le technicien se libéra d'une secousse et se remit à courir. Kamrath songea un moment à le suivre mais changea d'avis en se rappelant Paul Marical. L'assassin de Seyboldt se trouvait quelque part dans le dédale des couloirs, entre la salle des réacteurs et l'usine de retraitement. Et s'il était déjà sorti ? se demanda le shérif. Non, impossible. Il l'aurait vu passer avec les autres ; il n'y avait pas d'autre issue.

Kamrath n'ignorait pas qu'il risquait sa vie en restant dans la centrale mais il ne pouvait se résoudre à abandonner la piste du meurtrier du toubib. S'il le laissait filer maintenant, il ne le retrouverait probablement plus jamais. Assurant la carabine au creux de son bras, il se mit à descendre d'un pas hésitant le couloir désert.

— Comment va-t-il ? demanda Glidden.

Karen tâta le pouls de Tremayne, qu'elle trouva un peu lent, mais la piqûre de morphine pouvait en être la cause.

— Il s'en tirera, dit-elle. On meurt rarement d'une jambe cassée, vous savez.

L'infirmière se serait volontiers passée de l'aide de Glidden, pour qui elle n'éprouvait aucune sympathie. Elle regrettait de ne pas lui avoir fait sentir immédiatement, lorsqu'il était venu jouer au « secouriste », que sa présence l'importunait.

— C'est encore loin, mademoiselle Gruen ? Je commence à avoir des crampes.

— Non, non, Bildor, plus que quelques centaines de mètres.

Le technicien qui portait la civière avec un de ses collègues émit un grognement de protestation. Il fallait que je tombe sur ce sale égoïste ! se dit Karen. Rossi, lui au moins, ne considérait pas comme une corvée de transporter un camarade blessé à l'infirmerie. Lorsqu'ils commencèrent à gravir l'escalier menant au couloir principal, Glidden aida Bildor à soulever la civière à bout de bras pour la maintenir horizontale. Rossi, qui les précédait, était presque arrivé en haut des marches lorsque l'explosion retentit. Bildor s'arrêta, parut sur le point de tout lâcher et de s'enfuir.

— Continuez, Bildor, fit sèchement Karen. Ne vous occupez pas de ce qui se passe là-haut.

En atteignant le couloir principal, ils entendirent une seconde explosion suivie, quelques secondes plus tard, du mugissement de la sirène d'alarme. Les trois hommes posèrent la civière le long du mur, se redressèrent et interrogèrent l'infirmière du regard.

— C'est la sirène d'évacuation, gémit Bildor. Il y a des gaz radio-actifs dans l'air ! Il faut sortir d'ici !

— Et lui ? dit Karen en pointant le doigt vers Tremayne. Vous croyez qu'il va courir derrière vous ?

— Nous reviendrons le chercher plus tard...

— Pas question, trancha Glidden. Bildor, remettez-vous à l'arrière avec moi et allons-y !

Les trois hommes soulevèrent la civière, se mirent à avancer au petit trot dans le couloir désert. Ils approchaient de la salle des réacteurs lorsqu'ils aperçurent devant eux une voiture électrique abandonnée, deux autres véhicules qui fonçaient vers le bout du couloir.

— Merde ! cria Rossi en s'arrêtant.

Au fond du couloir, les portes automatiques venaient de se fermer, leur barrant le passage. Les deux voitures électriques firent demi-tour, les croisèrent sans même ralentir et disparurent dans la direction opposée.

— Mais... Où vont-ils ? demanda Bildor.

— Probablement vers l'usine de retraitement, répondit Glidden. On peut peut-être encore sortir par là.

— Il n'y a pas d'issue de secours, ici ? fit Karen.

— On n'a pas jugé utile d'en prévoir, au moment de la construction.

La jeune femme fit signe à Bildor et Rossi d'installer le blessé à l'arrière de la voiture électrique.

— Quelqu'un sait conduire ces engins ? demanda-t-elle.

— Je vais essayer, dit Rossi. Ça ne doit pas être très compliqué.

Elle monta à l'avant avec Rossi, se retourna pour jeter un coup d'œil à Tremayne, toujours inconscient.

— Bon, essayons de sortir par l'autre côté, dit-elle.

Lorsque Glidden et Rossi eurent grimpé sur les marchepieds, Rossi fit maladroitement démarrer la petite voiture, évita le mur de justesse et prit le milieu du couloir. Quand il se sentit maître du véhicule, il accéléra progressivement jusqu'à la vitesse maximum.

Cinq minutes plus tard, ils arrivèrent en vue de l'usine de retraitement et aperçurent au loin un groupe de techniciens se dirigeant vers la sortie. Ils ne se trouvaient plus qu'à une centaine de mètres lorsque le dernier homme de la file disparut et que les portes se fermèrent avec un bruit sourd.

Avant même que le véhicule ne se soit arrêté, Glidden en descendit et courut vers le téléphone installé près de la sortie. Il composa un numéro, écouta un moment puis raccrocha.

— Pas de réponse, annonça-t-il.

— Nous sommes coincés ici, gémit Bildor.

Une nouvelle explosion, plus violente encore que les premières, fit trembler les murs du couloir.

— Il n'y a pas d'autre issue ? fit Rossi d'un ton hésitant.

— Vous en demandez trop, dit Karen, sarcastique.

— Je crois que si, répondit Glidden. Il existe un certain nombre de portes donnant accès aux grottes et celle de ce niveau doit se trouver un peu avant la salle des réacteurs. Nous pouvons essayer de sortir par là.

— Etes-vous sûr qu'elle existe bien, cette porte ? demanda Karen.

— Ecoutez, soupira Glidden. Si nous restons ici, nous n'avons aucune chance de nous en tirer. Pourquoi ne pas tenter le coup par les grottes ?

Bildor fit un signe de tête en direction de Tremayne qui avait commencé à gémir à l'arrière du véhicule.

— Qu'est-ce qu'on va faire de lui ?

— On l'emmène, répondit Karen en s'approchant du blessé. Nous nous débrouillerons.

L'infirmière sortit de sa trousse une seringue de morphine et fit une nouvelle piqûre à Tremayne, qui sombra de nouveau dans l'inconscience. Et si Bildor avait raison ? songea-t-elle. N'allait-elle pas compromettre leur seule chance de s'en sortir en les forçant à s'embarrasser d'un poids mort ? Uniquement préoccupée du sort de Tremayne, elle n'avait pas vraiment réfléchi à la situation dans laquelle ils se trouvaient : ils étaient pris au piège, dans un labyrinthe contaminé dont tous les chemins menaient à une impasse, à l'exception peut-être de celui que proposait Glidden.

— Mademoiselle Gruen ? fit l'Homme gris. Nous pouvons y aller ?

— Excusez-moi, dit-elle en relevant la tête. Oui, allons-y.

— Les batteries sont presque à plat, annonça Rossi en consultant le tableau de bord de la voiture. Pas question de rouler vite.

— Allez tout doucement, alors, dit Glidden. Nous vous suivrons à pied.

Lorsqu'ils se mirent en route, Karen s'approcha de Glidden et le retint discrètement par la manche sans se faire voir de Bildor.

— Vous avez une idée de ce qui se passe ? murmura-t-elle. Je vous en prie, ne cherchez pas à me rassurer, dites-moi la vérité.

— Je crois qu'il y a une fuite dans le circuit de refroidissement, ce que nous appelons une PAFR.

— Et les explosions ?

— Des explosions de vapeur mais certainement aussi d'hydrogène. Des gaz radio-actifs ont dû pénétrer dans la centrale : je ne vois aucune autre explication à l'évacuation de Prométhée.

— Vous me cachez quelque chose, insista Karen.

— Vous tenez réellement à tout savoir ?

— J'ai le droit de connaître les dangers que je cours.

Glidden hésita puis reprit :

— Les cœurs des réacteurs sont en train de fondre... C'est ce qui a provoqué les explosions...

— Continuez !

— Cela représente des milliers de tonnes de métal radio-actif en fusion. Cette masse va s'enfoncer dans le béton puis dans la terre...

— Et ensuite ?

— L'usine de retraitement se trouve au pied de la colline sur laquelle a été construite la partie génératrice de la centrale... En fait, nous marchons actuellement sous la masse en fusion. Je ne sais pas combien de temps il nous reste...

Karen comprenait maintenant pourquoi Glidden avait hésité à lui dire la vérité. Les craintes de Parks et de Lerner s'étaient finalement avérées tout à fait fondées. Gregory, Barney : les deux hommes occupèrent soudain toutes ses pensées. Greg, si gentil, si tendre dans les gestes de l'amour mais inaccessible dès qu'il redevenait le directeur obsédé par sa centrale ; Barney, un gosse jaloux et boudeur, conservateur en matière de couple malgré ses attitudes pseudo-révolutionnaires. Pourtant, c'est près de lui qu'elle aurait voulu être en ce moment.

— Je suis désolé, fit Glidden, se méprenant sur l'expression de la jeune femme. Vous avez insisté pour savoir la vérité, je vous l'ai dite.

— Vous avez bien fait, murmura Karen.

Maintenant qu'elle savait à quoi s'en tenir, la jeune femme ne désirait plus s'étendre sur le sujet. Il lui suffisait d'avoir entendu une fois qu'à moins d'un coup de chance, elle allait mourir.

— Il y a encore de la lumière, s'étonna-t-elle.

— Nous sommes alimentés par des groupes électrogènes de secours, expliqua Glidden. Ça ne durera pas très longtemps.

Se retournant, Bildor leur lança un regard soupçonneux.

— De quoi parlez-vous, tous les deux ? Vous me cachez quelque chose !

— Mais non, fit Karen d'une voix lasse. Il n'y a rien à cacher.

*
**

Au lieu de faire immédiatement la vaisselle après le dîner, Abby avait décidé d'empiler les assiettes sales dans l'évier et de regarder la télévision avec Ed. Comme on change en vieillissant, songea-t-elle. Il fut un temps où elle ne pouvait quitter sa cuisine avant de l'avoir briquée de fond en comble. Elle prit son tricot, s'installa confortablement à côté de Ed qui lisait les journaux du soir et jetait de temps à autre un œil au petit écran par-dessus ses lunettes.

Le film policier allait se terminer lorsque la lumière s'éteignit et que le détective à la voix nasillarde disparut soudain de l'écran. Ed, qui s'était assoupi, comme à l'accoutumée, se réveilla en sursaut.

— Abby ? Qu'est-ce qu'il y a ?

— Ne bouge pas, je vais chercher des bougies.

La vieille infirmière faisait tomber une goutte de stéarine dans une soucoupe lorsqu'elle crut entendre le bruit d'une explosion lointaine.

— Tu as entendu, Abby ? On aurait dit une explosion.

Elle alla dans la cuisine, ouvrit la porte de derrière, s'avança sur le perron et emplit ses poumons d'air frais. Il pleuvait ; de gros nuages passaient lentement devant la lune. Abby s'aperçut alors que toute la ville était plongée dans l'obscurité mais que de l'autre côté de la baie, la centrale Prométhée était éclairée comme en plein jour. Plissant les yeux, elle essaya d'en distinguer davantage et crut voir des ombres courir autour des bâtiments. Ma vue commence à me jouer des tours, se dit-elle en haussant les épaules.

Elle resta un moment sur le perron à respirer l'air de la nuit qui lui parut chargé d'une curieuse odeur de cendres. Elle fit la grimace, s'apprêta à rentrer, lorsqu'elle entendit derrière elle un léger bruit, comme si quelque chose venait de tomber d'un toit ou d'un arbre. Elle se retourna, aperçut sur le gravier de l'allée une petit tache sombre, s'approcha : c'était un oiseau.

Abby souleva le petit corps inerte, l'approcha de sa poitrine, le caressa doucement. Sous sa main, les plumes de l'animal semblaient étrangement chaudes, mouillées et couvertes de cendres.

*
**

Tom Peterson courait vers le toboggan lorsque l'explosion souleva le sol sous ses pieds et le projeta violemment contre le mur. Il sentit une douleur fulgurante lui traverser le bras, la cheville, et s'écroula par terre, au milieu des gravats et débris de toutes sortes. Il essaya de se relever mais fut incapable de soulever les dalles brisées qui lui pesaient sur la poitrine et le plaquaient au sol. La vapeur qui s'échappait par les lézardes du bloc de béton emplissait la pièce, mouillait lentement la toile de sa blouse. En tournant la tête, il aperçut, à quelques mètres de lui, un autre technicien gisant à terre, immobile, mort probablement. Dans quelques minutes, je l'envierai peut-être, se dit Peterson.

Au-dessus de lui, la galerie était déserte : toutes les huiles avaient abandonné à temps le « nid d'aigle », comme on disait en bas, dans la salle des réacteurs. Des fragments du dôme se détachèrent et tombèrent à quelques mètres de lui. En plus de la vapeur, le réacteur crachait maintenant une fine pluie de cendres et de gouttelettes de métal fondu.

Peterson entendit un craquement sourd et tourna la tête à temps pour voir l'énorme pont roulant basculer lentement vers lui.

*
**

— On a beau passer la journée en mer, on ne ramène pas assez de poisson pour faire une soupe, grommela Clint Jefferson.

Il prit une boîte métallique dans le sceau rempli de glace et la tendit à Cole Levant.

— Bois une bière, mon gars ; au moins, ça te remplira l'estomac.

Il ouvrit sa boîte, but une gorgée et reprit :

— Il y a pas si longtemps, quand on rentrait au port, on était tellement chargés que le bateau s'enfonçait presque jusqu'au bastingage !

Levant se renversa sur sa vieille chaise longue, écouta la pluie tambouriner sur la bâche recouvrant la majeure partie du pont. Il faisait un froid humide, pénétrant, et sur les flancs du bateau, les filets qu'on avait mis à sécher collaient à la coque comme un linge mouillé. Malgré le mauvais temps, c'était quand même pour Cole le meilleur moment de la journée : la tombée de la nuit, lorsqu'il pouvait se détendre et respirer tranquillement l'air où se mêlaient l'odeur du poisson et celle du gas-oil.

Les gros nuages barrant l'horizon annonçaient pourtant un grain assez violent ; le vent, plutôt faible pour la saison, soufflait de la côte vers l'océan. Accroupi sur le pont, le vieux Halsam dit en hochant la tête :

— C'est plus ce que c'était, faut le reconnaître, et tu sais aussi bien que moi pourquoi.

— Allons, Franck, protesta Levant. Ça fait plus de cinq ans que la pêche est mauvaise. Le poisson est parti ailleurs mais il peut revenir ; c'est une simple question de chance.

— La chance n'a rien à voir là-dedans, répliqua Halsam en se grattant la barbe.

Levant poussa un soupir et se prépara à écouter pour la centième fois les explications du vieux pêcheur. Depuis six mois, ils reprenaient chaque soir ou presque la même discussion.

— Alors, dis-moi pourquoi le poisson ne vient plus frayer au large de nos côtes ?

— A cause de cette saleté de centrale, répondit Halsam. La flotte qu'elle rejette a fait monter la température de l'eau de mer, et maintenant qu'elle tourne à plein, ça va être encore pire.

Rob Levant jeta un dernier morceau de poisson à la mouette perchée sur le rouf et s'approcha pour prendre part à la discussion.

— D'après le type de l'administration, l'océan s'est à peine réchauffé.

— Ça dépend où on mesure, fit Halsam. Ils ont beau raconter que le poisson vit aussi bien dans l'eau chaude, moi je constate qu'on ne pêche plus rien dans ce coin-ci. Prends par exemple un type qui quitte l'Alaska pour s'installer en Floride. Tu crois qu'il sent pas la différence ? Eh ben, le poisson, c'est pareil ! S'il s'habitue pas, il déménage, et à mon avis, on est pas près de le revoir.

— Pourquoi tu leur as pas raconté tout ça, aux types de la commission d'enquête ? fit Jefferson.

— M'ont pas demandé mon avis, grogna Halsam. Ils ont interrogé uniquement ceux qui diraient la même chose qu'eux.

— La centrale a quand même fait beaucoup pour la ville, objecta Levant. Sans payer plus d'impôts, nous avons eu une nouvelle école, une nouvelle voiture de pompiers.

— On n'a pas eu d'incendie depuis quand ? 1936 ? Et si la ville a une nouvelle école, toi, tu as dû te passer d'un nouveau bateau !

— Le *Taraval* tient encore le coup.

— Et comment ça se fait que le gosse de ma nièce sait pas encore lire, malgré leur belle école toute neuve ?

— C'est plus comme dans le temps, expliqua Jefferson. Moi, quand j'étais môme, j'achetais en douce des revues cochonnes et je peux te dire que ça t'apprenait à lire en vitesse !

— Ah ! raconte pas d'histoires, Jefferson. Tout ce que tu faisais, c'est regarder les images.

— Ne parlez pas de ça devant le gamin, fit Levant.

— Fais pas attention, Rob, je disais ça pour plaisanter.

— Oh, j'en ai déjà vu, répondit le garçon.

— Et qui te les a montrées ? rugit Levant.

— Je suis pas un mouchard, papa.

— Tu diras à Willy que s'il te montre encore des revues cochonnes, j'irai dire deux mots à son père !

Il y eut un silence gêné et Cole Levant regretta aussitôt d'avoir mis tout le monde mal à l'aise. Pour détourner la conversation, il demanda à Halsam :

— Qu'est-ce qu'il est devenu, ce type que tu as étendu hier soir au « Capiston » ?

— Lerner ? Le jeunot ? J'ai entendu dire qu'on l'a relâché ce matin ; son patron avait besoin de lui à la centrale... Dis donc, Cole,

152

à ton avis, qu'est-ce qui va se passer maintenant que la centrale tourne à plein ?

— J'en sais rien. On verra bien.

— Je vais te le dire, moi : d'ici un mois, il n'y aura plus de poisson du tout dans le secteur ! Combien de kilomètres tu crois qu'il va falloir naviguer avant de lancer les filets ?

Levant s'apprêtait à répondre lorsqu'il entendit le bruit d'une explosion lointaine. Il posa sa boîte de bière sur le pont, tendit l'oreille : une seconde explosion puis une troisième retentirent au loin, du côté de la centrale.

— Bon Dieu, qu'est-ce qui se passe ? fit Halsam en se levant.

— Rob, va me chercher mes jumelles dans la cabine.

Quelques instants plus tard, Levant braquait ses jumelles vers Prométhée.

— Ça vient de la centrale ? demanda Halsam.

— Oui, répondit Cole. Ils doivent être en train de l'évacuer, je vois des types courir dans tous les sens.

Il passa les jumelles à Halsam en lui disant :

— Je vais voir si c'est grave. Tu m'accompagnes ?

— Si ça ne te fait rien, je préfère rester ici, sur le bateau. Si tu vois le gars Lerner, souhaite-lui le bonjour de ma part.

— Allons-y, papa ! fit Rob, enthousiaste.

— Toi, tu files à la maison et tu vas te coucher.

— Oh, papa ! insista le gamin.

Levant hésita puis finit par céder. Depuis la mort de sa femme, il ne laissait pour ainsi dire jamais l'enfant seul à la maison.

— Bon, d'accord. Boutonne ta veste et mets ta capuche, le vent souffle plus fort maintenant.

Ce ne fut qu'en sautant sur le quai qu'il s'aperçut qu'aucune lumière n'éclairait la ville. Levant la tête, il remarqua que le vent poussait dans leur direction des nuages qui étaient passés au-dessus de la centrale. Mû par une impulsion soudaine, il se retourna et cria en direction du bateau :

— Tout le monde dans la cabine !

L'enfant avait déjà pris place dans la voiture.

— Ferme ta vitre, Rob, dit-il en se glissant derrière le volant.

Quelques instants plus tard, il fonçait à toute allure sur la route longeant la côte. Lorsqu'il arriva aux abords de la centrale, il comprit qu'il venait de se passer un accident terrible, non seulement pour les techniciens de Prométhée mais aussi pour tous les habitants de la ville.

Sénateur Hoyt : *Nous vous retiendrons le moins longtemps possible, monsieur Levant ; nous n'ignorons pas que vous avez été gravement malade. Pourriez-vous cependant nous parler brièvement*

des rapports qu'entretenaient les employés de Prométhée avec le reste de la population ? Les qualifieriez-vous d'amicaux ?

M. Levant : *Avant l'installation de la centrale, Cardenas Bay vivait surtout de la pêche mais progressivement, une partie des habitants a trouvé du travail à Prométhée. Il y avait donc deux groupes : les pêcheurs et ceux qui travaillaient à la centrale, mais les uns comme les autres habitaient la ville et en définitive, tout le monde a souffert de la catastrophe.*

Représentant Holmburg : *M. Walton nous a déjà éclairés sur ce point. Ce que vous demande mon collègue de l'Idaho, c'est de nous dire si ces deux groupes vivaient en bonne entente.*

M. Levant : *Non, pas tellement.*

Sénateur Hoyt : *Pourquoi ?*

M. Levant : *Dès l'installation de Prométhée, la pêche est devenue mauvaise. A notre avis, c'était à cause des eaux déversées par la centrale dans l'océan.*

Sénateur Clarkson : *Rien ne prouve que c'est la pollution thermique des eaux de la baie qui a fait fuir le poisson, monsieur Levant.*

M. Levant : *En tout cas, il n'a pas disparu par enchantement.*

Sénateur Clarkson : *Il arrive parfois que les poissons émigrent vers d'autres eaux pour une raison inconnue.*

M. Levant : *Dans le cas de Cardenas, il suffisait d'additionner deux et deux pour savoir pourquoi... Vous m'avez demandé une explication, je vous l'ai donnée.*

Sénateur Hoyt : *Diriez-vous que la ville était coupée en deux ?*

M. Levant : *Non, absolument pas. Finalement les pêcheurs et les types de la centrale buvaient le coup ensemble dans le même bistrot. Quand on discutait avec des employés de Prométhée, on s'apercevait qu'après tout, c'était pas des mauvais gars. En outre, beaucoup d'entre eux participaient aux activités de la commune. Leur patron, M. Parks, les y incitait.*

Sénateur Hoyt : *Mais peut-on dire que certains pêcheurs détestaient la centrale et tous ceux qui y travaillaient ?*

M. Levant : *Certains, oui.*

Sénateur Hoyt : *Assez pour se livrer à du sabotage ?*

M. Levant : *Personne n'aurait eu cette idée et d'ailleurs, je ne vois pas comment cela aurait été possible.*

Représentant Holmburg : *M. Walton nous a déclaré que lui et son équipe s'étaient efforcés d'améliorer les rapports entre les pêcheurs et les employés de Prométhée. A-t-il obtenu des résultats ?*

M. Levant : *Personne n'avait confiance en lui. Nous pensions tous qu'il essayait de nous posséder, avec ses belles phrases, et on peut voir maintenant que c'était bien le cas.*

Représentant Holmburg : *Monsieur Levant, je peux vous assurer que le gouvernement fait tous les efforts possibles pour venir en aide aux victimes de la catastrophe.*

M. Levant : *Je ne sais pas si l'endroit est bien choisi pour parler de ça mais je voudrais savoir si je vais être indemnisé : on m'a pro-*

mis un nouveau bateau pour remplacer le Taraval, lorsque j'ai accepté d'aller mouiller devant la sortie sur la mer.

Sénateur Clarkson : *Selon la loi, le gouvernement n'a qu'une responsabilité limitée dans des catastrophes de ce genre. Compte tenu des services que vous avez rendus au cours de cette tragédie, nous aimerions faire une exception en votre faveur, mais la loi ne nous le permet malheureusement pas. Les indemnités votées récemment par le Congrès seront réparties le plus équitablement possible mais je ne peux pas vous dire exactement ce que chacun recevra.*

M. Levant : *Moi, je peux. Les victimes seront indemnisées à deux pour cent environ.*

Sénateur Clarkson : *Monsieur Levant, vous devez comprendre que le gouvernement ne peut pas imposer au reste de la nation des sacrifices trop grands.*

M. Levant : *Ce que je comprends, c'est que nous avons été roulés, dès le départ.*

Sénateur Clarkson : *Je comprends ce que vous ressentez, croyez-le bien, mais ce n'est pas tout à fait exact. Pendant quatre ans, la centrale a payé à elle seule environ quatre-vingts pour cent des impôts prélevés par la commune de Cardenas Bay. Cet argent a permis la construction d'une nouvelle école, l'aménagement d'un système d'égouts et l'achat de matériel neuf pour la lutte contre le feu.*

M. Levant : *Si je n'ai pas l'air de déborder de reconnaissance, c'est peut-être parce que l'école, les égouts et la grande échelle n'existent plus. Cet argent, on nous l'a fait payer avec notre sang. Il y a eu un grand nombre de morts dans les quarante-huit heures qui ont suivi la catastrophe. Les autres, on croyait qu'ils s'en étaient tirés, mais une semaine plus tard, ils tombaient malades et un mois après, ils mouraient à leur tour. Aucun enfant de moins de cinq ans n'a survécu, aucune personne âgée non plus. Abby Dalton, la sage-femme de la ville avant l'arrivée du docteur Seyboldt, la vieille Abby, qui a mis au monde mon enfant, est morte dans mes bras, sans que je puisse faire quoi que ce soit. Vous avez déjà vu quelqu'un mourir des effets des radiations ? C'est horrible, la victime commence à saigner ...*

Sénateur Hoyt : *Le témoin peut regagner sa place. Nous savons tous combien la vie peut parfois être cruelle ; nombre d'entre nous ont combattu en Corée, au Viêt-Nam...*

M. Levant : *Combien exactement ?*

Sénateur Hoyt : *Vous pouvez regagner votre place, monsieur Levant !*

M. Levant : *Vous n'avez jamais vu votre ville passée au bulldozer, à la moulinette plutôt, les moindres débris entassés dans des tonneaux et enterrés ...*

Sénateur Hoyt : *Huissier ! Veuillez raccompagner le témoin.*

Parvenu au bout du toboggan, Parks tenta de freiner sa glissade mais prit néanmoins brutalement contact avec le sol. Étourdi, il resta un moment étendu dans l'herbe humide. Il faisait sombre, derrière le grand mur qui l'abritait du vent, mais la lune éclairait de temps à autre, entre deux nuages, des silhouettes courant sur la pelouse.

— Parks ? fit la voix de Brandt dans l'obscurité.

— Par ici.

— Je crois que je me suis tordu la cheville.

— Vous n'en mourrez pas. Où sont Cushing et Walton ?

— Ici, répondit Cushing.

Les yeux de Parks commençaient à s'habituer à l'obscurité et il repéra une silhouette à quelques mètres de lui. La pluie glacée qui lui coulait dans le cou le fit frissonner. Il entendit une série d'explosions étouffées puis, du côté du parking, le bruit de moteurs qu'on faisait démarrer. Levant la tête, il remarqua que les nuages, emportés par le vent, se dirigeaient vers l'océan en passant juste au-dessus du parking.

Se relevant d'un bond, il se mit à crier :

— N'approchez pas du parking ! Ne touchez pas aux voitures, elles sont déjà contaminées !

— Pour qui tu te prends, mon pote ? fit une voix dans la pénombre.

— Tous au Centre d'information ! Prévenez les autres !

Parks se précipita vers la grille d'entrée où un garde se tenait près de sa guérite, une lampe électrique à la main.

— Donnez-moi votre revolver, haleta-t-il.

Le garde braqua sa torche sur le visage de Parks, le reconnut et lui tendit son arme. Parks tira deux coups de feu en l'air.

— Personne ne sort du parking ! cria-t-il. Vos voitures sont contaminées ! Tout le monde au Centre d'information !

Il rendit le revolver au garde en lui disant :

— Si quelqu'un essaie de filer en voiture, tirez dans les pneus. S'il le faut, tirez dans le réservoir mais empêchez quiconque de sortir !

Parks quitta le garde, qui avait l'air terrorisé, et courut en direction du Centre d'information, situé en bordure de la route. Devant le bâtiment se massait déjà un groupe de techniciens dont le nombre ne cessait d'augmenter. Parks essaya d'ouvrir la porte mais elle était fermée.

— Laissez-moi faire, fit une voix derrière lui.

En se retournant, Parks reconnut, avec un soulagement étrange, la silhouette courtaude de Barney Lerner.

— Reculez-vous, dit Lerner.

Il prit son élan et enfonça la porte d'un coup d'épaule. Les techniciens entrèrent à la suite de Parks dans la grande salle circulaire,

156

obscure et silencieuse. Lerner prit sur un présentoir une brochure à laquelle il mit le feu avec son briquet. A la lueur de la torche improvisée, les hommes couverts de boue, ruisselants de pluie, les traits tirés par l'angoisse, composaient un tableau pathétique.

Apercevant Abrams dans la foule, Parks lui demanda :

— Abrams, demandez au garde de la porte d'entrée de vous remettre son registre. La première chose à faire, c'est l'appel. Lerner, essayez de trouver des lampes électriques, des lanternes de secours. Il doit y en avoir au sous-sol, dans le magasin. Forcez la porte si elle est fermée ; prenez des hommes pour vous aider. Smith, Gerrold, ramenez de la cantine tout ce que vous trouverez à manger. Faites du café s'il y en a. Je crois me souvenir que la cuisine est équipée au gaz.

Parks songea que l'eau poserait aussi un problème plus tard mais que pour l'instant, les tuyaux devaient en contenir suffisamment, même si la station d'alimentation ne fonctionnait plus.

Dix minutes plus tard, les deux techniciens revinrent avec des plateaux de sandwiches et un grand pot de café. Parks avait quitté la rotonde, à présent pleine de rescapés, pour s'installer dans un petit bureau adjacent. Près de lui, Brandt et Cushing s'escrimaient sur les téléphones. Lerner entra, posa sur le bureau une pile de journaux, chiffonna une feuille, l'enflamma et la laissa tomber dans un grand cendrier. Par la porte leur parvenaient la voix d'Abrams, qui procédait à l'appel, et les occasionnels « présent » ou « ici » qui lui répondaient.

— Beaucoup n'ont pas réussi à s'en tirer, dit Lerner. J'ai vu Peterson à moitié enfoui sous les décombres après l'explosion.

— On ne pouvait pas le sauver ?

— Si j'avais essayé, il serait mort quand même et moi aussi. L'équipe de la salle de commande n'a pas eu une seule chance. Mc Grath, qui travaillait sur les canalisations dans le souterrain, a dû mourir encore avant eux.

— Et ceux qui sont ici ? Vous les avez regardés en remontant ?

— Mauvais, lâcha Lerner en secouant la tête. La plupart portent des traces de brûlure. Certains ont dû recevoir des doses allant jusqu'à six cents « Roentgen », peut-être plus. Il y en a plusieurs qui vomissent, un autre qui se plaint déjà de diarrhée sanguinolente : il va mourir avant demain matin.

— Et les autres ? Tous les autres ?

— Une irradiation de mille Roentgen ne vous laisse qu'une semaine à vivre, moins peut-être. C'est sûrement le cas pour plusieurs d'entre nous. Une dose de six cents R vous tue en un mois ; avec trois cents, vous avez une chance sur deux de vous en tirer !

— Quels sont les symptômes ?

— Pour une dose mortelle, des nausées, des vomissements et parfois de la diarrhée, deux heures ou même une demi-heure après l'irradiation. Ensuite, il peut y avoir fièvre, épuisement, délire mais ce n'est pas obligatoire. Le malade peut avoir l'impression qu'il est complètement rétabli mais quelques semaines plus tard, il commencera à perdre ses cheveux, il aura de petites hémorragies cutanées ou buccales, il aura des bleus au moindre choc, perdra l'appétit ; sa résistance aux maladies les plus bénignes sera fortement entamée ou même presque nulle. Si malgré tout ça, il parvient à survivre, il peut encore mourir d'un cancer vingt ans plus tard.

— Y a-t-il un seuil d'irradiation en dessous duquel on ne court aucun danger ? demanda Parks.

— Toute dose, même infime, présente un danger, vous le savez bien. La moindre irradiation raccourcit votre vie, même si ce n'est que de quelques jours.

— Vous y connaissez-vous en décontamination ?

— Pas autant que je le voudrais mais c'était ma spécialité dans l'armée israélienne...

Lerner se tut un instant puis poursuivit :

— Je sais à quoi vous pensez mais ce ne sera pas facile : il faut passer tout le monde au compteur Geiger, enterrer les vêtements contaminés, doucher les personnes atteintes, les raser de la tête aux pieds. Dites-moi comment vous comptez faire tout cela et je me mets au boulot immédiatement.

Après avoir réfléchi un instant, Parks répondit :

— Il y a un compteur Geiger exposé sous une vitrine dans la rotonde. Brisez la vitre et prenez-le. En bas, vous trouverez certainement des bidons de détergent qu'on utilise pour laver le sol.

— Et l'eau ? Smith a dû faire du café avec la flotte des chasses d'eau.

— Il en tombe suffisamment dehors. Pas de problème : le vent ne souffle pas dans notre direction.

— Des vêtements secs ?

— Vous trouverez quelques uniformes de garde dans les vestiaires. Donnez-les aux personnes les plus gravement atteintes, les autres s'en passeront.

— Et s'ils attrapent une pneumonie ?

— Ça se soigne, la pneumonie, fit Parks.

En se dirigeant vers la porte, Lerner reprit :

— Il me faudra de l'aide.

— Prenez Mike Kormanski, l'assistant de Karen, il a quelques notions de médecine... Attendez un peu, Barney... Je m'excuse de vous poser cette question mais si vous aviez vu Karen, vous me l'auriez dit, n'est-ce pas ?

— Je ne l'ai pas vue, répondit Lerner sans la moindre trace d'animosité. J'ai cherché, pourtant.

Elle a dû s'en tirer, se dit Parks. Elle a dû s'en tirer, j'en suis sûr. Pour ne plus penser à la jeune femme, il reporta son attention sur Brandt, qui venait de raccrocher le téléphone.

— Les lignes ne sont pas coupées ?

— Non. Les compagnies de téléphone ont en général des génératrices autonomes de secours.

158

— Vous avez eu Washington ? Qu'est-ce qu'ils disent ?

— On nous envoie un détachement de « marines » CBR : des équipes spécialisées dans les questions chimiques, biologiques et radiologiques.

— De Washington ?

— Ils arriveront demain matin par avion de Fort Nicholson.

— Et d'ici là ?

— Il faut nous organiser, prendre contact avec les autorités locales.

— Je voudrais bien ! fit Parks. Personne n'a vu le shérif Kamrath ?

Brandt ferma les yeux, se passa la main sur le front et murmura :

— Personne n'a l'air de comprendre, là-bas...

Cushing se dirigea vers eux, approcha une chaise du bureau et s'y assit, non sans avoir machinalement tiré sur le pli de son pantalon.

— Nous n'aurons pas de journalistes dans les jambes, annonça-t-il, apparemment très content de lui.

— Je vous avoue que cette question ne me tracassait pas outre mesure, lui lança Parks d'un ton mordant. Et si par hasard, un reporter me demande une interview, je lui dis de s'adresser à Washington ?

— Je viens de vous dire qu'aucun journaliste ne viendra nous importuner, répliqua Cushing sèchement. Ni radio, ni télé, ni presse écrite ! Le film tourné tout à l'heure a déjà été saisi.

— Embargo total ?

— Total.

— Ils n'y arriveront pas.

— Mais si.

Cushing prit un journal, en fit un rouleau, l'enflamma et le laissa tomber sur le sol.

— Et c'est pour cela que vous avez téléphoné à Washington ? réagit Parks. Vous ne croyez pas qu'il y avait des choses plus importantes à leur demander ?

— Parks, fit Cushing, les yeux fixés sur les flammes. Vous me déplaisez autant que je vous déplais. A votre façon, vous ne manquez ni de courage ni d'intelligence mais manifestement, cet aspect de la question vous dépasse. Si la nouvelle de la catastrophe se répandait, la panique gagnerait tout le pays. Dès cette nuit, les régions où sont installées des centrales nucléaires connaîtraient un véritable exode ; dans quelques jours, l'opinion publique exigerait la fermeture de toutes les centrales. Nous ne pouvons pas nous le permettre : cela priverait le pays d'un tiers de ses ressources actuelles en énergie.

Cushing approcha les mains des flammes mourantes et son visage se perdit dans l'obscurité.

— L'abandon de l'énergie nucléaire entraînerait une récession économique sans précédent, poursuivit-il. Il faudrait attendre plusieurs générations avant de retrouver le niveau de vie que nous connaissons actuellement.

Il s'interrompit en entendant un bruit de bousculade dans le couloir. Le garde affecté à la grille d'entrée pénétra dans la pièce en poussant devant lui Jerry Walton.

— Il a essayé de sortir en voiture du parking, expliqua le garde. J'ai dû tirer dans ses pneus.

— Vous n'avez pas le droit de..., commença Walton, furieux.

— J'ai parfaitement le droit de vous empêcher de contaminer d'autres secteurs de la région, répondit Parks.

— Vous savez ce que la presse va dire ? demanda Walton en se libérant de l'étreinte du garde.

— Absolument rien, fit Parks. D'après M. Cushing, il y a embargo complet sur toutes les informations concernant la catastrophe.

L'expert en relations publiques lança un coup d'œil à Cushing et changea totalement d'expression, comme un caméléon change de couleur.

— Désolé, Parks, murmura-t-il. Est-ce que je peux vous être utile ?

— Allez voir Lerner à la rotonde. Vos vêtements sont probablement contaminés et vous avez peut-être reçu une dose dangereuse.

Le caméléon eut soudain l'air malade.

— Faites ce que Barney vous dira, poursuivit Parks. S'il vous dit de vous déshabiller, déshabillez-vous — il faudra peut-être enterrer vos vêtements — puis savonnez-vous au détergent, sous la pluie. S'il a un uniforme de garde à vous donner, tant mieux, sinon, vous vous baladerez les fesses à l'air jusqu'à demain matin. Ensuite, vous reviendrez ici et je vous communiquerai la liste des victimes. Autant vous préparer à l'annoncer : il faudra bien finir par le faire lorsque l'embargo sera levé.

— Je peux y jeter un œil tout de suite ? demanda Walton avec une timidité inhabituelle chez lui. J'ai des amis parmi les techniciens...

Parks lui tendit la liste.

— Karen Gruen est portée disparue ? fit Walton. Personne ne l'a vue revenir ?

— Revenir d'où ? demanda Parks, les mains crispées sur le bord du bureau.

— De l'usine de retraitement. Elle y était allée porter secours à un technicien qui avait une jambe cassée, un nommé Tremayne.

— Pourquoi ne m'en avez-vous pas informé ?

— Devant les journalistes, je ne pouvais pas... Un accident juste avant la mise en service, cela aurait fait mauvais effet.

Fronçant les sourcils, Walton ajouta :

— D'ailleurs, je crois bien que je vous l'ai dit.

— Non, Walton, vous ne m'en avez pas parlé !

— Mais j'ai prévenu Glidden, qui est allé voir s'il pouvait l'aider, et j'ai pensé qu'il vous avertirait...

Walton s'interrompit en entendant le bruit d'une nouvelle explosion. Parks et les autres se ruèrent vers la sortie, où se trouvait déjà Lerner, immobile, les yeux fixés sur le dôme chauffé à blanc d'où s'échappait un geyser de vapeur et de gaz.

Parks informa Barney que Karen, Glidden, Tremayne et plusieurs techniciens se trouvaient dans les couloirs, entre la salle des réacteurs et l'usine de retraitement, pris au piège mais probablement vivants. Lerner l'écouta sans sourciller puis lui annonça :

— Il y a au moins cinq rescapés qui mourront avant demain matin.

Parks ne l'entendit qu'à moitié. Tout comme Brandt et Cushing, il ne pouvait détacher ses yeux de l'énorme panache grisâtre qui flottait au-dessus du parking et glissait vers la ville de Cardenas Bay.

*
**

Sénateur Hoyt : *Monsieur Walton, selon divers témoins, les pêcheurs et les employés de la centrale entretenaient des rapports très tendus. Ne nous avez-vous pas dit que vous aviez essayé d'établir entre les deux groupes des relations plus amicales ?*

M. Walton : *Nous nous sommes efforcés de souligner tous les avantages économiques que la population tirait de Prométhée. Nombre de réalisations municipales auraient été impossibles sans les impôts payés par la centrale. Si certains pêcheurs en pâtissaient — ce qui reste à prouver — ils ne représentaient qu'une petite minorité.*

Sénateur Stone : *Avant la construction de Prométhée, une commission a été chargée de consulter la population sur l'installation d'une centrale nucléaire, si je ne me trompe ?*

M. Walton : *Effectivement. Cette commission a tenu plusieurs audiences au cours desquelles nous avons entendu le Sierra Club, les Amis de la Terre, le Comité de défense des ressources nationales, le Mouvement des Mères pour la paix...*

Sénateur Stone : *La commission a-t-elle entendu un représentant des pêcheurs, monsieur Walton ?*

M. Walton : *On ne peut demander l'avis de tout le monde. Afin de ne pas prolonger indéfiniment les audiences, la commission s'était limitée aux représentants de divers groupes organisés.*

Sénateur Stone : *Des groupes choisis par la commission ?*

M. Walton : *Des groupes constituant un éventail d'opinion très large.*

Sénateur Stone : *Si j'ai bien compris, votre travail consistait à convaincre les habitants de la ville que la centrale ne leur apporterait que des bienfaits. J'aimerais connaître les arguments que vous utilisiez, pour votre propagande.*

M. Walton : *Il ne s'agissait pas de propagande, mais de campagne d'information. Nous avons tenu des conférenciers à la disposition des associations, clubs, écoles, mouvements ; nous avons tenu des*

*réunions publiques, des conférences de presse. Après la construction
de Prométhée, nous avons organisé des visites au Centre d'information, dans certaines parties de la centrale. Notre objectif, c'était de
convaincre les habitants de Cardenas que Prométhée faisait désormais partie de la commune, qu'elle leur appartenait un peu à eux
aussi. Nous avons lancé une campagne dans ce sens par l'intermé-
diaire de la presse locale.*

Sénateur Stone : *Et bien entendu, vous n'avez pas manqué de
souligner les ressources nouvelles que la centrale donnerait à la
commune ?*

M. Walton : *Il n'y avait aucun mal à cela.*

Sénateur Stone : *De la même façon, vous avez mis l'accent, je
suppose, sur les inconvénients qu'elle pouvait présenter ?*

M. Walton : *Je ne comprends pas ce que vous entendez par inconvénients.*

Sénateur Stone : *Les risques, disons. La catastrophe survenue à
Cardenas Bay nous a malheureusement apporté la preuve que ces
risques existaient bel et bien.*

M. Walton : *Je la déplore autant que quiconque, soyez-en persuadé.
Vous n'imaginez pas à quel point les difficultés que je rencontre
dans mon travail vont s'en trouver multipliées.*

Sénateur Hoyt : *Quel genre de difficultés ?*

M. Walton : *Le langage, par exemple.*

Représentant Holmburg : *Comment cela ?*

M. Walton : *Le langage auquel on doit avoir recours dans une
discussion sur les centrales nucléaires. Certains termes scientifiques
n'ont rien de rassurant. On ne peut pas donner confiance aux gens
en utilisant des expressions telles que « arrêt d'urgence », « fond de
rayonnement », « seuil d'irradiation », « probabilités statistiques
d'accident », etc.*

Sénateur Stone : *Quels termes utiliseriez-vous pour parler de
l'énergie nucléaire, monsieur Walton ?*

M. Walton : *C'est une « énergie » propre ; elle ne pollue pas
l'atmosphère comme le charbon ou même le pétrole. Elle présente
de bonnes garanties de sécurité et fournit de l'électricité à bon marché.*

Sénateur Stone : *Je crains bien de ne pas partager votre avis.
La catastrophe de Cardenas Bay nous prouve au contraire que l'énergie nucléaire n'offre aucune sécurité et qu'elle pollue l'atmosphère,
d'une façon incomparablement plus dangereuse que le charbon ou
le pétrole. Quant à sa rentabilité, les dégâts causés par l'accident
atteignent déjà des chiffres astronomiques, sans tenir compte des
terres qu'il faudra laisser en jachère pendant des années, des siècles
peut-être, avant de pouvoir les cultiver de nouveau.*

Sénateur Hoyt : *Je ferai remarquer à mon honorable collègue
de Pennsylvanie que sa façon d'interroger le témoin frôle l'hostilité
déclarée.*

Sénateur Stone : *Une question encore. Monsieur Walton, à votre*

162

avis, était-il justifié de cacher au pays les détails de la catastrophe ?

M. Walton : *Absolument... du moins, au début. Si la radio avait diffusé la nouvelle, les habitants des communes voisines seraient accourus pour assister à l'événement. En outre, nous ne tenions pas à alarmer sans raison les populations vivant à proximité d'autres centrales nucléaires. Evidemment, nous ignorions encore comment cette tragédie allait se terminer.*

Sénateur Stone : *Et maintenant ? A la lumière de ce qui s'est passé, croyez-vous toujours qu'il faille garder le secret sur certains aspects de l'énergie nucléaire ?*

M. Walton : *Oui, et apparemment, je ne suis pas le seul à le penser sinon pourquoi cette audience se déroulerait-elle à huis clos ?*

*
**

Katherine Mc Near s'étira dans son fauteuil en bâillant. Le voyage lui avait paru interminable mais dans dix minutes, l'avion atterrirait enfin à Los Angeles. Par bonheur, Jennifer, sa petite fille, s'était endormie dès qu'ils avaient quitté Denver.

Quelle bonne idée d'avoir demandé à Martin de venir les chercher à l'aéroport, pensa Katherine. Bien sûr, elle aurait droit, dans la voiture, à un récit détaillé de tout ce qui était arrivé aux studios pendant deux semaines, mais cela valait mieux que de faire la queue pour un taxi. D'ailleurs, Martin ne remarquait jamais qu'elle n'écoutait qu'à moitié ce qu'il lui disait. En dix ans de mariage, elle avait pris l'habitude d'arborer une expression admirative et intéressée dès qu'il ouvrait la bouche.

Penchant la tête vers le hublot, elle s'étonna de ne pas encore voir les lumières de la ville. Bien qu'elle eût fait ce voyage de nombreuses fois, elle attendait toujours avec impatience le spectacle de Los Angeles brillant de mille feux dans la nuit.

Que se passait-il donc ? L'avion était descendu sous les nuages et pourtant, elle n'apercevait aucune des lumières de la côte. Soudain inquiète, Katherine se retourna vers les autres passagers : personne ne semblait avoir remarqué quoi que ce soit d'anormal.

« *Mesdames, Messieurs, ici le capitaine Parker. Afin d'éviter une zone de turbulences, nous allons dévier légèrement de la route prévue et atterrir à Los Angeles avec quelques minutes de retard.* »

Bizarre, se dit-elle. D'ordinaire, on n'annonce les zones de turbulences que lorsque l'appareil remue tellement qu'il faut bien donner une explication aux passagers. Elle appuya sur le bouton marqué « Service ».

— Oui, madame ? lui demanda l'hôtesse de l'air avec un sourire.

— Que se passe-t-il ? Pourquoi n'aperçoit-on aucune lumière ? Où allons-nous ?

— Nous faisons simplement un détour pour éviter l'orage, répondit l'hôtesse sans cesser de sourire.

Katherine allait lui demander si elle la prenait pour une idiote mais l'hôtesse s'éloignait déjà dans le couloir.

La petite Jennifer s'agita sous sa couverture, se redressa et se pencha vers le hublot.

— Regarde, maman, fit-elle d'une voix encore ensommeillée. Le ciel est en feu.

Se penchant à son tour, Katherine aperçut au loin un énorme brasier dont les lueurs rouges semblaient s'étirer sur des kilomètres. Un incendie de forêt, se dit-elle. Est-ce la raison pour laquelle il n'y a aucune autre lumière ? Le feu a peut-être coupé toutes les lignes alimentant la côte.

Quelle barbe ! L'avion allait atterrir dans un petit aéroport perdu et Martin ne serait pas là pour les attendre !

*
**

Tebbets se tourna vers le capitaine Kloster pour voir comment il réagissait aux informations catastrophiques que SOMO ne cessait de leur communiquer.

— La station d'Eureka Falls vient de lâcher à son tour, fit une voix dans l'écouteur.

Kloster, qui avait entendu lui aussi, devint encore plus pâle.

— Il ne reste plus grand-chose du réseau, murmura-t-il.

— Seule la côte Ouest est touchée, heureusement, ainsi que la région des Rocheuses. Ils ont réussi à isoler le Midwest et San Diego, tout au moins la base navale.

Tebbets examina la carte de la région où, l'un après l'autre, les petits points lumineux avaient disparu après que Prométhée eut cessé d'alimenter le réseau.

— Peux-tu répéter ? dit-il dans le micro. Je n'ai pas bien entendu.

— L'émission infrarouge de Cardenas Bay vient de faire un bond.

— Ils ont recommencé à alimenter le réseau ? demanda Tebbets d'une voix nerveuse.

— Impossible. Les lignes sont foutues, pour la plupart. Je ne comprends pas ce qui se passe.

— On va bien voir. Ecran trois. Image visuelle. Zoom six.

Sur l'écran apparut l'image de la centrale vue de quelques centaines de mètres de haut. On ne pouvait distinguer l'usine de retraitement ou même la ligne de la côte mais le dôme se dessinait clairement, ainsi que le gros panache phosphorescent qui s'en échappait.

Intrigué, Tebbets fronça les sourcils, examina l'écran quelques instants, puis murmura d'une voix inaudible :

— Bon Dieu !

— Qu'y a-t-il ? demanda Kloster.

— Le dôme de Prométhée a éclaté. Le nuage qui le surplombe est constitué de vapeur et de gaz radio-actifs, d'acier et d'uranium vaporisés, de béton pulvérisé et de plutonium.

164

— Il y a danger de mort ?

— Je n'aimerais pas me trouver juste au-dessous. Charlie ? Donne-moi les coordonnées du nuage craché par Prométhée.

La voix énuméra dans l'écouteur une série de chiffres que Tebbets accueillit par une grimace.

— Ça ne me dit rien du tout. File-nous plutôt le nuage en transparence, avec, en arrière-plan, une visuelle de la côte.

La région côtière apparut sur l'écran, derrière les contours du nuage. Tebbets remarqua avec soulagement que le panache se dirigeait vers l'océan mais qu'il couvrait quand même une région d'au moins cent cinquante kilomètres de long sur vingt de large. L'étendue de la zone de dispersion des retombées dépendrait bien entendu de la direction et de la force du vent.

— Ici Kloster, fit le capitaine dans son micro. Donnez-moi les prévisions météorologiques pour la région de Cardenas Bay. Indiquez-moi également la force et la direction du vent à l'altitude du nuage.

Kloster attendit puis se mit à griffonner sur son bloc.

— Merci, dit-il... Non, cela suffit pour l'instant.

Se tournant vers Tebbets, il ajouta :

— La météo, c'est ma spécialité depuis que je suis trop vieux pour voler.

— Qu'est-ce que vous allez faire de tous ces chiffres ?

— Je vais calculer approximativement l'aire de dispersion des retombées.

Il s'absorba un moment dans ses calculs puis reprit :

— Dans combien de temps maîtrisera-t-on la situation à Cardenas ?

— Maîtriser ? fit Tebbets, surpris. Capitaine, il ne s'agit pas d'un puits de pétrole en flammes : il n'y a rien à faire pour l'arrêter.

Kloster avait l'air de ne pas comprendre.

— Vous voulez dire que Cardenas va continuer à cracher des particules radio-actives pendant des semaines ?

— Exactement, répondit Tebbets. Je vous le répète : on ne peut pas éteindre ce genre d'incendie.

— Mais la vapeur ? insista le capitaine. Le jet va bien finir par mourir, faute d'eau !

Tebbets se pencha légèrement pour demander dans son micro :

— Quelle est la nature des formations géologiques dans la région de Cardenas ?

Il écouta un instant, marmonna un vague « merci » et se tourna vers Kloster.

— C'est ce que je pensais : des falaises calcaires. L'eau de cristallisation contenue dans la roche se transforme en vapeur.

— Vous savez ce que cela signifie ? demanda le capitaine avec un geste las en direction des rangées de chiffres du bloc.

— Dites-le moi.

— Actuellement, le vent souffle de la terre vers la mer mais dans vingt-quatre heures, il va changer de direction. Demain, le vent poussera le nuage en direction de Los Angeles.

Tebbets garda un instant les yeux fixés sur l'écran trois, où le panache continuait à grossir.

— Passez-moi le général Whitmore, fit-il soudain dans le micro. Appel prioritaire !

Pour la première fois de la soirée, Tebbets avait peur pour sa peau.

*
**

Des rescapés continuaient à arriver au centre d'information mais aucun d'entre eux n'avait vu Karen. Elle ne s'en tirera pas, conclut Parks, et Glidden non plus. Assez pensé aux disparus, il faut d'abord empêcher les survivants de mourir.

Les hommes qui arrivaient maintenant étaient, pour la plupart, grièvement blessés, brûlés par la vapeur.

— Il doit y avoir une trousse de secours quelque part, dit Lerner. Le centre voit défiler tous les enfants de la région : cela m'étonnerait qu'on n'ait pas prévu de quoi soigner un genou écorché ou d'autres petits bobos. Ce serait mieux que rien.

On trouva effectivement une petite trousse dans l'un des tiroirs du bureau placé à l'entrée de la rotonde, ainsi que quelques boîtes de gaze et de sparadrap dans le placard à balais.

Lerner entraîna Parks dans le coin de la salle où il avait étendu les blessés les plus graves, derrière un grand panneau.

— Stewart vient d'arriver, chuchota-t-il. Il travaillait avec Peterson dans la salle des réacteurs et il a été surpris lui aussi par l'explosion mais il a réussi à se dégager des décombres.

— Comment est-il ?

— Il a pris une dose très forte, vraiment très forte.

— Eh bien quoi ? fit Parks, intrigué. Dites-lui de se déshabiller et de se laver. Il vous reste des blouses ?

Certains techniciens, épargnés par les radiations, avaient mis leur blouse de laboratoire à la disposition de ceux qui avaient dû abandonner tous leurs vêtements.

— Vous ne comprenez pas, s'impatienta Lerner. Il est gravement brûlé. Il ne peut ni se déshabiller ni se laver lui-même. Et il va hurler de douleur lorsque quelqu'un le fera pour lui... à condition que quelqu'un accepte de s'en charger. Je m'en occuperais bien mais il y a d'autres blessés à soigner.

— Si nous demandions des volontaires ?

— Il faudrait d'abord leur expliquer les risques qu'ils courent et je doute qu'ils aient encore envie d'accepter après les explications.

— Allons, Barney ! Il n'y a pas que des salauds, dans cette centrale !

166

— Stewart a des particules radio-actives sur ses vêtements, dans ses cheveux, probablement sous les ongles et sans l'ombre d'un doute sur la peau. Si vous demandez à l'un de vos hommes de le toucher, il faut l'avertir qu'il devra ensuite passer de nouveau à la décontamination. Poser la main sur Stewart, c'est aussi dangereux que de retourner au parking.

Lerner s'appuya contre le mur et poursuivit d'une voix éteinte :

— Nous n'y arriverons jamais, Parks. Pas dans ces conditions. Même avec le plus moderne des centres de décontamination, ce serait une gageure.

— Tous ceux à qui vous avez demandé ont refusé ?

— Mais, bon Dieu ! Essayez de comprendre ! Lorsque la Grande Peste décimait Londres, les villes voisines avaient posté à leurs portes des gardes armés pour empêcher les réfugiés d'entrer. C'est la même chose : Stewart a la peste !

— Vous voulez que j'ordonne à quelqu'un de vous aider ?

— Je ne sais pas ce que je veux, marmonna Lerner. Et puis, merde ! A quoi bon ? Il a dû prendre une dose d'au moins six cents Roentgen. Il ne survivra pas une semaine et chaque jour de sursis sera pour lui un véritable supplice !

Il se tut un instant puis reprit :

— Demandez au garde de me donner son revolver.

— Vous en seriez vraiment capable, Barney ?

— Je l'ai déjà fait... Pourquoi refuser d'abréger les souffrances d'un homme ? Au nom de quoi ? Les animaux font preuve de moins de cruauté que nous !

— Je me porte volontaire, dit Mike Kormanski, qui les écoutait depuis un moment.

— Tu as déjà fait plus que ta part, répondit Lerner.

— Personne d'autre n'acceptera.

— Et toi ? Tu joues au héros ou tu es tout simplement inconscient ?

— Qu'est-ce que ça change ?

— Oh, rien ! Dans un cas comme dans l'autre, on craque en cours de route, quand on comprend d'un seul coup ce qu'on est en train de faire !

La colère de Barney s'évanouit soudain et il ajouta :

— Excuse-moi, Mike, je n'avais pas le droit de te dire cela. Occupe-toi des nouveaux arrivants, je reviens dans quelques minutes.

Parks et Lerner passèrent dans le bureau où Cushing, Brandt et Walton discutaient à voix basse et poursuivirent leur chemin jusqu'à la porte d'entrée du bâtiment. La rotonde empestait la sueur et les vêtements mouillés mais dehors, l'odeur âcre du feu et du métal en fusion était encore plus insupportable.

— Où en sommes-nous, maintenant ? demanda Parks.

— J'ai cinq types qui ne s'en tireront pas, dix blessés graves et une douzaine de brûlés au premier degré. Il faudrait les envoyer tous à l'hôpital immédiatement. Quant aux autres, impossible de dire pour l'instant à quel point ils sont touchés. Combien de temps encore, avant l'arrivée des Marines ?

— Vingt minutes, une demi-heure peut-être.

— Ils pourront évacuer les blessés par hélicoptère. J'espère qu'on a pensé à envoyer aussi des vêtements, dit Lerner en retournant à l'intérieur.

Parks resta un moment sur le perron, insensible à la pluie qui lui fouettait le visage. Soudain, il entendit, venant de la grille d'entrée, une sorte de gémissement. Relevant le col de sa veste, il s'approcha de la guérite et aperçut Cassidy, le garde, tenant à la main une lanterne, tandis que Kormanski, complètement nu, aidait un homme à se déshabiller, puis commençait à le savonner avec du détergent.

Personne ne lui donnera de médaille, pourtant, songea Parks en rebroussant chemin. Peut-être qu'après tout, la vraie postérité, c'était de continuer à vivre dans la mémoire d'un seul homme, comme Kormanski vivrait dans la sienne.

En entrant dans le bureau, Parks constata qu'on avait posé sur la table une lanterne électrique.

— La moitié du dôme s'est effondrée, annonça-t-il. Si vous avez une idée géniale, c'est le moment de la sortir.

— Vous avez parfaitement résumé la situation, répondit Brandt : nous ne pouvons pas partir d'ici et nous ne pouvons rien faire non plus.

Parks se tourna vers Cushing, qui secoua la tête en disant :

— Je ne connais rien aux questions techniques. L'équipe envoyée par Washington aura certainement une solution à nous proposer.

— Et si nous inondions le brasier ? Dans une heure, il ne restera plus qu'un énorme trou dans la terre au fond duquel la centrale continuera à fondre. Pourquoi ne l'inonderions-nous pas ?

— Parce que nous risquerions d'obtenir exactement l'inverse du résultat recherché. L'eau pourrait jouer le rôle de modérateur et entretenir la réaction.

Brandt ouvrit la bouche pour répondre, hésita puis finit par lâcher :

— Et la criticité ?

— Tout dépend de la façon dont le métal en fusion va se répandre, des proportions d'acier, de zirconium, etc., mélangées aux matières radio-actives.

— Qu'est-ce que c'est la criticité ? demanda Walton.

— Oh ! Salut, Jerry ! fit Parks. Je vous avais complètement oublié. La criticité, mon cher Jerry, c'est lorsqu'on a la quantité de matières fissiles adéquate, dans la position adéquate, pour déclencher une réaction atomique. Dans un réacteur, on peut la contrôler mais dans le cas présent, ce serait impossible. Il n'y aurait pas d'explosion mais une grande quantité de matières radio-actives irait se perdre dans la nature, ce qui rendrait le nuage encore plus dangereux, si c'est possible.

— Alors, qu'est-ce que nous faisons ? cria Brandt. Nous attendons la cavalerie en nous tournant les pouces ?

— L'équipe de Washington sera ici demain matin, répondit
Cushing, imperturbable. L'équipe CBR doit arriver d'une minute à
l'autre, mais si vous voulez aller pisser sur le dôme, Hilary, je ne
vous retiens pas.

— Entre l'arrivée des Marines et celle des experts de Washington,
il va falloir expliquer ce qui s'est passé, dit Walton. On va vous
poser des questions, Parks.

— Oui, je suppose, fit lentement l'ex-directeur de Prométhée.

— Que répondrez-vous ? demanda Cushing.

— Je n'y ai pas réfléchi : il y a des morts et des mourants dans
la rotonde ; la centrale crache des cendres radio-actives sur la moitié
du comté ! Je n'ai pas eu le temps de penser aux questions qu'on
allait me poser !

— Nous ne pouvons rien pour les blessés avant l'arrivée de
l'équipe CBR, dit Cushing. Quant aux réacteurs, je ne vois pas ce
que nous pourrions faire. Ce n'est cependant pas une raison pour
attendre passivement alors qu'il y a des problèmes importants que
nous pouvons régler dès maintenant, comme par exemple ce que
vous répondriez à une éventuelle commission d'enquête fédérale ou
devant un comité du Congrès.

— Je leur dirais la vérité, répondit Parks.

— Quelle vérité ?

— Ce que je n'ai cessé de répéter : l'accident a eu pour cause
la négligence du personnel à tous les niveaux, la mauvaise qualité
du matériel fourni, et surtout, l'obstination à vouloir mettre en service une centrale qui n'était pas encore prête. Je ne manquerai pas
de preuves pour étayer mes arguments.

— Vraiment ? fit Cushing. J'ai bien peur que vos preuves, comme
vous dites, n'aient disparu sous plusieurs tonnes de métal en fusion.

— Il reste mes rapports à la commission.

— Assurément, mais maintenant qu'on ne peut plus juger de
leur objectivité, ils ne constituent au mieux qu'un ramassis de récri-
minations sans fondement formulées par un directeur maniaque et
tatillon. Moi, je suis prêt à vous croire, mais les autres, tous les
autres, exigeront des preuves tangibles. Les avocats des entreprises
sous-traitantes vont vous réduire en miettes, mon pauvre Parks.

— Où voulez-vous en venir ?

Pour la première fois depuis son arrivée à Cardenas, Cushing
regarda Parks avec une expression bienveillante.

— Ecoutez-moi, Gregory, dit-il. Même en admettant le bien-fondé
de vos accusations...

— Accusations écrites et antérieures à l'accident, fit Parks. Quand
on les sortira des dossiers de Washington...

— N'y comptez pas trop. Je suis prêt à parier que vos rapports
auront disparu mystérieusement, et je n'y serai pour rien, croyez-
moi. Voyons, vous le savez bien, cela arrive tout le temps : les dossiers

s'égarent, les rapport s'envolent, même dans les bureaux les mieux gardés. Il y a de trop gros intérêts en jeu et on finit toujours par trouver un employé dont les scrupules résistent mal à une forte somme d'argent.

Des hommes sont morts, d'autres vont mourir, se dit Parks. Cushing lui-même a peut-être été touché mais tout ce qui l'intéresse, c'est de protéger ses arrières.

— Continuez, Cushing.

— Vous nous affirmez que des pièces défectueuses ont provoqué l'accident, la fuite de réfrigérant dans le premier réacteur. Fort bien, on peut retenir cette hypothèse, mais en l'absence de preuves concrètes, ce n'est qu'une hypothèse, justement. Si pièce défectueuse il y a, elle a fondu depuis longtemps.

— Où voulez-vous en venir ?

— Avez-vous envisagé la possibilité d'un acte criminel ? demanda Walton.

Nous y voilà, pensa Parks. Ils ont préparé leur petite histoire pendant que je parlais à Lerner.

— Pas mal, votre idée, fit-il. Comme cela, personne n'est responsable. La Compagnie de l'Ouest se verra infliger une amende de trente ou quarante mille dollars pour infraction aux règlements de sécurité et on n'en parlera plus. Mais puisqu'on parle de preuves, je suppose que vous n'en manquez pas pour appuyer votre théorie ?

— Premièrement, on a assassiné le docteur Seyboldt, répondit Cushing.

— Le meurtre n'est pas obligatoirement lié à la catastrophe.

— Non, mais on peut le supposer. Deuxièmement, il y a le problème des matières radio-actives qui disparaissent.

— Comment cela ?

— Chaque jour, une quantité infime de matière radio-active disparaît sans qu'on puisse expliquer pourquoi, je ne vous l'apprends pas. A la fin de l'année, dans une centrale comme Prométhée, cette quantité suffirait à fabriquer une ou deux bombes atomiques.

Brandt secoua la tête en fronçant les sourcils.

— C'est plutôt mince, Eliot, dit-il. Personne n'y croira.

Cushing lui lança un regard furibond.

— Ils y croiront parce qu'ils n'auront rien d'autre à se mettre sous la dent ! Si vous ne voulez pas qu'ils vous brisent les reins, Hilary, jetez-leur un autre responsable en pâture !

Se tournant vers Parks, il ajouta, d'un ton radouci :

— Ne vous montrez pas aussi entêté. Je ne comprends pas pourquoi vous vous obstinez à vouloir prouver que la cause de l'accident était inhérente à la centrale. Qu'est-ce que cela peut bien changer, maintenant ?

— Vous oubliez qu'on va continuer à construire des centrales comme Prométhée.

Cushing s'approcha de Parks et le regarda droit dans les yeux.

— Avez-vous déjà eu affaire à une commission d'enquête parlementaire ? On n'y trouve ni ingénieurs ni chercheurs mais des juristes, incapables de comprendre votre jargon scientifique, qui d'ailleurs ne les intéresse pas. Ce qui les intéresse, c'est le droit, les lois et les infractions à la législation. Vous voulez soumettre les entreprises sous-traitantes à des règles plus strictes ? Très bien, vous aurez gain de cause, mais auparavant, il faudra livrer un bouc émissaire à la commission : un responsable, n'importe qui.

Dans le silence qui s'ensuivit, Parks entendit un blessé gémir faiblement dans la grande salle. Cushing attendit encore un instant que son petit discours fît son effet puis se tourna vers Brandt.

— Hilary, pouvez-vous affirmer qu'il n'y a pas eu sabotage ?

Brandt appela des yeux Parks à la rescousse et, devant son mutisme, se résigna à affronter seul Cushing. Il avait soudain l'air vieux, accablé.

— On... On ne peut écarter cette hypothèse.

— Merci, Hilary, triompha Cushing.

— C'est trop facile ! explosa Parks. De cette façon, personne ne met en cause la manière dont nous construisons des centrales sans même envisager qu'elles puissent un jour poser des problèmes ! Vous noyez le poisson en faisant croire qu'un seul homme, un abominable criminel, porte la responsabilité de la catastrophe, et tant mieux si on ne le découvre jamais !

Parks gagna vivement la porte et juste avant de la franchir, s'arrêta un instant devant Walton.

— Félicitations, Jerry. Vous venez de vous assurer une bonne retraite.

Dans la rotonde, des techniciens discutaient à voix basse, par petits groupes ; d'autres dormaient, allongés sur le sol. Parks traversa la salle, s'approcha de l'entrée où Kormanski, toujours complètement nu, guidait par le coude un homme vêtu d'une blouse blanche. Il les suivit des yeux un instant, horrifié : Lerner ne lui avait pas dit que Stewart avait perdu la vue.

En sortant, Parks ne put s'empêcher de comparer le jeune Kormanski au vieux Brandt. Le gosse avait du courage, il n'hésitait pas à risquer sa vie ; Hilary non plus ne songeait pas à sa propre peau mais les années passées dans le monde de la Finance et de la Politique avaient fini par briser son ressort.

Dehors, la pluie continuait à tomber sur le dôme à moitié effondré. Parks ferma les yeux, essaya de ne plus penser, pour une seconde seulement, à la catastrophe.

— Monsieur Parks ? fit une voix.

C'était Cassidy, le garde de la grille d'entrée.

— Quelqu'un vient par ici.

Les Marines de Fort Nicholson, se dit Parks, soulagé. Il se mit à courir vers la route, ralentit l'allure en constatant que la dizaine de voitures qui roulait vers la centrale venait de la ville.

Les habitants de Cardenas, pensa-t-il. Ils ont entendu les explosions ou vu le brasier de l'autre côté de la baie. Ils viennent aux nouvelles, simplement par curiosité ou parce qu'un parent travaillait à Prométhée.

Et c'est moi qui vais devoir leur lire la liste des morts, des blessés et des disparus.

*
**

Depuis une dizaine de minutes, SOMO s'acquittait avec succès d'une tâche pour laquelle il n'avait pourtant pas été conçu : quadriller l'océan, y découvrir les cargos, les petites embarcations croisant au large de Cardenas Bay.

— Et les avions ? demanda Tebbets.

— J'ai informé le commandement, répondit Kloster. Tous les équipages militaires ont reçu l'ordre d'éviter la région.

— Et les appareils civils ?

— Ah oui ! marmonna le capitaine, qui de toute évidence n'y avait pas songé un seul instant. Nous allons prévenir les grandes compagnies aériennes.

— Et les avions personnels ? Les petits coucous ?

— Bon Dieu, Tebbets ! Nous ne pouvons pas nous occuper de tout le monde !

Dans les écouteurs de Tebbets, une voix annonça :

— Ecran trois, cinquante kilomètres au nord-ouest de Cardenas.

Le technicien et le capitaine virent apparaître quatre points rouges se frayant un passage à travers une masse grisâtre.

— Image visuelle, zoom sept.

Les points rouges se transformèrent en quatre petits bateaux, faiblement éclairés par la lune.

— Des chalutiers soviétiques, dit Kloster. Ils viennent pêcher juste à la limite des eaux territoriales. Les pêcheurs américains s'en plaignent, d'ailleurs.

— Pourquoi le gouvernement les laisse-t-il faire ?

— On ne peut pas les en empêcher. Selon les règlements internationaux, ils en ont parfaitement le droit.

— Ça ne leur portera pas chance cette fois-ci, fit Tebbets. Ils ont probablement traversé la zone des retombées. Il faut les prévenir. Je parie que personne ne connaît leur fréquence.

— Nous la connaissons, mais nous ne tenons pas à ce qu'ils le sachent.

Le capitaine pencha la tête, écouta le message qui lui parvenait dans ses écouteurs.

— Nous avons prévenu l'ambassade soviétique, reprit-il. D'un moment à l'autre, vous allez voir les chalutiers foncer vers la haute mer à toute vapeur.

— Pas le temps, grogna Tebbets. Il faut continuer à chercher, il doit y en avoir d'autres.

L'image infrarouge de l'océan réapparut sur l'écran.

172

— Vous croyez qu'ils vont s'en tirer, capitaine ?

— Qui ça ?

— Les Russes. Leurs chalutiers sont probablement vieux, bouffés par la rouille. Pas facile à décontaminer, un truc pareil. Et leur pêche ? J'espère qu'ils vont tout balancer à la flotte.

Tebbets but une gorgée de café avant d'ajouter :

— Si j'étais à la place des autorités soviétiques, je ne les laisserais pas retourner à leur port d'attache.

— C'est leur problème, grommela Kloster en alignant quelques chiffres sur son bloc.

*
**

Sénateur Hoyt : *Capitaine Kohnke, vous êtes attaché au Département de la Marine, ici à Washington, n'est-ce pas ?*

Capitaine Kohnke : *C'est exact. Je fais partie des Services de renseignements de la Flotte.*

Sénateur Stone : *Nous aimerions savoir dans quelle mesure les pays étrangers nous ont aidés, après l'accident, et dans quelle mesure également nous avons recherché leur coopération.*

Capitaine Kohnke : *Nous ne leur avons pas caché l'ampleur de la catastrophe, d'abord parce que c'était quasiment impossible, et en second lieu, parce que les retombées pouvaient les affecter. Les gouvernements étrangers que nous avons avertis nous ont tous accordé une coopération pleine et entière. Ils ont respecté les mêmes consignes de discrétion que nous à l'égard de la presse et nous ont transmis toutes les informations qu'ils possédaient sur le nuage radio-actif.*

Sénateur Stone : *Comment cela ? Je ne vous suis pas très bien.*

Capitaine Kohnke : *Nous ne sommes pas les seuls à posséder des satellites d'observation du type SOMO. J'imagine qu'on nous surveille aussi étroitement que nous surveillons les autres. Etant donné la situation, nous pouvions compter sur leur aide. Après tout, nous aurions fait de même.*

Sénateur Marks : *Comme vous le savez, Washington est une ville où circulent toutes sortes de rumeurs. Actuellement, on raconte qu'une flottille de chalutiers russes, contaminés par les retombées, n'a pas reçu des autorités soviétiques la permission de rentrer au port et a été coulée par les sous-marins de son propre pays. Pouvez-vous nous dire si cette rumeur a quelque fondement ?*

Capitaine Kohnke : *Je ne possède aucune information à ce sujet.*

Sénateur Marks : *Mais vous avez bien une opinion personnelle sur cette question ?*

Capitaine Kohnke : *J'estime que cette histoire est ridicule.*

Sénateur Clarkson : *Je partage tout à fait l'avis du témoin. Ce n'est pas la première fois que des navires disparaissent corps et biens dans une tempête. Il est inadmissible qu'on colporte ainsi des rumeurs calomnieuses à l'égard de l'Union soviétique.*

Représentant Holmburg : *Je pense que nous aurions dû présenter nos condoléances aux Soviétiques. Après tout, nous sommes un peu responsables de ce qui est arrivé aux chalutiers.*

Sénateur Stone : *Vous saviez que la flottille russe croisait au large de Cardenas, n'est-ce pas, capitaine ?*

Capitaine Kohnke : *Bien entendu.*

Sénateur Stone : *Et d'un seul coup, elle a disparu des écrans de nos radars ?*

Capitaine Kohnke : *C'est exact.*

Sénateur Stone : *Pour quelle raison ?*

Capitaine Kohnke : *Je ne sais pas.*

Sénateur Stone : *Nous n'avons envoyé aucun garde-côte pour repêcher d'éventuels survivants ?*

Capitaine Kohnke : *C'était trop dangereux. Pour leur porter secours, nos navires auraient dû traverser la zone des retombées.*

Sénateur Stone : *La décontamination d'un bateau doit poser de gros problèmes ?*

Capitaine Kohnke : *Des problèmes énormes.*

Sénateur Stone : *Autoriser un navire contaminé à rentrer au port serait donc très dangereux ?*

Capitaine Kohnke : *Les autorités portuaires auraient une décision difficile à prendre.*

Sénateur Stone : *Imaginons qu'un de nos bateaux, contaminé, se dirige vers son port d'attache, Oakland, par exemple, ou San Diego. Qu'est-ce que nous ferions, à votre avis ?*

Capitaine Kohnke : *Je vois parfaitement où vous voulez en venir. Ai-je besoin de vous rappeler que dans notre pays, on a toujours attaché beaucoup de prix à la vie d'un homme ?*

Sénateur Stone : *Certes non, mais vous ne répondez pas à ma question.*

Capitaine Kohnke : *J'ignore totalement ce que nous déciderions.*

*
**

Une cinquantaine d'hommes et de femmes, partagés entre la peur et la colère, se pressaient devant la grille d'entrée. Cassidy avait accroché sa lanterne à l'auvent du Centre d'information pour qu'ils pussent voir Parks. Des cris montèrent de la foule :

— Qu'est-ce qui se passe ? Dites-nous ce qui se passe !

— Je veux voir mon mari !

— Quelqu'un a vu Tom Peterson ?

Parks leva les mains pour réclamer le silence.

— Je suis... commença-t-il.

— Plus fort ! On n'entend rien.

— Laissez-nous entrer !

— Il y a eu un accident ! cria Parks.

La foule se tut un instant puis une voix lança :

— On le sait qu'il y a eu un accident !

Ce fut une petite vieille qui posa la question que Parks redoutait :

— Y a-t-il des morts ?

— Nous préviendrons les familles..., commença Parks.

— Les familles sont ici ! rugit le voisin de la vieille dame. Bon Dieu, Parks, dites-nous la vérité !

Parks quitta le perron et s'avança sous la pluie.

— Les réacteurs ! cria-t-il. Ils ont explosé ! Il y a des morts, des blessés ! Presque tout le personnel est contaminé ! Je ne peux pas vous laisser entrer !

Le silence tomba de nouveau sur la foule.

— Fort Nicholson nous a envoyé un détachement de Marines, poursuivit Parks en baissant la voix. Ils prendront les choses en main à leur arrivée.

Ses yeux se portèrent sur les voitures abandonnées au bord de la route, revinrent à la foule massée devant la grille. Une femme vêtue d'un imperméable cria dans sa direction :

— Je veux voir mon mari !

L'homme qui se trouvait derrière elle l'écarta et courut vers le bâtiment. C'était Cole Levant, un colosse paisible que Parks connaissait et appréciait.

— Ils ont le droit de savoir, dit-il calmement.

— Je vais leur lire la liste, murmura Parks d'une voix blanche.

Il sortit de sa poche une feuille de papier, la déplia, la tint sous la lumière de la lanterne et commença à égrener d'une voix monocorde les noms des morts, des blessés et des disparus. Parfois un cri de détresse venant de la foule l'interrompait.

Parks venait de leur lire le dernier nom de la liste lorsque retentit sur la route la cloche d'une voiture de pompiers. La foule s'écarta pour laisser passer le véhicule, qui alla s'arrêter sur la pelouse. Les pompiers sautèrent du camion, commencèrent à dérouler les tuyaux.

— Qu'est-ce que vous foutez, bon sang ? leur cria Parks en courant dans leur direction.

Un pompier se retourna et lui dit :

— A ton avis, papa ?

— Cela ne sert à rien ! Autant pisser dessus, le résultat sera le même. Plus vous l'arroserez et plus il y aura de vapeur. Allez-y ! Avancez encore d'un mètre, si vous ne tenez pas à votre peau !

— Vous voulez qu'on le laisse brûler ? demanda le pompier d'un ton moins assuré.

— Vous n'arriverez pas à l'éteindre, même avec toutes les lances du comté.

— Produits chimiques ?

— Radio-actifs.

Les pompiers reculèrent lentement, abandonnèrent leurs tuyaux et rejoignirent la foule. Parks s'aperçut soudain qu'Abrams se trouvait à ses côtés.

— Barney vous demande à la rotonde. C'est important.

Lerner l'attendait sur le perron, le compteur Geiger à la main. Il lui fit signe d'entrer à l'intérieur rapidement.

— Greg, il faut contrôler toutes les voitures arrêtées sur la route.

— Vous croyez que...

— Ouais.

Les deux hommes longèrent le bâtiment et gagnèrent la route. La première voiture qu'ils croisèrent fit cliqueter le compteur, la suivante également.

— Contaminées, fit Lerners, et leurs chauffeurs aussi, probablement. On ferait aussi bien de les laisser entrer.

Tout en parlant, Lerner remontait la file de voitures garées sur le bas-côté de la route. Le compteur Geiger continuait à émettre ses petits clics.

— La ville se trouve de l'autre côté de la baie, juste en dessous du nuage radio-actif, dit Parks. Tous les habitants ont probablement reçu une dose.

Ils retournèrent au Centre d'information, firent signe à Cole Levant de les rejoindre.

— Vous êtes contaminé, Cole, lui dit Parks. Vous êtes passé par la zone des retombées en venant ici.

— Je ne comprends pas.

— Vous savez ce que sont les retombées ? De minuscules particules radio-actives provenant des débris des réacteurs. Des poussières flottant dans l'air, qui ont fini par retomber sur votre voiture, sur votre corps. Si vous ne vous en débarrassez pas immédiatement, elles peuvent détruire vos globules blancs, vous faire mourir lentement de leucémie ou de cancer. On ne les voit pas, on ne les sent pas, elles sont trop petites mais le compteur indique leur présence.

— Je n'ai pas quitté la voiture, Rob non plus, fit Levant.

— Vous n'avez pas ouvert la fenêtre ? Vous croyez que votre bagnole vous isole complètement de l'extérieur ? demanda Lerner. De toute façon, les autres ne sont pas mieux lotis que vous. Cardenas Bay se trouve en pleine zone de retombées. Il va falloir évacuer tous les habitants, les passer au compteur Geiger et les décontaminer au besoin.

Levant regarda successivement les deux hommes et secoua lentement la tête.

— Vous êtes cinglés ! Vous croyez que les trois mille habitants de la ville vont tout abandonner derrière eux, prendre leur voiture et venir ici ? A cause de particules qu'ils ne peuvent ni voir ni sentir et qui, peut-être ! les feront mourir dans dix ou vingt ans ?

— Ou beaucoup plus tôt que cela, trancha Parks.

— Mais la moitié d'entre eux refuserait de partir même si la ville était en flammes ! D'ailleurs, il vaut peut-être mieux qu'ils restent chez eux, à l'abri ? Moi, j'ai été contaminé parce que je suis sorti, n'est-ce pas ?

— Les maisons n'offrent qu'une médiocre protection, expliqua Lerner. L'air y pénètre par les cheminées, les soupiraux, les portes et les fenêtres mal jointes. A l'heure qu'il est, tous les habitants de la ville ont été touchés. En outre, ils ne pourront pas rester éternellement chez eux.

— Mais vous n'avez pas la place pour les accueillir, fit Levant. Et ils courent un danger en venant ici.

— Ils prendront les petites routes, à l'abri du vent. En attendant, je vais réquisitionner une étable et la transformer en centre de décontamination. Il m'en faut une assez vaste, alimentée en eau par un puits artésien.

— Parks, vous n'arriverez jamais à les convaincre !

— S'ils restent chez eux, ils mourront : certains demain, d'autres la semaine prochaine ou dans un mois, d'autres encore dans quelques années. Essayez de comprendre, Levant : les retombées auront pour effet d'abréger la vie de *tout le monde*, sans exception !

Levant parcourut des yeux la rotonde, les petits groupes de techniciens, le panneau derrière lequel gémissaient les blessés.

— Aucun fermier ne les laissera approcher s'il comprend ce qui se passe.

— Je sais, répondit Parks. C'est bien pourquoi j'ai parlé de *réquisitionner* une étable.

— Prévoyez des hommes armés pour vous prêter main-forte, marmonna Levant. Je ne crois pas que vous arriverez à convaincre son propriétaire autrement.

Près de la porte, Lerner s'impatientait.

— Il faut s'occuper de ceux qui se trouvent dehors.

— Bon, fit Levant. Montrez-moi comment il faut faire pour se décontaminer, je vais leur expliquer. Ensuite, j'irai voir ce que je peux faire avec ceux qui sont restés en ville. Ça m'étonnerait que j'arrive à les convaincre.

Cole Levant s'éloigna sous la pluie.

— Vous risquez de vous recontaminer en allant à Cardenas ! lui cria Parks.

— Il faut bien que quelqu'un y aille, répondit Levant.

Parks le suivit des yeux un instant puis se tourna vers Lerner.

— Il y a trente ans, le seul mot de « retombées » faisait trembler la moitié de la population du pays. Presque tout le monde avait dans sa cave un abri, des vivres, des réserves d'eau et un fusil pour dissuader les voisins d'approcher. Je n'aurais jamais cru qu'on pouvait oublier si facilement.

— Croyez-vous vraiment qu'ils aient oublié ? Quand Levant leur aura expliqué ce qui se passe, ils seront pris de panique.

*
**

— Pas de réponse ? fit Karen en levant la lanterne pour éclairer le visage de Glidden.

177

— Non, répondit l'Homme gris. J'essaierai de nouveau tout à l'heure.

Il essuya la sueur qui perlait à son front et replaça le talkie-walkie dans la gaine suspendue à sa ceinture.

— Personne ne s'inquiète de notre sort, geignit Bildor.

— Parks sait où nous nous trouvons, rétorqua Glidden.

Parce qu'il n'en sait rien, songea Karen. Ni lui ni personne d'autre. Glidden avait beau faire des efforts, elle savait qu'il leur mentait pour les rassurer.

Tremayne se mit à tousser.

— Arrêtons-nous un instant, dit-elle.

Les trois hommes posèrent la civière par terre.

— Il a fallu qu'on tombe sur une voiture aux batteries presque mortes, grogna Rossi en se massant le bras. C'est encore loin, monsieur Glidden ?

— Plus tellement. Encore deux couloirs et ensuite à droite, tout au fond.

— Faut pas se faire d'illusions, dit Bildor. On pourra le transporter jusqu'à l'entrée des grottes mais après...

Rossi détourna les yeux ; Glidden eut une moue de mépris.

— Je sais ce que vous pensez ! reprit Bildor en élevant la voix. Mais moi j'ai le courage de dire qu'on n'arrivera jamais à s'en sortir si on le traîne avec nous ! Nous bousillons notre dernière chance, c'est tout !

— Fermez-la, pour l'amour du Ciel ! fit Karen.

Elle s'agenouilla près du blessé, lui prit le pouls. Tremayne n'avait toujours pas repris connaissance.

— Allons-y, dit-elle.

Ils parcoururent une quinzaine de mètres, Karen ouvrant la marche avec la lanterne.

— Nous voilà revenus à notre point de départ ou presque, dit Rossi.

Depuis combien de temps marchons-nous ? se demanda Karen. Une heure ? Davantage ? Elle commençait à perdre la notion du temps. Au milieu du couloir qu'ils venaient d'emprunter, elle aperçut une faible lueur qui semblait provenir du couloir principal conduisant à la salle des réacteurs.

— Il y a de la lumière là-bas, on dirait, fit Bildor.

Curieux, se dit Karen. Pourquoi y aurait-il encore de l'électricité dans cette partie de la centrale ?

Ils ne se trouvaient plus qu'à deux mètres du tournant lorsqu'elle entendit une sorte de sifflement.

— Attendez une minute... commença Glidden.

Mais ils s'étaient déjà engagés dans le couloir principal. Les lourdes portes de la salle des réacteurs, chauffées à blanc, brillaient dans la pénombre. Sur le sol, une coulée de métal en fusion s'avançait lentement vers eux.

— Nom de Dieu, fit Bildor en laissant tomber la civière.

Karen poussa un hurlement et se mit à courir dans la direction d'où ils étaient venus. Glidden la rattrapa d'un bond et lui cria :

— Pas par là ! Vers les grottes, vite !

Ils traversèrent le couloir principal, se ruèrent vers la porte métallique conduisant aux grottes. Glidden tourna fébrilement la poignée dans un sens puis dans l'autre, la secoua violemment, réussit enfin à ouvrir et ils s'engouffrèrent tous les quatre dans l'obscurité.

— Tremayne ! cria soudain Karen en se figeant sur place.

— Trop tard, dit Glidden en la saisissant par le poignet. Nous ne pouvons plus le sauver.

Dans le couloir principal, le blessé venait de reprendre conscience et se soulevait de sa civière. En apercevant la masse en fusion qui avançait lentement vers lui, il se mit à hurler.

Glidden referma la porte et entraîna Karen quelques mètres plus loin pour qu'elle n'entendît plus la voix de Tremayne.

— On ne pouvait rien faire, lui dit-il.

L'infirmière le suivit sans résister et éclata soudain en sanglots.

— ...peux pas... abandonner..., hoqueta-t-elle.

— Mais si, trancha sèchement Glidden. La première chose qu'un bon docteur doit apprendre, c'est à ne pas mener des combats inutiles.

La prenant par les épaules, il poursuivit, d'un ton radouci :

— Cessez de vous culpabiliser, mademoiselle Gruen. De toute façon, nous n'aurions probablement pas réussi à le porter jusqu'à l'océan.

— En nous arrêtant..., s'obstina-t-elle.

— Nous ne pouvons pas nous arrêter ! Chaque seconde compte !

Vaincue, Karen cessa de discuter. En soulevant la lanterne, elle s'aperçut que Bildor tremblait et qu'il avait mouillé l'entrejambe de son pantalon.

— Il faut sortir d'ici, haleta-t-il. La masse en fusion va continuer à couler, elle va gagner les cellules de stockage.

— Que se passera-t-il ? demanda Rossi.

— Elle va encore grossir, les matières fissiles stockées vont s'y ajouter, il y aura peut-être même des explosions. Foutons le camp. *Foutons le camp !*

— Nous n'irons pas loin sans combinaison antiradiations, dit Glidden en secouant la tête.

— Mais nous n'en trouverons pas ici, objecta Rossi.

— Il y a des casiers métalliques qui en contiennent, une centaine de mètres plus bas.

Prenant la lanterne des mains de Karen, Glidden avança dans l'obscurité et leur fit signe de le suivre. Quand ils eurent parcouru une cinquantaine de mètres, l'infirmière se retourna et regarda dans la direction d'où ils venaient.

La porte métallique donnant sur le couloir avait viré au rouge.

Ed venait de faire démarrer la voiture lorsque Abby s'écria soudain :

— Attends une minute, j'ai oublié quelque chose.

Elle descendit de voiture, retourna dans la maison, traversa rapidement la salle de séjour qu'on eût dit ravagée par une bande de pillards et entra dans la chambre à coucher. Elle ouvrit le dernier tiroir de la commode et sortit de dessous le linge de corps un album de photographies ; puis elle parcourut la pièce du regard pour s'assurer qu'elle n'oubliait rien d'important. Indécise, elle s'attarda sur le portrait de tante Hélène, sur le service à café en porcelaine, cadeau de mariage de sa mère, sur le couvre-pieds qu'elle avait confectionné elle-même au collège.

Serrant l'album contre sa poitrine, elle se résigna à n'emporter aucun autre souvenir. Les larmes aux yeux, elle se dirigea vers la porte de la chambre en songeant à ce que Cole Levant leur avait dit une demi-heure plus tôt. Elle l'avait toujours su, que la centrale ne leur amènerait rien de bon.

— Abby ! Qu'est-ce que tu fabriques ? cria Ed.

Après avoir regardé une dernière fois le portrait de tante Hélène, la vieille infirmière se hâta de rejoindre son mari. Dehors, la pluie avait redoublé. Elle courut vers la voiture, y monta et posa l'album sur les vêtements et le bric-à-brac entassé sur la banquette arrière.

— Pourquoi as-tu emporté ce vieux truc ? demanda Ed. Il y a des années qu'on ne l'a pas ouvert.

— J'aurais pris aussi le service en porcelaine, si j'avais eu le temps.

Ed engagea la voiture dans la rue où d'autres véhicules lourdement chargés prenaient la direction de la route départementale.

— On ne s'en servait que lorsque nous avions de la visite, grogna Ed. Et ça remonte à quand, la dernière fois ?

Abby ne répondit pas et tourna la tête pour regarder sa maison, qu'elle ne verrait peut-être plus jamais.

— Ed, il y a encore des pastilles de menthe ?

— Dans la boîte à gants. Tu as l'estomac chaviré ? Pas étonnant, après une nuit pareille. D'abord, la panne d'électricité, et puis Cole Levant, avec ses histoires de retombées... Tu n'as pas oublié de fermer la porte ?

Abby acquiesça de la tête en portant une pastille à sa bouche. Elle se sentait faible, le cœur au bord des lèvres. Probablement la réaction, se dit-elle.

La circulation devint plus dense lorsqu'ils arrivèrent à la sortie de la ville. Ed baissa sa vitre pour cracher par la portière.

— Nous aurions mieux fait de rester à la maison, dit-il. Au moins, nous aurions eu des informations à la radio ou même à la télé, quand l'électricité serait revenue. Ce type, Cole Levant, j'ai l'impression qu'il ne savait pas trop de quoi il parlait. D'ailleurs tous les pêcheurs passent leur temps à dire du mal de la centrale.

Abby sentait que son mari lui jouait la comédie pour la rassurer, peut-être aussi pour se rassurer lui-même. Ils se trouvaient en rase campagne à présent et des rafales de vent venaient gifler la voiture. Que leur avait dit Levant ? D'éviter les retombées ? Mais comment faire avec ce vent ?

De la route, elle pouvait voir la centrale, les panaches de fumée qui s'élevaient de son dôme à moitié effondré. Levant avait raison, elle n'en doutait plus maintenant.

La voiture qui les précédait ralentit puis s'arrêta. Dans la prairie que longeait la route, des soldats se tenaient, par petits groupes, devant une rangée de camions militaires.

Un hélicoptère descendit lentement vers le centre du pré, se posa sur l'herbe qu'il éclairait de ses phares d'atterrissage. Des hommes en uniforme blanc, coiffés d'une sorte de casque de scaphandre, sautèrent de l'appareil et coururent rejoindre ceux qui se trouvaient déjà près des camions.

— Ça alors ! s'exclama Ed. On dirait des Martiens !

— C'est la troupe, dit Abby.

— Oui, je m'en doute !

Les soldats se dirigèrent vers la file de voitures, la remontèrent en s'arrêtant un instant devant chaque véhicule pour dire quelques mots au chauffeur. L'un d'entre eux annonça dans un mégaphone :

— Restez sur la route, toutes les sorties ont été bloquées ! Avancez lentement vers le centre de décontamination.

Le chauffeur de la voiture qui les précédait, une vieille Volkswagen, discutait avec le soldat arrêté devant sa portière :

— Je vais à San Diego, j'ai des parents là-bas, j'en ai ma claque de cette ville et je vais...

— Vous allez au centre de décontamination, trancha le soldat, trois kilomètres plus bas. Personne ne va plus loin, la route est barrée.

Une jeep arrivant en sens inverse s'arrêta à quelques mètres d'eux. Un officier (Abby remarqua les galons sur le scaphandre blanc) en descendit, s'approcha du soldat et lui dit :

— Caporal ! Cardenas Bay est en quarantaine. Interdiction d'y retourner. Tout le monde, sans exception, au centre de rassemblement et de décontamination. Utilisez votre arme au besoin.

Il remonta dans la jeep qui démarra immédiatement. La Volkswagen déboîta de la file, avança lentement vers le soldat qui lui barrait la route.

— Pousse-toi de là, bidasse ! cria le chauffeur par la vitre.

— O'Halloran ? Par ici !

Un autre soldat, armé d'un fusil automatique, accourut vers la route. Le chauffeur accéléra brutalement et le caporal n'eut que le temps de se reculer pour éviter la voiture.

— Tire dans le réservoir, ordonna-t-il calmement.

Le soldat mit en joue, lâcha une brève rafale sur la Volkswagen dont l'arrière se mit à flamber. Le chauffeur donna un grand coup de frein, ouvrit la portière, sauta de la voiture en hurlant et se roula sur le bas-côté de la route pour éteindre ses vêtements qui commençaient à brûler.

— Sinns ! appela le caporal. Roule-le dans une couverture puis conduis-le au colonel Burgess. Dis-lui qu'il est en état d'arrestation.

Il reprit le porte-voix accroché à sa ceinture et se tourna vers le petit groupe qui s'était formé au bord de la route :

— Tout le monde en voiture, direction le centre de rassemblement.

Personne ne bougea.

— Plus vite ! cria le caporal. Je ne plaisante pas, comme vous avez pu le voir.

Descendant de voiture, Abby s'approcha du soldat qui aidait le chauffeur de la Volkswagen à éteindre ses vêtements.

— Je suis infirmière, dit-elle. Cet homme a besoin de soins.

Le caporal courut derrière elle, la prit par le bras et la ramena à la voiture.

— Pas d'exception, madame, remontez. On va s'occuper de lui, ne vous inquiétez pas.

— Mais je suis...

— Remontez !

Abby obtempéra. Elle se sentit soudain vieille, fatiguée, inutile, et se laissa aller contre le siège en fermant les yeux.

— Il n'a pas le droit de te parler sur ce ton ! explosa Ed. Absolument pas le droit !

— Il ne faut pas lui en vouloir, il ne fait qu'obéir aux ordres.

— A des ordres stupides ! Le chauffeur souffre probablement de brûlures assez graves.

Devant eux, la file de voitures s'ébranla et se mit à descendre doucement la route. Malgré le manteau qu'elle serrait frileusement autour d'elle, Abby se sentait glacée jusqu'aux os.

*
**

Assis à califourchon sur une chaise de cuisine, le colonel Avery Burgess regardait l'infirmier soigner le bras du fermier.

— Vous avez agi comme un imbécile, Larson, dit-il au blessé. Vous auriez pu vous faire tuer.

Larson fit la grimace lorsque l'infirmier nettoya la plaie à l'alcool.

— Si vos crétins de Marines savaient tirer, grommela-t-il.

— Ah, je sais ! s'exclama le colonel avec un grand sourire. Tout fout le camp, même les Marines. Je tiens toutefois à préciser que Gilroy vous a touché *exactement* où il voulait et que s'il avait voulu vous tuer, vous seriez mort, tout simplement.

Burgess se tourna vers le fils de Larson, qui se tenait près de la cuisinière. C'était un grand gaillard, bâti en hercule comme son père mais avec trente ans de moins.

— Jamais songé à t'engager, fiston ? Tu ferais une belle recrue.

— Ça risque pas, marmonna le jeune Larson.

— L'armée ferait de toi un homme. Vous avez pourtant l'air courageux, dans la famille. Regarde ton père, il en a dans le ventre : s'attaquer aux Marines avec un fusil de chasse, faut le faire !

Le colonel se mit à rire puis ajouta, en regardant la femme assise près du fermier :

— Il y a du café, madame Larson ? On gèle ici.

— Vous avez réquisitionné la ferme, répliqua-t-elle. Faites votre café vous-même.

— Martha, dit Larson. Fais donc du café, j'en boirais bien une tasse, moi aussi.

— Tu le lui donneras quand il sera prêt, grogna-t-elle en se dirigeant vers la cuisinière. Je ne vais pas en plus le servir.

— On dirait que je n'ai pas tellement la cote, dans le coin, soupira le colonel.

Il parcourut des yeux la cuisine et poursuivit :

— Comment se fait-il que vous ayez encore de l'électricité ?

— J'ai un groupe électrogène qui marche à l'essence. La cuisinière et le chauffage fonctionnent au propane, expliqua le fermier.

— Vous savez, dit Burgess, ça ne m'amuse pas plus que vous de réquisitionner votre ferme. Nous vous avons choisi parce que vous avez un puits artésien et donc de l'eau non contaminée, une étable moderne et assez vaste : on ne pouvait trouver mieux. Dites-moi un peu, pourquoi nous avez-vous accueillis à coups de fusil ?

— Faites attention, nom d'un chien ! dit Larson à l'infirmier. Je traite mes bêtes avec plus de douceur que vous ne soignez les blessés !

Il se tourna vers le colonel.

— L'année dernière, les inspecteurs gouvernementaux me sont tombés dessus. Ils ont examiné mes vaches et j'ai dû balancer tout mon lait pendant deux mois parce que, d'après eux, il contenait du strontium - quelque chose. Tout ça à cause de votre saleté de centrale, qui avait déjà commencé à nous empoisonner !

— Ce n'est pas ma centrale, Larson. L'armée n'a rien à voir là-dedans.

— Qu'est-ce que vous allez faire ?

— Avec votre étable ? La transformer en bains-douches pour trois mille personnes. A propos, vos eaux usées, où s'écoulent-elles ?

— Dans l'océan ; directement dans la baie.

Burgess écrivit quelques mots sur un bout de papier qu'il fourra dans sa poche. Il faudra mettre en quarantaine toutes les fermes situées autour de la baie, se dit-il.

— Vous savez, fit-il, j'ai passé toute mon enfance dans une ferme, près de Muncie, dans l'Indiana. On y faisait surtout du maïs.

Larson ne répondit pas.

— Vous avez une belle installation, continua Burgess. Moderne, bien équipée...

Des coups de feu retentirent à l'extérieur. Larson et son fils interrogèrent du regard le colonel, qui se contenta d'allumer tranquillement une cigarette.

— Mais qu'est-ce qui se passe ? demanda le fermier.

— Rien de grave, probablement, fit Burgess.

Fronçant les sourcils, il ajouta :

— Toutes vos bêtes sont rentrées ?

— Il y a toujours des traînardes...

— J'ai l'impression qu'une de vos vaches a été traîner un peu trop loin, dans la zone des retombées... Désolé, monsieur Larson, nous n'avons pas le temps de raser et de doucher une bête contaminée.

— Salaud !

Le colonel se baissa juste à temps pour éviter la cafetière que Martha Larson venait de lui jeter à la figure. Sans même bouger de sa chaise, il reprit calmement :

— Le gouvernement vous indemnisera, bien entendu. Je veillerai à ce qu'on vous envoie les formulaires à remplir. D'ailleurs, il ne s'agit probablement que d'une ou deux bêtes.

Une autre rafale crépita.

— Ou plus, peut-être, soupira-t-il en se levant. Vous devriez apprendre à vos vaches à ne pas trop s'éloigner de la maison. (Il se tourna vers l'infirmier.) Je vais faire un tour à l'étable.

Burgess sortit de la cuisine en se demandant si Mme Larson lançait mieux les couteaux que les cafetières.

Dans l'étable, des Marines en uniforme blanc tendaient des bâches qui délimitaient une vaste cabine de douches communes. Pas question de ménager la pudeur des habitants de Cardenas : ils passeraient ensemble, par petits groupes.

Un soldat s'approcha du colonel en courant.

— Nous avons les tondeuses et les hélicos doivent apporter les treillis d'une minute à l'autre, mon colonel. Nous allons pouvoir commencer.

— Parfait. Où sont les pontes de Cardenas ?

Le Marine leva le bras vers un groupe d'hommes discutant dans un coin de l'étable. Burgess s'approcha.

— Lequel d'entre vous est Parks ?

Il tendit la main vers l'homme le plus proche mais la laissa retomber aussitôt en disant :

— Avez-vous passé le contrôle ? Je sais que vous avez fait de votre mieux au Centre d'information mais j'ai bien peur qu'il ne faille vous décontaminer à nouveau.

Tout en parlant, Burgess examinait l'un après l'autre chacun des membres du groupe. Le plus âgé, celui qu'il avait d'abord pris pour Parks, se présenta comme Hilary Brandt, vice-président de la Compa-

184

gnie de l'Ouest. Il avait l'air épuisé, au bord de la crise de nerfs. En revanche, l'homme qui déclara s'appeler Parks ressemblait plutôt à un ingénieur qu'à un directeur de centrale.

— Déshabillez-vous et passez au salon de coiffure, dit Burgess en faisant un signe de tête vers le fond de l'étable. On va vous couper les cheveux avant la douche.

— Je pensais que nous passerions après les autres, fit Parks.

— Noble et généreuse pensée mais pas très réaliste. J'ai besoin de votre aide immédiatement.

— Je m'appelle Eliot Cushing. Je suis...

— Plus tard, les présentations, trancha Burgess.

Le colonel avait déjà jaugé le bonhomme, qui suait la politique par tous les pores de la peau. Dire que dans quelques années, je vais passer mon temps dans les bureaux, à Washington, avec des types de ce genre, songea-t-il.

— Déshabillez-vous, s'il vous plaît, et passez à la douche avec les autres. J'ai besoin de vous également.

Cushing lança au colonel un regard meurtrier auquel ce dernier répondit par un grand sourire.

— Je m'appelle Burgess. B.U.R.G.E.S.S. Ne vous trompez pas en écrivant mon nom dans votre rapport. Maintenant, s'il vous plaît, monsieur Cushing ! A la douche !

Le petit groupe commençait à s'éloigner lorsque le colonel ajouta :

— Une seconde. C'est vous Lerner, n'est-ce pas ? Dès que vous aurez fini, vous prendrez la direction des opérations, ici, dans l'étable. D'après mon dossier, vous vous y connaissez mieux que tout le monde en décontamination. On dit que l'armée israélienne s'occupe très sérieusement de ce genre de problèmes. Dans le plan d'urgence à adopter en cas d'accident, c'est vous qu'on désigne comme principal responsable : encore une chance que vous vous en soyez tiré...

Burgess chercha des yeux un quatrième homme.

— Il y a aussi un jeune type, un nommé Kormanski...

— Il est resté au Centre d'information, dit Lerner.

— Je vais envoyer quelqu'un le chercher, il vous servira d'assistant. Dès que vous serez passé à la décontamination, je vous présenterai au sergent qui dirige actuellement les opérations, il se mettra à votre disposition. Pour l'instant, votre équipe se compose de six « coiffeurs » et d'une dizaine d'infirmiers ; les vêtements de rechange devraient arriver d'une minute à l'autre. Si vous avez besoin de quoi que ce soit, prévenez-moi.

Le colonel indiqua d'un geste leurs combinaisons et leurs blouses détrempées.

— Déshabillez-vous dehors, dans le pré de derrière. Enlevez absolument tout : chapeau, chaussures, montre, médaille, etc. Tout sera brûlé et enterré. Même régime pour les habitants de Cardenas : interdiction de garder quoi que ce soit.

— Mais..., commença Parks.

— Nous ne pouvons pas perdre notre temps à contrôler et à décontaminer les petites affaires de tout le monde, monsieur Parks. Vous savez bien qu'un livre qu'on ne brûlerait pas aujourd'hui pourrait tuer celui qui le lirait dans dix ans ou plus. Désolé, il faut tout flanquer au feu et enterrer les cendres.

— Et la fumée ? objecta Parks.

— Le vent l'emporte vers la mer. Il faudra avoir terminé avant qu'il ne tourne, sinon...

— L'herbe va repousser sur les cendres ; les vaches qui la brouteront donneront du lait radio-actif et ceux qui le boiront...

— Cet endroit a cessé d'être une exploitation agricole, trancha le colonel. On va l'entourer de barrières, le déclarer zone interdite et empêcher quiconque d'en approcher tant qu'il présentera un danger. Je me rends parfaitement compte que cela peut durer des centaines d'années. Nous finirons probablement par avoir nous aussi nos grands prêtres, chargés de garder les lieux tabous.

Burgess commença à s'éloigner puis s'arrêta, se tourna vers Parks :

— Venez me voir dès que vous aurez terminé. Il va falloir s'occuper un peu de votre centrale. Si le vent tourne...

Un soldat vint claquer les talons devant Burgess.

— Mon colonel, nous avons repéré un émetteur inconnu. Nous pensons qu'il s'agit d'un car de reportage-radio qui roule sur la route, juste à la sortie de la ville.

— Dites au lieutenant Paxton de l'intercepter et de placer les journalistes sous bonne garde... sans douceur, s'il le faut.

— Vous allez les faire fusiller ? demanda Parks, sarcastique.

— Seulement si cela s'impose, répondit Burgess d'un ton léger. Qu'est-ce que vous attendez pour vous déshabiller, Parks ? Vous êtes pudique ?

*
**

En regardant l'écran trois, Tebbets s'aperçut que l'émission infrarouge de Cardenas grimpait en flèche. A côté de lui, le capitaine Kloster noircissait son bloc de chiffres.

— Nous avons d'autres informations sur la zone de retombées ? demanda-t-il.

— L'ordinateur va nous donner son extension probable.

— Combien de temps encore avant que le vent ne tourne ?

— Entre cinq et dix heures, peut-être moins.

— Et ensuite ?

— Il soufflera vers le sud, en direction de Los Angeles, murmura Tebbets. Evacuer la ville va poser de sérieux problèmes.

— On ne va même pas essayer.

Tebbets regarda longuement le capitaine sans parvenir à se convaincre qu'il avait bien entendu.

— Vous voulez dire qu'on va laisser les habitants de L.A. prendre tranquillement leur dose sans rien faire ?

— La ville est privée d'électricité ! cria le capitaine. Il n'y a pas de lumière dans les rues, pas de radio, pas de télé ! On ne peut rien faire avant demain matin. Si nous essayons d'évacuer la ville dans le noir, nous ne parviendrons qu'à semer la panique.

Bon Dieu ! se dit Tebbets, nous allons rester là à attendre sans lever le petit doigt ! A faire des prières pour que cette saloperie de vent ne tourne pas !

— Vous ne m'avez pas dit que votre famille vit à Los Angeles ? demanda-t-il sans réfléchir.

— Dans la banlieue, répondit Kloster. Merci de me le rappeler !

Le capitaine garda un moment les yeux fixés sur son bloc puis soudain se leva et se dirigea vers la porte.

— Kloster, je ne voulais pas..., commença Tebbets.

Mais le capitaine était déjà dans le couloir. Fouillant ses poches à la recherche de monnaie, il se dirigea vers la cabine téléphonique située près des toilettes. Il glissa une pièce dans la fente, décrocha l'appareil et composa l'indicatif de Los Angeles.

— Allô, fit la voix de la standardiste. Pour des raisons de sécurité, nous ne pouvons vous mettre en communication avec la zone que vous demandez. Avez-vous une autorisation spéciale ?

Kloster s'éclaircit la voix nerveusement, s'apprêta à répondre puis changea d'avis.

— Veuillez décliner votre identité, s'il vous plaît, reprit la standardiste.

Le capitaine raccrocha lentement.

Quand il retourna dans la salle de contrôle, Tebbets l'accueillit par un sourire hésitant.

— Alors ? fit-il. Personne à la maison ?

*
**

Les voitures, les vêtements, les couvertures et les meubles flambaient au milieu du pré. Tout ce que les habitants de Cardenas avaient emporté s'envolait à présent en fumée. Lerner regardait les voitures entrer une par une dans la cour de la ferme, sous la surveillance des soldats. Un Marine donna un coup de crosse à un jeune gars qui refusait d'abandonner sa vieille Chevrolet trafiquée. Quatre soldats poussèrent le véhicule vers le brasier, un cinquième y mit le feu avec un lance-flammes.

Tremblant de froid et d'indignation, Barney retourna dans l'étable où des Marines en uniforme blanc confisquaient les bagues, les montres, les portefeuilles et les calepins que les habitants de

Cardenas avaient conservés après s'être déshabillés. La file passait ensuite par les « coiffeurs » puis les hommes, les femmes et les enfants, nus, complètement rasés, s'avançaient sous la douche. En ressortant, ils s'essuyaient, enfilaient des treillis vert olive et s'entassaient dans des autocars qui démarraient dans la nuit dès qu'ils avaient fait le plein.

Lerner songeait à ses parents, à ses grands-parents qui avaient connu la même humiliation avant de mourir dans les camps de concentration. Il s'approcha d'un des « coiffeurs » qui passait à la tondeuse, sous le regard troublé d'un groupe d'adolescents, le pubis d'une grosse fille blonde.

— Là aussi ? grogna la fille, consciente de perdre soudain une partie de son mystère.

Sans répondre, le soldat se leva, prit une paire de ciseaux et se mit à couper les longs cheveux blonds, à jeter les mèches par poignées dans le seau posé à ses pieds. Les larmes aux yeux, la fille se laissa raser le crâne, la nuque et les aisselles puis s'avança vers les douches, où un petit groupe d'hommes, de femmes et d'enfants se frottait vigoureusement la peau avec des brosses blanches de mousse. Un petit garçon regardait, étonné, les nudités féminines qui l'entouraient ; une adolescente s'accrochait à sa mère en pleurant de frayeur et de honte.

Une vieille dame à moitié dévêtue s'approcha de Kormanski.

— Est-ce que je dois me déshabiller et me doucher devant tout le monde ? fit-elle d'une voix faible.

Tout en se demandant comment elle avait réussi à garder une partie de ses vêtements, Kormanski lui répondit :

— Désolé, madame, on ne peut pas faire autrement. A votre âge...

— J'ai subi une opération, murmura la vieille.

— Désolé, répéta le jeune infirmier plus sèchement. J'ai des ordres.

Lorsque la vieille dame commença à enlever ses derniers vêtements, la file devint silencieuse. Une jeune fille s'avança pour l'aider à dégrafer son soutien-gorge de coton. Incapable d'en supporter davantage, Lerner détourna les yeux.

Tout au fond de l'étable, un groupe d'hommes et de femmes se hâtaient de passer des treillis trop grands ou trop petits. Une femme coiffée d'un chiffon blanc qu'elle avait noué sur sa nuque, comme une paysanne russe, allait de l'un à l'autre, disait quelques mots puis s'éloignait. Elle s'approcha de l'endroit où se trouvait Lerner et s'adressa à un homme qui finissait de s'habiller.

— Avez-vous vu Paul Marical ? Il travaille à l'usine de retraitement.

L'homme s'efforçait de chausser une botte trop juste pour son pied.

— S'il se trouvait dans les couloirs du secteur de stockage au moment de l'accident, c'est foutu pour lui, répondit-il. On a fermé les portes quelques minutes après que...

Il s'interrompit, leva la tête.

— Excusez-moi, madame, je dis n'importe quoi... C'est... un parent à vous ?

— Non, juste un ami.

La femme au foulard blanc se laissa tomber sur un banc et cacha son visage dans ses mains.

De quelque côté qu'il tournât la tête, Lerner découvrait des scènes lui rappelant un passé qu'il n'avait pas connu mais qui n'en sommeillait pas moins dans un coin de sa mémoire. Il se dirigea vers l'entrée des douches où Kormanski parlait avec Abby, qui ne semblait pas du tout gênée de se montrer nue devant tout le monde.

— Pas très intime, notre système ? fit-il en souriant.

— Oh, ne vous en faites pas pour moi, monsieur Lerner, répondit la vieille infirmière. Je ne vais pas me plaindre de passer une visite, j'en ai suffisamment fait passer aux autres.

Malgré le ton enjoué, Barney crut entendre dans la voix d'Abby un léger tremblement.

— Qu'est-ce qu'il y a qui ne va pas ?

— Je crois que Mike voudrait m'examiner une nouvelle fois...

Se tournant vers Kormanski, dans un murmure :

— Ed ne doit pas savoir.

Oh non ! Pas Abby ! implora Lerner intérieurement.

— Il faut l'avertir, madame Dalton, répondit le jeune homme d'une voix étranglée.

— Combien de temps me reste-t-il ?

— Je ne sais pas... Il faudrait un spécialiste.

Relevant la tête, la vieille femme reprit, avec un sourire forcé :

— J'ai l'habitude des mauvaises nouvelles, j'ai passé ma vie à en apprendre aux malades.

— Vous êtes très gravement atteinte. Cet oiseau que vous avez ramassé...

— Combien de temps ?

— Une semaine, un mois peut-être.

Abby hocha la tête sans montrer de surprise.

— On m'a pris mon album de photos, dit-elle. Est-ce que je pourrais le récupérer ?

— Je vais essayer de le retrouver, fit Lerner, mais j'ai bien peur qu'on ne l'ait déjà brûlé.

— Je peux aller m'asseoir dehors, près du feu ? Ed pourrait venir me rejoindre...

L'expression de Kormanski lui tint lieu de réponse.

— Oui, je comprends, murmura-t-elle. Il vaut mieux qu'il ne s'approche pas de moi.

Mike lui passa un bras autour des épaules et l'attira contre sa poitrine. Abby éclata en sanglots, s'accrocha à lui puis le repoussa doucement.

— Toi non plus, tu ne dois pas t'approcher de moi.

— Je vais demander qu'on vous conduise à l'hôpital en hélicoptère, dit Lerner.

— Merci, répondit Abby en se dirigeant vers la sortie.

Elle s'arrêta, se retourna et lui demanda :

— Comment va votre fiancée ?

Barney avait essayé de ne pas y penser mais maintenant qu'on
l'obligeait à regarder la réalité en face, il se sentait surpris du calme
avec lequel il acceptait la vérité. En quelques heures, il avait pris
l'habitude de la mort et du désespoir.

— Karen est morte, dit-il simplement.

*
**

Représentant Holmburg : *Je ne comprends toujours pas pourquoi
certaines personnes sont mortes si rapidement. Nous passons notre
vie à être exposés aux radiations, n'est-ce pas ?*

Colonel Burgess : *Comme on dit dans les slogans publicitaires,
nous sommes dans la radio-activité depuis des générations. Pendant
les trente premières années de son existence, chacun d'entre nous
absorbe en moyenne cinq Roentgen environ, ce qui...*

Représentant Holmburg : *N'essayez pas de m'expliquer une nouvelle fois ces histoires d'unités, je n'y comprends rien. Je voudrais
simplement savoir pourquoi les radiations peuvent provoquer brutalement la mort alors qu'en fait nous en absorbons quotidiennement
sans nous en ressentir.*

Colonel Burgess : *C'est une question de quantité. Au-delà de trois
mille Roentgen, la personne atteinte meurt en quarante-huit heures,
du fait de la destruction de son système nerveux central. Si la dose
est de mille Roentgen, c'est la mort « intestinale », qui survient au
bout d'une semaine : et pour une dose de six cents Roentgen, c'est
la « mort par atteinte de la moelle », la plus fréquente évidemment.*

Sénateur Hoyt : *Par quels symptômes se traduit-elle ?*

Colonel Burgess : *D'abord des nausées, des vomissements, parfois
des diarrhées sanguinolentes, des poussées de fièvre. Après quelques
semaines, le malade n'a plus d'énergie, il perd ses cheveux, il n'a plus
assez de globules blancs pour combattre les maladies infectieuses
les moins dangereuses, il...*

Représentant Holmburg : *Je crois que nous avons désormais
compris les effets d'une irradiation massive et directe, merci, colonel.
En ce qui concerne les retombées, c'est moins clair dans mon esprit.*

Colonel Burgess : *Les plantes, les animaux dont nous nous nour-
rissons concentrent la radio-activité. Lorsqu'on arrive au bout de
la chaîne alimentaire, cette concentration peut atteindre un niveau
réellement dangereux.*

Représentant Holmburg : *Partagez-vous l'avis des témoins qui
vous ont précédé sur les dangers du plutonium ?*

190

Colonel Burgess : *A poids égal, le plutonium est trente mille fois plus dangereux que le cyanure. En outre, sa période radio-active est très longue.*

Sénateur Stone : *Est-ce la présence de plutonium à la ferme Larson qui a motivé la mise en quarantaine ?*

Colonel Burgess : *De plutonium et d'autres matières radio-actives. Nous n'avions aucun moyen de décontaminer l'étable où nous avions douché les habitants de la ville ; aucun moyen vraiment sûr, du moins. De plus, il aurait fallu traiter également les alentours de la ferme, le pré où nous avons brûlé les affaires emportées par la population de Cardenas.*

Représentant Holmburg : *Pourquoi ne vous êtes-vous pas contenté de les enterrer ?*

Colonel Burgess : *Pour que personne n'ait l'idée de revenir fouiller le sol pour les retrouver.*

Sénateur Hoyt : *Quand les Larson reprendront-ils possession de leur ferme ?*

Colonel Burgess : *Jamais, je le crains. Je crois savoir que le gouvernement va transformer la région en zone interdite à perpétuité.*

Sénateur Hoyt : *A perpétuité ? Comme une concession de cimetière ?*

Colonel Burgess : *Analogie tout à fait pertinente.*

Représentant Holmburg : *Si l'on veut. Je doute que dans deux ou trois cents ans, mes descendants viennent encore déposer des roses sur ma tombe. Qu'entendez-vous par perpétuité ? Cent ans ? Deux cents ans ?*

Colonel Burgess : *Dites plutôt deux cent cinquante mille ans. Il n'y aura peut-être plus de roses à cette époque, ni même de parlementaires.*

***

Aucune des combinaisons antiradiations n'était à la taille de Karen mais elle n'allait pas se plaindre : ils avaient déjà eu beaucoup de chance de les trouver.

Après avoir enfilé la sienne, Glidden essaya une nouvelle fois de signaler leur présence avec le talkie-walkie. Toujours pas de réponse.

— J'ai l'impression que nous fermons la cage quand les oiseaux se sont envolés, dit Rossi à travers la visière de son casque. Quelle dose de radiations avons-nous déjà prise ?

— Je n'en sais rien, répondit Glidden. En avez-vous une idée, mademoiselle Gruen ?

— Une dose assez forte, probablement. Nous le saurons quand nous aurons rejoint les autres et développé les films de nos dosimètres.

— Si nous ne crevons pas avant, dit Bildor.

— Je ne me suis jamais aventuré dans les grottes, fit Glidden, mais nous devrions trouver la sortie sur l'océan en nous guidant aux ampoules.

— Elles ne marchent plus, objecta Bildor.

— Avec la lanterne, nous pouvons suivre les fils électriques jusqu'à la sortie.

Glidden essayait de cacher son inquiétude sous une assurance qui ne trompait personne.

— D'ailleurs, il y a peut-être une autre issue, s'empressa-t-il d'ajouter.

— Une autre issue ? fit Rossi, surpris.

— Oui... Nous pourrions retourner à l'usine de retraitement en passant par les grottes ; on peut peut-être sortir par là maintenant. Même si les portes sont toujours fermées, nous pouvons essayer de passer par les bouches d'aération.

— Vous ne parlez pas sérieusement ? s'étonna Rossi.

— Si nous ne prenons pas la bonne décision maintenant, il sera trop tard pour changer d'avis tout à l'heure, fit Karen.

— Que voulez-vous dire ? demanda Rossi.

— La masse en fusion atteindra cette partie des grottes dans dix ou quinze minutes. Le terrain est en pente : la coulée va nous suivre. Si nous ne réussissons pas à gagner l'océan, nous ne pourrons pas revenir sur nos pas. De même, si nous retournons à l'usine de retraitement et que nous ne trouvons pas d'issue, nous serons bloqués là-bas.

— Alors pourquoi y retourner ?

Glidden hésita puis finit par répondre :

— Parce que nous n'arriverons peut-être pas à sortir par les grottes. Il... Il y a une grille qui ferme l'accès sur l'océan. On ne peut l'ouvrir que de l'extérieur...

— Vous le saviez depuis le début et vous nous avez quand même entraînés dans les grottes ! s'indigna Karen.

— Qu'est-ce que nous pouvions faire d'autre ? explosa Glidden. Rester dans les couloirs ? La grille doit être mangée par la rouille et j'arriverai peut-être à alerter quelqu'un avec le talkie-walkie avant que nous n'y parvenions.

Il y eut un instant de silence.

— Excusez-moi, Glidden, dit enfin Karen. D'un côté comme de l'autre, nous avons peu de chances de nous en tirer.

— Mais personne ne sait où nous nous trouvons ! cria Bildor. Personne ne viendra nous ouvrir la grille !

— Faites ce que vous voulez, répliqua Glidden. Moi, je prends le risque.

— Je ne veux pas retourner dans les couloirs, murmura Karen. Je sais ce qui nous y attend.

— Rossi ?

— Les grottes.

— Bildor ?

Le petit homme se mit à reculer en criant :

— Vous êtes fous ! Vous n'y arriverez jamais !

Il se retourna et s'élança en direction des couloirs.

— Bildor ! cria Glidden. Revenez ! Vous n'avez même pas de lanterne !

— No-o-o-on ! hurla Bildor sans s'arrêter de courir.

Ils le regardèrent s'éloigner puis disparaître dans l'obscurité.

— En route, dit Glidden. Ne perdons pas de temps.

Prenant la lanterne, Karen ouvrit la marche en se guidant aux fils électriques courant le long de la voûte calcaire. Pour la première fois de sa vie, elle n'essayait pas de retenir les larmes qui lui coulaient des yeux ; elle ne cherchait pas à cacher sa peur, à se montrer plus forte qu'elle n'était en réalité.

*
**

Hors d'haleine, Bildor cessa de courir. Dans l'obscurité totale où il se trouvait, il commençait à regretter d'avoir abandonné les autres. Il continua à avancer lentement, à tâtons, en longeant la paroi rocheuse ; quelques mètres plus loin, sa main l'avertit qu'il devait tourner à droite. Passé le coin, il aperçu au loin une lumière qui brillait faiblement et se mit à courir. En s'approchant, il remarqua que la lumière bougeait légèrement, qu'elle montait et descendait, comme une lanterne portée par quelqu'un... Il s'arrêta.

— Hé là-bas ! Attendez ! Attendez-moi !

Bildor courut de plus belle vers la lumière désormais immobile. Un homme vêtu d'une combinaison antiradiations le regardait s'approcher.

— C'est moi, Martin Bildor, je travaille à l'usine de retraitement, annonça stupidement le technicien.

L'homme posa la lanterne sur le petit chariot qui se trouvait à côté de lui.

— Salut, Bildor, dit-il.

— Marical ! Qu'est-ce que tu fous ici ?

— La même chose que toi. Tu ne pensais pas me trouver ici, je parie ?

Les yeux fixés sur les barils de plomb posés sur le chariot, Bildor ne répondait pas.

— Bildor !

— Hein ? Oui, pardon. Non, personne d'entre nous ne pensait qu'il y avait quelqu'un d'autre dans les grottes.

— Qui ça, nous ?

— Glidden, Rossi et Karen Gruen. Nous croyions être les seuls à...

— Merci, Bildor, dit Marical en braquant soudain vers lui un revolver.

Il pressa deux fois la détente et Bildor s'écroula en ouvrant la bouche de surprise.

*
**

Le caporal Robert Allen sauta de l'arrière du camion avant même qu'il ne fût immobilisé. Deux soldats l'imitèrent aussitôt et le rejoignirent sur le quai obscur et désert où rien ne bougeait hormis un filet de pêche agité par le vent.

— Murphy, dit Allen. Eclaire le bateau.

Le faisceau du projecteur à batterie balaya la coque du navire, s'arrêta sur les lettres peintes à la proue.

— Ohé, du *Taraval* ! Descendez à terre ! La ville est en quarantaine, tous les habitants doivent se présenter au centre de décontamination !

Un bruit de moteur interrompit le caporal.

— Davis, envoie une rafale au-dessus du pont, ordonna Allen... Alors ! Vous voulez que je transforme votre rafiot en passoire ?

— Quel rafiot ? répondit une voix.

— Arrose le pont, Davis, murmura Allen mais fais attention de ne pas toucher la cabine.

Le soldat tira une nouvelle rafale qui fit voler en l'air des éclats de bois.

— Ça va, ça va, on descend.

Le *Taraval* glissa lentement vers le quai. Un homme sauta à terre, attacha les filins aux bittes d'amarrage et courut vers Allen. Un autre homme enjamba le bastingage et sauta à son tour du bateau.

— Qu'est-ce qui vous prend de nous canarder ? commença le premier. Vous auriez pu...

— Pas de danger, mes hommes savent tirer. Arrêtez-vous ! N'approchez pas. Vous êtes probablement contaminés.

— Je voudrais quand même savoir pourquoi vous nous tirez dessus, nom de Dieu !

— Eclaire-les, Murphy, fit Allen.

Le projecteur révéla deux pêcheurs vêtus de cirés, l'un d'une cinquantaine d'années, court sur pattes, trapu, l'autre maigre, osseux, la trentaine probablement.

— Nous faisons évacuer la ville, reprit le caporal. La centrale crache des cendres radio-actives dans tout le secteur. Vos noms et prénoms ?

Les deux hommes gardèrent le silence.

— Ecoutez, les gars, on va pas passer la nuit ici. Plus vous restez longtemps dans le coin, plus vous avez de chances d'y passer.

— Jefferson, Clint.

— Halsam, Franck.

— Bon, vous êtes en état d'arrestation. Ne vous imaginez pas que je vous conduis en taule, cela veut simplement dire que mes hommes vous tireront dessus si vous essayer de nous fausser compagnie. Montez dans le camion.

194

Les deux pêcheurs grimpèrent à l'arrière du véhicule, qui démarra en direction du centre de la ville.

— On dirait que tout le monde a foutu le camp, dit Jefferson.

— Tout le monde, à part vous deux, fit Allen. Qu'est-ce que vous attendiez ?

— Le capitaine. On tenait le bateau prêt à partir.

Le camion commença à ralentir.

— Davis vous emmène au centre de décontamination, expliqua le caporal. Nous, on vous quitte ici.

Allen sauta à terre, bientôt imité par Murphy, et le véhicule reprit aussitôt de la vitesse.

— Murphy, prends le trottoir droit, moi, je prends le gauche.

Allen descendait lentement la rue en espérant que le camion qui devait venir les rechercher dans dix minutes n'aurait pas de retard. Ils se trouvaient au beau milieu de la zone de retombées et malgré leurs combinaisons antiradiations, ils prendraient des risques en restant trop longtemps sous le nuage radio-actif.

Ils avaient parcouru une centaine de mètres lorsque Murphy tira un coup de feu. Allen s'apprêtait à traverser la rue mais le soldat lui fit signe que tout allait bien.

— Ce n'est qu'un chien ! Un épagneul.

— Tu l'as eu ?

— Non, je ne crois pas.

— Cherche-le. Souviens-toi de ce que le colonel a dit des chiens, des chats et autres animaux.

Allen se remit à descendre la rue. Lorsqu'il entendit un nouveau coup de feu, il ne tourna pas la tête vers le trottoir d'en face. Son jeune frère aussi avait un épagneul, une jolie bête, intelligente et affectueuse...

Il arrivait au coin de la rue quand il entendit un bruit de verre brisé. Des pillards, se dit-il. A chaque catastrophe, il se trouve toujours des types assez répugnants pour profiter de l'occasion. Il se plaqua contre le mur, avança lentement la tête pour regarder dans la rue adjacente : rien ne bougeait.

A une dizaine de mètres, des morceaux de verre éclairés par la lune brillaient sur le macadam. Il attendit. Soudain, une silhouette se profila au centre de la vitrine fracassée et sauta sur le trottoir.

— Halte ! cria Allen.

L'homme se mit à courir vers le bout de la rue.

— Arrêtez ou je tire !

La silhouette continuait à fuir. « Le crétin », murmura Allen en mettant en joue. Il essayait de viser les jambes du fugitif mais l'obscurité rendait le coup hasardeux.

— Halte ! cria-t-il une dernière fois.

L'homme approchait du coin de la rue ; dans une seconde, il allait disparaître et lui échapper. Le caporal appuya sur la détente de son arme et la silhouette s'écroula.

Les deux Marines se précipitèrent vers l'endroit où l'homme était tombé. Murphy braqua sa lampe électrique sur la masse sombre gisant sur le trottoir. La balle avait atteint le fuyard au milieu du dos. Pris de nausée, le caporal retourna doucement le corps et découvrit le visage d'un adolescent de dix-sept ou dix-huit ans. Un gosse, rien qu'un gosse qui serrait encore sous son bras une pile de disques.

*
**

— Des coups de feu, murmura Karen.

Glidden leva le bras pour lui faire signe d'écouter mais les grottes étaient redevenues silencieuses.

— Ça vient de la direction qu'a prise Bildor, dit Rossi. Bon Dieu, il a rencontré quelqu'un d'autre ! Quelqu'un qui a une arme !

— Comment pouvez-vous le savoir ? protesta Glidden. Allez, on continue.

Les deux hommes regardaient l'infirmière, attendaient qu'elle tranchât.

L'image de Tremayne étendu sur sa civière près des portes chauffées à blanc la fit frissonner. Bildor, maintenant..., pensa-t-elle. Au nom de quoi les deux hommes qui l'accompagnaient la laissaient-ils porter seule la responsabilité de prendre une décision ?

— Nous ne pouvons pas faire demi-tour, fit-elle enfin. C'est trop risqué.

Bildor n'aurait pas dit mieux, pensa-t-elle amèrement. D'abord sauver sa peau ; les autres...

Ils se remirent en marche en suivant les ampoules qui jalonnaient le plafond des galeries naturelles. De temps à autre, ils se mettaient à courir puis ralentissaient pour reprendre haleine. Glidden avait du mal à suivre ; il haletait, trébuchait sans arrêt sur le sol accidenté. Derrière eux le grondement sourd s'amplifia soudain.

— Des petites grottes qui s'effondrent sous le poids de la coulée, expliqua Glidden. Elle est encore loin derrière.

On va réussir, pensa Karen. Si la grille ferme mal ; si quelqu'un vient l'ouvrir de l'extérieur ; si nous parvenons à signaler notre présence avec le talkie-walkie. Tant de si...

— Attention ! fit Rossi en levant le bras.

Une crevasse leur barrait la route. En se penchant, Karen aperçut tout au fond, dix mètres plus bas, quelques planches qui avaient dû servir de pont de fortune.

— Où sont les fils électriques ? dit Glidden en scrutant la paroi.

L'infirmière leva la lanterne, découvrit un câble qui courait le long de la roche, à deux mètres au-dessus d'une corniche large d'une quinzaine de centimètres.

Glidden empoigna le câble, tira de toutes ses forces : il tenait bon.

— Passez la première, mademoiselle Gruen, dit-il. Traversez en vous tenant au câble.

Karen posa un pied puis l'autre sur la corniche. Ses doigts glissaient sur la gaine de plastique entourant les fils électriques. Plaquée contre la paroi, elle se mit à avancer lentement. Parvenue de l'autre côté, elle lâcha trop tôt le câble, trébucha sur une pierre et tomba en avant. Ses genoux s'écorchèrent au bord de la crevasse, son épaule heurta violemment le sol mais elle se releva immédiatement.

Rossi s'engagea à son tour sur la corniche et la rejoignit en quelques secondes. Ce fut le tour de Glidden. Plus âgé et plus lourd, il avait des difficultés à conserver son équilibre ; les doigts crispés sur le câble, il attendait longuement avant de glisser un pied sur le côté. Haletant, le visage en sueur, il fixait des yeux la paroi calcaire, n'osant probablement pas regarder en dessous de lui.

Il les avait presque rejoints lorsque plusieurs des pitons tenant le câble cédèrent. Glidden se retrouva suspendu dans le vide, à une cinquantaine de centimètres du bord de la crevasse. Il ferma les yeux, prit sa respiration et se hissa à la force des poignets vers la main que lui tendait Rossi. Ses doigts effleurèrent ceux du technicien puis s'y agrippèrent. Tirant de toutes ses forces, Rossi réussit à le hisser jusqu'à lui.

Glidden roula sur le dos, resta un moment étendu, les yeux fermés, la respiration haletante puis se redressa et poussa un profond soupir.

— Essayons d'appeler encore une fois, dit-il. Allez-y, Rossi, vous savez comment ça fonctionne ?

Rossi acquiesça de la tête et détacha le talkie-walkie de la ceinture de Glidden. Il posa la lanterne sur un rocher, et s'agenouilla en tournant le dos à la crevasse.

Lorsque Karen se retourna en entendant le cri de Rossi, il tombait déjà vers le fond de la ravine. Elle ne sut jamais ce qui s'était passé exactement. Peut-être, comme elle le supposa par la suite, ses genoux avaient-ils glissé sur le rocher humide.

Saisissant la lanterne, Glidden se précipita au bord de la crevasse. Rossi gisait dix mètres plus bas, immobile. Karen scruta les parois de la ravine mais n'y décela aucune aspérité qui aurait pu servir de point d'appui.

— Je vais descendre, dit-elle.

— Nous n'avons que quelques minutes d'avance sur la coulée, répondit Glidden.

— Nous pouvons couper un morceau de câble et...

— Pas question, trancha Glidden. Nous n'avons pas le temps. En route !

— Non, dit Karen. Nous ne pouvons pas l'abandonner ! Et d'ailleurs le talkie-walkie se trouve au fond également. Aidez-moi à détacher le câble de la paroi.

Glidden soutint un moment le regard de l'infirmière puis capitula :

— D'accord, je vais descendre prendre l'appareil.

— Non, c'est moi qui descendrai. Si Rossi vit encore, il faudra le hisser avec le câble et je n'aurai pas assez de force pour le faire.

Il hésita de nouveau mais finit par hocher la tête, puis se pencha pour prendre le câble. Il lui donna de violentes secousses qui l'arrachèrent de la roche, et réussit à le casser d'une dernière saccade. Karen noua le cable autour d'un piton rocheux, s'assura de sa solidité et se laissa glisser au fond de la crevasse.

— Dépêchez-vous ! lui cria Glidden. J'entends la masse en fusion qui se rapproche.

La jeune femme tâta le pouls de Rossi : le cœur avait cessé de battre. Elle desserra doucement les doigts crispés sur le talkie-walkie, glissa l'appareil sous sa ceinture et commença à remonter. Tremayne, Bildor et maintenant Rossi, pensait-elle en s'agrippant au câble. A aucun des trois, elle n'avait réussi à porter secours.

Karen et Glidden avaient recommencé à courir et parcouru une centaine de mètres lorsque la jeune femme s'arrêta soudain.

— Attendez ! fit-elle en retenant Glidden par le bras.

Après avoir grésillé, le talkie-walkie fit entendre une voix, faible et lointaine, qui leur demandait d'indiquer leur position. Saisissant l'appareil, Glidden répondit brièvement puis se laissa aller contre la paroi en fermant les yeux, tandis que Karen s'affaissait lentement jusqu'au sol. Malgré les craquements, les grésillements, les parasites, elle avait reconnu la voix qui les appelait.

Barney l'avait retrouvée.

*
**

Une balle dans le cœur, une autre dans la tête, constata Kamrath en s'approchant du cadavre avec la lampe qu'il avait trouvée à l'entrée des grottes. Le docteur Seyboldt avait été abattu de la même façon.

Le shérif tira sur la fermeture à glissière de la combinaison blanche, fouilla les poches du mort. Le bric-à-brac habituel : trousseau de clefs, pièces de monnaie, boîte d'allumettes. Sous le dosimètre épinglé à la chemise, un nom : Austin Bildor, et l'inscription « Usine de retraitement ». Ainsi, il connaissait Marical.

Mais pourquoi Marical l'avait-il assassiné, lui aussi ? Parce que Bildor l'avait découvert dans les grottes ? Non, Marical avait le droit de s'y trouver autant que quiconque, il y avait une autre raison. L'assassin avait été surpris en train de se livrer à une activité suspecte, qui ne pouvait manquer de le trahir...

Les matières radio-actives, bien sûr ! Bildor avait dû prendre Marical sur le fait, au moment où il s'apprêtait à s'enfuir avec son butin. Comment les transportait-il ? Sûrement pas dans ses bras, c'était trop dangereux et trop lourd.

La lanterne à la main, Kamrath scruta le sol en décrivant autour du cadavre des cercles de plus en plus grands. Soudain, il s'arrêta en découvrant dans la poussière deux minces lignes parallèles : des traces de roues, probablement. Marical avait chargé les matières radio-actives sur un chariot ou un diable et profitait de la panique causée par l'accident pour les sortir de la centrale. Peut-être même avait-il provoqué volontairement la catastrophe afin de pouvoir agir sans être dérangé ? Le shérif ne manquerait pas de lui poser la question quand il le rattraperait.

Quelle direction avait-il prise ? Les empreintes de roues partaient-elles de la grotte ou y aboutissaient-elles ? Kamrath continua à examiner le sol et finit par trouver ce qu'il cherchait : des traces de pas, le talon à peine visible, la semelle profondément enfoncée dans la poussière ; les traces d'un homme tirant derrière lui un lourd fardeau.

Kamrath se redressa, assura sa carabine au creux de son bras et se mit en route, les yeux fixés sur les minuscules sillons creusés dans le sol.

*
**

Parks regardait le brasier sans vraiment le voir, sans même sentir, sur son visage, la chaleur qu'il dégageait. Il n'y a pas de problème insoluble, pensait-il. On finit toujours par trouver une solution, c'est une question de temps. Mais le temps travaillait contre lui et il se sentait la tête vide, impuissant, incapable de réfléchir.

Il songea un instant à retourner dans l'étable puis décida de n'en rien faire. Lerner dirigeait les opérations sans avoir besoin de son aide ; Cushing, Brandt et Walton pouvaient se passer de lui pour trouver un bouc émissaire.

A quelques mètres de lui, il aperçut, éclairée par les flammes, la silhouette de la vieille infirmière du docteur Seyboldt. A quoi bon aller lui parler ? se dit-il. Comment peut-on redonner confiance à quelqu'un qui sait qu'il va mourir ? Comment pourrais-je consoler Abby alors que j'ai mal chaque fois que je pense à Karen ?

Karen... Leur liaison n'avait pas vraiment ressemblé à une histoire d'amour ; ils avaient eu du plaisir ensemble mais cela n'avait pas suffi. Barney lui avait apporté ce qu'il n'avait pas su lui donner, se dit-il avec amertume.

De l'autre côté des flammes, il aperçut, filant devant la masse sombre du petit bois, un éclair brun et blanc. Un coup de feu retentit : la tache brune fit un bond et retomba dans les broussailles.

— Tu l'as eu, Gilroy ?

Burgess se tenait près de la porte de l'étable, une main en visière au-dessus des yeux.

— Je crois bien, mon colonel.

— Allons voir.

Burgess et Parks rejoignirent le Marine, qui braquait une torche électrique sur le cadavre d'un jeune faon dont les yeux commençaient à devenir vitreux.

— Passe-le au Geiger, ordonna le colonel.

Le soldat décrocha de sa ceinture une boîte noire qui se mit à cliqueter plus rapidement lorsqu'il l'approcha de la bête.

— Je n'aime pas voir tuer les animaux, reprit Burgess à l'adresse de Parks, mais nous ne pouvons pas les capturer, les raser et les décontaminer. Il faut les abattre, il n'y a pas d'autre solution. Vous connaissez un peu la faune de la région ?

— On trouve quelques cerfs, des lièvres, des mulots, des souris, des serpents peut-être.

— Et des oiseaux, ajouta Burgess. Des insectes de toutes sortes, sans oublier les chats, les chiens, le bétail !

Se tournant vers Gilroy, il poursuivit :

— Appelle la base ; demande-leur des mortiers et des obus de gaz G.

— Qu'est-ce que vous allez faire ? demanda Parks.

— « Stériliser » la vallée quand on l'aura évacuée. Il n'y a pas d'autre solution.

Les deux hommes reprirent lentement le chemin de l'étable sans échanger une parole. Un Marine courut à leur rencontre.

— Mon colonel, le sergent des communications signale un appel radio envoyé de la centrale.

— C'est impossible ! bégaya Parks. Il ne peut plus y avoir personne en vie à l'intérieur !

— Laissez-le parler ! s'impatienta Burgess.

— D'après le sergent, l'appel viendrait des grottes.

— Comment l'a-t-il capté ? fit Parks en saisissant le bras du soldat.

— Je ne sais pas trop. Je crois que quelqu'un s'est souvenu que le directeur ou le sous-directeur avait un talkie-walkie...

Parks se mit à courir vers la ferme. J'aurais dû y penser, se reprochait-il. Glidden, ce vieux crétin de Glidden, toujours au rapport, à demander des instructions, même au beau milieu d'une catastrophe. D'un bond, il sauta par-dessus les quelques marches conduisant à la véranda où s'était installée l'équipe des transmissions. Lerner se trouvait déjà sur les lieux, ainsi que Brandt et Cushing.

— Glidden ? haleta-t-il.

— Et Karen, répondit Barney. Ils ont réussi à gagner les grottes. Il y en a d'autres peut-être : nous n'avons pas capté la fin de l'appel.

Parks se tourna vers le colonel Burgess, qui venait de le rejoindre.

— Pas question de « gazer » la forêt maintenant. La région est criblée de petites galeries qui relient les grottes à l'air libre. Si vous lancez vos obus, le gaz va asphyxier tous ceux qui se trouvent encore dans les grottes.

— Ils ne peuvent pas sortir, n'est-ce pas ?

— Je ne sais pas.

— Les grottes débouchent sur l'océan, dit Brandt. On peut essayer de les faire sortir par là.

— Il nous faudrait un bateau, répondit Parks. Colonel, demandez à votre radio d'essayer de rétablir le contact. Il faut d'abord les avertir que nous les attendrons là-bas.

— Combien de temps mettront-ils pour atteindre la sortie ?

— Je ne sais pas. Pourquoi ?

— Je dois utiliser le gaz G avant que le vent ne tourne.

— C'est-à-dire ?

— Avant demain matin, probablement.

— Et s'ils ne sont pas encore sortis ?

— Désolé, Parks, fit le colonel. J'ai ordre d'empêcher tout ce qui court, rampe ou vole de quitter la région. Dans deux heures au maximum, quand tout le monde sera décontaminé et évacué, je donnerai l'ordre de lancer les obus.

— Cela ne leur laisse guère de temps.

— Je ne pourrais pas attendre davantage. En outre, si d'ici là nous n'avons pas trouvé une solution pour empêcher la centrale de continuer à fondre, la zone à « stériliser » s'étendra bien au-delà de Cardenas.

Parks ferma les yeux. Avec le vent, le nuage pouvait contaminer une région de cent kilomètres de long sur dix de large, peut-être plus...

— Et le poisson ? Vous allez le stériliser aussi ?

— L'océan est assez vaste pour absorber les retombées et en diluer la radio-activité mais on ne pêchera plus le long de la côte avant une dizaine d'années... Ecoutez-moi, Parks, je ne peux rien faire pour vos amis. En ville, il y a certainement des habitants qu'on a oublié de prévenir : des malades, des infirmes qui n'ont pas pu s'enfuir. Pour eux non plus, je ne peux rien. Je vais vous paraître cruel mais vous feriez mieux de songer à la centrale qu'aux survivants qui se trouvent dans les grottes.

Il a raison, se dit Parks, à part lui.

— Colonel, savez-vous si la ferme possède un moteur électrogène auxiliaire, en plus du groupe principal ?

— Il me semble en avoir vu un dans la cour, pourquoi ?

— Si nous alimentons en électricité le modèle holographique du Centre d'information, nous pourrons au moins suivre la progression de la masse en fusion.

— Vous risquez la contamination une nouvelle fois.

— Avec des combinaisons antiradiations, on limitera les dégâts.

— Bon, d'accord. Combien d'hommes vous faut-il ?

Parks se tourna vers le groupe des huiles.

— Vous m'accompagnez, messieurs ? Je n'ai pas le monopole des idées brillantes.

Brandt acquiesça de la tête mais Cushing répondit, d'un ton glacial :

— Je doute que je puisse vous être d'un grand secours.

— Ne faites pas le modeste, ironisa Parks. Un homme de votre expérience ne peut que nous aider, n'est-ce pas, colonel ?

— Je crois que Washington conseillerait à M. Cushing de vous accompagner, dit Burgess avec un grand sourire.

— Puisque vous insistez, lâcha Cushing, imperturbable.

L'air terrorisé, Walton attendait.

— Non, pas vous, Jerry, fit Parks. Restez ici pour vous occuper de la liste des victimes.

Lerner s'approcha de Parks, qui enfilait déjà une combinaison blanche.

— Et Karen ? demanda-t-il.

— Nous allons la tirer de là, ne vous inquiétez pas... C'est une fille épatante, Barney, vous avez de la chance.

Parks quitta la véranda et descendit vers la jeep qui attendait déjà devant la ferme. Il monta à l'avant, à côté de Burgess, tandis que Brandt et Cushing s'installaient à l'arrière. Dans la cour, plusieurs soldats, aidés par Cole Levant, chargeaient le moteur auxiliaire sur un camion. Excellent, se dit Parks. Non seulement Levant connaît la côte mais il possède un bateau.

Avec un peu de chance, le modèle holographique remarcherait dans une demi-heure environ et il pourrait regarder ce qui se passait dans les entrailles de Prométhée. Peut-être s'apercevrait-il alors que toutes les connaissances accumulées depuis des années ne lui servaient à rien, absolument à rien, face à une catastrophe qui le dépassait.

— Que s'est-il passé exactement, Parks ? fit Burgess. Vos amis pensent qu'il y a eu sabotage mais j'ai plutôt l'impression que c'est notre programme énergétique qu'il faudrait revoir. Je ne sais pas si je me suis bien fait comprendre ; ce que je veux dire, c'est que l'accident devait arriver, tôt ou tard.

— Nous avons poussé notre technologie trop vite et trop loin, colonel, dit Parks. Nous avons surestimé nos connaissances et lorsque les problèmes ont commencé à pleuvoir, nous nous sommes aperçus que nous ne connaissions pas les bonnes réponses. C'est aussi simple que cela.

*
**

Le modèle holographique se remit lentement à fonctionner, ressuscité par le moteur auxiliaire vrombissant à l'extérieur du Centre d'information. Parks regardait l'image se former progressivement. Les zones où les détecteurs étaient détruits demeuraient noires mais

202

le reste du modèle montrait les contours familiers des salles, des couloirs et même des grottes. La zone sombre lui donnait une idée approximative de la taille de la coulée de métal en fusion ; elle pourrait aussi le renseigner sur sa vitesse et sa direction.

Brandt couvrit la partie sombre du modèle de la main.

— A votre avis, quelles sont ses dimensions ? demanda-t-il.

— Difficile à dire avec précision, répondit Parks. Une quarantaine de mètres de largeur environ.

— Mais les études réalisées sur ordinateur n'ont jamais prévu une telle masse ! s'exclama Brandt en pâlissant.

L'ordinateur n'a rien prévu de ce qui est arrivé, pensa Parks, et probablement rien non plus de ce qui va arriver.

— Le gros de la masse en fusion se trouve à une quinzaine de mètres de profondeur, dit-il en promenant le doigt sur la zone sombre. Les matières radio-actives entreposées dans les cellules de stockage ont dû s'y ajouter il y a une demi-heure environ, ce qui explique sa taille.

Sous ses yeux, la tache noire sauta brusquement d'un centimètre, puis d'un autre.

— La coulée vient de pénétrer dans les grottes, annonça-t-il d'une voix calme.

— Il n'y a aucun moyen de la refroidir ? demanda Cushing.

— Je n'en connais pas. Les experts de Washington auront peut-être une idée.

— Quel poids pèse-t-elle ? s'enquit Burgess.

— Plus de dix mille tonnes, probablement. Disons trois mille pour chaque réacteur, plus les matières contenues dans les cellules de stockage.

Le sol trembla légèrement sous leurs pieds : la baladeuse accrochée au plafond se mit à osciller au bout de son fil. Sans quitter le modèle des yeux, Burgess demanda :

— Que se passe-t-il ? C'est la seconde fois que le bâtiment tremble.

— Probablement les grottes qui s'écroulent sous l'effet de la chaleur et de la pression.

— Y a-t-il risque de criticité ? fit Brandt.

— Ce n'est pas impossible, répondit Parks.

— Que se passerait-il ? demanda Burgess.

— S'il se produit une réaction atomique, toute la falaise pourrait s'effondrer.

— Et alors ?

— Des tonnes et des tonnes de gravats, de poussières radio-actives s'ajouteraient aux retombées actuelles.

— Gregory, commença Burgess. Si... Si nous dynamitions la piscine de refroidissement située au-dessus de l'usine de retraitement ? Les milliers de mètres cubes d'eau qui se déverseraient dans la fosse devraient refroidir la coulée.

Parks le regarda, sidéré.

— Ils inonderaient aussi les grottes ! Il y a des survivants là-bas, vous l'avez déjà oublié ?

— Ils auront le temps de sortir avant, fit Burgess, mal à l'aise.

— Auront ? fit Parks. Vous avez déjà envoyé une équipe de dynamiteurs, n'est-ce pas ?

— Je peux les rappeler, marmonna le colonel.

— Vous ne m'avez même pas demandé mon avis, murmura Parks, incrédule.

— Il y aura des victimes de toute façon, fit Cushing. Le tout est de choisir entre une poignée et des centaines de milliers.

— Vous donnez les ordres, maintenant, Cushing ! explosa Parks. De quel droit ?

— Le secrétaire de la commission...

— N'est ni un chercheur ni un ingénieur atomiste ! C'est un juriste ! Un lèche-cul professionnel !

— Parks, dit Burgess, pouvons-nous attendre l'arrivée des experts de Washington ?

— Bon Dieu non !

— Monsieur Cushing, croyez-vous que ça va marcher ?

— Pourquoi pas, fit Cushing d'un ton hésitant. L'effet serait comparable à celui du système de refroidissement d'urgence...

— Absolument pas, coupa Parks. Si jamais l'eau joue le rôle de modérateur, la réaction s'entretiendra d'elle-même, la masse continuera à fondre. En outre, nous risquons de nouvelles explosions de vapeur.

— Mais si ça marche ? s'obstina le colonel.

— Si ça marche ? répéta Parks. Alors, nous aurons un autre problème : des milliers de mètres cubes d'eau contaminée vont se déverser dans l'océan, y entraîner des milliers de tonnes de matières radio-actives ; le plateau continental sera pollué pour des centaines d'années. On ne pourra plus pêcher, on ne pourra plus nager, on ne pourra même plus se promener le long de la plage ! Comparée à ce que vous envisagez de provoquer, la plus gigantesque marée noire semble une partie de plaisir.

— Vous avez une meilleure idée ? demanda Burgess.

— Parce que vous appelez ça une idée ? ricana Parks.

— De toute façon, plus question de pêcher dans le coin ? fit Cole Levant.

— Pas avant plusieurs générations. Mais si on dynamite la piscine, les conséquences pourraient être bien plus graves : je ne crois pas que le plancton survivrait et je vous rappelle qu'il fournit les deux tiers de l'oxygène que nous respirons. Vous voulez prendre le risque de condamner l'humanité à la mort par asphyxie ?

Se penchant vers Parks, Cushing lui lança d'une voix féroce :

— Vos rapports sur la centrale, Parks, vous auriez dû les envoyer bien plus tôt. On n'arrête pas un projet de plusieurs milliards de dollars une fois qu'il est en route, vous le saviez parfaitement ! Et vous aussi, Brandt !

Parks le regarda sans s'émouvoir.

— Ne comptez pas sur moi pour servir de bouc émissaire, dit-il froidement.

Brandt commença à trembler. Il n'avait plus rien d'un grand ponte, il était devenu un sous-fifre bedonnant, affligé d'un double menton et vêtu d'une combinaison trop petite pour lui.

— Qu'est-ce que nous aurions pu faire, Eliot ? geignit-il. Nous n'avons pas tout fabriqué nous-mêmes, nous avons dû faire confiance aux sous-entrepreneurs. Vous savez comment cela se passe ! Nous avons contrôlé, vérifié plusieurs fois le matériel...

— Manifestement, cela n'a pas suffi, trancha Cushing.

Parks comprit tout à coup qu'il ne s'agissait que d'un numéro destiné à Burgess, pour le cas où l'hypothèse du sabotage ne serait pas retenue. *Colonel, la commission parlementaire aimerait savoir comment M. Cushing a réagi...*

Burgess, l'air écœuré, se laissa tomber sur un tabouret.

— Vous règlerez vos comptes plus tard, dit-il. Je vous rappelle que plus nous restons ici longtemps, plus nous avons de chances d'y passer. Si vous avez des tendances suicidaires, ça vous regarde, mais ne jouez pas avec ma peau en même temps !

Il alluma une cigarette et se tourna vers Parks.

— Pour la piscine, vous êtes sûr ?

— Nous risquons de déclencher à nouveau la réaction.

— Bon Dieu, soupira le colonel. Je m'attendais à un peu plus de coopération de votre part.

— Alors, pourquoi ne pas m'avoir consulté, espèce de crétin !

Parks se passa la main sur le visage puis reprit d'un ton adouci :

— Excusez-moi, nous sommes tous très fatigués.

— Vous croyez que je peux vous dire : « Allons tous nous coucher ; demain matin, après une bonne nuit de sommeil, nous aurons les idées plus claires » ?

Personne ne répondit au colonel. Au bout de quelques instants, Cole Levant rompit le silence :

— Allez-vous faire évacuer Los Angeles ? J'ai entendu deux de vos hommes en parler à la ferme.

— Au milieu de la nuit ? Et où irait la population ? Impossible. D'ailleurs, cela ne règlerait pas nos problèmes ici, à Cardenas... Combien de temps la centrale va-t-elle continuer à fondre ?

— Quelques années, répondit Parks.

— Le Congrès va nous briser les reins, murmura Cushing sans s'adresser à quelqu'un en particulier.

Les problèmes posés nous dépassent, songea Parks. Cela fait des années qu'ils nous dépassent. Nous n'avons jamais vraiment envisagé une catastrophe faisant des millions de victimes, ou alors seulement dans nos études statistiques, sans y croire. Maintenant que ces chiffres énormes risquent de devenir réalité, ils nous écrasent ; nous nous raccrochons à des données plus familières, moins gigantesques et donc plus accessibles. Brandt accuse les sous-entrepreneurs ; Cushing se préoccupe de son avenir politique, et moi... moi, je pense à Karen et aux autres survivants. Aucun d'entre nous n'est capable de prendre du champ, de saisir la catastrophe dans toute son ampleur et d'en dénoncer les causes...

Parks s'aperçut soudain que Burgess le regardait.

— Est-ce que nous allons passer toute la nuit ici à ne rien faire ? demanda le colonel.

**

Le café refroidissait dans le gobelet de carton tandis que Tebbets, qui l'avait oublié, écoutait les informations diffusées dans son casque à écouteurs. Le monde entier s'affole, se dit-il, comme une fourmilière sur laquelle un promeneur a marché. Il se tourna vers Kloster, qui allumait une cigarette.

— Vous en fumez deux à la fois, maintenant ? lui demanda le technicien.

Le capitaine baissa les yeux vers le cendrier, où il découvrit une autre cigarette à peine entamée.

— Merci, dit-il en l'éteignant. Rien de neuf, pour le vent ?

— Une zone de haute pression se dirige vers le secteur. Le vent devrait commencer à tourner dans deux heures environ.

Devant eux, les écrans montraient des images envoyées par les satellites d'observation de diverses nations, y compris l'Union soviétique. Les images transmises par Moscou manquaient de netteté mais Tebbets soupçonnait les Russes de leur donner intentionnellement un léger flou, pour ne pas révéler toutes leurs possibilités en ce domaine.

— Et à l'étranger ?

— Nous tenons la vedette dans le monde entier, tout au moins pour ceux qui connaissent la nouvelle. Les gouvernements étrangers se demandent si nous allons réussir à empêcher le bouchon de sortir complètement du goulot. Si la pluie s'arrête, le vent dispersera les retombées sur toute la planète.

— Les Etats-Unis sont en train de se faire des amis, dit Kloster.

— M'ouais ; le Mexique menace de rompre les relations diplomatiques si le nuage radio-actif descend vers le sud.

— Et le Canada fera la même chose s'il se dirige vers le nord, je suppose ?

— Sûrement. Cette pluie est un don du ciel, c'est le cas de le dire. Jusqu'ici, elle a empêché les retombées de trop se disperser dans l'atmosphère. Un vent sec les aurait emportées à l'autre bout

du monde, comme le nuage de poussière après l'explosion du Kra-
katoa.

— Des nouvelles de l'avion de reconnaissance ? fit Kloster.

— Pas encore, mais nous devrions recevoir un rapport d'un instant
à l'autre : composition du nuage, éléments constituants, degré de
radio-activité, etc.

Des bruits de pas résonnèrent dans le couloir. La porte s'ouvrit,
une dizaine de soldats de la P.M. envahit la salle, s'aligna le long
des écrans. Un officier s'avança, fit signe à un technicien de bouger
et prit sa place devant le micro.

— Messieurs, il y a quelques heures, nous avons intercepté un
appel téléphonique provenant de ce bâtiment.

Tebbets jeta un œil soupçonneux au capitaine Kloster, qui se
mit à rougir.

— Je vous rappelle que cette installation est ultra-secrète, continua
l'officier. Tout ce que vous verrez ou entendrez ici dans les douze
heures qui viennent ne doit faire l'objet d'aucune discussion, même
entre vous. Jusqu'à nouvel ordre, interdiction absolue de quitter
le centre, de téléphoner à la famille ou à des amis. Pour ceux qui
sont mariés, nous avons prévenu leur épouse qu'ils font des heures
supplémentaires. Compris ? Remettez-vous au travail.

* * *

Lorsque le petit avion de reconnaissance piqua du nez, Mc Closkey
serra les dents en s'agrippant à son siège. Boruck, le pilote, tourna la
tête vers lui et demanda :

— Ça va comme ça ?

— Non, il faut encore s'approcher. Avec ce temps, je ne peux
pas laisser descendre la sonde plus bas, le vent l'emporterait.

— Rien à faire ! J'ai déjà assez de mal à contrôler mon zinc,
il y a trop de turbulences. Bon Dieu ! Ils ne manquent pas de souffle
de nous faire sortir par un temps pareil !

— Arrête de râler, fit Mc Closkey. On ne te paie pas pour rester
au chaud dans un bureau.

Il se frotta les yeux, consulta les cadrans alignés devant lui. Les
échantillons recueillis jusqu'à présent avaient une forte radio-activité.
Ses instruments de mesure indiquaient la présence de strontium,
d'iodure 131, en grande quantité, d'uranium 235... et de plutonium.

— Il faut descendre plus bas, répéta-t-il.

— C'est trop risqué, protesta le pilote. Si nous rencontrons un
courant descendant, adieu Berthe !

— On nous paie pour prendre des risques, insista Mc Closkey.

— Pas assez cher, mon pote.

Boruck fit néanmoins virer l'appareil pour le ramener au-dessus
du nuage.

— Rase-lui la couenne, dit Mc Closkey.

— On y va, on y va, pas d'impatience.

Lorsque l'avion fut au-dessus du nuage, Mc Closkey se pencha pour regarder par la vitre. C'était comme s'ils survolaient un fleuve opalescent. Plus bas, il apercevait les lueurs rouges de la centrale.

— Qu'est-ce que tu foutais quand tu as reçu leur coup de téléphone ? demanda Boruck.

— Je me tapais la cloche. Des côtelettes de porc.

— J'espère que ce ne sera pas ton dernier repas, grogna le pilote.

— Ce que j'aime en toi, Boruck, c'est ton optimisme, fit Mc Closkey en riant.

Il avait à peine achevé sa phrase que l'avion se soulevait légèrement puis tombait d'une centaine de mètres, aspiré par le courant descendant que redoutait Boruck. Sans s'émouvoir, Mc Closkey rattrapa quelques feuilles de papier qui volaient autour de lui tandis que le pilote redressait son appareil.

— En plein dedans, fit-il calmement. Tous mes compteurs sont bloqués ; même la chambre d'ionisation est en surcharge.

Il se mit à aligner des chiffres, vaguement conscient de la discussion que Boruck venait d'entamer avec la base. Lorsque le pilote coupa rageusement le contact radio en poussant un juron, Mc Closkey lui demanda :

— Qu'est-ce qu'ils racontent ?

— Ils veulent qu'on se foute à l'eau.

— Un plongeon d'un temps pareil ? C'est du suicide !

— C'est ce que je leur ai dit.

L'avion commença à descendre.

— Mets tes papiers au sec dans une toile huilée, reprit Boruck. Vérifie ton gilet de sauvetage.

Mc Closkey s'affaira un instant devant ses cadrans puis grogna :

— Je nage très mal.

— Désolé, mon vieux. Ordre de prendre un bain ! Un garde-côte va venir nous repêcher.

— Pourquoi ne pas attendre qu'il arrive ?

— Nous ne devons pas rester plus longtemps sous le nuage. Le bateau se trouve déjà dans le secteur, il ne mettra pas une minute pour nous tirer de la flotte.

— Ils nous ont refusé l'autorisation d'atterrir à la base ?

— Ouais. Nous risquerions de les contaminer.

Après avoir glissé ses papiers dans une pochette de toile imperméable, Mc Closkey s'approcha de la porte où se trouvait le canot de sauvetage. Par le hublot ruisselant de pluie, il aperçut les vagues, lourdes, menaçantes, qui creusaient l'océan vingt mètres plus bas.

— Attention ! Accroche-toi ! cria le pilote.

L'avion heurta une vague, rebondit puis se posa sur l'océan. Mc Closkey ouvrit la porte de la carlingue, jeta à l'eau le canot qui commença immédiatement à se gonfler. L'avion piquait du nez, s'enfonçait lentement ; les vagues giflaient déjà la porte de l'appareil. En se retournant pour appeler son compagnon, Mc Closkey s'aperçut qu'il était coincé sur son siège. Il courut vers lui, le dégagea et l'entraîna dans la carlingue déjà envahie par l'eau.

— Ça va aller, murmura Boruck d'une voix faible.

Parvenu à la porte, Mc Closkey se rendit compte que le canot pneumatique, détaché de l'avion, dansait sur les vagues à une trentaine de mètres. Il plongea, accrocha du pied le bord de la porte et manqua complètement son entrée dans l'eau. Etourdi, le ventre douloureux, il se mit à nager vers le canot qui s'éloignait lentement de l'avion. L'eau glacée l'engourdissait ; ses bras et ses jambes devenaient de plus en plus lourds. Il avait perdu le canot de vue lorsqu'une vague le précipita dans sa direction. S'agrippant à la corde entourant l'embarcation, il se hissa hors de l'eau, bascula de l'autre côté du boudin de plastique. Haletant, sanglotant, il resta un moment étendu sur le dos puis se redressa. A cinquante mètres de lui, l'avion continuait à s'enfoncer dans l'océan. Accroché à la porte de la carlingue déjà à moitié immergée, Boruck lui cria quelque chose qu'il ne put entendre.

Mc Closkey se penchait pour prendre la pagaie fixée au flanc du canot quand une vague souleva l'embarcation et le projeta pardessus bord. Toussant, suffoquant, il se débattait pour remonter à la surface. Une autre vague le souleva, l'envoya quelques mètres plus loin. Sortant la tête hors de l'eau, il s'aperçut que l'océan avait englouti l'avion et son pilote. Le canot, agité par les flots, s'éloignait rapidement.

Il s'assura machinalement que la pochette de toile contenant les papiers se trouvait toujours autour de sa taille puis comprit l'absurdité de son geste : jamais il n'aurait la force de nager jusqu'au canot.

*
**

Sénateur Hoyt : *Général, c'est vous qui avez donné l'ordre d'envoyer un avion mesurer la radio-activité du nuage de Cardenas Bay ?*
Général Whitmore : *En effet.*
Sénateur Hoyt : *C'est vous aussi qui avez ordonné au pilote de se jeter dans l'océan avec son appareil ?*
Général Whitmore : *Vous simplifiez un peu : vous n'ignorez pas que dans l'armée, les ordres suivent la voie hiérarchique et que je me trouvais, en l'occurence...*
Représentant Holmburg : *Vous ne répondez pas à la question : Avez-vous oui ou non donné l'ordre au pilote de se jeter à l'eau ?*
Général Whitmore : *Comme j'essaie de vous l'expliquer, la voie hiérarchique...*

Sénateur Stone : *Devons-nous comprendre que l'ordre émanait de l'un de vos supérieurs ?*

Général Whitmore : *Eh bien... non, à vrai dire...*

Sénateur Stone : *L'ordre émanait donc bien de vous ?*

Général Whitmore : *Si l'on présente les choses de cette façon, oui, je le reconnais.*

Sénateur Hoyt : *Le navire garde-côte envoyé à la rescousse n'est jamais arrivé sur les lieux. Pouvez-vous nous expliquer pourquoi ?*

Général Whitmore : *Je crois que vous ne possédez pas tous les éléments de l'affaire.*

Sénateur Stone : *Le général Whitmore veut dire qu'aucun garde-côte ne croisait dans les parages cette nuit-là et qu'aucun navire n'a reçu l'ordre de se porter au secours de l'équipage de l'avion. Est-ce exact, général ?*

Général Whitmore : *C'est exact.*

Représentant Holmburg : *Alors comment avez-vous pu dire à ces hommes qu'on viendrait les repêcher ? Un radio-amateur de Sacramento, qui avait capté les messages échangés entre l'avion et sa base, nous a fourni un témoignage à ce sujet. Ignoriez-vous que la mer était très mauvaise cette nuit-là ?*

Général Whitmore : *Je ne l'ignorais pas.*

Sénateur Hoyt : *C'est proprement ahurissant !*

Général Whitmore : *J'ai estimé préférable de faire croire au pilote qu'un bateau se porterait rapidement à leur secours. Sans cela, je doute qu'il eût accepté de jeter l'avion dans l'océan.*

Sénateur Stone : *J'ai bien peur que la commission ne puisse se contenter de cette explication, général.*

Général Whitmore : *Le pilote et le passager étaient condamnés, de toute façon. Ils n'auraient pas survécu plus d'une semaine ou deux à la dose de radiations qu'ils avaient reçue en traversant le nuage. En laissant l'avion rentrer, je mettais en danger le personnel de la base. J'ai sacrifié deux hommes que je pouvais considérer comme déjà morts pour sauver la vie de tous ceux qui se trouvaient à l'aéroport. Croyez-moi, la décision n'a pas été facile à prendre.*

Représentant Holmburg : *A votre place, général, je ne me sentirais pas en paix avec ma conscience.*

Général Whitmore : *Si cela peut vous faire plaisir, sachez que je dors très mal depuis la catastrophe.*

*

**

— Qu'est-ce qu'ils disent ? demanda Karen.

D'un geste, Glidden lui fit signe de se taire et continua à écouter, l'oreille collée contre le talkie-walkie. Quelques instants plus tard, il raccrocha l'appareil à sa ceinture en disant :

210

— Ils vont envoyer une équipe pour faire sauter la grille qui barre la sortie sur l'océan. Nous les retrouverons là-bas. Comment vous sentez-vous ?

— Ça va. Et vous ?

— Je me sens épuisé. Allons-y.

Lorsqu'ils se furent remis à marcher, Glidden commença :

— L'homme qui a tué Bildor...

— Je croyais que nous ignorions ce qui s'était passé ?

— Il ne s'est pas suicidé, grommela Glidden. Celui qui l'a descendu va essayer de sortir, lui aussi, et il n'y a qu'une seule issue.

— Autant que nous sachions, objecta Karen.

— Une seule, insista Glidden. Nous allons tomber sur l'assassin et nous n'avons pas d'armes...

— Vous avez une solution à proposer ?

— Quand nous approcherons de la sortie, nous éteindrons la lanterne, nous nous cacherons dans la pénombre et nous attendrons l'arrivée des Marines.

Des Marines, se dit Karen. Ainsi, la situation est tellement catastrophique qu'on a dû faire appel à l'armée.

— C'est grave, là-haut, n'est-ce pas ? fit-elle.

— Très grave, murmura Glidden en hochant la tête. Vous savez, c'est Barney qui m'a parlé tout à l'heure.

Glidden avançait avec précaution le long de la pente en tenant la lanterne devant lui.

— Vous ne l'aimez pas beaucoup, n'est-ce pas ? dit la jeune femme.

— Lerner ? Pas tellement. Il m'agace, avec ses airs de tout savoir et ses sarcasmes d'intellectuel de gauche.

— Vous exagérez.

— Oui, probablement, reconnut-il. Je comprendrais mieux Barney si j'avais trente ans de moins, comme m'a dit un jour Parks.

— Pauvre Greg, soupira Karen. Je me demande comment il s'en tire.

— Je le plains, répondit Glidden.

— Que voulez-vous dire ? demanda-t-elle, surprise.

— Je le plains pour deux raisons. A l'époque où il poursuivait ses études, tout le monde faisait encore grand cas des ingénieurs, en particulier des ingénieurs atomistes. Notre génération avait pour héros Oppenheimer ; chacun d'entre nous rêvait d'apporter sa pierre à l'édifice scientifique, pour créer un monde nouveau, un monde meilleur. Au début des années soixante-dix, tout a changé. Le savant atomiste est devenu une sorte de monstre menaçant l'environnement et la planète même. Pour nombre de jeunes ingénieurs, le réveil a dû être plutôt brutal...

— Et l'autre raison ?

— Si on n'a pas réussi à s'imposer avant la quarantaine, c'est fichu. La Compagnie commence à vous entourer de collaborateurs plus jeunes, qui prennent peu à peu votre place... Oui, je sais, je parle surtout pour moi, mais Parks ne va pas tarder à se trouver dans le même cas. Il commence à prendre de l'âge et on lui a envoyé pour le seconder un jeune loup, un gars des bureaux de New York. Abrams serait capable de vous trancher la gorge sans que vous vous en aperceviez. La mise en service de Prométhée était la dernière chance de Parks et rien n'a marché comme il le voulait, dès le début. Il n'est pas responsable de l'accident mais c'est sur lui que retombera le blâme. Abrams prendra la relève tandis qu'on mettra Parks sur une voie de garage.

Karen n'avait jamais vu la question sous cet angle. Elle avait reproché à Gregory de trop s'occuper de son travail sans soupçonner qu'il jouait toute sa carrière sur un seul coup de dés. Pourquoi n'avait-elle pas compris à quel point Prométhée pouvait avoir de l'importance pour son avenir ? Un jour, pensa-t-elle aussitôt, Barney connaîtra les mêmes problèmes : il fera passer son travail avant tout et il me faudra accepter sans me plaindre.

— C'est encore loin ? demanda-t-elle pour changer de conversation.

Elle ne voulait plus penser à Barney, à Greg ou à elle-même. Elle ne voulait plus penser à Tremayne, Bildor et Rossi ; une seule chose importait : sortir des grottes, oublier toute cette tragédie.

— Je ne crois pas, répondit-il. On commence à sentir l'air de la mer.

Le talkie-walkie se mit à grésiller. Glidden s'arrêta, porta l'appareil à son oreille et écouta.

— Il faut courir, dit-il. Dans une heure, les grottes seront envahies par un gaz mortel.

*
**

— On peut essayer d'enfouir le brasier, proposa Burgess. Mes équipes de dynamiteurs...

— Cela ne servira qu'à alimenter le nuage en débris de toutes sortes, l'interrompit Parks.

Tambourinant des doigts sur le dessus du modèle, le colonel reprit :

— Il ne nous reste pas beaucoup d'autres solutions. Dans une heure, le vent va tourner : il faut faire quelque chose d'ici là. (Il se tourna vers Cushing) : Qu'est-ce qu'ils fabriquent, vos experts ?

— Ils devraient arriver à l'aube.

— Dans quatre heures ? Ils ne se pressent pas tellement, on dirait. Bon, messieurs, voici ce que nous allons faire : condamner la sortie sur l'océan et enfouir la masse en fusion. Si cela ne marche pas... Adieu Los Angeles !

— Et si le vent tourne avant une heure ? demanda Parks.

— Les dynamiteurs se trouvent déjà à pied d'œuvre. Au moindre signe que le vent va tourner, nous ferons tout sauter.

— Y compris les survivants ?

— Aux dernières nouvelles, ils se rapprochent de la grille. S'ils n'atteignent pas la sortie à temps... J'ai fait tout ce que je pouvais.

— Vous savez où ils se trouvent ? fit Parks.

— Malheureusement non. Ils ne répondent plus depuis un moment, les piles de l'appareil doivent être usées... Si vous avez une meilleure idée, Parks, je vous en prie, faites-nous-en profiter !

— Si vous ne réussissez pas, qu'arrivera-t-il aux grandes villes situées sur le trajet du nuage ?

— Nous en avons déjà discuté, répondit le colonel. Je ne peux pas les faire évacuer, c'est impossible.

Parks promena un doigt sur la masse sombre du modèle.

— La coulée se dirige droit vers l'océan, fit-il. Elle progresse de plus en plus vite.

Burgess a raison, se dit-il. Si Karen et les autres ne sortent pas des grottes avant que le vent ne tourne, il faudra tout de même dynamiter les galeries pour empêcher la masse en fusion de se jeter dans l'océan.

— Je ne comprends pas ! s'exclama soudain Levant.

— Vous ne comprenez pas quoi ? demanda Parks, d'un ton irrité.

— Vous dites que la coulée se dirige droit vers l'océan : c'est stupide.

Tout le monde avait maintenant les yeux braqués sur le pêcheur, le seul dont on n'avait pas demandé l'avis.

— Pourquoi donc, dit Parks.

— J'ai souvent joué dans les grottes quand j'étais gosse. Il y a au moins une douzaine de galeries qui débouchent sur la falaise.

— Nous les avons toutes condamnées, à l'exception d'une seule, expliqua Brandt. Nous voulions éviter que de l'eau contaminée puisse stagner dans les grottes en cas de fuite.

Silencieux, Parks regardait pensivement le modèle.

— Nous sommes des crétins ! s'écria-t-il soudain. Si nous réussissons à séparer la coulée en plusieurs branches, en petites poches...

— Elle refroidira plus vite, c'est ça ? dit Burgess.

Parks acquiesça de la tête.

— Et votre proposition de l'enfouir deviendrait alors tout à fait sensée ! En fractionnant la coulée, nous réduisons également le risque de criticité, donc d'une réaction s'entretenant d'elle-même.

— Il n'y a qu'une sortie sur la mer ? demanda Burgess.

— Une seule, répondit Brandt, mais l'idée de Parks est bonne. C'est une question de rapport volume-surface. Plus la surface sera étendue, plus la masse se refoidira rapidement.

— Il nous faudra un bateau et des explosifs, fit Parks.

— J'en ai déjà réquisitionné un. Deux pêcheurs essayaient de quitter la baie à son bord, dit le colonel.

— Ils ne s'appelleraient pas Halsam et Jefferson, par hasard ? s'enquit Cole Levant.

— Le bateau vous appartient ?

— Oui. Nous allons l'emmener en pleine zone de retombées ?

— Il a déjà reçu une bonne dose, de toute façon, répondit Burgess en haussant les épaules. Il faudra probablement le démolir et l'enterrer.

Levant jeta au colonel un regard méfiant.

— On me paiera un autre bateau ?

— Bien sûr. Nous avons besoin d'hommes qui connaissent bien les lieux pour guider les dynamiteurs, leur montrer où déposer leurs charges. Vous nous avez dit que vous jouiez souvent dans les grottes, étant môme ?

— D'accord, soupira Levant. J'irai.

— Je veux y aller aussi, fit Parks.

— Plus on est de fous...

— Et emmener Barney Lerner également.

— Il s'occupe de la décontamination, protesta Burgess.

— Kormanski peut se débrouiller seul.

— Pourquoi tenez-vous à la présence de Lerner ?

— Pour... pour des raisons personnelles.

— Un peu faible, comme explication, mais ça vous regarde. Si Lerner est d'accord, je n'y vois aucun inconvénient. (Le colonel regarda sa montre.) Il nous reste moins d'une heure, pressons-nous. Les dynamiteurs nous attendent sur le quai.

— Vous nous aviez devancés ? fit Parks, surpris.

— Mes hommes se préparaient à faire sauter la grille, de toute façon, expliqua Burgess. Levant, vos pêcheurs se trouvent déjà à bord, tout est prêt.

Se tournant vers les pontes de la Compagnie, il ajouta :

— Je me demande pourquoi il vous a fallu si longtemps pour trouver une solution aussi simple.

— Il n'est pas toujours facile de voir ce qui vous crève les yeux, répondit Brandt en regardant Cushing.

*
**

Ils ne pouvaient plus être très loin. Elle aussi sentait maintenant l'air de la mer. Derrière eux, le grondement continu de la coulée, couvert de temps à autre par le bruit d'une explosion, se rapprochait rapidement.

— Que disent-ils ? demanda Karen.

— L'appareil ne marche plus. Les piles sont mortes, répondit Glidden.

Une odeur de métal fondu se mêlait maintenant à celle de l'air marin. Glidden trébucha, tomba en avant. Karen se précipita pour

214

l'aider à se relever. L'homme gris avait perdu toute volonté ; à bout de forces, il se laissait traîner par la jeune femme.

Pied gauche, pied droit... Karen continuait à avancer en tirant Glidden par la main. Pied gauche... Elle s'efforçait d'oublier l'odeur de métal fondu, le bruit de tonnerre qui roulait le long des galeries. Pied droit...

Enfin, elle aperçut la sortie. Lâchant la lanterne, elle se mit à courir vers la grille en entraînant son compagnon.

QUATRIÈME JOURNÉE

Sur le quai, devant le *Taraval*, six Marines en combinaison blanche, une musette d'explosifs leur battant le flanc, s'apprêtaient à monter à bord. Appuyé au bastingage, Parks regardait Lerner s'approcher de lui.

— Le colonel m'a dit que je pouvais vous accompagner si je le désirais, fit Barney.

— J'ai pensé que vous aimeriez vous trouver là quand Karen sortirait des grottes.

— Merci, grogna Lerner.

— Qu'est-ce qu'il y a ? Vous pouvez rester, si vous voulez.

— Excusez-moi, je pensais aux autres, à tous ceux qui vont mourir.

Il hésita avant de poursuivre, d'un ton accusateur :

— Vous n'auriez jamais dû autoriser la mise en service.

— Je m'y suis opposé, fit Parks d'une voix lasse.

— Sans trop de conviction !

— Ecoutez, Barney, prenez-vous-en à Brandt, ou mieux encore à Cushing, mais pas à moi.

— Ces deux salauds ! cracha Lerner. Si je commence à discuter avec eux, je vais leur sauter dessus.

— Attendez que tout soit fini.

— Parce que vous croyez que ça va finir ?

— Je l'espère.

Lerner hocha lentement la tête d'un air pensif.

— Levant et moi allons aider les Marines à poser les charges, reprit-il.

— Vous vous y connaissez en explosifs ?

— On apprend des tas de trucs à l'armée.

Parks regarda les soldats monter à bord.

— Karen sera contente de vous voir, dit-il.

— Elle sera contente de voir n'importe qui, après ce qu'elle a dû endurer dans les grottes. Vous... vous croyez qu'elle a reçu une dose mortelle ?

— Cela dépend. S'ils ont réussi à trouver des combinaisons anti-radiations, ils peuvent s'en tirer. Sinon... Bon Dieu ! Qu'est-ce que vous voulez que je vous dise !

— Vous aimiez Karen, Parks ? Vous l'aimiez vraiment ?

— Je ne sais pas. Si j'avais été libre, je lui aurais probablement demandé de m'épouser.

— Et elle aurait accepté ?

— Je n'en sais rien ! Barney, si vous voulez perdre Karen, continuez à douter d'elle, c'est le meilleur moyen.

Sans attendre de réponse, Parks s'éloigna en direction de Cushing, qui se trouvait de l'autre côté du pont. Malgré sa combinaison antiradiations, le politicien avait l'air tiré à quatre épingles ; son visage, étonnamment reposé, arborait une expression confiante et détendue.

— Plus qu'une mauvaise heure à passer, fit-il en souriant.

— Si tout va bien.

— Tout ira bien, j'en suis persuadé. Dans cinq minutes vous allez partir et à votre retour, vous serez accueilli par l'équipe de Washington : les experts... et les enquêteurs. A votre place, je ferais attention à ce que je leur dirais.

— Je m'en souviendrai, fit Parks.

— Si vous avez besoin d'aide... par la suite, n'hésitez pas à faire appel à moi.

Cushing pressa l'épaule de Parks avec chaleur puis s'éloigna et descendit la passerelle. Surpris, Gregory se demanda un instant si le politicien était sincère puis conclut qu'il venait d'avoir droit au grand numéro de charme. Revenez nous voir après la guerre, mon garçon, la Compagnie aura toujours une place pour vous...

Quelques minutes plus tard, le *Taraval* se dirigeait vers la falaise. Assis sous l'auvent de la cabine, en compagnie de Lerner, Parks regardait le pont balayé par la pluie et les vagues.

— Que se passera-t-il si nous ne réussissons pas ? demanda soudain Barney. Je n'arrive pas à l'imaginer. En fait, je ne pense qu'à Karen et à moi.

— C'est normal. Lorsqu'une catastrophe prend trop d'ampleur, nous ne parvenons plus à songer aux autres. Qui a dit « Un mort, c'est une tragédie, un million de morts, c'est de la statistique » ? Hitler ?

— Staline, répondit Lerner. Dans l'étable, je n'ai pas cessé de penser à Buchenwald, à mes grands-parents morts dans un camp d'extermination.

— Ressaisissez-vous, Barney.

— Eux aussi, jusqu'au dernier moment, ils ont dû espérer qu'un miracle les sauverait. Un miracle ! voilà ce que nous attendons tous !

Parks allait répondre lorsqu'il entendit la voix de Levant, à l'intérieur de la cabine.

220

— Gregory. Vous êtes sûr que le gouvernement me rembour-sera mon bateau ?

— Le colonel vous l'a promis.

— Sans me faire attendre des années ?

Même Levant, se dit Parks. Le monde peut bien s'écrouler, chacun se préoccupe uniquement de ses petites affaires.

— Ne vous inquiétez pas. On vous indemnisera dans les vingt-quatre heures dès que vous commencerez à faire du raffut.

— J'espère que vous avez raison, grommela Levant.

La bateau ralentit puis s'arrêta à un mètre de la falaise. Un soldat sauta sur la corniche où s'enfonçaient les barreaux de la grille, alluma un chalumeau et commença à s'attaquer au métal rouillé.

*
**

— L'équipe météo de Vandenberg annonce que le vent va tourner, dit Tebbets.

— Oui, acquiesça Kloster. Le centre de la zone de haute pression se rapproche à une vitesse d'environ dix kilomètres-heure.

— Combien de temps encore ?

— Une demi-heure, peut-être moins.

Lorsque le vent aura tourné, le nuage passera au-dessus de Los Angeles puis se dirigera vers la frontière mexicaine, songea Tebbets. A présent la pluie empêche les retombées de s'éloigner de plus de quinze ou vingt kilomètres de la centrale mais quand elle cessera, les particules radio-actives flotteront à la dérive.

A quoi pense Kloster ? se demanda-t-il. Probablement à sa femme et à ses enfants. Tout le monde, dans cette salle, doit avoir des parents ou des amis habitant le sud de la Californie.

— Le vent commence à tourner, annonça le capitaine d'une voix blanche.

*
**

Sénateur Hoyt : *Monsieur Reiss, vous êtes membre du Conseil national de sécurité ?*

M. Reiss : *Non, pas exactement. Seuls le président des Etats-Unis, le vice-président, le secrétaire d'Etat et le secrétaire à la Défense en sont membres. Je participe aux travaux du Conseil en qualité de simple secrétaire chargé des procès-verbaux.*

Sénateur Hoyt : *Je vous remercie de ces précisions. Pouvez-vous nous dire si la Maison-Blanche a eu rapidement connaissance de la catastrophe de Cardenas Bay ?*

M. Reiss : *Certes non. L'accident qui fut à l'origine de la tragédie est survenu en début de soirée et la Maison-Blanche n'en a été avisée que vers minuit.*

221

Sénateur Stone : *Faut-il incriminer certaines lenteurs administratives ?*

M. Reiss : *On a d'abord averti les ministères concernés, ainsi que les autorités militaires. Ensuite, nous avons pris contact avec divers conseillers scientifiques afin qu'ils analysent les données que nous possédions.*

Sénateur Stone : *Le Président ne pouvait les évaluer lui-même ?*

M. Reiss : *Si, bien sûr, mais ses connaissances en physique nucléaire ne vont pas au-delà de celles du représentant Holmburg.*

Représentant Holmburg : *Je me demande si je dois me sentir flatté. Comment le Président a-t-il réagi ?*

M. Reiss : *Comme vous pouvez l'imaginer, la nouvelle l'a profondément bouleversé. Il a immédiatement réuni le Conseil national de sécurité, et consulté les membres de l'Agence pour la protection de l'environnement.*

Sénateur Stone : *Je suppose qu'il s'est trouvé quelqu'un, parmi toutes ces éminentes personnalités, pour recommander au Président de faire évacuer Los Angeles et le sud de la Californie ?*

M. Reiss : *Effectivement, le Conseil a étudié cette possibilité mais l'a finalement rejetée.*

Sénateur Stone : *Pour quelle raison ?*

M. Reiss : *Los Angeles était plongée dans l'obscurité. En outre, comment aurions-nous pu avertir la population ? Aucune station de radio ou de télévision ne fonctionnait. Et où aurions-nous envoyé les habitants de la ville ? Rien n'était prévu pour les accueillir. Croyez-moi, sénateur, l'évacuation de Los Angeles posait des problèmes insurmontables.*

Sénateur Stone : *Je vais vous poser une question plus générale, monsieur Reiss. Existe-t-il une grande ville américaine pour laquelle on a prévu un plan d'évacuation d'urgence ?*

M. Reiss : *Non, il n'y en a aucune.*

***

Tapis contre la paroi, Karen et Glidden regardaient la flamme du chalumeau grignoter lentement le métal. La jeune femme se demanda un instant si quelqu'un d'autre, caché dans la pénombre, n'attendait pas aussi de bondir vers la grille, mais elle se traita aussitôt d'idiote : elle ne risquait plus rien, les Marines la protégeraient.

Lorsque les silhouettes blanches eurent achevé leur travail, elle se précipita vers la sortie ; la pluie et le vent lui giflèrent le visage.

— Karen !

Parks se tenait à un mètre d'elle. Elle allait se jeter dans ses bras lorsqu'elle aperçut Barney, immobile derrière lui. Sans dire un mot, elle se dirigea vers le jeune homme et se blottit contre lui. Lerner la serra longuement dans ses bras puis se recula.

222

— Il vaut mieux que tu montes à bord sans perdre de temps, dit-il. Nous allons dynamiter les grottes.

Il lui parlait d'une voix ferme, presque brusque, pour éviter de se laisser envahir par l'émotion, mais la pression de sa main sur le bras de Karen avait une infinie douceur.

Karen se laissa entraîner vers le bateau tandis que Glidden s'approchait à son tour.

— Grave ? demanda-t-il à Parks.

— Il ne reste plus rien. Tous les réacteurs ont fondu, à commencer par Prométhée Un.

— Il y a combien de morts ?

— Une dizaine, plus une dizaine de disparus. Le vent pousse les retombées vers l'océan mais il va tourner. Nous allons dynamiter les grottes pour enterrer la coulée et la séparer en plusieurs branches.

— Vous aviez raison, Greg, fit Glidden d'une voix lasse. Nous n'aurions jamais dû mettre la centrale en service.

— Où sont les autres ?

— Nous avons dû abandonner Tremayne. Rossi est mort, Bildor a été abattu par quelqu'un que nous n'avons pas vu.

Parks ne releva pas les propos de l'Homme gris, aussi surprenants lui parussent-ils, et fit simplement signe à deux Marines de l'aider à monter à bord. Juste avant de quitter la corniche, Glidden dit en se retournant :

— On ne pouvait rien faire, Greg. Prométhée, c'était comme un énorme rocher dévalant la pente ; plus les jours passaient et moins nous avions de chances de pouvoir l'arrêter .

Glidden enjamba le bastingage et se dirigea en boitant vers la cabine du *Taraval*. Les dynamiteurs attendaient maintenant sur la corniche en compagnie de Levant et de Lerner.

— Vous remontez à bord, Greg ? demanda le pêcheur.

— Non, je vous accompagne.

Haussant les épaules, Levant se dirigea vers l'entrée de la grotte. Un caporal lui emboîta le pas en annonçant à ses hommes :

— Nous n'avons que dix minutes pour déposer nos charges et retourner au bateau. Le vent commence à tourner.

*
**

— Placez-en plusieurs ici, fit Levant en indiquant du doigt un mur de béton. Il y a une enfilade de petites grottes, là derrière.

Lerner enfouit les bâtons de dynamite au pied du mur et raccorda la mèche à un cordon central. A une centaine de mètres plus loin, Parks et les autres Marines se livraient à la même opération. A mesure qu'ils avançaient, la chaleur semblait devenir plus forte, le grondement plus proche.

— Encore combien de temps ? marmonna Levant.

— Cinq minutes, un peu moins, fit Barney.

— Bon Dieu, quelle chaleur !

— On dirait qu'il y a eu un éboulement là-bas, dit Lerner en regardant vers le fond de la galerie. A mon avis la coulée se trouve juste derrière.

— Approchons un peu. Les murs condamnant les grottes adjacentes ne sont pas tellement épais, on doit pouvoir les faire sauter aussi.

Le pêcheur courut déposer ses charges, se redressa en regardant autour de lui.

— Qu'est-ce que j'ai foutu de mon couteau ?

— Vous devez l'avoir laissé là-bas, avec le sac.

— Ouais, sûrement.

— Bougez pas, je vais le chercher.

Lerner revint sur ses pas, s'approcha de la musette d'explosifs, posa sa lanterne sur le sol et se pencha pour prendre le couteau. En entendant du bruit sur sa gauche, il releva la tête et aperçut une silhouette en combinaison blanche qui se dirigeait vers lui. Interdit, il regarda longuement le visage de l'homme avant de pouvoir articuler :

— Paul...

— Salut, Barney.

Marical tenait une main derrière son dos mais Lerner n'avait aucune peine à imaginer ce qu'il cachait.

— Que s'est-il passé, là-haut ?

— Une fuite au premier réacteur, les autres ont suivi : syndrome de Chine, expliqua Lerner en remarquant, derrière Marical, un petit chariot portant plusieurs barils de plomb.

Le coup d'œil de Barney n'échappa pas à Marical, qui découvrit l'arme qu'il cachait derrière son dos.

— Sans blague ? ricana Paul en braquant son revolver sur Lerner. Comment est-ce arrivé ?

— Tu devrais le savoir, répliqua Barney. C'est toi qui as provoqué l'accident !

— Moi ? fit Marical, avec un ton de surprise apparemment sincère. J'aurais pu mais je n'y ai jamais songé. Il y a beaucoup de victimes ?

— Une dizaine, plus peut-être : Peterson, Stewart, toute l'équipe de la salle de commande... On a dû évacuer la ville, décontaminer les habitants.

Tout en parlant, Lerner ne quittait pas Paul des yeux ; il attendait l'occasion de bondir sur lui pour le désarmer.

— Vous êtes combien, ici ? demanda Marical, soudain très pâle.

Il essuya la sueur qui ruisselait sur son visage, s'appuya à la paroi rocheuse.

— Ça ne va pas ? demanda Barney machinalement.

— Pas du tout. Fièvre, suées, maux de tête : tu vois ce que je veux dire ?

224

— Les radiations, murmura Lerner.

D'un seul coup, il comprit :

— C'est pour cette raison que tu as assassiné Seyboldt ?

— J'ai commis l'erreur de le laisser me faire une prise de sang. Le lendemain, quand j'ai enfin compris pourquoi je ne cessais d'être malade, j'ai décidé de le tuer. En recevant les résultats de l'analyse, Seyboldt aurait tiré la même conclusion que moi et aurait prévenu Parks. Il y aurait eu une enquête...

— Salaud !

— Il n'a pas souffert. Je dirais même, en un sens, qu'il a eu une belle mort.

Lerner n'arrivait pas à croire qu'on pût se montrer aussi cynique. Avec un signe de tête en direction du chariot, il demanda :

— Et tu comptais sortir les barils par les grottes ?

— Mes contacts auraient dû venir prendre la marchandise en bateau mais ça m'a l'air fortement compromis, fit Marical avec un petit rire. Tout a foiré dès le départ, de toute façon. J'aurais dû me montrer plus prudent, en manipulant les barils... Mais toi, qu'est-ce que tu fais ici avec tes bâtons de dynamite ?

— Nous allons faire sauter les grottes. Parks pense que c'est le seul moyen d'enrayer la catastrophe.

— Il a probablement raison... Désolé, Barney, c'est ici qu'on se quitte, dit Marical en pointant son arme vers la tête de Lerner.

— Tu ne réussiras pas à sortir, bégaya Barney. Pas avec le chariot.

— Je n'en ai plus besoin, maintenant.

— Les Marines t'arrêteront, Paul.

— Pourquoi ? Ils ne me connaissent pas.

— Karen te reconnaîtra !

— Si je mets mon casque, personne ne fera attention à moi.

— Mais tu es malade ! cria Lerner. Il ne te reste probablement que quelques jours à vivre !

— Alors, autant en profiter.

Barney essaya de gagner du temps :

— Qu'est-ce que tu voulais faire, Paul ? Fabriquer une bombe ?

— Pas moi, mais les types à qui je devais refiler la marchandise en avaient sûrement l'intention.

— C'étaient des agents de l'étranger ?

— Tu lis trop de romans d'espionnage ! Aujourd'hui, des terroristes, on en trouve sans avoir besoin de franchir la frontière. Les Etats-Unis ont développé la production nationale dans ce domaine également.

— Pourquoi as-tu fait ça ? Pour de l'argent ?

— Pas seulement, Barney, pas seulement. J'ai voulu prendre ma revanche sur ceux qui m'ont volé ce que j'avais de plus précieux.

Marical parlait maintenant d'une voix sifflante, rageuse :

— J'ai connu ma femme à la centrale de Mohawk Bluffs, où nous étions tous deux employés. Après notre mariage, et même après la naissance des enfants, elle a continué à travailler au laboratoire.

Là comme ailleurs, la direction se montrait négligente pour les questions de sécurité... Ma femme a mis des mois à mourir, dans d'atroces souffrances. Tout ce que je possédais est passé en frais médicaux, en notes d'hôpital. La centrale n'a jamais voulu reconnaître sa responsabilité dans l'accident et je n'ai pas reçu un sou !

Il pencha la tête sur le côté et reprit, avec un sourire amer :

— Tu vois, Barney, rien de bien original : juste une banale histoire de vengeance. C'est si facile de dérober des matières radioactives ! Je m'étais dit qu'après l'explosion d'une ou deux bombes « artisanales », le gouvernement comprendrait et donnerait l'ordre de fermer toutes les centrales nucléaires. Et puis, j'avais besoin d'argent pour régler toutes mes dettes : ce n'était que justice.

— Tu aurais provoqué la mort de milliers de personnes uniquement pour prouver que les centrales sont dangereuses ?

— Des milliers de personnes vont mourir *de toute façon,* trancha Marical.

Au ton de la voix, Lerner comprit que la conversation venait de prendre fin. Il bondit sur le côté en se baissant puis se jeta sur Marical. Ce dernier esquiva la charge et lui assena un coup de crosse de revolver sur le crâne. Barney tomba sur les genoux, essaya de s'agripper aux jambes de Marical, qui le frappa de nouveau et passa derrière lui. Aveuglé par le sang qui lui coulait sur les yeux, Lerner sentit la froideur du métal contre sa nuque.

— Barney ! cria la voix de Parks. Qu'est-ce que vous foutez ? Il faut sortir d'ici !

*
**

— Il est mort ? demanda Levant.

— Je ne crois pas, répondit Parks. Emmenons-le, Karen saura le soigner.

Prenant Lerner par les bras et les jambes, ils se dirigèrent vers la sortie.

— Vite, haleta Levant. Tout va exploser dans une minute !

Lerner ouvrit les yeux et poussa un gémissement.

— Qui était-ce ? demanda Parks.

— Marical, murmura Barney avant de sombrer dans l'inconscience.

A la grille, les Marines les aidèrent à monter le blessé à bord. Dès que tout le monde eut regagné le bateau, Levant relaya Halsam à la barre et éloigna le *Taraval* de la falaise. Le navire se trouvait à un demi-mille de la côte lorsque l'explosion retentit. Quittant le pont, Parks alla dans la cabine, où Lerner, la tête bandée, délirait à voix basse en serrant la main de Karen.

— Comment va-t-il ?

— Il est en train de mourir, murmura la jeune femme.

226

Marical ne savait plus où il se trouvait. Lorsqu'il avait entendu la voix de Parks, il avait appuyé sur la détente de son revolver puis s'était enfui dans le dédale des grottes. A mesure qu'il progressait, l'air devenait plus chaud ; le sol, qui s'était abaissé un moment, recommençait à monter : il avait pris une mauvaise direction. Rebroussant chemin, il songea qu'il pourrait essayer de grimper au sommet de la falaise ou de gagner la côte à la nage, lorsqu'il aurait retrouvé la sortie.

L'explosion le jeta à terre. Lorsque la poussière se dissipa, il s'aperçut qu'il se trouvait maintenant au bord d'une profonde crevasse, large d'une dizaine de mètres. De l'autre côté, une masse brillante s'avançait lentement vers le bord de la ravine.

Il se releva en portant une main en visière au-dessus de ses yeux. La coulée de métal, brûlante, aveuglante, se jetait dans la crevasse comme un fleuve de feu, se divisait en une dizaine de bras.

Des taches noires dansèrent devant ses yeux puis soudain ce fut l'obscurité totale. Je suis aveugle, pensa Marical. Il tourna le dos à la masse en fusion qu'il ne pouvait plus voir mais qui lui brûlait le visage. Par-dessus le grondement de la coulée, il crut entendre une voix qui l'appelait.

***

Horrifié, Kamrath regardait la silhouette qui se tenait immobile devant la crevasse d'où jaillissaient des gerbes d'étincelles. « Marical », murmura-t-il. Lorsque la combinaison blanche se mit à brûler, l'homme ne bougea toujours pas.

— Marical ! C'est moi, Kamrath !

Le shérif se précipita en avant mais une crevasse s'ouvrit devant lui, lui barrant la route.

— Marical ! hurla Kamrath.

Il s'agenouilla, prit sa carabine et visa juste au-dessus de la silhouette. Avant d'appuyer sur la détente, il cria une nouvelle fois. Marical n'entendit ni le cri ni le coup de feu ; il fit un pas en arrière et bascula dans la crevasse.

Trop tard, se dit Kamrath. Il ne saura jamais que j'étais venu pour le tuer, pour lui faire payer la mort du Doc. Prométhée m'a volé ma vengeance.

Laissant tomber son arme, le shérif se releva et s'éloigna lentement de la crevasse en se demandant pourquoi il se sentait soudain si faible.

***

Sénateur Stone : *Vous occupiez les fonctions de chef du personnel à Cardenas Bay ?*

Robert Hoffman : *Pas seulement pour Prométhée mais pour toute la Compagnie de l'Ouest.*

Sénateur Stone : *Vous étiez donc chargé de l'embauche à Cardenas Bay ?*

M. Hoffman : *Pas exactement. Il arrivait à la direction de Cardenas Bay d'engager elle-même du personnel, après entretien. Nous nous contentions alors de régler les questions de paperasserie.*

Sénateur Hoyt : *Vous êtes-vous occupé de la demande d'emploi de Paul Marical ?*

M. Hoffman : *Elle est effectivement passée par nos bureaux.*

Représentant Holmburg : *Avez-vous procédé à une enquête ?*

M. Hoffman : *Qu'entendez-vous par enquête ?*

Représentant Holmburg : *Je suppose que vous vous assurez que vous n'engagez pas de communistes ou de psychopathes ?*

M. Hoffman : *Nous nous fiions généralement aux certificats du candidat. S'il a déjà travaillé dans une autre compagnie, nous ne perdons pas notre temps à procéder à une nouvelle enquête.*

Sénateur Stone : *Vous faites confiance à l'employeur précédent, si je comprends bien ?*

M. Hoffman : *Nos services n'ont pas les moyens de faire une enquête sur chaque employé de la Compagnie. Matériellement, cela nous est impossible. En outre, je ne vois pas l'intérêt de passer au crible le dossier d'une dactylo, par exemple.*

Sénateur Stone : *Paul Marical n'a pas postulé un emploi de dactylo. Il travaillait dans un secteur « chaud », il manipulait des matières dangereuses.*

Sénateur Hoyt : *Avez-vous vérifié ses antécédents ?*

M. Hoffman : *Je ne me souviens pas d'avoir pris connaissance de son dossier. Je suppose qu'il s'était débrouillé pour l'obtenir de son employeur précédent et qu'il avait promis aux services de Cardenas Bay de le lui remettre par la suite. Nous n'avions aucune raison de vérifier une nouvelle fois.*

Sénateur Hoyt : *Vous ignoriez donc que sa femme était morte d'un cancer du pancréas, un an après un accident survenu à Mohawk Bluffs ?*

M. Hoffman : *Je ne pouvais pas le savoir, puisque je n'avais pas consulté personnellement son dossier.*

Sénateur Hoyt : *Son dossier ne vous l'aurait d'ailleurs pas appris, monsieur Hoffman. Marical se l'était procuré pour pouvoir le falsifier.*

Sénateur Stone : *Avez-vous consulté la centrale de Mohawk Bluffs avant d'engager Marical ?*

M. Hoffman : *J'ai supposé que les services de Cardenas s'en étaient chargés.*

Sénateur Stone : *Il vous intéressera peut-être de savoir, monsieur Hoffman, que la direction de Cardenas Bay croyait que vos services enquêtaient automatiquement auprès des employeurs précédents de chaque postulant.*

M. Hoffman : *Elle n'avait aucune raison de le croire.*

Représentant Holmburg : *Ça, vous pouvez le dire !*

Sénateur Stone : *Vous ne soupçonniez donc pas Paul Marical de nourrir une haine profonde à l'égard des centrales nucléaires, qu'il rendait responsables de la mort de son épouse ?*

M. Hoffman : *Je n'en avais pas la moindre idée.*

Sénateur Hoyt : *Vous n'avez donc jamais songé qu'il aurait pu, par vengeance, saboter la centrale de Cardenas ?*

M. Hoffman : *Absolument pas. C'est la première fois que j'entends une telle hypothèse mais je dois reconnaître qu'elle me paraît maintenant tout à fait plausible.*

CINQUIÈME JOURNÉE

— Gregory ? fit une voix.

Parks se contenta de grogner et enfouit sa tête sous les couvertures de la couchette. Encore quelques minutes...

— Vous dormez ?

Cette fois, il se réveilla tout à fait et se souvint de l'endroit où il se trouvait. En ouvrant les yeux, il découvrit Cushing, assis à son chevet, sous la grande tente militaire faisant office d'hôpital. Le politicien portait un costume civil et, s'il n'avait eu le crâne rasé, rien n'aurait indiqué les épreuves qu'il venait de traverser.

— Comment vous sentez-vous ?

— Comme si on m'avait écorché vif, répondit Parks en bâillant. J'ai dormi longtemps ?

— Deux jours, dit Cushing en souriant.

Parks s'étira en bâillant de nouveau puis fut soudain assailli par une foule de souvenirs.

— Et Lerner ? demanda-t-il.

— Il est mort peu après qu'on l'eut transporté à l'hôpital. On ne pouvait rien faire pour le sauver.

— Il y en a d'autres ?

— Tous les habitants n'ont pas réussi à quitter la ville à temps. En outre, le shérif Kamrath a dû se retrouver bloqué dans la centrale ou dans les grottes. Apparemment, il s'était lancé à la recherche de Paul Marical.

— Marical ?

— Je suppose qu'il le suspectait d'avoir assassiné le docteur Seyboldt.

Cushing répondait aux questions avec une expression agacée, comme s'il y avait des sujets de conversation plus importants.

— Et la centrale ?

— Il n'y a plus d'inquiétude à avoir. Nous avons réussi à enterrer le brasier et le gaz G a détruit toute vie animale dans le secteur.

Là encore, Cushing semblait répondre de mauvaise grâce. Lerner et bien d'autres étaient morts mais le politicien avait d'autres préoccupations.

— Comme je le prévoyais, on a envoyé une équipe chargée de procéder à une enquête.

— Pas de journalistes ?

— Non, et il n'y en aura pas.

— On étouffe l'affaire ? demanda Parks en cherchant ses bottes.

— Jusqu'à la fin de l'enquête.

— Les gens parleront.

— Bien sûr, mais un témoignage n'est important que s'il émane d'un homme de poids...

— Ne comptez pas sur moi.

Cushing se renversa sur sa chaise en croisant les mains derrière la nuque.

— Je serai franc avec vous, Parks. Le témoignage des membres de la direction de la centrale revêtira la plus haute importance. Quant aux ouvriers, aux techniciens, nous veillerons à ce qu'ils retrouvent du travail ailleurs, et les pêcheurs seront naturellement indemnisés... par étapes.

— Pour que tout le monde la ferme ? Tout au moins dans un premier temps ?

— Exactement.

— Et vous avez déjà songé à ce que je devrais dire ?

— Je vous en prie, Parks ! fit Cushing en faisant craquer sa chaise. Je n'appartiens ni au K.G.B. ni à la C.I.A., vous pouvez raconter ce que bon vous semble. Je voulais simplement vous aider à mettre de l'ordre dans vos idées.

— Et à témoigner qu'il ne s'agissait pas d'un accident mais d'un sabotage ?

— Ne mélangez pas tout. Indépendamment de ce qui s'est produit, je dis bien *indépendamment*, nous n'allons pas jeter à la ferraille des réacteurs qui valent des centaines de milliards de dollars ! Nous n'allons pas retourner vivre dans des cavernes à cause d'un seul accident !

— Il y a eu des centaines d'accidents.

Cushing secoua la tête d'un air exaspéré.

— Si vous considérez comme un accident chaque vis défectueuse ! Vous avez le droit de dire ce que vous voulez mais nous aussi, méfiez-vous !

— Et qu'est-ce que vous allez déclarer ? Que vous avez fermé les yeux sur une centaine d'anomalies ? Que vous avez mis en service une centrale que vous saviez dangereuse ?

— Parks, répondit froidement Cushing. Si le gouvernement cherche un bouc émissaire, nous en avons un tout trouvé : vous ! Allez-y ! Plaignez-vous du matériel livré, des pressions exercées par les hommes politiques ou encore de l'incompétence des techniciens ! Les

234

syndicats vont adorer ça ! Vous croyez que vous trouverez beaucoup d'appuis ? Comme je vous l'ai dit, vos rapports à la commission ont probablement déjà disparu ; vos preuves, elles se sont envolées en fumée. Plaignez-vous tout votre saoul ! Plus vous attaquerez, plus vous donnerez l'impression d'essayer de masquer vos propres responsabilités.

Se levant d'un bond, Parks saisit le politicien au collet, le souleva à moitié de sa chaise.

— Continuez donc, fit Cushing sans s'émouvoir. Vous allez me simplifier les choses.

Parks relâcha son étreinte et se laissa tomber sur la couchette.

— Excusez-moi, dit-il.

— N'en parlons plus... Gregory, que vous l̄e vouliez ou non, c'est vous qu'on tiendra pour responsable, tout simplement parce que vous dirigiez la centrale. Oh, je sais, vous étiez opposé à sa mise en service. Mais qu'avez-vous fait pour l'empêcher ? Vous avez protesté sans y mettre trop d'énergie et c'est tout ! Ne me dites pas que vous pensiez sincèrement qu'une ou deux lettres à Washington suffiraient !

Se penchant en avant, Cushing poursuivit :

— Vous avez la passion des machines, vous aimez les faire marcher. La vôtre vous a claqué dans les mains et personne ne vous croira si vous en accusez quelqu'un d'autre. C'est *votre* machine qui a foiré !

Parks alluma une cigarette, regarda pensivement le sol et dit enfin :

— Vous me trouvez dangereux ?

— Vous pourriez le devenir, en ce sens que vous pourriez nous compliquer la tâche. Nous n'avons pas le choix : le pays doit apprendre à vivre avec l'énergie nucléaire, à ne plus en avoir peur.

— Il n'aura plus peur si on lui parle de sabotage ?

— Le sabotage l'inquiétera moins qu'une erreur de conception d'ensemble, moins qu'une machine qui fonctionne mal sans qu'on sache exactement pourquoi, moins qu'un aveu d'impuissance devant un nombre trop grand de variables.

— Alors, vous partagez mon point de vue ?

— Absolument pas. L'humanité vient d'entrer dans une ère où il lui faudra constamment prendre des risques, parier sur son avenir.

— Je n'aime pas les jeux de hasard, répliqua Parks.

Cushing regarda sa montre. Visiblement, il commençait à perdre patience.

— La Compagnie construit une nouvelle centrale à réacteurs surrégénérateurs dans l'Oregon. Il faudra y envoyer un directeur dans six mois.

— Je vois : la carotte et le bâton. Comment se fait-il que Brandt ne vienne pas en personne m'offrir la carotte ?

— Il viendra, répondit Cushing en se levant. Le pays ne peut pas vivre sans énergie, Greg. Nous avons besoin d'hommes comme vous pour la lui assurer.

Cushing allait sortir lorsque Parks lui lança :

— Je ne peux pas accepter, vous le savez bien. En cas d'accident, un surrégénérateur ne se contente pas de fondre, il explose.

— J'ai cru un instant que vous aviez compris mes arguments.

— Il y a eu trop de victimes. Je me dois de dire pourquoi elles sont mortes.

— Allons-nous renoncer à l'automobile parce qu'elle fait cinquante mille victimes par an ? Personne n'y songe. Pour l'énergie nucléaire, c'est la même chose : nous devons accepter les risques qu'elle comporte si nous voulons profiter de ses avantages.

Cushing hésita puis ajouta :

— J'ai du respect pour vous, Parks, même si vous ne me plaisez pas beaucoup. A partir de maintenant, faites attention aux coups bas.

*
**

Sénateur Hoyt : *Vous pensez donc que la catastrophe de Cardenas Bay a été provoquée par un acte criminel ?*

Eliot Cushing : *Cela me paraît l'explication la plus vraisemblable. Au cours des mois qui ont suivi l'incident, nous avons recueilli un bon nombre de renseignements sur Paul Marical. Nous savons maintenant qu'il avait perdu son épouse à la suite d'un accident survenu à Mohawk Bluffs ; nous savons qu'il en tenait pour responsables les centrales nucléaires en général. Nous avons donc toutes les raisons de penser qu'il a saboté Prométhée pour créer une diversion au moment où il sortait en fraude des matières radio-actives volées.*

Sénateur Stone : *Je me permettrai de faire remarquer au témoin que comme diversion, c'était un peu énorme.*

M. Cushing : *Marical ne souhaitait certainement pas un tel résultat : il n'a pas dû mesurer toutes les conséquences de son acte.*

Représentant Holmburg : *Certains témoins, notamment M. Parks, ont déclaré que la centrale n'offrait pas une sécurité suffisante, qu'on s'est trop pressé de la mettre en service, que les sous-traitants livraient du matériel défectueux, etc. Qu'en pensez-vous ?*

M. Cushing : *Je ne mets en doute ni les compétences ni la sincérité de M. Parks mais je me permettrai de rappeler à la Commission que, depuis des années, je m'occupe des problèmes de sécurité posés par les réacteurs. Lorsque les plaintes ou les mises en garde qui nous sont adressées nous paraissent justifiées, nous procédons à une enquête, nous ordonnons, éventuellement, la fermeture de la centrale concernée et nous infligeons de lourdes amendes aux entrepreneurs si leur responsabilités est engagée. Le Comité pour la sécurité des réacteurs nucléaires n'a jamais toléré la moindre négligence, la moindre entorse aux normes de sécurité. C'est pourquoi je ne peux être d'accord avec les conclusions que M. Parks tire — il* faut le souligner — de son seul témoignage, puisque les dossiers ont malheureusement disparu. Je connaissais parfaitement les difficultés rencontrées à Cardenas : aucune ne présentait un caractère exceptionnel ; aucune ne posait de problème fondamentalement nouveau.

Représentant Holmburg : *Vous vous trouviez sur les lieux au moment de la catastrophe et même quelques jours auparavant ?*

M. Cushing : *C'est exact.*

Représentant Holmburg : *Vous avez travaillé avec M. Parks ?*

M. Cushing : *Certainement.*

Représentant Holmburg : *Vous avez donc pu vous faire une opinion sur ses capacités ?*

M. Cushing : *C'est un ingénieur très compétent ; quant à l'homme, je n'ai pas à me prononcer.*

Sénateur Hoyt : *Monsieur Cushing, la gravité de cette affaire nous commande d'aller au fond des choses. Vous avez reconnu les qualités de M. Parks ; si vous avez également des réserves à formuler à son égard, vous devez en informer la Commission.*

M. Cushing : *Je n'ai rien à reprocher aux décisions prises par M. Parks. Si je devais émettre une quelconque réserve, elle concernerait plutôt son caractère. M. Parks montrait parfois un certain manque de sang-froid, de mesure. Néanmoins, je le répète, c'était un ingénieur très compétent, passionné par son travail... un peu trop, même...*

Représentant Holmburg : *Comment peut-on reprocher à un homme de trop se passionner pour son travail ? J'avoue que je ne vous comprends pas.*

M. Cushing : *On ne peut pas trop exiger d'une machine. Si l'on doit sans cesse rechercher la perfection, on ne doit pas s'attendre à la trouver.*

Sénateur Clarkson : *Si je comprends bien, vous reprochez à M. Parks son obsession de la perfection ?*

M. Cushing : *Disons qu'il se faisait une montagne d'incidents mineurs et tout à fait normaux pour une centrale de cette importance. Dans son esprit, la moindre broutille prenait des proportions gigantesques.*

Sénateur Stone : *Il me semble que vous accablez M. Parks après avoir reconnu ses mérites. En outre, comment pouvez-vous parler d'incidents mineurs après une telle catastrophe ?*

M. Cushing : *Je n'ai pas pris l'initiative de faire ces remarques, c'est la Commission qui m'y a invité. Quant à l'accident, permettez-moi de préciser ma pensée : j'estime qu'il n'est dû ni à la conception de Prométhée, ni aux déficiences des entrepreneurs, ni à l'inexpérience du personnel. Nous avons rencontré ce genre de problèmes dans d'autres centrales et ils n'ont jamais eu de conséquences aussi graves, même en se conjuguant. En nous appuyant sur les témoignages recueillis, nous pouvons raisonnablement conclure qu'il a été provoqué par un acte criminel. Si nous ne possédons pas de preuve formelle, nous avons bel et bien un suspect et un mobile.*

Sénateur Marks : *Malheureusement, nous ne pouvons pas interroger ce suspect.*

Sénateur Stone : *Monsieur Cushing, au moment de la catastrophe, vous étiez vice-président du Sous-comité pour la sécurité des réacteurs nucléaires, n'est-ce pas ?*

M. Cushing : *En effet.*

Sénateur Stone : *Et actuellement ?*

M. Cushing : *J'exerce les fonctions de vice-président de la Compagnie de l'Ouest pour le secteur nucléaire.*

Sénateur Stone : *Et Hilary Brandt ?*

M. Cushing : *M. Brandt travaille encore avec nous en qualité de conseiller. Je regrette que son état de santé l'ait empêché de venir témoigner aujourd'hui, encore qu'il n'ait probablement rien à ajouter à ses déclarations antérieures.*

Sénateur Stone : *Ne pensez-vous pas que vos fonctions actuelles puissent, d'une certaine façon, nuire à l'impartialité de votre témoignage ?*

M. Cushing : *A l'époque des événements de Cardenas Bay, il y a un an environ, je n'avais aucun lien avec la Compagnie de l'Ouest. Ce n'est que récemment que la Compagnie m'a proposé le poste de vice-président, en remplacement de M. Brandt, dont la santé laisse à désirer. J'ajoute que je suis fier d'exercer ces fonctions, auxquelles mon passage dans l'administration m'avait préparé. Comme vous le savez, il arrive fréquemment à des hommes qui ont servi leur pays, soit au gouvernement, soit dans l'armée, de continuer à le faire dans l'industrie.*

Sénateur Stone : *C'est ce que le président Eisenhower appelait le « complexe militaro-industriel ».*

Sénateur Hoyt : *Mon honorable collègue de Pennsylvanie chercherait-il à décontenancer le témoin ?*

Sénateur Stone : *Loin de moi cette idée. Monsieur Cushing, en conclusion de son témoignage, M. Parks a préconisé l'abandon de notre programme nucléaire. Qu'en pensez-vous ?*

M. Cushing : *Ce serait une erreur extrêmement grave. Notre puissance militaire, notre indépendance économique reposent en grande partie sur l'atome. En dépit des circonstances, je considère que les attaques lancées contre l'énergie nucléaire sont le fait d'irresponsables, incapables de songer à l'avenir. Par quoi remplacerions-nous l'atome ? Nous n'avons pas assez de charbon, ni de gaz naturel ; les sources d'énergie géothermique et hydroélectrique ne suffiraient pas à remplacer les centrales nucléaires. Quant à l'énergie solaire ou à l'énergie de fusion, soyons francs : pour l'instant, elles relèvent encore de la recherche. Si nous abandonnions notre programme nucléaire actuel, comme le propose M. Parks, nous dépendrions de nouveau de l'étranger pour satisfaire nos besoins énergétiques. Non seulement nous épuiserions nos réserves monétaires mais nous risquerions un nouveau chantage pétrolier. La solution logique, la seule solution, en fait, c'est de poursuivre notre programme actuel* tout en prenant des mesures, dans chaque centrale, pour empêcher des criminels comme Paul Marical de provoquer un nouvel accident. Comme je l'ai déclaré à plusieurs reprises devant la Commission, je respecte l'opinion de M. Parks, mais renoncer à l'atome, ce serait jeter le bébé avec l'eau du bain.

Sénateur Stone : Beau discours, monsieur Cushing, mais en dépit de tout le respect que vous avez pour Gregory Parks, vous lui plantez bel et bien un poignard dans le dos. Quant à votre démonstration, elle laisse délibérément de côté plusieurs solutions viables, à long terme, de la crise de l'énergie. En fait, vous agitez le spectre de la ruine économique du pays pour nous contraindre à poursuivre un programme qui a débouché sur l'une des catastrophes les plus tragiques de l'histoire des Etats-Unis. Votre témoignage devant la Commission ne vise qu'à défendre vos intérêts et ceux de vos employeurs.

Représentant Holmburg : Je regrette de devoir dire que je ne partage plus les vues du sénateur de Pennsylvanie quand il en arrive à de telles conclusions. Comment pourrais-je réduire au chômage la moitié de mes électeurs sous prétexte d'un accident éventuel que non seulement nous pouvons éviter mais qui ne se reproduira certainement pas d'ici mille ans ? Abandonner notre programme nucléaire, ce serait mettre notre pays à la merci d'une bande de roitelets du désert.

Sénateur Hoyt : Notre commission a uniquement pour tâche de faire des recommandations au Congrès et non de définir pour lui sa ligne politique. Néanmoins, je crois me faire l'interprète de la majorité de ses membres en approuvant les conclusions de M. Cushing, que je considère comme logiques, incontestables et pleines de bon sens.

Juste au moment où il allait quitter la tente, Parks remarqua sur la couverture de sa couchette une carte de visite portant l'inscription « Eliot Cushing », suivie d'un numéro de téléphone. Il la regarda pensivement un instant puis la déchira et jeta les morceaux de bristol par terre.

Dehors, il faisait un soleil éclatant. La tente-hôpital se trouvait sur une petite colline surplombant la baie où il avait pique-niqué une ou deux fois avec Karen. Sous lui, la ville de Cardenas avait disparu ; il n'en restait que des ruines, que des bulldozers chargeaient dans d'énormes tonneaux.

Levant sortit d'une tente voisine et vint le rejoindre.

— On met notre ville en conserve, grogna-t-il.

De l'autre côté de la tente, des gens faisaient la queue pour monter dans un autocar.

— Ils ont rasé toutes les maisons, reprit Levant. Maintenant, ils entassent les débris dans des tonneaux qu'ils vont enterrer quelque part, dans une sorte de cimetière radio-actif.

— Et votre bateau ?

— On m'a dit de remplir ces formulaires en trois exemplaires, expliqua-t-il. Dans six mois, j'aurai un nouveau bateau... Enfin, peut-être. Je me demande où je vais aller pêcher : la côte a été déclarée zone interdite.

— Avez-vous vu Karen ?

— Elle attend l'autocar, répondit Levant.

Vêtue d'un tailleur bleu marine trop grand, un mouchoir blanc en guise de foulard, le visage sans une trace de maquillage, la jeune femme regardait Parks s'approcher sans lui faire signe.

— J'avais peur que tu ne sois déjà partie, fit-il.

— Moi aussi, je voulais te dire au revoir.

— Je suis désolé, pour Barney.

Karen haussa les épaules sans répondre.

— J'ai eu une longue conversation avec Cushing, reprit-il.

— Je l'ai vu entrer dans la tente. Alors ?

— La Compagnie a besoin d'un directeur pour une nouvelle centrale, dans l'Oregon.

— Il t'a offert le poste ?

— Oui.

— Je n'aurais pas cru qu'on t'achèterait si facilement.

— Tu crois qu'on devrait en revenir aux bons vieux poêles à charbon ?

— S'il le faut. Tous ceux qui travaillaient à Prométhée seront de mon avis.

— Moi aussi, rassure-toi, murmura Parks.

— Tu le penses vraiment ?

— Oui, du fond du cœur. J'ai beaucoup changé en quelques jours.

Levant s'approcha d'eux en criant :

— Avez-vous vu Rob ? Satané gamin ! Nous partons dans cinq minutes.

Ils finirent par trouver l'enfant sur la plage, non loin de là, en train de jouer avec un camarade. Les deux gosses avaient trouvé une loupe avec laquelle ils concentraient les rayons du soleil sur un morceau de papier. Parks regarda pensivement le papier qui commençait à brûler.

— Si l'on se faisait la guerre avec les rayons du soleil, nous aurions maîtrisé l'énergie solaire depuis longtemps.

— C'est de qui ? demanda Karen.

— Me souviens plus, répondit-il en haussant les épaules. Un type intelligent, en tout cas.

Posant la main sur son bras, il lui demanda :

— Allons-nous nous revoir ?

La jeune femme lui mit dans la main un petit bout de papier.

— Simplement comme amis, dit-elle. Du moins au début. Je

retourne à Seattle, je trouverai peut-être un emploi à l'hôpital où travaille ma sœur. Et toi ?

— Je ne sais pas. Les compagnies vont me mettre sur leur liste noire mais de toute façon, je ne tiens pas à continuer ce métier. Je vais avoir beaucoup de temps libre pour m'occuper de mon divorce et ensuite, qui sait ? J'irai peut-être à Seattle. Mais d'abord, je vais passer quelques semaines chez mon frère, à Long Beach : la mer, le soleil...

— Personne ne t'a dit ? Cushing ne t'a pas mis au courant ?

— Au courant de quoi ? demanda Parks.

*
**

Sénateur Hoyt : *Monsieur Tebbets, vous vous trouviez au centre d'observation SOMO de Denver au moment de la catastrophe. Pouvez-vous nous dire ce qui s'est passé quand le vent a tourné ?*

M. Tebbets : *Le nuage radio-actif avait grossi toute la nuit ; à l'aube, il s'étendait sur environ deux cent cinquante kilomètres de long et cinquante de large. Juste avant que le vent ne change, on nous avait avertis que les Marines avaient dynamité les grottes pour enfouir la masse en fusion.*

Sénateur Stone : *Que s'est-il passé alors ?*

M. Tebbets : *Rien.*

Sénateur Stone : *Que voulez-vous dire ?*

M. Tebbets : *Nous espérions que le nuage cesserait de grandir, qu'il se disperserait mais en fait, il a continué à s'étendre vers le sud. Par la suite, on nous a informés qu'on avait sous-estimé, en se fiant à des études réalisées sur ordinateur, la quantité de dynamite nécessaire pour enterrer le brasier. Je ne crois pas que la masse en fusion ait cessé d'alimenter le nuage avant midi.*

Sénateur Hoyt : *Vous avez suivi l'évolution de la situation sur vos écrans. Pouvez-vous nous la décrire ?*

M. Tebbets : *Le nuage se déplaçait très rapidement ; nous avons eu à peine le temps de prévenir les navires et les avions se trouvant dans le secteur. En moins d'une heure, il avait atteint Oceanside, au sud, et San Bernardino, à l'est.*

Sénateur Stone : *C'est-à-dire toute la région de Los Angeles ?*

M. Tebbets : *Oui, le nuage recouvrait toute la région de Los Angeles.*

TABLE DES MATIÈRES

ACHEVÉ D'IMPRIMER LE
25 AVRIL 1977 SUR LES
PRESSES DE LA SIMPED
POUR LE COMPTE DES
PRESSES DE LA CITÉ
ÉDITEUR A PARIS

Numéro d'éditeur : 3 780
Numéro d'impression : 5 984
Dépôt légal : 2e trimestre 1977